F.B.

Une femme dans la nuit

DU MÊME AUTEUR CHEZ MIRA

Testament mortel
Le saut du diable
L'œuvre du mal
Les portes du mal

KAREN HARPER

Une femme dans la nuit

Roman

MIRA

Titre original :
DARK HARVEST
publié par MIRA®

Traduction de l'américain par PIERRE NICOLAS

Photos de couverture
Ombre : © STOCKBYTE PLATINIUM / ROYALTY FREE / GETTY IMAGES
Arbre : © ROYALTY FREE / MASTERFILE
Paysage de nuit : © ROYALTY FREE / MASTERFILE
Conception graphique : © VIVIANE ROCH

83-85 boulevard Vincent-Auriol 75646 PARIS CEDEX 13.
ISBN 978-2-2808-4028-6 — ISSN 1765-7792

Car ils tiennent un langage qui n’est point celui de la paix,
Ils méditent la tromperie contre les gens tranquilles du pays.

— Psaume 35:20

Prologue

Colombus, Ohio
5 septembre 2001

Les enfants avaient toujours représenté la partie la plus gratifiante, mais aussi la plus délicate, du travail de Kat dans la police. Son coéquipier, Mike Morelli, qui avait plus d'expérience qu'elle et toujours un bon conseil à donner, l'avait avertie plus d'une fois : elle s'impliquait trop, émotionnellement, au contact des enfants. Au point de devenir une sorte d'assistante sociale avec un revolver à la ceinture. « Tu ne pourras pas porter éternellement toute la misère de ces petits anges sur tes épaules », disait-il à sa jeune collègue de vingt-six ans.

Pourtant, depuis deux ans qu'elle était en service, l'agent Kat Lindley profitait de chaque instant où elle n'était pas en mission pour aller prêcher dans les écoles les gestes qui sauvent, les précautions les plus élémentaires. Une façon d'avertir sans relâche les enfants des dangers qui les guettaient dans la rue, et parfois chez eux. C'était sa façon à elle de se sentir utile, et jamais elle ne laissait la fatigue la décourager.

— Je suis ravie de voir que tous les élèves des classes de Mlle Noll et de Mme McGirty ont de nouveau répondu présent à l'appel, dit-elle avec un sourire à l'assemblée de soixante gamins assis en cercle autour d'elle.

Face à un auditoire quelque peu dissipé, Kat venait toujours en uniforme. Cette fois, elle avait juste laissé son gilet pare-balles dans la voiture pour ne pas être en nage au bout d'un quart d'heure. Mais en cet après-midi caniculaire, des perles de sueur collaient déjà son chemisier à son dos. Sa ceinture de plus d'un kilo lui semblait plus lourde que jamais.

— Tout d'abord, nous allons voir si vous avez bien retenu la leçon de la semaine dernière, annonça-t-elle aux enfants. Alors, qui peut me dire ce que signifie un périmètre de sécurité ? Levez le doigt si vous vous en souvenez.

Un jeune garçon que Kat se rappelait très bien s'était assis beaucoup plus près d'elle que la semaine précédente. Il était frêle, pâle, avec des cheveux blonds en bataille. Il portait le même sweat-shirt à manches longues, arborant la même silhouette de Batman effacée par les lavages. Même assis au beau milieu de ses camarades, il donnait le sentiment d'être seul au monde. Kat avait demandé aux élèves de noter leur prénom sur un papier qu'ils poseraient devant eux. Lui avait écrit *John*.

— Un périmètre de sécurité, c'est l'espace qu'il faut garder autour de nous ! s'exclama Tiffany, une ravissante petite fille aux cheveux bouclés à laquelle Kat venait de donner la parole. Et nous avons le devoir de crier « Non ! », et de courir loin de l'inconnu qui nous embête. Et on ne doit pas avoir peur, mais être dé-ter-mi-nés, ajouta-t-elle en scandant bien le dernier mot.

— Très bien, Tiffany, dit Kat en souriant.

Elle pivota pour jeter un regard circulaire à son auditoire. Son travail dans la police lui avait appris à protéger ses arrières, et à toujours surveiller qui se trouvait dans son dos. Au départ, elle avait même hésité à laisser les enfants s'asseoir autour d'elle, mais c'était la meilleure façon de les avoir au plus près d'elle quand elle leur parlait.

— Bon, nous allons revenir sur les consignes d'autodéfense dans un moment, poursuivit Kat. Mais d'abord, j'ai une ou deux autres questions à vous poser.

Ce faisant, elle taisait des interrogations qui la taraudaient, elle. Pourquoi diable le petit John portait-il un sweat à manches longues et un pantalon, alors que presque tous ses petits camarades étaient en short et T-shirt ? Et pourquoi, quand il ne se rongeait pas les ongles, passait-il son temps à tirer sur ses manches pour cacher ses poignets ? Sourcils froncés, le jeune garçon la fixait avec insistance. Depuis le début de la leçon, il s'était encore rapproché d'elle.

Un souvenir, froid comme une lame, vint entailler l'esprit de Kat. Une image de son jeune frère, Jay. Une de ces trop nombreuses fois où leur père avait bu, où il s'était défoulé sur eux, et où Jay était venu se réfugier dans ses bras. De grosses larmes roulaient sur les joues de Jay, alors que ses yeux à elle restaient secs. Elle le serrait très fort pour le réconforter, attendant l'instant où ils réussiraient, tous deux, à s'échapper de cet enfer. Dans ses rêves, elle se voyait toujours cogner à des portes trois fois plus grandes qu'elle, à la recherche d'une famille qui saurait les aimer, tout simplement. Elle savait que cette douceur-là existait, ailleurs. Des foyers où les parents restaient unis par l'amour et traitaient leurs enfants comme des trésors. Elle en avait vu à la télévision ; on lui en avait parlé dans la cour de son école.

— Les enfants, dit-elle en refermant la boîte de Pandore de

ses souvenirs, je vous autorise exceptionnellement à répondre à cette question tous ensemble, même si ça fait du bruit. Il s'agit de définir qui nous appelons « un étranger ». Si quelqu'un connaît votre prénom, cela veut-il dire que vous pouvez lui faire confiance ?

— Non ! piaillèrent-ils tous en chœur.

John avait bien fait non de la tête, mais il ne s'était pas joint au concert des autres enfants.

— Réponse exacte ! Maintenant, pouvez-vous faire confiance à quelqu'un qui connaît non seulement votre nom et celui de votre frère, mais aussi votre adresse, et qui affirme être un ami de votre maman ?

— Non !

— Encore exact. Parce que n'importe qui pourrait obtenir ce genre d'informations en rôdant autour de chez vous, sans être le moins du monde un ami de la famille. On vous a appris qu'il fallait dire la vérité, mais sachez que beaucoup de gens adorent mentir, et qu'ils le font très bien. Bon, maintenant si quelqu'un vous explique qu'il a perdu son chien et qu'il a juste besoin d'un peu d'aide pour le retrouver, est-ce que vous devez le suivre ?

— No-o-o-on !

Un chien perdu. C'était exactement l'image que le pauvre John donnait de lui-même. Kat était à peine rassurée de le voir maintenant bouger timidement les lèvres pour murmurer les réponses.

Et puis Kat dut bien se rendre à l'évidence. John ressemblait étrangement à son frère, ce Jay qu'elle avait connu il y a quelques années, avant qu'elle ne cause leur séparation et, d'une certaine manière, sa mort.

Kat fit réviser aux enfants les consignes apprises la semaine précédente, sur la façon d'éconduire un étranger qui viendrait louvoyer dans leur « périmètre de sécurité ».

— Souvenez-vous, répéta-t-elle, que si vous ressentez comme un fourmillement dans votre estomac, c'est que quelque chose ne va pas. C'est le moment de fuir.

Un fourmillement dans son estomac. Voilà exactement ce qu'elle ressentait en regardant le petit John. Pourtant, on lui avait dit cent fois — et elle s'était dit cent fois elle-même — de garder ses distances, pour son propre bien, quand elle se trouvait en compagnie des enfants. Mais le regard de ce gamin-là jouait sur une corde sensible qu'elle n'arrivait pas à faire taire. Sans doute, s'il y avait eu un vrai problème, ses professeurs l'auraient-ils remarqué au quotidien, et ils lui en auraient parlé. D'un autre côté, l'année scolaire venait à peine de commencer, et les classes étaient surchargées.

— Si quelqu'un pénètre dans votre périmètre de sécurité, reprit-elle, et que cette personne essaye de vous attaquer, ne paniquez pas. Vous ne devez pas être effrayés, mais en colère. Vous devez faire du bruit, vous débattre. Dans ce cas précis, vous avez parfaitement le droit de vous rouler par terre, de donner des coups de pied, de hurler, de mordre, toutes ces choses que, d'habitude, on vous demande de ne pas faire. Comme quand vous étiez tout petits et que vous faisiez une crise d'hystérie, comme ça, sans raison apparente. Vous voyez peut-être aujourd'hui vos petits frères ou vos petites sœurs hurler et frapper tout ce qu'ils ont sous la main, alors que rien ne le justifie. Mais dans le cas dont je vous parle, c'est ce que vous avez le *devoir* de faire, de façon à effrayer votre agresseur et à attirer l'attention de ceux qui pourraient vous aider. Et dès que vous vous serez libérés de son étreinte, il faudra vous mettre à courir.

Alors que deux jeunes garçons répétaient la scène bruyamment en se laissant tomber au sol et en s'envoyant des coups de pied, Kat leur donna rendez-vous pour la semaine suivante. Elle leur demanda, comme seul devoir, de parler à leurs parents de ce qu'ils étaient en train d'apprendre, de discuter avec eux du périmètre de sécurité et des inconnus qui vous abordent dans la rue.

Quand les enfants commencèrent à quitter la salle, John, lui, sembla traîner à la queue du groupe. Hésitait-il simplement à se mêler aux autres, ou avait-il envie de lui parler ?

— Salut, John, dit-elle avec un sourire en se penchant vers lui. Tu avais une question ? Je peux t'aider ?

— Je me demandais juste…, balbutia-t-il en la regardant de ses grands yeux bleus.

Des yeux tremblant comme l'eau claire, dans lesquels elle croyait reconnaître le frémissement de ces enfants qui vivent dans la peur. Des yeux comme ceux de Jay, et sans doute comme ceux qu'elle voyait dans le miroir, avant qu'elle ne tienne enfin les rênes de sa propre vie. Elle sentit son ventre se nouer, et nourrit aussitôt l'envie de protéger cet enfant. *Si vous ressentez un fourmillement dans votre estomac, c'est que quelque chose ne va pas.*

— Ouais, j'avais une question, murmura le garçon d'une voix ténue. Est-ce que l'étranger peut être votre propre père ?

Comme elle n'arrivait pas à en savoir plus sur ce que voulait dire l'enfant, Kat en parla immédiatement avec son professeur principal. Puis elle discuta de nouveau avec John Seyjack.

— Il fait plutôt chaud, aujourd'hui, pas vrai ? fit-elle semblant de remarquer face à lui, dans le couloir. Tout à l'heure, j'étais en nage. Et toi, dis-moi, pourquoi tu ne relèves pas un peu tes manches ?

— Non, moi ça va, lui répondit-il timidement. J'aime bien ce sweat comme ça.

Kat savait qu'elle n'avait aucun droit, légalement, d'aller plus loin. Le professeur principal de John lui avait expliqué qu'il n'avait remarqué aucun signe de maltraitance, et lui avait promis de convoquer le père rapidement pour un entretien. Selon les dossiers de l'école, la mère était morte. John était arrivé dans l'établissement cette année. Il n'y avait donc personne dans l'école qui pourrait lui en apprendre plus sur son passé. Après une longue hésitation, Kat décida de raccompagner l'enfant chez lui, de façon, peut-être, à en savoir plus sur sa situation familiale.

Elle était convaincue que quelque chose n'allait pas. Trop d'éléments lui rappelaient le désarroi de son propre frère, quand ils avaient été placés dans une première famille d'accueil, après que leur mère fut partie pour Dieu sait où. Kat avait alors raconté à la police les accès de violence de son père, et on les avait placés. Mais cette famille d'accueil ne faisait pas franchement l'affaire, et elle s'était enfuie, emmenant avec elle son petit frère, Jay. Elle avait alors neuf ans, lui six.

— C'est vraiment pas la peine de me ramener chez moi, protesta de nouveau John Seyjack une fois dans la voiture, alors que la radio de la police crachait des informations inaudibles. D'habitude, je rentre à pied. En tout cas, vous avez de super-grandes roues. Mais moi, j'ai toujours pensé que vos sirènes annonçaient de mauvaises nouvelles.

— Tu aimerais qu'on la fasse marcher, la sirène ?

— Oh ouais alors ! Je peux ?

Elle lui montra comment faire, et sourit quand il actionna le système. Ses yeux s'illuminèrent sous le coup de l'excitation, et il sembla se détendre un peu. Kat avait pensé lui proposer un marché : il relevait ses manches d'abord. Mais elle tenait à établir entre eux un climat de confiance, et elle ne voulait pas le brusquer.

— Vous pouvez me laisser là, lâcha-t-il en montrant du doigt un coin de rue. Juste là. Je n'aurai plus qu'à marcher un peu.

Kat gara son véhicule de fonction en double file. Le jeune garçon s'était borné à dire que son père serait sûrement à la maison, mais il ne voulait rien ajouter là-dessus non plus. Elle se dit alors qu'elle accompagnerait malgré tout le petit John jusqu'à sa porte. Elle verrait à peine le fameux père, si tant est qu'il ouvre seulement la porte, mais cela lui permettrait au moins de savoir où John vivait. Si le paternel se montrait soupçonneux, elle lui expliquerait juste qu'elle n'était pas en service — comme si un flic cessait jamais d'être en service.

Dans cette rue miteuse proche de Cleveland Avenue, les maisons — si on pouvait les appeler ainsi — semblaient se serrer les unes contre les autres pour se tenir chaud. Pas de garage, dans aucune d'elles : les résidents garaient leurs voitures fatiguées contre le trottoir. Le domicile des Seyjack était un duplex lépreux, dont le crépi gris partait en lambeaux. Tous les volets étaient fermés. Le boîtier rouillé d'un climatiseur extérieur émettait un ronronnement phtisique à côté d'une des fenêtres de l'étage. Une vieille clôture de fil de fer se penchait sur le « jardin » : des compartiments en briques qui n'avaient plus abrité de fleurs depuis longtemps, remplis aujourd'hui d'immondices.

— Il travaille la nuit, murmura John, comme s'il s'excusait de cette maison aveugle en plein jour.

Kat s'apprêtait à lui demander qui restait avec lui la nuit quand le gamin s'agita.

— Vous allez lui parler du périmètre de sécurité ?

La porte de la maison s'ouvrit à la volée avant qu'elle n'ait pu répondre. Sur le pas de la porte se tenait un homme petit, sec et rasé de près, avec des lunettes de vue assez épaisses. Ses cheveux bruns étaient plaqués sur son crâne comme s'il sortait de la douche. Il portait un jean et un simple T-shirt, et tenait à la main une canette de soda.

Kat respira, quelque peu rassurée : la maison était éclairée à l'intérieur, et manifestement, elle n'était pas tenue par un alcoolique. Aucune odeur de tabac non plus.

— Qu'est-ce qui se passe ? demanda l'homme en jetant un regard mauvais à son fils. Tu t'es blessé, fiston, ou tu as fait une connerie ?

— Tout va bien, monsieur Seyjack, déclara Kat avec un sourire forcé.

L'homme faisait à peu près un mètre soixante-dix, sa taille à elle. Il était tellement maigre qu'elle pesait peut-être plus que lui. Elle comprit enfin d'où le jeune John tirait son côté souffreteux.

— Je passais juste par ici, et je me suis dit que je pourrais déposer John sur le chemin, mentit-elle, une main sur l'épaule de l'enfant. Je donne des cours de sécurité routière à l'école, et j'explique aux enfants comment agir en cas d'agression. Il n'y a absolument aucun problème avec John, monsieur Seyjack.

— Vaudrait mieux qu'y en ait pas, grommela le père.

Il repoussa la porte du bras et vint poser sa main sur la tête de son fils pour le ramener vers l'intérieur. Comme l'aurait fait tout policier consciencieux, Kat en profita pour jeter un coup d'œil à la maison. Le garçon passa en toute hâte devant elle, sans la regarder. L'entrée semblait certes défraîchie par les années et le manque de soins, mais somme toute assez normale.

— C'est vous, le flic de l'école ? aboya l'homme.

— Pas exactement… je fais juste un peu de volontariat là-bas. Je ne suis pas en service aujourd'hui.

— Le môme a pas parlé quand on lui demandait rien, j'espère ? demanda le père entre ses dents.

Un frisson parcourut Kat. Elle ressentait de façon confuse quelque chose de menaçant dans son ton, dans sa voix. Mais plus encore, la façon dont John se raidissait chaque fois que son père lui lançait un regard lui disait qu'elle avait vu juste. Que ce soit physiquement ou mentalement, ce garçon était bel et bien en danger, comme si un inconnu de la pire espèce avait pénétré son périmètre de sécurité. *Est-ce qu'un étranger peut être votre propre père ?*

Kat afficha le plus grand calme, mais elle posa négligemment une main sur le revolver qu'elle gardait caché, dans son étui de cuir. Elle se savait capable de maîtriser les situations les plus tendues, alors que certains policiers, des hommes, auraient sauté sur n'importe qui leur tenant tête. En vérité, la meilleure arme d'une femme, dans la police, était tout simplement son cerveau. Ce que Kat préférait dans sa carrière de flic, c'était précisément cela : maîtriser ses émotions en cas de situation extrême. Elle avait appris, comme la petite Tiffany l'avait répété aujourd'hui, à être « dé-ter-mi-née ». Confiante. Diable, peut-être était-elle juste en train de fantasmer, de calquer sur cette situation les angoisses que lui renvoyait son enfance troublée. Après tout, ce gosse ne semblait pas franchement maltraité, et elle n'avait aucun droit d'aller plus avant : aucun mandat, rien de précis à reprocher au père.

Mais alors qu'elle s'apprêtait à tourner les talons, le petit John, dans l'embrasure de la porte, souleva un pan de son sweat-shirt. Voulait-il seulement se gratter, ou envoyait-il un message désespéré à Kat avant qu'elle ne parte ? Elle eut en tout cas le temps d'apercevoir son ventre, d'une pâleur inquiétante, ses côtes saillantes, et surtout, surtout, ces cicatrices qui zébraient son flanc. Des marques profondes, certaines encore rouges, qui devaient avoir été laissées par un ceinturon, ou peut-être une corde. Plus de doute cette fois : John était fouetté jusqu'au sang.

Le père suivit le regard de Kat jusqu'au corps martyrisé de son fils. Avant qu'elle n'ait eu le temps de réagir, il fit un pas dehors, comme un démon sorti des enfers, et lui assena un violent coup au visage. Une douleur insoutenable embrasa toute sa tête, descendit instantanément le long de sa nuque et jusqu'à sa colonne vertébrale, alors qu'elle basculait en arrière. Son dos et l'arrière de son crâne heurtèrent le sol. Elle eut l'impression que tous ses os craquaient, mais elle devait réagir, et vite. Avec un gémissement, elle roula sur le côté et saisit la matraque qu'elle portait à la ceinture.

Mais Kat comprit en une fraction de seconde que cela ne lui serait d'aucune utilité pour contrer cette attaque. Ses yeux, embués par le choc, venaient de voir briller une arme dans la main de son agresseur. Il avait dû ranger ce petit pistolet à la ceinture, dans son dos.

Elle porta sa main droite vers son propre revolver, la gauche vers son talkie-walkie.

— Il a parlé, pas vrai ? vociféra l'homme. Vous avez rameuté vos potes tout autour de la maison ?

A la douleur de Kat s'ajoutait maintenant la peur. Une poussée d'adrénaline électrisa un peu plus son corps alors qu'elle se relevait péniblement. Elle n'avait sur elle qu'un seul de ses deux revolvers, son calibre 45. Et encore, elle avait enclenché la sécurité avant de pénétrer dans l'école. Quant à son gilet pare-balles, qui l'aurait rassurée un peu, il dormait dans un coin de son coffre. Une phrase de Morelli résonna quelque part au fond de son esprit. *La routine n'existe pas. Il faut sans cesse s'attendre à l'inattendu.*

Tout s'était passé si vite, et pourtant le temps semblait s'être arrêté après le premier coup. Comme un théâtre où doit se jouer une tragédie, dont les rideaux refuseraient de s'ouvrir.

— Non, papa ! hurla John avec des trémolos dans la voix. Je ne lui ai rien dit sur l'argent cadeau.

L'argent cadeau ?

Quand son père tira sur Kat, l'enfant cria de plus belle. La balle atteignit la jeune femme à la hanche. Un écran rouge passa devant ses yeux. Une flamme rongea son côté gauche, suivie d'un froid intense dans tout son corps. Mais elle ne sentit pas la moiteur du sang sur sa peau. Se pouvait-il qu'il l'ait manquée, que ses jambes aient flageolé, cette fois, sous l'effet de la peur ? Ses sens ne lui envoyaient plus aucun signal clair. Pourtant, elle ne chercha pas à déguerpir. Dans un ultime sursaut d'énergie, elle se rua contre le tireur et lui faucha les jambes. Le père Seyjack s'agrippa à elle en tombant, et tous deux roulèrent à terre.

— Non, papa, non ! s'époumona l'enfant. Je ne lui ai rien dit ! Promis.

Les corps de Kat et du père ne formaient plus qu'un monstre à quatre jambes et quatre bras qui s'agitait dans le jardin, comme secoué de convulsions. *Son arme ! Attrape son arme.*

Elle s'était donné cet ordre à haute voix, sans s'en apercevoir. Elle parvint seulement à écarter le canon du revolver — un 9 mm — d'une main, mais de l'autre actionna l'émetteur de son talkie-walkie.

— Dix hommes au 316 Creigo Street, vite ! hurla-t-elle sans plus de détails.

Elle rassembla ses dernières forces pour tenter une nouvelle fois de récupérer ce maudit revolver qui pouvait la faire passer de vie à trépas, mais l'homme refusait de lâcher prise.

— Cours chercher de l'aide, John ! cria-t-elle dans une respiration. Allez, file !

Mais l'enfant semblait comme pétrifié par la peur.

Elle entendit grésiller le talkie-walkie, qu'elle venait de perdre dans la lutte, alors qu'un agent s'égosillait pour lui dire quelque chose d'inaudible. Plus d'une fois, Kat avait fait montre d'un grand talent pour désarmer des agresseurs par son seul pouvoir de persuasion. En leur disant seulement, avec une force venue d'on ne sait où : « On ne bouge plus ! Bien. Maintenant, on pose ce flingue gentiment. » Mais aujourd'hui, le scénario était bien différent. Dans cette lutte au corps à corps, elle essayait de maîtriser un homme qui se battait comme un dément, comme si rien ni personne ne pouvait plus le raisonner.

Elle réussit à lui arracher ses lunettes, puis ils roulèrent de nouveau. Elle-même était aveuglée par la souffrance et la peur, mais parvint enfin à saisir son propre revolver. Libérer le cran de sécurité… armer l'arme, avant que cet enfoiré ne l'envoie au cimetière sans qu'elle sache même pourquoi.

Mais l'homme banda tous ses muscles et la projeta à deux mètres de lui, avant de se relever d'un bond. Il attrapa son fils tétanisé par le bras et le plaça devant lui, tout en tenant Kat en joue. A moitié sonnée, elle releva son arme. Elle aussi était prête à tirer. Le peu d'air qui lui restait une minute plus tôt paraissait avoir abandonné ses poumons, mais il fallait bien tenter de parlementer.

— Lâchez cette arme, monsieur Seyjack, ordonna-t-elle entre ses dents. Avant qu'un autre coup ne parte accidentellement.

Elle tenait ses bras bien tendus devant elle, mais sa hanche était maintenant chaude de son sang et ne la portait plus. Malgré tous ses efforts, elle titubait dangereusement.

— Lâchez cette arme ! lança-t-elle de nouveau.

Sa voix tremblait autant que ses jambes, pourtant ses yeux restaient secs. En fait, elle n'avait plus pleuré depuis le jour où on avait emmené son frère sous ses yeux.

— Monsieur Seyjack, bredouilla-t-elle en guise de dernière sommation, laissez votre fils partir et lâchez cette arme.

Mais elle hésitait à tirer. Même si elle visait la tête ou les épaules du père, la balle pouvait toucher l'enfant. D'autant que la douleur lui donnait maintenant l'impression que des bulles de couleur explosaient devant ses yeux. Elle ne resterait pas debout très longtemps.

— Tu te souviens du périmètre de sécurité, John, balbutia-t-elle alors que tous ses muscles se changeaient en pierre. Tu… tu sais ce que tu dois faire…

Le garçon se laissa tomber au sol de tout son poids et commença à hurler en jetant ses poings et ses pieds dans tous les sens. C'était le moment de tirer. Mais Kat n'en eut pas le temps.

La détonation qui retentit était partie de l'autre arme. Celle de Kat vola à plusieurs mètres, et elle eut l'impression que sa main venait d'être arrachée.

Elle entendit vociférer l'homme sur « son traître de fils ».

Puis le monde devint noir.

1.

Maplecreek, Ohio
6 septembre 2002

Kat Lindley s'encouragea en grimpant l'allée qui menait au seul bâtiment moderne de la petite ville.

Elle voulait vraiment que cet entretien se passe bien, même si elle postulait à un de ces postes que ses collègues qualifiaient avec dédain de « placards ». Un boulot de bureau, « pour les planqués ». L'air vif du matin aiguillonnait sa hanche reconstituée, lui donnant l'impression d'avoir un rhumatisme. Les vis de métal plantées dans son poignet la lançaient également. Elle se mettait tout à coup à compatir avec ce bon vieux Morelli, qui se plaignait régulièrement d'une arthrite naissante.

Malgré ses appréhensions, ce saut dans une nouvelle vie n'était pas pour lui déplaire : elle était rassurée de savoir qu'elle n'aurait plus jamais à se servir d'une arme. Même si elle n'avait pas vu la scène, puisqu'elle était évanouie, le meurtre du petit John Seyjack par son père, juste avant que lui-même ne soit abattu par les forces d'intervention, l'avait marquée à jamais.

Elle ne pensait pas être capable d'affronter de nouveau les incertitudes du métier de policier de terrain avant bien longtemps. Elle venait de passer une année d'enfer, une année de douleur et de sang. Elle avait passé des mois allongée dans un hôpital, supportant le feu du scalpel qui, pour la dixième fois, ouvrait sa hanche et son poignet pour mieux les reconstruire. Puis était venu le temps de la rééducation, longue et laborieuse elle aussi. Il lui avait fallu encore de longues semaines avant de pouvoir envisager de reprendre du service. Mais jamais plus elle ne tiendrait un revolver. Ses rêves de réussite dans la police s'étaient brisés en même temps que ses os.

Elle n'était pas passée qu'entre les mains des chirurgiens : des médecins du travail, des psychologues, avaient tenté de soigner son âme. Mais elle n'avait pas besoin d'eux pour comprendre qu'elle s'en voulait d'avoir indirectement entraîné la mort du petit John. Cet événement ravivait cruellement une culpabilité plus ancienne — celle qu'elle ressentait au fond d'elle pour avoir perdu son frère, bien des années auparavant. C'était elle qui avait insisté pour qu'ils s'enfuient de leur premier foyer d'accueil. Mais la seconde famille qui avait recueilli Jay croyait plus aux prières qu'à la médecine, et ils avaient laissé son frère mourir d'une appendicite non soignée. Si elle ne s'était pas rebellée, ils seraient restés ensemble, et elle aurait pu demander de l'aide quand il avait eu ses premières crises. Alors quel psychiatre pouvait bien l'aider aujourd'hui ? Jamais elle ne se pardonnerait le rôle qu'elle avait joué dans la mort de Jay et de John.

Deux mois plus tôt, néanmoins, Kat avait voulu rebondir, sortir de cette dépression qui la minait chaque semaine un peu plus. Elle avait suivi une formation pour travailler dans la « gestion des services ». Un travail de paperasserie. Un crève-cœur. Elle savait qu'elle se couperait chaque jour un peu plus de ses collègues qui, eux, continueraient à aller au charbon, au contact excitant et dangereux de la vraie vie. Plutôt que d'en souffrir, elle avait décidé de couper les ponts avec son ancienne vie, et de quitter Colombus pour exercer ailleurs ses nouvelles « compétences ».

Un mois plus tôt, elle avait déménagé dans le nord-est de l'Ohio, un Etat qu'elle avait toujours imaginé comme une contrée paisible. Elle louait à un vieux garçon un studio sous les toits dans la bourgade de Pleasant, près de Maplecreek. Dans un premier temps, elle en avait profité pour reprendre goût à la vie en chinant dans les brocantes, nombreuses dans la région. Mais son petit bas de laine s'était vidé bien vite. Elle avait donc posé sa candidature à un poste de gestionnaire des services qui s'offrait au sein de la police locale. Si son dossier n'était pas retenu, elle trouverait sûrement autre chose pour s'occuper en attendant de racheter une boutique d'antiquités. C'était son nouveau but dans la vie.

— Katherine Anne Lindley, c'est l'heure de les épater, murmura-t-elle entre ses dents en poussant la porte à double battant de la maison commune, qui accueillait les locaux de la police, le centre des pompiers et le bureau du maire.

La gestionnaire actuelle, qui était sur le point de partir en congé maternité, accueillit chaleureusement sa possible remplaçante. Sans attendre une seconde, elle conduisit Kat dans le grand bureau vitré de l'officier de police Ray Martin.

— Katherine, c'est un grand plaisir pour moi de vous rencontrer, lança-t-il d'un air jovial en lui serrant la main vigoureusement.

Il lui présenta une vieille chaise de bois d'érable, comme s'il l'installait pour un dîner aux chandelles. La chaise était agrémentée d'un ravissant coussin brodé.

— Je suis vraiment ravi, renchérit-il en s'asseyant de l'autre côté du bureau.

Sur la console de bois derrière lui trônaient l'habituel fax fatigué, un ordinateur guère plus vaillant mais aussi des pois de senteur dans un vase en faïence, et de nombreux clichés de gamins rigolards qui devaient être ses rejetons.

— S'il vous plaît, appelez-moi Kat, dit-elle en lui rendant son sourire. On ne m'appelle plus Katherine depuis des années.

L'homme, comme son bureau, collait parfaitement au paysage : Maplecreek était une charmante petite ville entourée de grandes fermes dont la plupart appartenaient à des Amish, cette communauté venue d'Allemagne et qui avait décidé de continuer à vivre comme au temps de leurs aïeux, celui des charrettes et des lampes à pétrole. Les boutiques et les auberges conservaient également ce charme légèrement suranné de l'Amérique profonde. La ville semblait tout droit sortie d'une gravure d'un autre siècle, n'eût été les hordes de touristes qui choisissaient l'endroit pour venir y passer le week-end, comme Kat l'avait fait elle-même plus d'une fois dans le passé.

Ray Martin devait avoir la cinquantaine. Environ un mètre soixante-dix, robuste, cheveux poivre et sel taillés en brosse, il portait bien l'uniforme, même s'il était obligé de rentrer un peu son ventre pour faire illusion. Ses yeux noisette brillaient de l'éclat de la curiosité quand il engagea la discussion avec Kat. Elle comprit très vite qu'il aimait sincèrement son métier, et sa famille aussi. Il lui montra une photo où on le voyait au côté d'une femme souriante aux joues rebondies, tous deux bombant le torse derrière trois beaux enfants. Le plus jeune, lui expliqua-t-il, était stoppeur dans l'équipe de football américain de son école, et il jouait ce soir un match crucial à domicile, ici à Maplecreek. Pour ce genre d'occasions, on prévoyait des feux d'artifice à la mi-temps.

Ray Martin avait grandi ici, et il y était revenu tout de suite après son service militaire. En laissant Kat poser des questions sur lui, il détendait encore une atmosphère déjà décontractée. Il se balançait tranquillement sur sa chaise pendant qu'ils discutaient. Depuis qu'elle était entrée dans la pièce, Kat avait le sentiment qu'elle pouvait lui faire confiance, même si la vie lui avait douloureusement appris à se méfier des jugements hâtifs.

— Avant de parler plus avant des spécificités du travail auquel vous postulez, déclara enfin le policier, je voulais être sûr d'avoir bien compris quelque chose. Si vous vous installez ici, c'est pour un projet à long terme, n'est-ce pas ?

— Oui. Je l'ai clairement fait comprendre à mes anciens collègues de Colombus. Et je n'ai pas envie que la politesse vous empêche de me poser des questions sur ce qui s'est passé. Disons qu'après un certain incident… enfin, reprit-elle après une longue respiration, la vérité, c'est qu'une intervention s'est très mal passée, et on m'a tiré dessus. Il y a eu une enquête interne sur la façon dont j'avais réagi, et j'ai été blanchie de tout soupçon. En fait, l'homme qui m'a agressée n'avait pas seulement maltraité son fils ; il avait aussi dévalisé plusieurs banques dans la banlieue de Colombus.

— Je dois vous avouer que j'ai lu toute l'histoire sur l'Internet, Kat, dit-il en hochant la tête. En plus d'avoir été blanchie dans cette affaire, j'ai vu que vous aviez collectionné les décorations, la médaille du travail, le mérite national… Ecoutez, je comprends parfaitement que vous ayez eu besoin de changer de vie, et qu'il est difficile de changer son fusil d'épaule, en l'occurrence de le remiser au placard. Pendant des années, il n'y a eu ici qu'un seul shérif. Il menait ses affaires comme il l'entendait, il était le roi de tout le comté. Quand j'ai pris sa place, beaucoup pensaient que j'allais reproduire le même schéma. Mais on nous a construit ce nouveau centre, et j'ai souhaité changer quelque peu les méthodes. Je m'adapte simplement à une région qui change, elle aussi. Ce n'est pas tout à fait la carte postale idyllique que s'imaginent ceux qui n'y viennent qu'en touristes. La ville grandit, et de nouveaux défis se posent à nous. Des conflits que nous ne connaissions pas avant. Et les gens, par ici, réagissent parfois selon leurs propres règles, ce que vous ne tarderez pas à apprendre en travaillant dans ces bureaux.

— Si vous m'offrez ce poste, répondit-elle, soyez certain que j'accepterai ces conditions. Je ferai de mon mieux pour m'adapter.

— Parfait, dit-il en se levant pour lui serrer la main, comme si l'affaire était conclue. Vous savez quoi ? Je vous présenterais volontiers les équipes tout de suite. Après quoi vous pourriez passer une petite heure avec la gestionnaire, qui vous expliquera les ficelles de son métier bien mieux que je ne saurais le faire. Si ça marche pour vous, vous pourriez commencer dès lundi. Pour tout ce qui a trait à la gestion, j'ai deux mains droites ; ça me serait utile que le relais soit passé rapidement, de façon à ne pas me plonger dans des questions de procédures auxquelles je ne comprends rien.

Kat était d'accord, bien évidemment. Elle devait comprendre au plus vite les spécificités d'une surveillance citoyenne en rase campagne.

*
* *

— Eli, lança Luke Brand avec cet accent germanique traînant des Amish. Je t'ai dit de couper des branchettes de bois vert si tu veux griller tes saucisses.

— Mais, papa, protesta le garçon avec un sourire où manquait une dent, en remuant sa brochette enflammée au milieu de celles des autres enfants, ça va plus vite avec du bois sec, et moi j'aime bien quand c'est bien grillé. Regarde, pour Sarah et Melly, j'ai coupé du bois vert, *ja*, tu vois ? J'en prendrai une branche moi-même pour caraméliser ma guimauve.

Luke secoua la tête en réprimant un sourire. Son petit Eli avait toujours aimé transformer ses guimauves en torches au fumet sucré. Le rituel feu de camp du vendredi soir des enfants amish se déroulait cette fois sur une parcelle jouxtant sa ferme. Il avait donc accepté de veiller sur eux. Le fait qu'il soit veuf n'était pas pour déplaire aux enfants, notamment aux plus grands : les semaines où un couple les surveillait, la maîtresse de maison s'inquiétait immanquablement de la plupart de leurs initiatives.

Il y avait dans ce groupe surexcité non seulement son fils Eli et sa fille Sarah, mais aussi Melanie, la fille de neuf ans de son frère Dan. Pour ne pas rester trop dans leurs pattes, il tira du feu sa propre saucisse rôtie, la posa dans un pain nappé de moutarde, au milieu des oignons grillés et des rondelles de concombre, avant d'aller déguster son festin plus loin, près du champ de maïs devant lequel les gosses avaient laissé leurs chariots.

C'était une magnifique soirée d'automne, baignée par la lumière douce d'une lune presque pleine. Luke était heureux de ne pas la vivre seul, mais entouré de piaillements sympathiques. Depuis qu'il était devenu veuf, plusieurs membres de la communauté avaient bien tenté de lui présenter des femmes plus jeunes que lui, car celles de son âge, chez les Amish, étaient toutes mariées. Cependant leurs talents d'entremetteurs n'avaient pas suffi, même s'il ne portait plus aujourd'hui le deuil d'Anna.

Il soupira et ses épaules s'affaissèrent, mais il se reprit rapidement. Un Amish n'oubliait jamais très longtemps de remercier le Seigneur pour toutes les choses magnifiques qu'Il lui avait envoyées. Le début de l'automne était la saison préférée de Luke, avec ses jours ensoleillés et doux, ses nuits fraîches et ses arbres qui se couvraient de robes princières rouge et or. Les champs de maïs autour de sa ferme seraient bientôt mûrs pour la moisson. Luke remplit ses poumons de l'air vivifiant de cette période bénie de Dieu.

Pourtant, il ne pouvait s'empêcher de penser au bonheur qu'il connaîtrait s'il partageait tout ça avec quelqu'un à ses côtés. Quelqu'un qui, par exemple, l'accompagnerait pour de longues promenades dans les magnifiques bois d'alentour. Certains jours, Luke attendait la nuit pour ne plus y penser. Une fois dans son lit, après une journée de dur labeur passée entre ses champs et sa fabrique de moulins, il dormait du sommeil du juste, et son esprit cessait de divaguer sur les sentiers de la vie à deux.

Ici, loin des lumières des grandes villes, la voûte céleste était constellée d'étoiles qui scintillaient comme une rivière de diamants. C'est en tout cas l'image qu'en avait Luke, même s'il n'avait jamais vu de grandes villes, pas plus que de boutiques de joailliers. Son frère Dan, lui, s'était laissé griser par sa *rumspringa*, cette période, au sortir de l'adolescence, où les Amish sont envoyés dans le monde moderne pour choisir entre le chauffage central ou le poêle à mazout, la vie libérée des « Anglais » ou celle, plus rigoureuse et plus saine, de leur communauté. Dan n'était pas rentré de cette expérience. Luke, lui, s'était toujours senti bien dans son petit groupe. Il n'avait envie de rien d'autre.

Sa seule fantaisie avait été de créer sa propre entreprise : là, avec une petite équipe, ils construisaient des moulins à vent. Des grands, fonctionnels, mais aussi des plus petits, décoratifs, dont certains aimaient à voir les petites pales tourner au milieu de leurs hortensias. « Des moulins juste pour faire joli », comme les appelait sa défunte épouse.

Pour obtenir le droit de fabriquer ces ornements, assez proches d'un objet de consommation, il avait fallu convaincre les anciens que les valeurs du travail amish étaient sauves. Ce mois-là, Luke avait gagné son bras de fer, mais perdu sa femme, emportée par un accouchement difficile. Sarah était bien née, mais sa maman avait succombé à des complications. Pourtant, tous les examens prénataux avaient été effectués normalement.

Le père regardait maintenant sa fille, avec ses boucles blondes comme de l'or, qui s'esclaffait avec sa cousine Melanie. Toutes deux regardaient avec de grands yeux les couples de jeunes parents qui se tenaient la main, se caressaient gentiment le visage en murmurant, sans doute, des mots doux. Sarah portait sagement son *kapp*, le sous-bonnet blanc traditionnel qui tenait déjà ses cheveux, avec deux fins rubans pendant sur les côtés. Melanie, elle, éternel esprit libre, arborait une casquette à l'effigie d'une équipe de football, qu'elle portait à l'envers par-dessus sa tignasse auburn. Luke supposait que se couvrir la tête devant les membres de l'ancienne communauté de son père était sans doute, pour elle, une concession. Cela faisait dix ans maintenant que Dan avait quitté l'univers des Amish pour épouser une Anglaise et vivre dans « l'autre monde ».

Tout à coup, Luke dressa l'oreille. Derrière le rire des enfants, il percevait un son lointain, comme un bourdonnement qui semblait enfler. Ce n'était pas un avion, conclut-il en s'éloignant du feu de camp, les yeux rivés au ciel. Pas une voiture non plus, car la ferme qu'il exploitait avec son frère Moïse était assez loin de la route, et les champs de maïs étouffaient la rumeur de la circulation. Alors quoi ?

Le bruit étrange continuait de se rapprocher.

Les poneys attelés aux chariots dressèrent leurs oreilles pointues. Ils s'agitèrent un peu et se mirent à hennir.

C'était le bruit d'un petit moteur, comprit Luke en s'écartant un peu plus de l'agitation des gamins. Il scrutait une allée en pente de six mètres de large qu'ils avaient aménagée entre deux champs de maïs pour laisser passer la moissonneuse et les tracteurs. Oui, il distinguait maintenant une lumière — un phare ? — qui se dirigeait vers lui dans la nuit, sautillant au gré des ornières du chemin.

Il secoua la tête, incrédule. Une moto. Un jeune Amish avait dû la louer à la ville. Les voitures, les motos, le cinéma, le rock, la danse, le tabac, l'alcool, les drogues même, parfois... les jeunes Amish essayaient tout cela, une fois majeurs, pour se frotter à « Satan », et voir si, oui ou non, ils préféraient finalement rentrer au bercail et adopter de leur plein gré les règles strictes de leur communauté. Une sorte de rite initiatique, qui donnait plus de poids encore à la prestation de serment devant les sages, et devant Dieu. Mais Luke n'avait aucune envie de voir débarquer un adolescent imbibé d'alcool, qui courait le risque de renverser un des enfants sur les lieux de la fête.

Il se campa au beau milieu de l'allée, jambes écartées, et se mit à agiter les bras au-dessus de sa tête pour faire stopper l'engin. Comme ses frères, Luke était assez grand — plus d'un mètre quatre-vingts — mais il était habillé de noir, et le pilote de la moto ne semblait pas le voir.

C'est ensuite que Luke réalisa que ce dernier le voyait en fait très bien grâce à son phare, mais qu'il n'avait aucunement l'intention d'obéir à son signal. Il portait un casque intégral sombre, à visière fumée ; un peu comme ces casques étranges qu'il avait vus quelquefois sur des astronomes ou des joueurs de football américain, quand il s'était arrêté quelques minutes devant la vitrine d'un vendeur de télévisions de Maplecreek. Et des gants — il portait des gants.

A la dernière seconde, Luke sauta sur le côté pour ne pas être écrasé. Le motard, un instant déstabilisé par la manœuvre, posa un pied à terre pour récupérer sa machine, avant d'accélérer de nouveau. Hébété, Luke eut juste le temps de noter quelques détails de plus : des boots, une paire de jeans et une veste en cuir.

Luke se releva et courut derrière la moto, hurlant aux enfants : « Attention ! Aux abris ! »

A seulement neuf ans, le petit Eli passait beaucoup de son temps à « surveiller » son père. Il avait perdu sa mère alors qu'il n'avait que quatre ans, et il était terrorisé à l'idée que son père pouvait mourir, lui aussi. Il faisait attention à lui chaque fois qu'il le pouvait, l'exhortait à la prudence lorsqu'il grimpait en haut des moulins qu'il édifiait dans le coin.

Il venait d'apercevoir la moto, derrière laquelle son père s'époumonait, qui fonçait maintenant sur eux.

— Aux abris ! Attention ! hurla le jeune Eli en répétant l'ordre de son père.

Dérangés dans leurs jeux et dans leurs chants, les plus grands des enfants regardaient maintenant la moto s'approcher, comme tétanisés par la stupeur et la curiosité.

Au début, Eli fut rassuré de voir que le motard maîtrisait bien son engin, et qu'il faisait des ronds autour du feu sans jamais frôler les enfants. C'est alors que pilote jeta quelque chose dans le feu, un paquet qui décrivit une parabole au-dessus de la tête d'Eli. Il y eut une explosion effrayante, accompagnée de jets de flammes qui se projetaient en tous sens comme des lances lumineuses. Des fusées se mirent à siffler dans les airs, certaines explosant très vite dans des gerbes de couleurs.

Les poneys, cette fois, lancèrent des ruades paniquées et se mirent à galoper sans réfléchir. Se cognant les uns aux autres, ils traînaient leurs chariots renversés dans un désordre indes criptible. Les enfants plongeaient sous tout ce qui pouvait les protéger, certains décampaient à travers le champ de maïs, ou dévalaient en hurlant un ravin tout proche.

Eli aurait bien voulu courir vers son père, comme sa petite sœur venait de le faire, mais ses jambes refusaient de lui obéir. Le feu continuait de lancer des projectiles comme une marmite de pop-corn géante dont un colosse mal intentionné aurait soulevé le couvercle. Non loin de lui, sa cousine Melly semblait pétrifiée par la peur. Eli prit sa main et la tira vers le ravin, avec l'intention de se cacher dans les arbres. Mais d'autres avaient eu la même idée, et ils furent pris dans une mêlée invraisemblable. Eli, pourtant, savait que le bois en bas de la ravine était dense, et qu'ils y seraient en sécurité si l'inconnu revenait, ou bien si le feu d'artifice enflammait le champ de maïs.

Il faisait très sombre en contrebas, plus encore pour leurs yeux qui venaient d'être éblouis par un feu d'enfer. Melanie courait maintenant à toutes jambes devant lui, trébuchant, se relevant. Elle tirait tellement fort qu'à un moment, Eli dut lâcher sa main. Melly disparut dans la pénombre. Il n'entendait plus que ses cris affolés.

Quelque chose vint fouetter violemment le visage d'Eli, juste au niveau de ses yeux. Poignardé par la douleur, il s'affaissa contre un arbre, dont il serra le tronc très fort pour ne pas hurler.

A cet instant improbable, il lui revint l'image de ce jour où sa maman était morte. C'était alors sa grand-mère Ida qu'il serrait dans ses bras pour évacuer un peu sa souffrance et sa peur. Ida l'avait accompagné à l'hôpital, « pour dire au revoir », avait-elle annoncé. « Quelque chose s'est très mal passé. » Une histoire de pression à laquelle il n'avait pas compris grand-chose. Cette scène était la première dont il parvenait à se souvenir dans sa courte vie.

— Anna, est-ce que tu souffres, mon amour ? avait demandé son père en serrant la main de celle-ci, alors que la petite Sarah dormait dans un petit lit à roulettes, tout à côté d'eux.

Sa mère était énorme, gonflée, comme si elle avait beaucoup trop mangé.

— Oui, avait-elle répondu d'une voix très faible. Mais je n'ai pas peur. Tout le monde s'occupera bien de toi, j'en suis sûre, surtout que tu as un nouveau bébé. Eli et toi, il va falloir faire bien attention l'un à l'autre, d'accord ?

Tel était le seul vrai souvenir qu'il gardait gravé au fond de son cœur. Pas les adieux, pas les funérailles non plus. Eli se rappelait juste qu'il fallait prendre soin de son père, mais son œil le brûlait tellement qu'il aurait eu bien du mal à le retrouver, maintenant.

*
* *

Luke était stupéfait par le silence de mort qui s'était abattu sur l'endroit, à l'exception du son étouffé des branches avec lesquelles quelques adolescents frappaient des flammèches aux abords du champ. Il entendit au loin s'évanouir le bourdonnement de la moto.

Qui que ce soit, le motard semblait bien connaître les différents chemins qui quadrillaient les champs et pouvaient le ramener à la grand-route. Il savait aussi précisément où les jeunes Amish devaient se réunir, et quand. Pourtant, pour faire ce qu'il avait fait, il ne pouvait s'agir de l'un des leurs.

— Les enfants, vous pouvez sortir, lança Luke d'une voix de stentor, en caressant les cheveux de la petite Sarah. C'est fini, maintenant.

Pourtant, il savait au fond de lui que ce n'était fini que pour ce soir. Depuis des mois déjà, quelqu'un harcelait le petit peuple des fondateurs de Maplecreek ; ce qui aurait pu passer au départ pour des plaisanteries de mauvais goût venait de prendre une tournure bien plus dramatique. Aujourd'hui, les enfants eux-mêmes étaient devenus des cibles. Luke s'en était déjà inquiété devant son père, le leader spirituel de la communauté. Il avait bien l'intention d'insister un peu plus sur la nécessité d'une réaction forte face à ces agressions. Même si un chrétien était supposé « tendre l'autre joue », sa colère, cette fois, était montée d'un cran.

Mais cette fureur se transforma en panique lorsqu'il s'aperçut que deux enfants manquaient à l'appel, son petit Eli et la fille de son frère.

— Est-ce que quelqu'un a vu Eli et Melanie ? cria-t-il en confiant Sarah à Mattie Wengerd, qui semblait la moins traumatisée des filles. Manque-t-il quelqu'un d'autre ?

— Ils ont couru vers le ravin, Eli et Melly, répondit un jeune garçon. Ils se tenaient par la main.

C'est alors que Silas Yoder émergea du bois. Il soutenait un Eli titubant et sanguinolent. Le pauvre enfant tenait son visage entre ses mains, et le sang gouttait entre ses doigts en inondant sa chemise. Immédiatement, Luke se rua sur son fils pour essayer d'examiner la blessure.

— Eli a eu le visage fouetté par une branche et il a perdu Melly, sanglota Silas.

Il y avait tant de sang que Luke n'arrivait pas à juger de la profondeur de la plaie. Il retira sa veste, essuya délicatement le visage de son fils puis lui fit un bandeau de fortune en nouant les manches devant son front. Après quoi, à contrecœur, il chargea Silas de continuer à s'occuper d'Eli. Il devait partir à la recherche de sa nièce.

Si quoi que ce soit était arrivé à Melanie, cela tuerait sans doute Dan et Brooke, sa femme « anglaise ». La fillette était leur unique enfant, même s'ils l'avaient élevée avec la nièce de Brooke, Jennifer.

— Deux d'entre vous vont chercher de l'aide et ramener des lanternes, ordonna Luke aux garçons qui sortaient de leurs cachettes. Eli, dit-il en se retournant vers son fils, je sais que tu as mal et que tu viens d'avoir la peur de ta vie. Mais s'il te plaît, réponds-moi : sais-tu où est Melanie ?

— Elle était avec moi. Nous... nous sommes tombés, balbutia l'enfant. Je ne sais pas. Je n'y voyais rien. Papa, j'ai mal mais tu sais, je n'ai pas peur.

Luke réussit à grand-peine à contenir ses larmes.

— Silas, dit-il, trouve ton chariot et emmène Eli chez ses grands-parents, à la *daadihaus*. Dis-leur de prendre bien soin de lui et d'appeler immédiatement un docteur. Eli, je reviens te voir dès que je peux, mais il faut que je cherche Melanie. Silas, encore une chose : il faut contacter ses parents et demander des secours.

— Des secours amish ou anglais ? demanda Silas.

D'ordinaire, les Amish rechignaient à demander de l'aide à « l'extérieur » pour régler leurs problèmes.

— Tous les secours que tu pourras trouver ! cria cette fois Luke par-dessus son épaule alors qu'il courait déjà vers le bois, saisissant au passage l'une des lanternes de la fête. S'accrochant à des racines pour éviter de glisser, il commença à dévaler le ravin.

— Melanie ! *Wo bist du ?* Où es-tu, Melanie ?

Brooke Brand avait l'impression d'être replongée dans un vieux cauchemar. Elle se souvint de ce jour terrible où ils avaient failli perdre sa nièce Jennifer. Aujourd'hui Jen avait dix-sept ans, et elle la serrait très fort, comme pour se rassurer. Elle se tenait là debout, hagarde, devant un ravin où les Amish recherchaient son seul enfant.

— Melly va bien, j'en suis sûre, tante Brooke. Tout ira bien, murmura Jennifer pour conjurer le sort.

Elle portait un bas de survêtement et un sweat-shirt à l'effigie des Eagles de Cleveland. Elle revenait d'un match quand elle avait appris la nouvelle.

— Si seulement elle nous avait accompagnées voir le match, poursuivit-elle entre ses dents. Mais tu sais bien qu'elle préfère toujours venir jouer ici, avec ses copains amish.

— Je veux descendre moi-même dans ce ravin, insista Brooke,

alors même que ses tremblements ne lui auraient pas permis de faire trois pas. Je ne peux pas la perdre, Jen. Je ne peux pas !

— Ils vont la trouver, je te dis, et elle ira bien. Personne ne peut faire de mal à un garçon manqué comme Melly. Elle est solide.

La nuit était maintenant transpercée par les gyrophares des secours et par les cris montant du bois. Une bonne douzaine de volontaires amish, assistés de Ray Martin et de ses deux adjoints, avaient constitué plusieurs équipes de recherche, et les ambulanciers se tenaient prêts.

— Une civière ! cria une voix. On l'a trouvée !

Une civière, pensa Brooke. Si on demandait une civière, c'était sans doute parce qu'elle était blessée. Blessée, mais pas morte.

En proie à un espoir mêlé de crainte, Brooke et sa nièce se ruèrent vers le bord du ravin.

— On va la remonter, m'dame, alors s'il vous plaît, restez en retrait, lui dit très poliment Ray Martin. Elle respire, madame Brand. Mais il semble qu'elle ait heurté un tronc d'arbre ou un rocher. Elle a une énorme bosse sur le front. Elle avait roulé sous un tapis de feuilles mortes où il était difficile de la voir. C'est Luke Brand qui l'a retrouvée.

Son propre beau-frère.

— Oh, merci, Seigneur ! sanglota-t-elle en cajolant Jen.

Deux ambulanciers passèrent devant elle en portant la civière et descendirent prudemment dans le ravin. Au même moment, Luke apparut à l'orée du bois et se mit à gravir le talus dans leur direction. Il faisait à peu près la même taille que son frère Dan, mais il était bâti différemment. Luke était une force de la nature, tout en muscles. Il semblait aussi plus solide mentalement, il maîtrisait mieux ses émotions. Brooke l'étreignit dès qu'il s'approcha d'elle. Le corps de son beau-frère, ce soir-là, était aussi dur que les meubles de bois que confectionnait Dan.

— Merci, Luke ! Merci !

Luke la serra très fort, puis se détacha d'elle gentiment. Son front barré ne le montrait pas très rassuré.

— J'ai l'impression qu'elle a perdu conscience, Brooke. Et sa température a chuté.

— Elle a eu une commotion ? Est-ce que… est-ce qu'elle peut bouger les jambes, ou bien…

— Ils ne peuvent pas encore le dire. On t'a raconté ce qui s'est passé ? Pourquoi elle s'est enfuie ?

— Oui, Luke. Ecoute, je sais que les Amish ont pour habitude d'oublier et de pardonner, mais il y a bien un coupable ce soir, et il faut le mettre hors d'état de nuire. Avant qu'il ne recommence.

— Je regrette de n'avoir pas su convaincre les sages de la communauté. Personnellement, je t'avoue que j'ai du mal à voir dans ces actes un message de Dieu. Et maintenant je vais agir. Quoi qu'en pense mon père, ajouta-t-il comme pour lui-même.

Il y avait dans sa voix plus que de la détermination. Oui, il y avait de la colère, un sentiment inhabituel chez les Amish, ce peuple profondément pacifiste qu'elle avait appris à connaître et à aimer, depuis dix ans qu'elle les côtoyait.

— Bon, il faut que j'aille voir comment se porte mon Eli. Je suppose qu'ils ont été obligés de lui poser des points de suture. Son visage était plutôt abîmé.

Mais Brooke, de toute façon, ne l'écoutait déjà plus. Les ambulanciers étaient en train de remonter sa fille des ténèbres, petit corps inerte emmitouflé dans une couverture, sur la civière. Dan suivait de près le cortège, tendant le bras pour toucher le pied de Melanie, comme si sa force et son amour de père pouvaient lui commander de se réveiller. Le visage de la fillette était livide, souillé de sang, et une minerve emprisonnait son cou. Brooke sentit une boule d'angoisse se former dans sa gorge ; son optimisme s'envola.

— Est-ce qu'elle est… paralysée ? leur demanda-t-elle en prenant la main froide de sa fille entre ses deux mains tremblantes.

— C'est trop tôt pour le dire, m'dame, lui répondit un des infirmiers qui portait la civière. Elle est comateuse. Et si elle ne reprend pas connaissance assez vite, il est probable qu'elle sera héliportée vers un établissement plus important que le nôtre.

— S'il vous plaît ! cria Brooke en courant vers la voiture de Ray Martin, qui venait de raccrocher sa radio. Je voudrais que vous dépêchiez un hélicoptère immédiatement pour la transporter loin d'ici, dans un établissement bien équipé. La clinique de Cleveland ou l'hôpital pour enfants de Colombus… Un endroit où elle recevra immédiatement le traitement dont elle a besoin. Je pourrais utiliser mon portable, mais je suis sûre que vous obtiendrez la chose plus facilement que moi.

Pendant une fraction de seconde, elle eut l'impression que Ray Martin allait opposer son veto à cette initiative. Mais le policier n'était pas insensible au désespoir d'une mère. Il reprit sa radio sans attendre et donna ses ordres.

Serrés les uns contre les autres, Dan, Brooke et Jen murmuraient des prières pendant que les secours harnachaient Melanie pour le vol en hélicoptère.

— Cette fois, Luke va faire quelque chose pour en finir avec ces attaques, déclara Brooke à son mari. Depuis que votre père est malade, c'est lui le véritable leader de la communauté.

— Mmm… Moi je crois que notre père, une fois de plus, parviendra à le calmer, bredouilla Dan en essuyant une larme. En invoquant la volonté de Dieu, l'héritage des martyrs, le pardon aux offenses — tout ce genre de trucs.

— Pas cette fois, insista Brooke en serrant son bras si fort qu'il grimaça. Pas cette fois.

2.

— Est-ce que ton estomac te fait encore souffrir, papa ? demanda Luke en s'asseyant, le soir suivant, au côté de son vieux père.

Le fils n'avait trouvé que ce sujet-là pour engager la conversation.

Ce coin où Jacob Brand avait pris l'habitude de se reposer, sous le porche de la maison, était l'endroit idéal pour discuter loin des oreilles indiscrètes. La maison des parents de Luke faisait face à la ferme où il vivait avec ses enfants, à un jet de pierre de sa fabrique de moulins. Chez les Amish, il était fréquent que les parents s'installent non loin de chez leur fils aîné, qui généralement reprenait le flambeau et s'occupait des récoltes. Chez les Brand, c'était Luke, le troisième fils, qui jouait le rôle d'aîné, depuis que Dan était allé s'installer en ville avec une compagne « anglaise », tandis que Gid et Mahlon, eux, avaient déménagé dans l'ouest de l'Ohio.

— Je me sens mieux, répondit comme d'habitude celui que la communauté appelait le révérend Brand. Mais ce n'est pas de mes aigreurs d'estomac qu'il convient de parler, n'est-ce pas ? Tu sais comme moi que l'esprit de vengeance doit nous rester étranger. Nous devons, une fois de plus, nous en remettre aux mains de Dieu.

Le vieux sage savait donc parfaitement ce que son fils était venu lui dire.

— Je ne parle pas de vengeance, répondit Luke en se levant du rocking-chair de sa mère pour faire les cent pas sous le porche, avant de s'appuyer à la rambarde. Je te parle de la justice des hommes, pour une fois. Le simple bon sens me pousse à penser que nous sommes obligés, au bout d'un moment, de protéger les nôtres. Et maintenant que des inconnus s'en prennent à nos enfants, j'ai le sentiment qu'il s'agit tout simplement d'instinct de survie. Nous ne sommes plus face à de simples provocations, des chariots poussés hors de la route ou des draps déchirés pendant qu'ils sèchent. La fille de Dan est dans le coma, et Eli risque de perdre définitivement l'usage de son œil gauche. Jusqu'où iront-ils la prochaine fois ?

— Luke, assieds-toi. Assieds-toi, et écoute ce que j'ai à te dire.

Ce dernier se laissa choir dans le fauteuil si lourdement que le dossier alla cogner le mur brutalement avant de rebondir. Au prix d'un effort inhumain, Luke parvint à garder son calme et regarda son père attentivement. Quoi que le révérend lui dise, il demanderait une aide extérieure pour régler cette situation. Il savait que Dan et Brooke le soutiendraient, mais ils étaient au chevet de leur petite Melanie, dans une chambre de la clinique pour enfants de Colombus, à presque deux cents kilomètres de là. Et puis Dan et Brooke n'appartenaient pas vraiment à la communauté amish.

— Vas-y, papa, dit-il quand il s'aperçut que le patriarche lissait sa longue barbe blanche en attendant qu'il se calme pour de bon.

— Je me suis beaucoup appuyé sur toi ces dernières années,

Luke. Dieu t'a donné l'art des mots justes, tu es complètement dévoué aux tiens, c'est *toi* qui dois devenir le prochain révérend, si le Seigneur le veut ainsi. Dan nous a quittés pour une autre vie, Moïse a fort à faire avec sa nombreuse famille. Gid, Mahlon, Ruth ont été obligés de s'exiler pour trouver des terres, de façon à nourrir leurs enfants. Mais toi, même quand tu as perdu Anna, tu as su rester fort, et tu n'as jamais douté que ta vie était ici.

— Maintenant seulement, j'ai l'impression d'être fort.

— *Ach*, lâcha le père en brandissant ses mains noueuses devant son visage de prophète. Il en faut, de la force, pour faire face à la persécution, et du courage pour tendre l'autre joue. N'oublie pas, « les faibles regarderont les valeureux et tenteront de les massacrer », mais le Seigneur protégera son peuple sur sa terre.

— Ecoute, papa, les petites attaques mesquines du début, je peux les affronter sans piper mot. Mais je te le dis avec tout mon respect, je ne peux pas accepter que nos enfants soient pris pour cible. Ils sont en danger aujourd'hui, vraiment, et cela doit cesser maintenant, même si les coupables sont seuls face au Seigneur le jour du jugement dernier. Je vais voir Ray Martin, pour lui dire que j'accepte de porter plainte s'il découvre qui a jeté ces feux d'artifice pour transformer la fête d'hier soir en scène de panique. La petite Melanie de Dan et Brooke pourrait bien ne jamais se réveiller, et l'œil d'Eli…

Luke renifla et se pinça le nez pour refouler les larmes qui lui venaient.

— Luke, tu connais la justice des hommes, reprit le vieux Brand en posant la main sur l'accoudoir du fauteuil de son fils. Même s'ils attrapaient les coupables, il y aurait toujours un avocat ou un membre du jury pour affirmer que les enfants sont responsables d'avoir couru dans un ravin obscur. « C'était un accident », te diront-ils. Ils jugeront qu'il s'agit d'un cas typique de — comment disait Brooke, déjà ? — oui, un cas typique de *néguidance.*

— Négligence, le reprit Luke. Mais en vérité, papa, ils ne sont pas si bêtes. Aujourd'hui, ils ont des lois qui parlent d'incitation à la haine, des textes qui condamnent l'agression gratuite.

— Et qu'est-ce qu'il y a de nouveau pour nous là-dedans ? Nous préparer à nous battre ne ferait qu'envenimer les choses. Quant à ton officier de police, tu sais aussi bien que moi qu'il a déjà fourré son nez dans les affaires précédentes. Avec quel succès, dis-moi ?

— Il a juste eu vent de certaines agressions mineures, et encore, parce que Brooke les lui avait rapportées. Personne de chez nous ne lui en avait parlé. Ray Martin n'a aucune idée de la tournure qu'ont prise les choses. Alors voilà ce que j'envisage de faire.

— Je t'écoute, *ja.* De toute façon, je n'ai pas le choix.

Luke tourna son fauteuil pour plonger son regard dans celui de son père, qui ne montrait aucune émotion particulière.

— Les lâches qui nous harcèlent pensent qu'ils peuvent agir en toute impunité. C'est pour ça qu'ils vont de plus en plus loin. Nous avons besoin que quelqu'un vienne vivre au sein de notre communauté pour surveiller les choses et enquêter. Quelqu'un qu'ils ne suspecteront pas, et qui tentera de savoir qui ils sont. Une personne qu'ils verront comme l'un des nôtres, et dont ils ne sauront pas qu'elle est en train de réunir des preuves contre eux.

— *Ach,* tu sais comme moi qui peut être derrière tout ça. Ces soi-disant Chevaliers de la Nation, qui n'acceptent personne d'autre qu'eux-mêmes. Ou peut-être le syndicat des charpentiers, furieux que nos hommes accaparent la plupart des chantiers dans la région parce qu'ils travaillent mieux que les autres. Ou encore un malade qui ne supporte pas que nous ne payions pas d'impôts, que nous n'envoyions pas nos enfants dans *leurs* écoles. En tout cas, ajouta-t-il en saisissant le poignet de son fils, ne me dis pas que tu envisages d'amener un étranger ici, un *auslander* ?

— Le temps des récoltes arrive, dit Luke très vite pour ne pas être interrompu. On pourrait demander à Ray Martin qu'il dépêche un de ses inspecteurs rapidement, quelqu'un qui accepte de s'habiller et de se comporter en Amish. On ferait croire qu'il est un de nos cousins. Il arriverait de Pennsylvanie ou de l'ouest de l'Ohio, et nous rendrait visite pour quelques semaines. Ça nous est déjà arrivé d'appeler des proches pour nous prêter main-forte au moment des récoltes. Je ne te demande pas seulement d'accepter ma requête. Je souhaiterais aussi qu'il soit hébergé chez nous.

— Tu veux dire ici, dans la ferme ? Tu voudrais que nous cautionnions un mensonge ?

— Oui, ici même, dans la chambre libre que vous avez à l'arrière de la maison. De la sorte, vous auriez un œil sur ce qu'il fait, et moi je ne serais pas loin. Je pourrais l'aider à dénouer le fil de cette intrigue.

— C'est donc bien tout cela que tu me demandes, mon fils, mon frère dans la foi, grommela le vieux Jacob en écarquillant les yeux, à tel point que ses sourcils broussailleux disparurent derrière sa frange argentée.

Après s'être redressé sous le coup de la surprise, le patriarche s'enfonça de nouveau dans son fauteuil en serrant son ventre dans ses mains. Etait-ce parce que la douleur le reprenait, ou parce qu'il ruminait une réponse difficile, Luke n'aurait su le dire.

— Je me doute que tu vas commencer par prier, et que tu as l'intention de consulter les anciens, dit Luke en mobilisant tout le courage qui lui restait. Mais bon sang, je t'ai entendu toi-même dire à maman il y a quelques jours que tu ne voulais pas partir en laissant ta communauté affronter seule le danger.

— Oh, mon fils, marmonna Jacob avec une grimace, mon estomac me lance de plus en plus. Un ulcère, sûrement. Et je crains que toute cette affaire n'aggrave encore la situation.

— Papa, ta santé se dégradera beaucoup plus si ces intimidations continuent… si je peux me permettre. Et je ne disais pas que je te voyais mourir demain. Ce que je retiens dans cette phrase, c'est que tu n'acceptes plus de voir les tiens craindre pour leur sécurité, et peut-être pour leur vie. Enfin, nos ancêtres sont quand même venus dans ce pays pour combattre cette violence !

— Eh bien, moi, j'ai l'impression que tu fais moins confiance au Seigneur qu'à toi-même, lança le vieillard en agitant un index rageur.

— J'ai confiance dans ce que Dieu me commande de faire pour protéger ses agneaux. En tout cas à l'idée que je me fais de ce qu'il attend de moi.

— Et tu penses qu'Il n'est pas capable d'agir lui-même ?

— Bien sûr qu'Il le peut ! Mais Il utilise les hommes de foi comme nous pour que son amour triomphe ici-bas. Franchement, papa — révérend Bishop —, je ne pourrai plus regarder mon fils dans les yeux — ou, peut-être, dans son œil — si je n'ai même pas essayé d'arrêter tout ça. Et prends conscience que c'est tout notre art de vivre, cette culture que nous chérissons, qui est aujourd'hui en péril.

A la grande surprise de Luke, son père acquiesçait maintenant en opinant lentement du chef.

— Mon fils, si tu trouves la personne qui selon toi est envoyée par Dieu pour sauvegarder la quiétude de nos enfants et la culture des Amish, alors ta mère et moi nous l'accueillerons. Et nous tenterons de l'aider, au moins à ressembler à l'un des nôtres.

Le lendemain, à la fin de son sermon, le révérend Brand présenta le projet de son fils aux représentants de la communauté amish de la région de Maplecreek, qui s'étaient réunis dans l'immense étable des Wengerd. L'assistance bruissa pendant de longues minutes d'arguments murmurés, de désaccords parfois vifs prononcés à demi-mot, mais on en arriva finalement à un consensus. Comme toujours, les Amish agiraient comme un seul homme ; en l'occurrence, la communauté acceptait, exceptionnellement, d'accueillir un *auslander* s'il venait pour les aider. Et si quelqu'un questionnait l'un d'eux sur le nouveau venu, il répondrait sans autre détail qu'il s'agissait d'un proche du révérend Brand.

Luke s'était senti soulagé en entendant sa mère chuchoter à sa sœur Emma :

— Comme nous descendons tous d'Adam et Eve, nous dirons à ceux qui s'étonnent qu'il dorme chez nous que c'est un cousin éloigné. Mais tout cela doit cesser, maintenant.

Le lundi matin, Luke délaissa ses champs et sa fabrique pour aller exposer son plan à Ray Martin. Il attacha les chevaux qui tiraient sa carriole devant une boutique d'informatique qui jouxtait le poste de police et pénétra dans le bâtiment, en vérifiant que personne ne l'observait. Il était lui-même en mission secrète, et ne voulait pas que le mot coure « chez les Anglais » qu'il était venu voir la police. C'était une règle, chez les Amish, depuis qu'ils avaient fui les persécutions en Europe : la communauté demanderait l'aide de Dieu, jamais celle des autorités en place. Luke était donc en train de transgresser un des tabous les plus fermement ancrés chez les siens. S'il y avait pensé, il aurait fait parvenir un mot à Ray, lui demandant de le rejoindre dans un endroit plus neutre, à l'abri des regards. Mais il était trop tard pour cela. Quoi qu'il en soit, il ne tarderait pas à savoir si ceux de sa communauté savaient garder un secret.

En pénétrant dans les locaux de la police par la porte arrière, Luke aperçut immédiatement Ray Martin, assis dans son bureau tout en baies vitrées dont la porte était ouverte.

Dans la pièce principale, trois femmes s'affairaient : la plus âgée s'occupait de la réception, une autre, enceinte, se concentrait sur l'écran de son ordinateur, et la dernière, une jolie blonde, se penchait sur l'épaule de la deuxième.

Luke tapota la porte du policier pour se signaler.

— Hé ! monsieur Brand, entrez, entrez, dit celui-ci en se levant pour lui serrer la main. Je suis navré de devoir vous annoncer que l'enquête n'a pas beaucoup progressé, concernant l'agression des enfants vendredi dernier. J'ai appris que votre fils risquait de perdre un œil, et que votre nièce se trouve toujours dans le coma.

Tout en parlant, Ray Martin ferma la porte vitrée de son bureau. Dans l'autre pièce, les trois femmes avaient tourné la tête vers eux. La réceptionniste et la femme enceinte semblaient simplement surprises de voir un Amish dans leurs locaux, mais la troisième, elle, observait Luke avec une curiosité évidente. Avec ses grands yeux, ses sourcils fins, son petit nez mutin et ses lèvres joliment dessinées, elle affichait une beauté naturelle, sans fard. Bien sûr, sa tête n'était pas couverte comme celle d'une Amish, mais ses cheveux coupés aux épaules lui faisaient comme un casque doré. Ses yeux bleus, purs comme deux aigues-marines, croisèrent ceux de Luke avant qu'il ne détache son regard d'elle et détourne la tête.

— J'ai interrogé les parents du Boosters Club, vous savez, ceux qui se font supporters de leurs gosses lors des compétitions universitaires. Eh bien, quand j'ai demandé si des fusées prévues pour le feu d'artifice avaient disparu, ils m'ont affirmé que ce n'était pas le cas. Maintenant, qu'est-ce que je peux faire pour vous ? poursuivit Martin.

Il s'assit sur une chaise à côté de Luke plutôt que de se réfugier derrière son bureau. Il faisait tout pour paraître conciliant, et il écouta attentivement lorsque Luke lui exposa son projet.

— J'aimerais bien mettre quelqu'un à temps plein sur cette affaire, Luke, mais je n'ai pas les moyens pour ça. Le gouvernement fédéral taille dans nos budgets, nous sommes de moins en moins nombreux alors que nous devons surveiller de plus en plus d'habitants. Ces coupures budgétaires interviennent alors que de nouveaux problèmes se posent. Je vous assure que j'adorerais vous offrir un agent qui s'infiltrerait pendant quelques semaines dans votre communauté, mais franchement, là, je ne peux pas.

Les espoirs de Luke s'envolèrent en un instant. Peut-être que Dieu, finalement, refusait d'agréer son projet. Cela signifiait-il qu'il devrait mener l'enquête lui-même ? Avec la récolte qui approchait, sa fabrique de moulins et ses enfants, il n'aurait sans doute pas le temps de tout faire tout seul.

Soudainement, Ray Martin se tourna vers les femmes qui les regardaient toujours de l'autre côté de la vitre.

— J'ai vraiment envie d'aider votre belle communauté avec tous les moyens à ma disposition, Luke, reprit-il. Je sais que certains dans le coin vous cherchent des noises, mais je pense moi que les Amish sont des citoyens modèles, des hommes de bien. Vous cherchez toujours à aider votre voisin, vous donnez un coup de main pour les récoltes, vous participez aux ventes de charité, et vous vous conformez à la loi des hommes alors que vous ne croyez qu'en celle de Dieu.

Paradoxalement, ces compliments ne dissipaient en rien un sentiment d'échec. Dépité, Luke se leva pour partir.

— Attention, je n'ai pas dit non, lança Ray Martin en lui faisant signe de se rasseoir. Dites-moi, si j'arrivais à m'arranger de mon côté, accepteriez-vous qu'au lieu d'un homme, ce soit une femme que vous accueilliez chez vous ? Une femme qui a une solide expérience dans la police, mais à qui il faudra apprendre à ressembler à une Amish ?

— Quoi ? s'écria Kat quand Ray lui exposa la mission qu'il comptait lui confier.

Le grand visiteur était parti. Il devait être amish, et c'était sans doute lui qui avait fait cette requête incongrue. Kat avait du mal à en croire ses oreilles, mais elle décida de baisser le ton avant de poursuivre.

— Vous n'y pensez pas sérieusement ? J'ai déjà du mal à trouver mon chemin dans la région… alors m'infiltrer parmi les Amish ! En plus, je ne connais presque rien de cette communauté.

— C'est précisément pour cette raison que j'ai pensé à vous, Kat. Vous ne connaissez personne, mais personne ne vous connaît non plus. Et puis vous arriveriez dans ce contexte avec un esprit neuf, parfaitement objectif. C'est exactement ce dont nous avons besoin, en plus de vos qualités d'enquêtrice. On vous ferait passer pour une lointaine cousine qui a quitté sa Pennsylvanie pour leur rendre visite. Les Amish vous accueilleraient, et ils vous aideraient à être crédible dans votre rôle. En échange, vous traqueriez tout indice qui pourrait nous aider à remonter le fil de ces agressions à répétition. Je ne vous demanderai pas d'arrêter vous-même les suspects. Mais j'ai le sentiment que si je me contente, moi, de me rendre sur le terrain après chaque incident, je ne rapporterai rien de très probant.

— Est-ce que je resterai en contact avec vous ? J'emporte un téléphone cellulaire ou…

— Pas de téléphone, Kat. Nous pourrions tomber sur des petits malins capables d'intercepter les appels. Les Amish ont accès à des cabines téléphoniques, situées pour la plupart sur le bord des routes. Je pense qu'il vous faut abandonner tout l'attirail habituel. Nous nous arrangerons pour nous rencontrer régulièrement, de nuit, quelque part près de la ferme des Brand.

— La ferme des Brand ?

— L'homme que vous avez vu tout à l'heure s'appelle Luke Brand. C'est le fils du révérend de la communauté : il est devenu le véritable leader des Amish depuis que son père est affaibli physiquement. Son frère Dan et lui ont jeté des ponts entre les deux cultures dans la région : ils ont autorisé les Amish à venir travailler dans des échoppes tenues par les « Anglais », comme ils disent, et lancé plusieurs petites affaires très prospères. Les fermes, de nos jours, ne peuvent plus nourrir que la moitié de leur groupe.

— Il s'appelle donc Luke Brand.

— Exact. Ils vous feront passer pour sa cousine, ou quelque chose comme ça.

— Ecoutez, j'ai vraiment envie de vous aider. Mais je suis venue ici pour être votre gestionnaire. Avec son bébé qui ne tardera pas à montrer le bout de son nez, Patt a vraiment hâte de quitter son poste.

— Je me débrouillerai pour qu'elle tienne encore une semaine ou deux. Et si c'est impossible, je proposerai à la personne qui fait son travail le week-end de faire des heures sup'. Croyez-moi, l'une comme l'autre seront sans doute ravies d'être payées un peu plus. Quant à vous, vous recevrez bien sûr votre paye normale. Franchement, je ne vois pas à qui d'autre je pourrais le demander. Et encore une fois, vous êtes nouvelle ici, ce qui pourrait s'avérer très précieux pour ce genre d'opération. Vous êtes parfaite pour ce rôle. Voyez-vous, les Amish nous demandent de l'aide sur cette affaire, ce qui n'est pas leur genre. Mais cette fois-ci, des enfants ont été blessés, notamment le propre fils de Luke…

— C'est le fils de Luke Brand qui a été blessé ? demanda Kat.

— Oui, et sa nièce également. Elle est toujours dans le coma. Et je considérerais que vous me rendez un service personnel, tout comme vous le rendez à cette ville, si…

Mais Kat ne l'écoutait plus. La gestionnaire qu'elle devait remplacer lui avait parlé de ces deux enfants de neuf ans qui avaient souffert dans leur chair après avoir fui les feux d'artifice : le garçon qui risquait de perdre un œil, et la petite fille, à moitié amish, qui était toujours sous respiration artificielle à l'hôpital pour enfants de Colombus. Ces hôpitaux, Kat ne les connaissait que trop bien.

— Kat ? dit Ray Martin pour interrompre ses pensées. Ecoutez, Luke Brand attend à côté. Si vous avez besoin d'un peu de temps pour réfléchir, je vais lui dire que je lui donnerai une réponse plus tard, et le renvoyer chez lui.

— Non, je… j'aimerais lui parler.

— Ecoutez, tous mes agents sont dehors en ce moment. Pourquoi n'utiliseriez-vous pas les vestiaires ? Je passerai voir si vous avez pu vous mettre d'accord. Et puis, Kat, à mon humble avis, cette mission est une chance pour vous si vous souhaitez nouer des attaches ici.

— Les attaches ne sont pas mon fort. Je préfère aider les gens, surtout les enfants… Je vais essayer de vous aider, au moins pendant quelques jours, de façon à vous rapporter de quoi relancer l'enquête.

— Je vous en suis très reconnaissant, et je suis sûr que les Amish le seront aussi, même s'ils répugnent à faire des compliments ou à dire merci : chez eux, c'est considéré comme un ferment d'orgueil malsain.

« Dans quoi me suis-je encore fourrée ? » se demanda Kat en se levant. En vérité, elle s'était réfugiée ici pour trouver le calme, pas pour se lancer un nouveau défi. Et moins encore pour se mettre au service d'un Amish qui ne manquerait pas de la former comme le plus exigeant des adjudants, soulignant chacune de ses erreurs de son regard profond.

Comme Ray Martin les présentait, Kat fut de nouveau frappée par le charisme incroyable du personnage. Luke Brand était grand et s'exprimait d'une voix grave, dans un langage châtié. Seul son débit de mots et certaines expressions désuètes donnèrent à Kat l'impression qu'elle était transportée deux siècles en arrière. Elle lui demanda immédiatement comment allait son fils.

— Nous ne saurons pas s'il a perdu l'usage de son œil tant que la plaie n'aura pas cicatrisé, expliqua Luke. Il a mal, mais il refuse de dire à quel point, alors il est difficile de savoir quelle dose de médicament il faut lui administrer.

— Je suis heureuse d'apprendre, en tout cas, que vous l'avez fait soigner immédiatement, ajouta Kat.

Elle était rassurée de ne pas avoir affaire à un de ces groupes religieux intégristes qui préfèrent laisser un enfant mourir d'une appendicite plutôt que de le montrer à un médecin. Manifestement, les Amish avaient consenti certains compromis par rapport à leur foi, acceptant d'avoir recours au téléphone et à la médecine moderne.

— Est-il dans le même hôpital que la petite fille dans le coma ? demanda-t-elle.

— Non, il est à la maison, et il insiste pour faire sa part du travail comme si de rien n'était. Sa grand-mère, qui s'occupe beaucoup de lui depuis la mort de mon épouse, a l'habitude de dire qu'il a neuf ans et qu'il va sur ses seize.

Pendant qu'il parlait, le regard de Kat passait rapidement de ses lèvres à ses yeux. Des yeux presque indigo, dont la couleur profonde était rehaussée par la chemisette bleu ciel qu'il portait sous une veste de toile noire. Sans qu'elle comprenne exactement pourquoi, la présence de cet homme avait le don d'éveiller ses sens. Malgré les deux bons mètres qui les séparaient, elle sentait un effluve de pin — son savon, sans doute — et un autre parfum, indéfinissable… du clou de girofle ?

Il avait retiré son chapeau noir à bord large, et le tenait maintenant à la main pendant qu'il lui expliquait la situation. Alors qu'il tournait la tête, elle nota encore les reflets dorés de ses cheveux châtains qui ondulaient sur ses épaules. Quelques traits argentés agrémentaient sa barbe impeccablement taillée. Il avait un visage assez carré, avec des pommettes saillantes, et une peau burinée par le soleil qui se creusait d'élégantes pattes d'oie sur le coin de ses yeux. Ses mains, avec leurs doigts forts et réguliers, étaient également tannées par le soleil et le travail aux champs.

Luke Brand était un homme très robuste — mais comment pouvait-il en être autrement, dans une communauté où l'on travaillait encore comme jadis ? Ses épaules étaient larges au-dessus d'une taille fine, et il portait un pantalon de toile noire.

Il y avait quelque chose de guttural dans sa voix, mais un timbre aussi grave aurait fait les beaux jours des publicitaires ou des talk-shows à la radio.

— Nous avions plutôt pensé à un homme, dit-il, mais à bien y réfléchir, une femme passera encore plus inaperçue. Ceux qui font ça ne vous suspecteront certainement pas de faire partie de la police.

Tous trois conversaient autour d'une cafetière fumante et de biscuits dans lesquels Ray Martin piochait régulièrement. Kat faisait tourner sa tasse de café entre ses mains, tandis que Luke laissait refroidir la sienne sans y tremper ses lèvres.

— Je tenais à vous prévenir que je ne suis plus en service depuis un an à cause d'une blessure, dit-elle en se forçant à baisser les yeux sur sa tasse pour ne pas le gêner. Et je suis davantage habituée à travailler en ville qu'à la campagne. Ce qui me fait penser à une chose, poursuivit-elle en relevant les yeux. J'ai entendu dire que votre nièce était soignée à l'hôpital pour enfants de Colombus. Je connais bien cet établissement. Si vous voulez la voir, je peux vous y accompagner avec votre petite famille.

— Je retiens votre offre, c'est très aimable à vous. J'en parlerai aux autres. Et pour ce qui est de vous faire ressembler à une Amish, dit-il avec l'esquisse d'un sourire, cela ne devrait pas être très difficile. Le plus dur, pour vous, sera de vous comporter selon chacun de nos préceptes, de façon à vous fondre dans la masse. Je vais vous présenter ma nièce, Leah Kurtz. Elle vous apportera des vêtements, et vous donnera quelques indications bien utiles. C'est l'institutrice de notre école, et il ne serait pas idiot de prétendre que vous êtes venue l'épauler quelque temps. Cela vous permettrait de rester en contact permanent avec les *kinder*… pardon, les enfants.

— Oui, c'est une bonne idée, renchérit Kat, même si cela lui rappelait douloureusement les leçons qu'elle avait données dans l'école de John Seyjack. Il va falloir que je change mon nom, pas vrai ? Que je trouve quelque chose à consonance germanique. Mon nom à moi, Lindley, est d'origine suédoise.

Il acquiesça et ouvrit la bouche pour répondre, puis se ravisa, réfléchissant à la meilleure option.

— J'ai bien fait deux ans d'allemand à l'université, lui dit-elle pour rompre le silence. Je n'étais pas très bonne dans cette matière, mais qui sait ? Peut-être que les bases vont me revenir.

En réalité, elle s'était inscrite à ce cours parce qu'elle trouvait le professeur mignon. Elle n'avait accordé aucune attention à ses cours, pas plus qu'aux autres, même si elle le regrettait aujourd'hui.

— Les jeunes comme les moins jeunes pourront vous parler

en anglais, répondit-il pour la rassurer. Quant aux enfants, ils vont notamment à l'école pour parfaire leur anglais. Vous serez donc doublement utile là-bas.

Il prit une gorgé de son café et se leva.

— Il vaut mieux que j'y aille maintenant. Il me faut encore préparer votre chambre… et les esprits.

— En d'autres termes, vous devez échafauder une histoire pour faciliter mon « infiltration », commenta-t-elle en le regardant cette fois bien dans les yeux.

— Vous avez déjà travaillé comme agent infiltré, Kat ? intervint Ray Martin.

La jeune femme sursauta, renversant le reste de son café sur sa manche. Elle avait complètement oublié la présence du policier dans les vestiaires.

— Rien de ce genre, répondit-elle sans plus de détails.

Ce n'était sans doute pas l'endroit pour évoquer les quelques missions où elle avait appâté des proxénètes en talons aiguilles et bas résille. En un sens, elle allait s'aventurer dans un monde qui lui était totalement étranger.

3.

— Nous arriverons à l'hôpital dans moins de dix minutes, annonça Kat à ses passagers alors qu'elle s'engageait sur l'autoroute I-70 pour contourner le centre-ville de Colombus par le sud.

Ses pensées étaient aussi embouteillées que la route. En regardant dans son rétroviseur pour changer de voie elle apercevait Luke à l'arrière qui observait les gratte-ciel, manifestement très impressionné. Elle croisa plusieurs voitures de police, et se dit chaque fois qu'il s'agissait peut-être de ses anciens collègues. Après deux heures passées à tenir le volant, sa main gauche commençait à la lancer, et elle se maudissait d'avoir abandonné les exercices préconisés par son médecin pour la réhabilitation de son poignet blessé. Elle avait oublié à quel point cette ville la rendait nerveuse. Elle tenta de refouler cette anxiété alors qu'elle prenait la I-70 Est.

Luke et deux femmes amish avaient finalement accepté l'invitation qui leur était faite de les emmener voir les proches de la jeune Melanie Brand à l'hôpital de Colombus. La première des passagères, Ida Brand, était une femme assez âgée, mince et nerveuse. C'était la grand-mère paternelle de la victime, et la mère de Luke. L'autre, plus jeune et joliment apprêtée, était l'institutrice de la communauté, Leah Kurtz, une cousine de Melanie.

— Si ça ne vous dérange pas, je préférerais que vous m'appeliez Lee, dit soudain Leah.

Surprise, Kat se demanda pourquoi la jeune femme ne le lui avait pas dit plus tôt. Kat avait toujours signalé très vite qu'elle voulait qu'on l'appelle *Kat*, et non Katherine. A l'âge de vingt-cinq ans, la jeune Lee n'était toujours pas mariée, ce qui en faisait, chez les Amish, une vieille fille. Une *maidal*, c'était le mot germanique qu'ils employaient. Kat se demanda ce qu'ils pouvaient bien penser d'elle, « l'Anglaise », célibataire à vingt-sept ans.

Elle jeta un nouveau coup d'œil dans son rétroviseur et y vit Luke qui scrutait toujours la ville, sourcils froncés.

— Beaucoup d'Amish portent des petits noms, reprit Lee. *Ja,* et ça me fait penser qu'il faut vous en trouver un. Est-ce que Katie vous conviendrait ? C'est suffisamment proche de votre propre prénom, je trouve.

— Oui, nous ne connaissons pas d'Amish surnommée Kat, marmonna la vieille Ida. Katie conviendra mieux, *ja.* Katie Kurtz.

— Ça me semble effectivement le meilleur choix, renchérit Luke.

Depuis le siège arrière, c'est lui qui avait nourri l'essentiel de la discussion pendant le trajet. Plus d'une fois, il avait dû tendre le cou pour mieux se faire entendre. Kat supposait qu'il n'était pas correct, chez les Amish, qu'un homme s'asseye à côté d'une inconnue. Que de choses elle avait à apprendre sur les gens qu'elle se proposait d'aider !

— Katie Kurtz ? dit-elle enfin. Cela signifie-t-il que je suis supposée être de votre famille, Lee ?

— Exact, répondit l'institutrice.

Kat sentit confusément que quelque chose clochait. Elle lança un rapide regard à Lee, mais se dit qu'elle lui en parlerait plus tard, quand elles seraient tranquilles toutes les deux. La jeune institutrice était un étonnant mélange d'ordre et de désordre. Des magnifiques cheveux bruns, coiffés en anglaises, papillotaient gaiement en dessous de son couvre-chef noir amidonné. Les mots sortaient très calmement de sa bouche ciselée, cependant son visage semblait traversé de mille expressions différentes. Au premier abord, Lee ne semblait pas très vive, mais on apprenait vite à lire dans ses yeux vert émeraude, dont l'éclat était balayé par de longs cils soyeux. Ce décalage avait de quoi laisser pantois.

La femme du révérend Brand, Ida, était un tout autre personnage. Stoïque, elle était peu bavarde, mais quand elle se décidait à dire quelques mots, tout le monde l'écoutait. Malgré le poids des ans et les rides creusées par une vie rude, son visage était digne et il s'en dégageait une certaine beauté. Kat devinait qu'Ida n'approuvait pas le choix de son fils d'inviter chez elle une étrangère — une ancienne policière, de surcroît. Mais à part cette évidence, Kat avait bien du mal à cerner cette grande femme au physique aussi sec que son attitude.

Kat pénétra enfin dans le parking de l'hôpital et se gara aussi près que possible de l'entrée. Tous sortirent de la voiture ; Luke prit le bras de sa mère tandis que Lee marchait en retrait au côté de Kat.

— J'avais compris qu'on allait me faire passer pour une cousine des Brand qui arrive de Pennsylvanie pour leur rendre visite, chuchota Kat en se mettant au niveau de Leah-Lee. Au départ, c'est chez le révérend et son épouse que je devais habiter, n'est-ce pas ? Alors pourquoi suis-je devenue Katie Kurtz ?

— Oh, oui, nous avons un peu changé l'histoire. En fait, vous êtes effectivement devenue une de mes cousines éloignées. Et maintenant, vous êtes censée nous arriver de…

Le regard que venait de lui lancer Luke en se retournant la fit stopper net en plein milieu de sa phrase.

— Je vais tout vous expliquer moi-même, dit-il à Kat. Lee, accompagne ta *grossmutter* jusqu'à la chambre de Melanie. Dis à Brooke et Dan que nous arrivons dans quelques minutes.

Les regards d'Ida et de Lee se croisèrent, comme si elles étaient prêtes à dire quelque chose ; mais les deux femmes décidèrent d'obtempérer. Oui, quelque chose n'allait pas, et Kat allait vite savoir quoi. C'était la première fois qu'elle se retrouvait seule avec Luke Brand.

— Nous serons bien ici pour discuter, déclara Luke en désignant un coin du parking.

La brise, fraîche et mordante, souleva la chevelure de Kat, qui dut la retenir d'une main pour plonger son regard dans celui de Luke.

— Je pensais vous l'expliquer plus tard. Nous avons réfléchi. En fait, il n'est pas très crédible qu'une cousine quitte sa lointaine Pennsylvanie juste pour nous donner un coup de main à l'école ou pendant la récolte.

— Et puis à mon âge, je devrais déjà être mariée, si j'étais amish. Pourquoi donc viendrais-je sans mon mari ni mes enfants ?

— Exact, dit Luke avec une lueur de surprise dans les yeux. Certes, il y a déjà eu des mariages entre ceux de Pennsylvanie et les nôtres… mais je vais trop vite. Mon père, le révérend, et ma mère vous invitent à dormir chez eux pour veiller à ce qu'il ne vous arrive rien de mal.

— Une façon polie de me dire qu'ils garderont un œil sur moi ? Luke, je suis une ancienne policière. J'ai été formée pour enquêter, pour me défendre aussi. Je n'utilise plus d'arme à cause d'une blessure au poignet, et je n'en apporterai aucune chez vous. Mais franchement, ma sécurité est le cadet de mes soucis.

— Laissez-moi vous expliquer la suite, reprit Luke en joignant les mains devant lui, comme s'il la priait de l'écouter. Pour que personne ne puisse s'étonner de votre soudaine venue parmi nous, nous espérons que vous accepterez de passer pour ma promise pendant les quelques semaines où vous resterez parmi nous.

Kat eut l'impression de recevoir un coup de massue sur la tête.

— Votre promise ?

Luke acquiesça calmement, pourtant quelque chose dans sa voix trahissait sa nervosité.

— C'est la meilleure façon d'expliquer que vous restiez chez mes parents plutôt que chez les Kurtz, alors que vous êtes censée être liée au père de Leah Kurtz. Ce serait également une excuse si l'on devait nous apercevoir tous les deux, par exemple si nous sortions pour enquêter sur le comportement de tel ou tel. Rien de choquant non plus si on nous surprenait ensemble un soir, alors que nous revenons d'un de nos rendez-vous secrets avec Ray Martin. Même avant le mariage, il est courant chez nous que les fiancés sortent ensemble. Ce n'est pas le cas pour un homme et une femme qui ne se sont pas engagés l'un envers l'autre.

Kat resta sans voix un instant, puis finit par balbutier :

— Le révérend a-t-il donné son accord pour cet arrangement ? L'a-t-il clairement dit ?

— Oui, pour mieux vous protéger. Ne vous inquiétez pas, quand tout cela sera fini, nous expliquerons s'il le faut qu'il s'agissait, bien sûr, d'un faux engagement.

— Honnêtement, Luke, les choses se passeront d'autant mieux si votre père et vous-même oubliez cette idée de me protéger sans cesse.

— Quoi que nous en pensions, il nous semble aujourd'hui évident que vous vous ferez vite remarquer si vous posez des questions ou si vous suivez quelqu'un toute seule. Je sais bien que vous connaissez parfaitement votre métier, mais vous ne pourrez pas travailler comme en ville. Si vous voulez vraiment passer pour une Amish, vous devrez immanquablement vous adapter à nos us et coutumes.

— Ça je l'ai bien compris, et croyez-moi, je serai prudente. Je ferai en sorte d'avoir un prétexte chaque fois que je me déplace ; je suis même prête à travailler de nuit, si c'est nécessaire. Je vous assure que tout cela ne me fait pas peur.

— Alors, vous n'acceptez pas notre nouvel arrangement ? demanda Luke, inquiet.

— Je n'ai pas dit ça. Il est évident que vous êtes les mieux placés pour définir une ruse sans faille. Mais il me faudra parfois sortir de la communauté amish. Je devrai sans doute me rendre en ville pour poursuivre mon investigation.

Elle baissa d'un ton et se mordit la lèvre inférieure. Le petit John Seyjack lui avait demandé si elle allait parler du périmètre de sécurité à son père. Finalement, c'est justement ce père qui l'avait trahi. Elle espérait maintenant que les auteurs de toutes ces agressions ne se trouvaient pas au sein de la communauté elle-même. Auquel cas tous leurs efforts étaient voués à l'échec. Mais pour l'instant, elle ne pouvait exclure aucune hypothèse. Elle s'éclaircit la gorge, consciente que Luke l'observait avec anxiété.

— Alors soit, je deviendrai Katie Kurtz, dit-elle, mais à partir d'aujourd'hui, je demande à être associée à toute décision qui me concerne de près ou de loin. Je ne peux pas travailler en confiance si vous et les autres décideurs amish me cachez des choses. C'est d'accord ?

— D'accord ! En tout cas pour moi.

— Très bien, dit-elle alors. Donc, à partir de demain, je vais faire tout mon possible pour être Katie, la cousine de Lee et votre fiancée…

— Promise.

— Oui. Et j'arrive d'où, en Pennsylvanie ?

— De Monplaisir, répondit-il en réprimant une grimace.

— Vous plaisantez ?

— Pas du tout, dit-il, le visage maintenant fendu d'un large sourire. C'est un village amish.

Ce sourire hollywoodien, inattendu, dégageait de belles dents blanches. C'était au tour de Kat d'avoir du mal à cacher son trouble.

— Il s'agit de la ville natale des Kurtz, expliqua-t-il enfin. Presque tous les proches du mari de ma sœur Emma viennent de là-bas, et beaucoup y vivent encore. Mais le nom est tiré d'un texte biblique, ce n'est pas une allusion graveleuse.

— J'avais compris tout de suite, mentit-elle avant de se mettre en marche vers l'hôpital.

En se retournant ainsi, elle voulait lui cacher qu'elle était en train de s'empourprer. Elle se sentait ridicule, elle qui n'avait pas l'habitude de rougir.

— Une dernière chose, lâcha Luke en allongeant sa foulée pour la rattraper. Je crois effectivement que Katie est le prénom idéal pour votre nouvelle vie, car il n'est pas très différent du vôtre. Mais je voulais vous avertir que Levi et Emma Kurtz avaient une fille qui s'appelait Katie. Une autre Katie Kurtz.

— « Ils avaient » ? Que lui est-il arrivé ?

— Elle est morte. Je vous raconterai tout ça plus tard, dit-il avant de sursauter légèrement devant les portes de l'hôpital, qui venaient de s'ouvrir devant eux comme par l'opération du Saint-Esprit.

Son étonnement face à ces portes automatiques ne fut perceptible qu'une fraction de seconde. Kat espéra qu'elle arriverait elle aussi à masquer sa surprise quand elle serait confrontée aux étrangetés de l'univers amish.

— Vous voudriez entrer la voir ? demanda Brooke alors qu'elle discutait avec Kat dans le couloir, devant la porte où sa fille était maintenue en réanimation.

— C'est gentil, je vous remercie, répondit Kat en regardant le frère de Luke, Daniel, pousser gentiment sa mère dans la chambre de soins intensifs. Mais je crois qu'il est plus important que ses proches passent du temps à son chevet. Je pense que je vais retourner dans la salle d'attente.

— J'aimerais bien que vous voyiez Melly, même si elle ne ressemble pas à grand-chose avec tous ces tubes qui sortent de son nez, de sa bouche et de ses bras, répliqua Brooke en lui touchant le bras pour la faire rester.

Cette avocate, qui devait avoir dans les trente-cinq ans, était une femme attirante, avec un visage aux traits classiques égayés par de beaux cheveux couleur miel coupés au carré. Elle avait l'air épuisée, mais sa voix était animée d'une force et d'une vitalité étonnantes.

— Je suis persuadée que cela peut l'aider, poursuivit Brooke, de sentir que vous vous battez pour que cela n'arrive plus jamais.

— Dans ce cas, d'accord, dit Kat, surprise elle-même de ne pas pouvoir dire non.

Pourtant ce genre de choses — les hôpitaux, la souffrance, les guérisons improbables — la bouleversait plus que tout. Pire encore, elle se sentait déjà en train d'abandonner toute objectivité sur ces agressions. Mais quand Daniel sortit de la chambre avec à son bras une Ida livide, elle se laissa conduire par Brooke. Ces écrans où une ligne rouge dansait un boléro irrégulier, ce bip aigu comme seul signe de vie, cette odeur entêtante d'antiseptique, tout dans cette pièce la secouait, presque physiquement. Elle croyait entendre son propre pouls, ses pires souvenirs revenaient dans sa gorge comme un goût de mort, mais elle tenta de ne rien en montrer. Elle mit péniblement un pied devant l'autre, silencieusement, et s'approcha du lit où semblait dormir la pauvre Melanie. Elle était aussi blanche que le drap remonté jusqu'à son cou. Des machines compliquées comme le tableau de bord d'un avion respiraient pour elle, les fils électriques et les tuyaux faisaient battre son cœur. Une béquille technologique.

— De temps en temps, elle est prise de convulsions, murmura Brooke.

Une infirmière du service neurologie l'avait mise en garde sur les mots prononcés dans cette chambre. Souvent, les patients dans le coma entendent parfaitement ce qui se dit autour d'eux, quelque part dans leur cerveau à demi éteint. Et ce même s'ils ne répondent jamais.

— Nous t'aimons, Melly, dit Brooke un peu plus fort, en serrant le bras de sa fille. Repose-toi, maintenant, mais reviens-nous dès que tu sentiras que c'est le moment.

Elles s'éloignèrent très vite, sur la pointe des pieds. Kat ne pouvait s'empêcher de trembler. Son cœur battait comme si elle venait de courir un marathon en plein champ de bataille.

— Nous allons sans doute devoir vivre ça pendant un moment plus long que le purgatoire, dit Brooke d'une voix éraillée. J'aimerais tellement être avec vous, pour trouver les salauds qui ont fait ça.

Comme écorchée vive, mais les dents serrées, la mère écrasa une larme qui perlait sous sa paupière.

— J'accepterais volontiers votre aide, et j'apprécie votre soutien.

— Mais si je sortais du bois, soupira Brooke, les coupables rentreraient certainement dans leur terrier. Or, nous avons besoin qu'ils en sortent de nouveau pour les arrêter. La dernière fois que j'ai signalé leurs agissements à la police, ils se sont tenus tranquilles pendant plusieurs semaines.

— Qu'aviez-vous signalé, au juste ?

— Des « incivilités », comme on dit aujourd'hui. Une fois, ils ont rempli des extincteurs avec des abats de poulet et de l'eau. Ils ont aspergé des vêtements que nous présentions pour une vente de charité. Luke pourra vous en dire plus sur cet épisode.

— Il m'en a déjà touché un mot. C'était dans une ferme proche de la ville, n'est-ce pas ? Et les fonds levés étaient destinés à une œuvre de bienfaisance amish ?

Brooke acquiesça.

— Les Amish ne participent pas au système d'assurances habituel. Ils récoltent de l'argent eux-mêmes pour ceux qui sont dans le besoin. Malheureusement, des vandales ont surgi d'une forêt proche de la ferme. Ils ont maculé les vêtements avec des extincteurs, avant de disparaître de nouveau. Personne n'a rien pu faire. Les enfants, tétanisés, n'ont pu s'empêcher de regarder par-dessus les draps étendus sur les fils. Eux aussi ont été aspergés, à commencer par le fils de Luke — le petit Eli.

— Je n'avais pas l'intention de vous faire parler de ça maintenant, dit Kat en lui posant une main sur l'épaule. Je sais que le seul enfant qui compte pour vous, en ce moment, se trouve ici, dans cette chambre.

— Merci de le comprendre, répondit Brooke en reniflant avant de sortir un mouchoir. En tout cas, sachez une chose : je vous fais confiance pour régler ce problème et découvrir les coupables. Et si je peux vous être utile d'une manière ou d'une autre, n'hésitez pas à me le faire savoir.

Le mari de Brooke surgit derrière elle et posa son bras autour de ses épaules. Les trois Amish les rejoignirent et formèrent un cercle au milieu du couloir. Kat avait remarqué combien les personnes qu'ils avaient croisées avaient du mal à cacher leur étonnement devant ce petit groupe sorti d'un autre siècle. Une infirmière n'avait pu quitter Luke des yeux, avec son chapeau de paille bordé de noir et sa foulée calme et élégante, comme un acteur en costume qui se serait trompé de décor. Kat ne pouvait s'empêcher de se sentir proche d'eux : les flics aussi attiraient sur leur passage des regards amusés, moqueurs, et parfois franchement hostiles. Elle savait que les Amish continueraient à affronter les épreuves avec courage, même si elle échouait dans sa mission. Mais elle voulait réussir. Quoique pieux et mystiques, les Amish n'étaient pas de ces illuminés qui auraient laissé son frère mourir en rejetant la médecine traditionnelle. Ils avaient certes un pied ancré dans le passé, mais ils savaient, en cas de nécessité, s'accommoder du présent.

— Je ferai de mon mieux, promit Kat en se tournant vers Brooke.

Des larmes embuèrent ses yeux quand elle vit Brooke acquiescer en silence. La fierté de cette femme était comme une façon polie de masquer sa souffrance. Dans cet hôpital, entourées d'Amish, les deux « Anglaises » ressentaient les mêmes choses sans se le dire, comme deux sœurs.

« C'est mission impossible », se dit Kat le lendemain matin alors que Lee posait sur le lit de sa chambre une robe, des jupons et tout ce qui fait la tenue de la parfaite Amish. Il fallait pourtant qu'elle s'habitue à ses nouveaux vêtements, car le jour était venu : Luke devait l'emmener à la ferme des Brand en buggy, la roulotte traditionnelle des Amish. Regarder ses nouveaux habits la ramena plusieurs années en arrière, quand on lui avait présenté son premier uniforme de police. Sauf que l'instructeur était cette fois une douce jeune femme, plutôt que cette espèce d'adjudant qui prenait un malin plaisir à scruter chaque pli sur les pantalons des novices, chaque tache sur leurs chaussures, et les torturait avec sa matraque pour leur faire rentrer le ventre et jeter les épaules en arrière.

Kat avait noté que les femmes amish marchaient avec de longues foulées décidées, le dos bien droit, un peu comme on le lui avait appris lors de son arrivée chez les flics. Ces femmes arpentaient les chemins en regardant droit devant elles, sans se laisser déconcerter par leur environnement. En fait, quand elles n'étaient pas en train de bavarder et de rire ensemble, les Amish étaient des femmes silencieuses, pour ne pas dire renfermées. Elles semblaient vivre l'essentiel du temps dans un monde intérieur, peut-être rempli de toutes les fantaisies qui leur étaient interdites par une culture favorisant l'ascétisme et la sobriété. Et elles n'élevaient jamais la voix. Kat essayait bien de calquer sa nouvelle attitude sur celles de Lee et d'Ida Brand, mais pour l'instant, elle avait bien du mal à dompter ses vieilles habitudes.

En un mot, la tâche s'annonçait beaucoup plus difficile que prévu. Et la première chose à faire était de surveiller son langage. Elle venait de passer plusieurs années dans un milieu où les jurons ponctuaient chaque phrase, où les gros mots fusaient comme si les agents rivalisaient entre eux. Elle en connaissait un si virtuose dans cet « art » qu'il aurait mérité la médaille olympique de l'obscénité. Chez les Amish, rien de tout cela. Et quand l'un lançait « mon Dieu », c'était réellement parce qu'il commençait à parler au Seigneur, comme dans une prière à haute voix.

— Ça alors ! s'écria Lee quand Kat retira ses chaussettes. Je savais que les Anglaises peignaient les ongles de leurs mains, mais les orteils, franchement, je ne m'en serais jamais doutée.

— Vous voulez dire que c'est pas le pied ? demanda Kat en souriant alors que Lee laissait échapper un gloussement. Je crois que nous avons toutes les deux bien des choses à apprendre. Bon, j'enlèverai ce vernis plus tard.

— Le problème, c'est que nous autres Amish aimons bien nous promener pieds nus si le temps le permet.

— Est-ce qu'il y a une sorte de soutien-gorge antique, dans

tout ça ? interrogea Kat alors que Lee lui donnait le nom de chaque élément de sa panoplie.

Elle ramassa sur le lit une culotte blanche sans forme comme elle n'avait pas l'intention d'en porter avant ses soixante-dix ans. Elle se dit qu'elle mettrait ses propres dessous. Après tout, personne n'irait voir sous sa robe longue et ses trois épaisseurs de jupons.

— Nous ne portons pas de soutien-gorge, répondit Lee sur le ton de l'évidence.

Enfin quelque chose qui s'annonçait assez confortable, pensa Kat, et apportait une petite touche sexy à ce costume au charme désuet. Par chance, sa poitrine n'était pas si lourde qu'elle ait besoin d'un support dans la journée. Par chance encore, les robes des jeunes filles non mariées n'étaient pas noires, comme celles des maîtresses de maison, mais claires, avec des jupons de couleur. Ceux que lui avait apportés Lee étaient bleu royal et vert émeraude. Pourtant, quand Kat eut passé ses quatre épaisseurs de coton, elle avait moins l'impression de ressembler à une Amish qu'à l'héroïne de *La Petite Maison dans la prairie*, un feuilleton qu'elle adorait étant gamine.

— Quelqu'un a retiré les boutons de cette robe, dit-elle, dépitée.

— Non, répondit Lee dans un rire en sortant d'une pochette une poignée de fibules. Nous les agrafons avec ça, vous voyez ? Il en faut une petite dizaine. Attention à ne pas vous blesser, elles sont assez grosses. Mais pour que ça tienne bien, notamment dans le dos, rien ne vaut les épingles à nourrir.

Les épingles à nourrir ? Ce n'était pas la première fois que Lee faisait ce genre d'erreurs, parfois cocasses. Elle était pourtant celle qui apprenait l'anglais aux enfants. Mais Kat, de son côté, ne se sentait pas le droit de la critiquer car elle faisait bien des erreurs en allemand. La veille, elle n'avait pu prononcer que quelques phrases boiteuses en tentant de se souvenir de ses cours d'allemand. Elle avait décidé, pour commencer, d'imiter plutôt la façon dont les Amish prononçaient la langue anglaise en traînant sur certaines syllabes, avec une syntaxe bien à eux. Il leur arrivait par exemple fréquemment d'inverser les mots dans les formules usuelles. « Comme ça je veux bien qu'on fasse », lui avait ainsi déclaré Luke. Kat avait également entendu sa mère, Ida, dire à Brooke : « Cela, je ne veux pas l'entendre. »

— Aïe ! cria Kat alors qu'elle venait de se planter une épingle dans l'index.

— Vous voyez, je vous avais prévenue. Attendez, je vais le faire pour cette fois, vous vous entraînerez plus tard. Si vous avez le moindre problème pendant les premiers jours, Mme Brand vous aidera à vous habiller.

A défaut d'être très élégants, les bas noirs étaient chauds et assez doux. Kat glissa ses pieds dans ses chaussures de marche. C'était la seule chose de sa penderie qu'elle emporterait avec elle : les femmes amish, elles aussi, portaient ce genre de godillots. Jamais ces escarpins que l'on entend résonner sur les trottoirs des villes. Pas de montre non plus, et pas de bijoux : tous ces signes de coquetterie passaient chez les Amish pour les symboles d'une société de l'apparence, un monde individualiste et vain où l'on se définissait par les objets. Chez eux, c'était la coopération qui primait, non la compétition : tout ce qui attirait l'attention sur l'individu était donc proscrit. L'idée que personne n'était jugé pour la valeur de ce qu'il portait sur son dos ou à son poignet plaisait plutôt à Kat.

— Les cheveux, c'est bon ! Le *kapp* et le bonnet, maintenant.

Je vais devoir vous faire un chignon pour cacher votre chevelure sous votre *kapp*.

Pour cela, Kat pouvait presque se débrouiller seule. Elle noua ses cheveux au-dessus de sa nuque et plaça sur sa tête son sous-bonnet d'organdi blanc, que Lee fixa avec une épingle droite. Kat noua enfin son *kapp* sous le menton à l'aide des deux rubans qui pendaient de chaque côté de son visage. En découvrant son reflet dans la glace, elle avait l'impression de contempler une rosière peinte par un artiste flamand de la grande époque.

— Voilà, s'exclama Lee, manifestement satisfaite de son œuvre. Oui, j'ai vraiment l'impression que vous pourriez être ma cousine.

Kat ne regrettait pas sa touche de maquillage, et cela ne lui déplaisait pas d'avoir pour une fois les cheveux attachés, elle qui les avait toujours laissés libres. Elle se regarda une nouvelle fois dans le miroir, et en profita un long moment. Lee lui avait en effet expliqué que seuls de petits miroirs à main étaient autorisés dans les salles de bains spartiates des fermes amish. Kat sentait déjà que sa transformation serait grandement aidée par ces vêtements qui la transportaient sans effort au sein même de cette culture.

— C'est vraiment bien ! s'enthousiasma encore Lee. Vous voyez, là, dans la glace, je vois une Amish, pas une femme policière.

Kat secoua la tête, comme pour reprendre ses esprits. Il était l'heure. Pendant que Lee rentrerait chez elle, juchée sur sa carriole, elle-même grimperait dans le chariot de Luke pour se laisser conduire jusqu'à la maison des parents Brand. Là, elle apprendrait bien des choses encore, comme la façon de diriger les chevaux pour pouvoir se déplacer toute seule. Comme sa propriétaire n'était pas là, Kat avait laissé Luke entrer dans la cour. Il avait dissimulé sa roulotte sous une bâche, dans le garage, et attendait maintenant qu'elle descende. Kat avait raconté à ses voisins qu'elle partait avec un ami passer trois semaines en Floride, et elle avait pris ses dispositions pour que le courrier soit gardé en son absence.

« En route pour l'aventure », se dit-elle en soulevant la valise que lui avait prêtée Lee, et qu'elle avait remplie de quelques effets personnels. Comme promis, elle n'emportait ni cosmétiques, ni téléphone cellulaire, ni ordinateur portable. De sa panoplie de policière, le seul objet qu'elle avait glissé dans son bagage était sa grosse lampe torche noire dont elle ne se séparait jamais.

Elle n'avait pas envie de reculer pourtant, même si Ray lui avait promis de la rencontrer en cachette régulièrement, elle se sentait soudain seule.

— Katie ! s'exclama Luke en la voyant descendre les marches.

Ses pupilles bleues se dilatèrent sous le coup de l'étonnement, et il dut se forcer à détacher ses yeux d'elle pour saisir la valise et la hisser sur le chariot. Kat faillit lui dire qu'elle pouvait se débrouiller toute seule, avant de se souvenir qu'elle était désormais une femme amish.

— Alors ça y est, on fait le grand saut ? dit Luke en terminant de retirer la bâche.

— Tu ne crois pas si bien dire, marmonna-t-elle pour elle-même en fermant sa porte à clé.

4.

Kat ne pouvait s'empêcher d'être anxieuse, mais elle commença à se détendre une fois assise au côté de Luke, à l'avant de la roulotte. Peut-être se laissait-elle bercer par le pas chaloupé de la jument, prénommée Sandy, qui tirait le buggy, ou par le doux grincement du bois au gré des trous et des bosses. Ils saluèrent plusieurs Amish croisés sur le chemin ; des hommes barbus portant chapeau, qui tenaient nonchalamment les rênes de leurs propres chariots. Plus d'une fois, ils durent se ranger sur le côté pour laisser passer les voitures. Des monstres d'acier, comme Kat les voyait maintenant, crachant de la fumée et grondant sous leurs capots. Elle fut ravie de quitter enfin l'artère principale, celle qui reliait Pleasant à Maplecreek, pour emprunter les petites routes de campagne. Là, le calme semblait s'être installé pour longtemps. Nul moteur, nul Klaxon pour faire peur à la brave Sandy.

La plupart des fermes amish étaient de grands bâtiments, flanqués d'étables, de granges et de silos qui semblaient posés à même la terre battue. La plupart possédaient un moulin, dont les longues pales métalliques tournaient en couinant dans la brise. Et ici ou là, au beau milieu des plants de maïs et d'orge, se dressaient de vieux derricks rouillés dont certains baissaient la tête.

— L'endroit n'est pas très riche en pétrole, ou je me trompe ? demanda-t-elle en se redressant, alors qu'une idée venait de lui traverser l'esprit.

— Non, répondit-il en secouant la tête. Le peu de pétrole qu'ils ont trouvé dans ces champs a été épuisé il y a des décennies, mais personne n'a jugé bon de nous débarrasser des vestiges de cette époque. Nous les conservons sur nos parcelles comme un symbole des richesses naturelles qui s'épuisent si on oublie de chérir la terre.

Si peu de mots, pensa Kat, mais tellement forts de sens. Sa première hypothèse — il y en aurait sans doute beaucoup d'autres — venait de tomber : les Amish n'étaient pas harcelés parce qu'on voulait les faire partir de terres riches en hydrocarbures.

Ils passèrent devant des espèces de guérites de bois que Kat prit pour des débarras. Luke lui expliqua qu'il s'agissait en fait de ces fameuses cabines téléphoniques d'où les Amish téléphonaient à l'occasion. Ils avaient le droit de le faire, mais pas de posséder un téléphone chez eux. Kat apprit rapidement à reconnaître les maisons amish des autres : aucun fil ne les reliait aux poteaux électriques, aucune antenne de télévision ne venait hérisser leurs toits. Quand Luke vit Kat lancer des regards inquiets à une ferme flanquée de latrines extérieures, il la rassura en lui expliquant qu'à part l'école et quelques habitations, la plupart des bâtisses étaient aujourd'hui équipées de salles de bains et de commodités.

Un peu plus loin sur le chemin, ils passèrent entre les stands d'un petit marché désert. Les rayons étaient chargés de légumes et de fruits de toutes les couleurs ; des patchworks de toute beauté dormaient sur des tréteaux, et des pancartes vantaient avec une écriture ronde la qualité de robes suspendues à des cintres. Mais à la grande stupéfaction de Kat, nul vendeur ne faisait l'article. L'explication tenait à une pancarte plantée à côté de l'un des stands : « Pas de vente le dimanche ». En réalité, il n'y avait jamais de vendeurs. Les produits étaient exposés là en permanence, le prix de chaque article indiqué, et de petites boîtes permettaient à l'acheteur de déposer la somme adéquate. Personne ne surveillait l'honnêteté des clients éventuels. Et dire, pensa Kat, que des imbéciles s'en prenaient à des gens aussi ouverts et confiants !

Dans cet univers paisible, Kat avait l'impression de redécouvrir des sons et des odeurs qu'elle avait oubliés depuis l'enfance. C'était comme si tous ses sens se réveillaient. Les plants de maïs bruissaient de plaisir en se caressant, et ceux de blé courbaient la tige à leur passage, comme pour les saluer. Sous le soleil de ce mois de septembre, des merles virevoltaient au-dessus de leur tête en piaillant, des grenouilles coassaient sur les nénuphars, indifférentes au plongeon d'une tortue effrayée par le pas du cheval. Kat — non, elle était Katie maintenant — se délectait de l'odeur vivifiante de l'herbe fraîchement coupée, et même des effluves acres du purin qu'un paysan étalait sur ses labours. Quand ils passèrent à côté, néanmoins, les relents devinrent trop forts et Kat se pinça le nez en grimaçant.

— Le bon air de la campagne, plaisanta Luke. Vous avez déjà vécu à la campagne ? demanda-t-il de sa belle voix grave.

— J'ai toujours vécu en ville, répondit-elle. Mais je trouve le monde où vous vivez très charmant.

— Je suis bien d'accord. Vous venez d'une famille nombreuse ?

— Juste un frère… enfin, une fois que mon père est mort et que ma mère est partie.

— Partie ?

— Parlons plutôt de votre univers à vous, si vous voulez bien. C'est moi qui ai besoin d'en savoir plus.

— Bien sûr. Bien… alors le bâtiment que nous venons de dépasser, c'est la petite école de la communauté.

— Une seule pièce ?

— Oui. Toutes nos écoles sont comme ça. Quand vous commencerez à aider Lee, vous pourrez soit vous déplacer en chariot, soit venir à pied à travers champs. Mon petit Eli et ma Sarah vous montreront le chemin. Tous les enfants suivent les cours ensemble : huit classes pour une seule institutrice. Moi, j'ai suivi un cursus technique après avoir quitté l'école ici. Mais j'avoue que je garde des souvenirs merveilleux de cette période-là.

Tant mieux pour vous, pensa Kat en se mordant la langue pour ne pas le dire tout haut. *Parce que mon enfance à moi, je préférerais l'effacer de mon esprit.* Etrangement — mais était-ce si étrange ? — elle enviait cet homme d'avoir vécu une enfance simple au milieu des arbres et des champs de maïs. Lui n'avait pas besoin de purger sa mémoire ; il avait de vraies racines.

Kat essaya de se concentrer sur la situation présente et sur sa mission, mais déjà ses propres souvenirs l'assaillaient. Lorsqu'elle était enfant, on l'avait ballottée d'une école à l'autre. Il s'agissait chaque fois de bâtiments de brique assez lugubres, avec des salles de classe borgnes, quand elles ne donnaient pas sur une cour asphaltée dépourvue de la moindre végétation. Chaque fois qu'elle commençait à s'attacher à une camarade ou à un professeur, ses parents lui annonçaient qu'il fallait refaire les valises. Quant aux gens qui l'avaient accueillie ensuite, elle avait toujours eu l'impression de vivre « chez eux », pas franchement avec eux.

En se remémorant ces images, Kat devint maussade. Elle était vite devenue une enfant difficile. Combien de fois avait-elle rossé les caïds des cours de récréation, plus grands qu'elle d'une bonne tête ? Elle détestait ces garçons boutonneux, toujours entourés d'une cour d'adolescents encore plus niais qu'eux. Les bandes n'étaient pas son truc, pourtant, d'une certaine façon, elle aurait rêvé d'en faire partie pour se sentir moins seule.

Heureusement, un jour, un policier avait donné un sens à sa vie. Il l'avait surprise en train de dégrader un mur en gravant des graffitis vengeurs. Au lieu de l'arrêter, il l'avait laissée partir, et avait manifestement passé un moment à déchiffrer sa prose taillée au canif. A partir de ce jour, il l'avait surveillée de loin. Et puis, un 24 décembre, il avait surgi devant elle les bras chargés de jouets récoltés par les œuvres de bienfaisance de la police. Mais son plus beau cadeau avait été de lui entrouvrir la porte d'un monde qui jusqu'à présent lui faisait peur : celui de la police. Kat avait découvert des hommes et des femmes solidaires, avec leurs propres codes, leur propre vocabulaire, qui étaient là avant tout pour aider les autres, pas pour leur gâcher la vie.

La voix de Luke la ramena en pays amish.

— J'ai toujours préféré les paysages vallonnés aux grandes étendues planes.

— Dans un buggy, les collines ont l'air beaucoup plus impressionnantes qu'en voiture, observa-t-elle. Pour tout vous avouer, je souffre un peu pour cette pauvre jument.

— Oh, ne vous inquiétez pas. Tous les animaux qui tirent nos chariots sont d'anciens chevaux de trait, robustes et infatigables, dit-il en jetant un regard attendri à sa fidèle Sandy.

Alors que la structure de bois cahotait sur ses quatre roues, les épaules de Luke et de Kat se cognaient légèrement. Ce contact involontaire était un peu gênant. Troublant aussi. Kat ne put s'empêcher de remarquer que les bras de cet homme étaient durs comme de l'acier.

— Je pense qu'ils aiment bien leur vie ici, poursuivit Luke.

— Qui ça ? demanda Kat.

— Eh bien, les chevaux. Vous êtes déjà montée à cheval ? Et vous savez conduire un chariot ?

— Non. Le seul cheval que j'aie monté dans ma vie était un poney sur lequel on m'a posée quand j'étais enfant. Nous avons fait trois tours de manège, et c'était fini.

— Je m'en doutais. Il va falloir que vous appreniez sans délai. J'aimerais bien vous donner une première leçon dès aujourd'hui. Vous voyez ce chemin, là-bas ? demanda-t-il de sa voix chaleureuse, presque caressante. C'est celui qui mène chez nous. Je vais vous confier l'un de nos chevaux, Dilly. Une jument aussi vaillante que son amie Sandy. Avec elle, vous ne pourrez jamais vous perdre dans le coin. Elle connaît tout ce bout de planète par cœur, et vous ramènera toujours à bon port. Il suffit que vous lui lâchiez la bride et que vous la laissiez faire. Comme ceci.

Il laissa du mou dans les rênes et les lui passa. Kat tint la bride de cuir fermement, sans la tirer ni en arrière ni sur le côté. Effectivement, Sandy n'eut besoin d'aucune indication pour s'engager sur le chemin qui montait jusqu'à une grande ferme blanche, que jouxtaient une vaste grange et deux silos à grain.

Une demi-douzaine de moulins semblaient monter la garde, comme autant de sentinelles majestueuses.

— Vous faites votre propre farine, je suppose ?

— Oh, il n'y en a qu'un qui fonctionne pour ça, répondit-il en le montrant du doigt. Les autres sont des moulins décoratifs que je fabrique moi-même.

— Et vous arrivez même à vendre les plus petits ?

— Bien sûr. Ils ont d'ailleurs beaucoup de succès chez tous ceux qui ont envie d'agrémenter leur jardin d'une touche un peu bucolique. J'ai des commandes chez les Amish comme chez les Yankees, dit-il sans la moindre trace de fierté dans la voix. Le petit bâtiment, là-bas, c'est mon atelier ; et au-dessus, c'est la *grossdaadi* ou *daadihaus* ; la maison de mes parents, où vous aurez vos quartiers.

— C'est immense ! s'exclama-t-elle en tirant instinctivement sur les rênes. Et tous ces champs de maïs à perte de vue ! Au fait, ça me rappelle que je voudrais voir sans trop tarder l'endroit où le motard a jeté les feux d'artifice ; cela me donnera une idée de la configuration des lieux.

— Je vous y conduirai. Mais il faut aussi que vous preniez cette leçon de buggy. Maintenant laissez-moi vous aider à descendre. Je vous rappelle que vous êtes supposée être ma promise : je suis donc censé vous ouvrir les portes et vous tenir le bras, en tout cas en ville.

Luke sauta à terre et alla nouer la bride à une clôture de bois qui suivait les contours d'un jardin magnifique, mi-fleuri, mi-potager. La main de Kat disparut complètement dans celle qu'il venait de lui tendre. Alors qu'elle descendait du chariot, elle crut apercevoir un rideau qui bougeait à une fenêtre de la maison des parents Brand. Manifestement, ils étaient attendus. Elle surtout, sans doute.

L'aide de Luke s'avéra en fait très précieuse, car les robes longues lui étaient tout aussi étrangères que cette marche métallique sur laquelle elle venait de poser le pied.

— Bienvenue chez nous, Katie Kurtz, lança Luke. Et bonne chance pour ce qui est de la traque de ces chacals qui ont attaqué les nôtres !

— Vous êtes sûre d'avoir assez mangé ? demanda Ida Brand à Kat pour la quatrième fois. Il va falloir vous remplumer un peu, si vous voulez passer pour une Amish.

— J'ai repris trois fois du plat principal et deux fois du dessert, madame Brand. C'était vraiment délicieux, sincèrement.

— Désormais, prenez l'habitude de m'appeler Ida, ou Jacob Ida, lâcha cette dernière sur un ton glacial. C'est ainsi que ferait celle qui deviendrait l'épouse de mon fils.

Elle continuait à lui présenter une assiette garnie de ses succulents biscuits suintant de beurre frais, qu'elle appelait des méli-mélo. Après le sandwich au rosbif qui aurait pu rassasier trois personnes, la salade chaude de pommes de terre aux herbes, la jardinière de betteraves marinées et d'oignons, Kat avait l'impression que son ventre allait exploser. Mais elle jugea plus poli d'accepter un dernier biscuit. Le père de Luke ne s'était pas joint à eux. D'après sa femme, il ne se sentait pas très bien, et avait préféré « se reposer dans sa chambre ». Kat se demandait secrètement s'il n'avait pas eu du mal à digérer son petit déjeuner.

— J'espère que le révérend Brand se sentira mieux très vite, dit-elle.

— Je ne voudrais pas que vous pensiez qu'il évite de vous voir, intervint Luke. Depuis quelque temps, il a des douleurs à l'estomac qui l'incommodent régulièrement, c'est tout.

— Oh, *ja*, je peux vous assurer qu'il a hâte de vous rencontrer, renchérit Ida.

Sur quoi elle se leva pour ouvrir la porte : on venait de frapper.

— Votre mère est un véritable cordon-bleu, chuchota Kat en se penchant vers Luke. Comme je sais que les compliments ne sont pas les bienvenus, je vous le dis à vous plutôt qu'à elle. Mais franchement, pour quelqu'un comme moi, qui suis plutôt habituée aux repas tout prêts, c'est comme si j'avais passé les grilles de saint Pierre pour m'asseoir au paradis.

Luke partit d'un grand rire, qu'elle eut d'abord du mal à interpréter.

— C'est un talent que toutes les femmes, chez nous, semblent recevoir en héritage, dit-il. Les femmes amish sont d'excellentes cuisinières, ça fait partie de la tradition.

Luke se leva quand sa mère revint avec une femme un peu boulotte, qui portait un panier d'osier. Elle n'avait manifestement rien d'une Amish. Kat se redressa à son tour.

— Marnie, dit Ida, je vous présente la promise de Luke, Katie Kurtz, qui nous arrive de Pennsylvanie aujourd'hui même.

Alors qu'elle prononçait ces mots, le sourire d'Ida s'évanouit. Elle grimaçait presque, comme si une douleur lui serrait la gorge. Kat se dit que c'était une chose de plus à laquelle elle devrait s'habituer : chez les Amish, mentir semblait une réelle souffrance. Une certaine façon de se renier.

— Katie, poursuivit Ida, voici Marnie Girkins, notre amie anglaise. Elle possède une ravissante auberge en ville, *ja*, et une boutique aussi. Elle emploie plusieurs filles de la communauté, des jeunes hommes aussi. Cela fait plusieurs années que Marnie est veuve ; elle a éduqué seule ses enfants, tout en menant ses affaires d'une main de maître, avec beaucoup de courage.

— Ravie de vous rencontrer, dit Kat en inclinant la tête avec un sourire.

— Vous ne pouvez pas être plus ravie que moi ! s'exclama Marnie en lui tapotant l'épaule. Quel bonheur d'apprendre que Luke a trouvé une épouse pour lui, et une maman pour ses enfants. J'espère que vous serez heureuse ici, très heureuse. Y a-t-il déjà une date arrêtée ?

— Nous sommes en train d'en discuter, répondit Kat, un peu gênée.

— Après la récolte, intervint Luke pour éviter un impair. C'est la période traditionnelle pour les mariages, chez nous.

— Mais est-ce, euh... déjà annoncé ? Personne ne m'a dit que vous étiez allé en Pennsylvanie récemment.

— C'est un ami commun qui nous a présentés, mentit Luke. Mais maintenant que Katie nous a rejoints ici, nous allons vraiment lancer les préparatifs.

— Quand mes filles vont apprendre ça ! C'est tellement plus mignon que la façon dont elles ont rencontré leurs compagnons. Depuis qu'elles volent de leurs propres ailes — l'une à Cleveland, l'autre à Toledo — elles collectionnent les hommes croisés dans des bars ou sur Internet. Grâce au « speed dating » comme elles disent, soupira-t-elle en roulant des yeux. Alors franchement, plein de bonheur pour vous, ma belle. Et bienvenue à Maplecreek.

— *Ja*, c'est très aimable à vous, répondit Kat plutôt qu'un « merci » qui n'était manifestement pas très Amish.

— Bon, je ne peux pas rester longtemps, Ida, dit Marnie en se penchant sur son panier. Je passais juste vous donner un peu de ma soupe « poule au pot » que le révérend commande chaque fois qu'il me fait le plaisir d'une visite à l'auberge.

— Certains jours, c'est la seule chose qu'il accepte d'avaler, mon Jacob, dit Ida en la remerciant d'un signe de tête. Il aime ma soupe aussi, mais la tienne, avec ses longs vermicelles et ses légumes, c'est vraiment son péché mignon.

Ida prit le Tupperware, avec ce hochement de tête décidément typique de la gratitude à la mode amish.

— Oh, à mon avis, cela vient du fait que les vermicelles en question s'appellent des cheveux d'ange, plaisanta Marnie en donnant à Ida un coup de coude complice. C'est sans doute l'allusion biblique qui lui plaît.

Kat ne montrait rien de ses pensées, mais elle restait très attentive à la scène. Sous ses airs de mamie-gâteau, Marnie semblait être une femme de caractère. De plus, comme patronne de la taverne, elle employait de nombreuses connaissances des Brand. Elle pouvait se révéler très utile pour l'enquête, plus tard. Peut-être avait-elle entendu des choses de la bouche de ses nombreux clients. Manifestement, les Amish lui faisaient confiance, ils l'admiraient même beaucoup. Bien sûr, elle-même n'avait pas l'intention de faire confiance à quiconque, sinon à Luke et à sa famille. Mais elle pouvait peut-être obtenir quelques éléments intéressants grâce à cette femme, sans la mettre dans le coup.

Kat avait déjà mangé une fois ou deux à la Dutch Table, la taverne de Marnie, mais jamais depuis qu'on lui avait confié cette enquête. Ce restaurant, comble aux heures de pointe, l'avait d'ailleurs frappée par ce mélange d'amish et de « yankee », visible chez les cuistots, aussi bien que chez les serveurs et les clients. Décidément, il faudrait qu'elle y retourne très vite.

Marnie était une petite femme énergique assez séduisante. Ses cheveux argentés trahissaient une cinquantaine bien tassée. Elle portait un chemisier jaune pâle, une jupe longue et une veste en jean. En plus de son panier en osier, elle portait sur l'autre épaule un sac à main brodé de motifs écossais.

— Il faut vraiment que j'y aille, dit-elle. Je dois encore apporter un autre pot de soupe à Reuben Coblentz. Luke, ça tombe bien que vous soyez là parce que j'ai apporté des caramels pour Eli et Sarah. J'ai appris ce qui s'est passé… je suis désolée, vraiment.

— C'est très gentil de votre part, lui dit Luke en posant la boîte de caramels sur la table. Les enfants ont hâte de vous revoir.

— Katie, lança-t-elle en se retournant vers Kat avec un sourire radieux, si j'avais su que vous étiez là, je vous aurais apporté un cadeau pour vous féliciter. Pour réparer ça, il va falloir que vous passiez me voir au restaurant ou à la boutique. Bon, Ida, je file. Il me faudrait des journées de trente heures…

Ida l'escorta jusqu'à la porte d'entrée et sortit échanger quelques derniers mots dehors.

— Au moins, dit Kat à l'attention de Luke en rapportant une pile d'assiettes dans la cuisine, voilà quelqu'un qui semble apprécier les Amish. Je suis d'ailleurs sûre qu'elle est loin d'être la seule. Mais j'aurais besoin que vous me fassiez la liste de toutes les personnes qui pourraient vous en vouloir. Absolument toutes celles auxquelles il serait utile que je m'intéresse au cours de mes investigations.

— J'avais prévu de vous préparer cette liste, lui répondit-il, cependant je veux à tout prix vous donner cette « leçon de conduite » d'abord. Dans une heure ou deux, je vais devoir retourner m'occuper de ma fabrique de moulins. Pour l'instant j'ai encore un peu de temps, mais ça va changer dès que les récoltes commenceront. Comme *a priori* vous ne resterez pas ici très longtemps, il nous faut profiter de chaque minute libre.

Kat acquiesça. Son regard restait une fois de plus accroché à celui de Luke. C'était un de ces instants fugitifs, chargés d'émotions impossibles à contenir et impossibles à vivre. Pour penser à autre chose, Kat partit rassembler les verres et les couverts sur la table de la salle à manger. Elle fut surprise quand Luke la rejoignit pour l'aider. Lee lui avait pourtant expliqué que les Amish observaient une stricte séparation des tâches entre hommes et femmes. Quelles que soient les motivations de Luke pour la couver ainsi, elle avait bien l'intention de mettre les choses au clair assez rapidement : elle n'avait pas besoin de son aide en permanence. Et, plus que tout, elle refusait de l'avoir sur son dos pendant toute cette enquête.

— Je vais commencer par vous montrer les box des chevaux, reprit Luke, pour peu qu'un jour vous deviez les atteler vous-même avant de les conduire. Ensuite, j'aimerais que vous rencontriez Eli et Sarah quand ils rentreront. Eli a un bandeau de pirate sur l'œil, mais il a tenu à retourner à l'école sans attendre. Si à un moment donné, j'ai hésité à vous présenter comme ma promise, c'est uniquement à cause d'eux.

De stupéfaction, Kat laissa tomber une fourchette sur le sol.

— Rassurez-moi : ils savent que tout cela n'est qu'une histoire montée pour l'occasion, n'est-ce pas ?

— Nous avons décidé de ne raconter la vérité qu'aux enfants qui sont en âge de s'asseoir à l'église… ceux qui ont douze ans ou plus. Mais il se trouve que j'ai enfreint cette règle, et que j'ai expliqué notre projet à mes deux enfants, même s'ils n'ont que cinq et neuf ans. De toute façon, ils auraient compris très vite que vous n'étiez pas vraiment amish. Sarah, la petite, commence à peine à apprendre des rudiments d'anglais à l'école. Elle aurait immédiatement noté vos difficultés à parler *deutsche*.

— J'espère… qu'ils comprennent ce que nous essayons de faire.

— Ce qu'ils comprennent très bien, c'est que la communauté veut les protéger.

Lorsque Ida revint dans la maison, Kat suivit Luke qui voulait lui montrer sa chambre. Ida Brand était manifestement une femme d'intérieur exemplaire : pas un mouton sous les fauteuils, pas un grain de poussière sur les étagères. La chambre elle-même était d'une propreté impeccable. Pas très grande, sans fioritures, mais elle lui convenait très bien. Seul souci : les deux fenêtres sans volets donnaient directement sur un champ de maïs dont les plants dépassaient les deux mètres. Kat avait l'impression que n'importe qui pourrait se cacher derrière cette barrière végétale pour l'espionner. Si cela devait arriver, cette pièce rustique et agréable se transformerait instantanément en souricière.

— Qui est donc ce Reuben Coblentz à qui Marnie Girkins porte de la soupe ? demanda Kat. J'ai besoin de commencer à collecter des informations sur toutes les personnes qui vivent dans le coin, amish ou pas.

— C'est un ancien Amish, dit Luke alors qu'ils se mettaient maintenant en route vers la grange. Un Amish « défroqué », en quelque sorte.

— Oh ? Dites-m'en un peu plus.

— Tout son argent est passé dans la boisson, même s'il a gardé sa ferme, dit Luke entre ses dents en pointant du doigt une colline voisine. Il ne vendra jamais ses terres à un Amish, alors qu'il ne s'en occupe quasiment plus. Les rares personnes qui le côtoient encore sont des Yankees. Marnie l'aide un peu parce qu'elle a un cœur d'or.

— Vous êtes en train de me dire que c'est un homme aigri ? Qu'il est fâché contre vous ? dit Kat en fronçant les sourcils. S'il est en colère contre les Amish et que ses rares amis sont « anglais », je devrais sans doute mettre son nom assez haut sur la liste des suspects.

Luke hocha la tête en esquissant un sourire, mais son regard était grave. Ce n'était pas son genre d'éviter de répondre aux questions, toutefois il n'avait pas l'air d'humeur à donner plus de détails sur ce fameux Coblentz.

La grange était un immense bâtiment un peu sombre, mais où il faisait bon.

— Allez, Dilly, dit Luke en caressant le museau de la jument avec une vraie tendresse. Il est temps que tu rencontres ta nouvelle amie, Katie. Et si quelqu'un te pose des questions indiscrètes, tu n'as qu'à hennir que c'est la femme que je vais épouser. Compris ?

Kat apprit à atteler la jument et à diriger le buggy en tournant dans la grange. Elle se concentrait tellement pour bien faire qu'au bout d'une heure elle en avait mal au crâne. Pour tout dire, elle ne se sentait pas très douée.

— Je vous apprendrai à conduire le chariot sur la route après la tombée de la nuit, lui expliqua Luke. Il ne faut pas qu'on vous voie en train d'apprendre. Chez les Amish, nous savons tous conduire un chariot dès le plus jeune âge.

— Peut-être devrais-je plutôt apprendre à faire du vélo, plaisanta Kat en tirant trop fort sur les brides.

— Seuls les garçons et les hommes utilisent les bicyclettes, rétorqua Luke, manifestement insensible à son humour. Mais vous allez voir, c'est assez simple, en fait. Quand Dilly s'arrête, il vous suffit de lui faire « Hue, da »... ou, mieux encore, vous lui envoyez un baiser.

— Vous êtes sérieux ?

Luke exagéra un double baiser sonore, et la jument reprit effectivement son pas tranquille.

— A quelle vitesse sommes-nous censés rouler ? demanda-t-elle.

— Sur un chemin plat et droit, cette brave Dilly peut faire jusqu'à dix kilomètres en une demi-heure. Mais en général, son rythme de croisière est plutôt de trois ou quatre kilomètres par demi-heure. De toute façon, ne vous inquiétez pas : je ferai en sorte que vous soyez la plupart du temps accompagnée par quelqu'un qui connaît tout ça par cœur. Je vous l'apprends juste pour que vous puissiez réagir en cas d'urgence.

— Luke, par pitié, faites-moi le plaisir de comprendre que ça ne me fait pas du tout peur de sortir seule, bien au contraire. Et vous avez beaucoup à faire, entre vos champs et votre fabrique de moulins.

Sur ce, elle sauta de la marche du buggy.

Elle ressassait son agacement quand, en sortant de la bâtisse, elle vit trois hommes devant l'atelier qui la regardaient sous le bord de leurs chapeaux de paille. Sans doute des employés de

Luke. Elle avait peut-être protesté un peu fort. Deux autres visages l'observaient derrière les rideaux de la *daadihaus*.

Elle voulait vraiment bien faire. En fait, elle aimait bien ce cheval, et ce petit chariot à l'ancienne recouvert d'une tenture qui ne s'ouvrait que sur l'avant. Dès que le buggy était en mouvement, une lanterne accrochée à l'arrière commençait à danser autour de son axe en couinant un peu. En plus du triangle phosphorescent accroché au dos du chariot, il y avait deux petits phares de signalisation, qu'on allumait lorsqu'on roulait de nuit à l'aide d'une batterie cachée sous le siège. Une batterie datant de Mathusalem, qu'on faisait démarrer à l'aide d'une manivelle ! L'intérieur de l'habitacle, assez sombre, était agrémenté d'un tapis vert foncé et de tapisseries. Il sentait le cuir, le lait et le clou de girofle, que Luke aimait à mâcher en conduisant.

— Disons que la première leçon est terminée, reprit Kat sur un ton plus calme. Maintenant, j'ai vraiment envie d'aller voir l'endroit où les enfants ont été attaqués. Même si je ne me fais pas trop d'illusions : les traces qu'aurait pu laisser le motard ont dû être effacées dès le premier soir par les chariots des enfants et par l'ambulance.

Sans mot dire, Luke la guida à travers champs sur un petit sentier qui grimpait jusqu'à une allée de terre plus large. Le chemin semblait descendre de la route principale, et ouvrait une sorte de brèche entre deux parcelles de maïs.

— Avez-vous pu voir si le motard était descendu en conduisant au milieu de l'allée ? demanda-t-elle, un peu essoufflée. Cela me paraîtrait logique, étant donné que la visibilité ne devait pas être très bonne pour lui, surtout derrière cette visière teintée que vous m'avez décrite. Il a dû éviter de s'approcher de trop près des plants de maïs.

— Il roulait bien au milieu du chemin quand je l'ai enfin aperçu. Mais c'était seulement… voilà, à partir d'ici.

— Bien, dit Kat. Et s'il roulait au milieu de l'allée, les buggies et l'ambulance qui ont emprunté la même voie roulaient sans doute, eux aussi, au milieu. En conséquence, il y a de fortes chances que les traces des véhicules à quatre roues encadrent la ligne, unique, laissée par l'agresseur ; cette empreinte n'est donc pas forcément effacée. Vous me suivez ?

— Je crois, oui. Mais vous voyez bien qu'il a plu. La boue a marqué tous les passages récents de nos chariots, dont certains tirent des remorques, et…

— Je vois ça. Malgré tout, il y a peut-être un endroit où les sabots et les roues sont passés à côté de l'ornière laissée par le motard. Si nous pouvions avoir la largeur de son pneu, et pourquoi pas sa marque, ce serait déjà bien. Je pourrais faire un moulage en plâtre moi-même.

— Mmm… J'ai dans mon atelier un mastic spécial que j'utilise pour colmater les brèches. Vous pourriez sans doute vous en servir pour prélever des empreintes.

Tous deux se remirent à marcher, lentement, épaule contre épaule, les yeux rivés au sol. Mais ils eurent beau scruter chaque sillon, ils ne découvrirent aucune trace de pneu de moto formellement identifiable. En revanche, Kat remarqua une tache noire et luisante qui l'intrigua beaucoup.

— Qu'est-ce que c'est que ça ? demanda-t-elle.

Ils se mirent tous les deux à quatre pattes pour observer la chose de plus près. Luke trempa son doigt dans la minuscule flaque et le porta à son nez.

— De l'huile de moteur, conclut-il sans hésiter. C'est peut-être un écoulement issu de la moto, quand le motard a dérapé… oui, c'était exactement ici. Il a été déséquilibré, et il a dû se servir de son pied pour rattraper sa machine. Il a planté sa botte dans le sol et s'est redressé, avant de repartir.

— Il portait des bottes ? Quel genre de bottes ? Vous vous en souvenez ?

— Pas des bottes de chantier, ça c'est sûr. Celles que portent nos charpentiers, par exemple, ont des bouts renforcés en métal, assez larges. Les bottes du motard étaient beaucoup plus pointues.

— Un peu comme des bottes de cow-boy ?

— De ce que j'ai vu des tenues de cow-boy sur des affiches de film, c'est possible. Je sais que ma description n'est pas très précise, mais je peux vous dire avec certitude que sa moto était toute noire, et qu'elle ne portait aucune inscription, autocollant ou autre. Malheureusement, son blouson de cuir noir n'avait lui non plus aucun motif dans le dos.

— Mmm… et qui porte des blousons de cuir noir ?

— Personne en particulier, répondit Luke en haussant les épaules. Peut-être les Chevaliers de la Nation, si vous voulez parler d'un groupe. Mais la plupart d'entre eux arborent un dessin ou un sigle au dos de leur veste.

— Comme par exemple le nom de leur clan ?

— Plutôt des drapeaux américains, je crois, ou des aigles qui atterrissent les ailes déployées.

— Ray Martin m'a un peu parlé des Chevaliers ; manifestement, il ne les considère pas comme les principaux suspects. Il s'agit d'une sorte de milice d'extrême droite, c'est ça ?

Kat se rendit compte très vite que ces mots ne devaient pas

être parlants pour son interlocuteur. Comparé à des êtres aussi ouverts et tolérants que les Amish, tout le monde était un peu extrémiste, à sa manière.

— Disons qu'ils ont fait du patriotisme leur religion. Ils exècrent la société moderne et voient des ennemis partout, précisa Luke en secouant la tête. Nous aussi, les Amish, il y a bien des choses que nous n'aimons pas dans les nouveaux modes de vie. Mais nous ne collectionnons pas les armes pour autant. Nous ne voulons ni guerre ni révolution. La plupart des habitants ici essayent de les ignorer, excepté le jour de l'indépendance, le 4 juillet, lorsqu'ils organisent un grand feu d'artifice. Ce jour-là, une foule accourt de la ville et même de certaines fermes amish, pour profiter du spectacle.

— Cela prouve en tout cas qu'ils possèdent des stocks de feux d'artifice.

— Je n'y avais même pas pensé, dit Luke d'un air grave en tournant la tête vers elle. Mais pour être franc, les Chevaliers ne nous ont jamais vraiment embêtés. Et personne ne les embête non plus. Ici, c'est un peu la logique du « vivre et laisser vivre ». De ce que nous en savons, ils sont plus déboussolés que méchants. Des petits chefs en profitent.

Quoi qu'en dise Luke, Kat ajouta mentalement ces fameux « Chevaliers » sur la liste des personnes à surveiller attentivement, en plus de Reuben Coblentz. Elle subodorait qu'une dispute avait dû opposer Luke à ce fameux Reuben. Elle poserait la question à Lee le lendemain, quand elle irait l'assister à l'école.

— Je viens juste de me souvenir d'autre chose, reprit Luke. Le motard portait des gants. Peut-être était-ce pour éviter les brûlures, si un de ses maudits pétards venait dans sa direction.

— Ou bien pour ne pas laisser ses empreintes digitales sur

quoi que ce soit. En tout cas, vu le temps, ce n'était pas pour se protéger du froid. Luke, pourquoi y a-t-il deux endroits brûlés, ici ? demanda-t-elle en découvrant l'angle d'un champ rogné par les flammes.

— Les feux d'artifice sont partis dans tous les sens, et certains, en retombant, ont entraîné des départs de feu que les enfants ont éteints très vite en frappant dessus avec des branchages. Et ici, en contrebas, vous voyez le ravin et le bois où Eli et Melly ont cherché à se réfugier.

Pendant une bonne demi-heure, ils passèrent les champs au peigne fin, à la recherche d'un feu d'artifice non explosé qui aurait pu mettre Kat sur une piste. Rien. Ils revinrent sur leurs pas, inspectèrent le lieu de la fête gâchée, le ravin et le chemin par lequel le motard s'était enfui. Toujours rien. Mais quand ils arrivèrent à la jonction avec la grand-route, Kat remarqua une autre tache d'huile.

— Peut-être qu'il s'est arrêté un moment parce qu'il hésitait sur le chemin à prendre…, pensa tout haut Kat. A moins qu'il n'ait de nouveau eu du mal à maîtriser sa machine. En tout cas, soit sa moto sort de chez le garagiste, soit elle a grand besoin d'aller y faire un tour.

— Ça ne nous avance pas beaucoup, grommela Luke alors qu'ils redescendaient vers la *daadihaus*. Je hais l'idée que nous allons devoir attendre une nouvelle attaque pour en apprendre un peu plus.

Kat hocha la tête, la mine grave, et allongea sa foulée pour rattraper Luke qui avait déjà plusieurs mètres d'avance.

Comment rester objective ? se demanda Kat en découvrant les deux enfants de Luke qui revenaient de l'école en courant.

Malgré la distance qui la séparait encore d'eux, elle avait devant les yeux une carte postale de ce que la progéniture des Amish peut avoir de plus charmant. Eli, le plus grand, semblait prendre soin de sa petite sœur comme si c'était sa mission de petit homme. Mais Sarah était vive et ne s'en laissait pas compter. Ils dirent au revoir à un groupe de camarades qui prenaient un autre chemin, puis dévalèrent la pente qui menait tout droit à la maison de leurs grands-parents.

Quand ils s'approchèrent, Kat remarqua le bandeau qu'Eli avait sur l'œil. Son visage martyrisé était encore couvert d'hématomes et de plaies suturées. Quelqu'un de non averti aurait pu penser qu'il avait été battu violemment. Kat retint ses larmes quand l'image du petit John Seyjack resurgit dans un coin de sa mémoire.

Elle se concentra alors sur la cadette de Luke. Avec ses boucles blondes et ses yeux d'un bleu profond, Sarah ressemblait à une poupée, même si elle faisait la moue. Dans son regard vif, presque incandescent, Kat lut immédiatement que la petite fille n'était pas tellement ravie de la voir débarquer.

— Je suis vraiment contente de vous rencontrer, leur dit-elle avec un large sourire en leur serrant la main. *Wie geits ?*

Cette question d'allemand — comment allez-vous ? — était une des seules phrases dont elle se souvenait encore.

Cela n'eut pas le don de dérider Sarah, mais la fillette commença à raconter sa journée à son père dans ce dialecte germanique propre aux Amish.

Eli aussi parlait plus volontiers dans cette langue.

— Elle me dit que Lee a parlé de vous, aujourd'hui à l'école, traduisit Luke. Elle a expliqué aux enfants que vous étiez là pour les aider à apprendre l'anglais. Et il y a un pique-nique prévu en votre honneur, demain midi. Chaque écolier apportera une partie du déjeuner, et certaines mères seront là également.

— Je suis vraiment touchée. Je sens que je vais adorer, dit Kat en hochant la tête.

— Et vous aider à attraper les méchants, pour ça aussi on vous aidera, lança Eli en bombant le torse alors que Sarah boudait toujours.

Kat eut du mal à s'empêcher de rire. Elle n'arrivait pas à convaincre le père de la laisser mener l'enquête toute seule, et voilà que le fils s'y mettait à son tour. Ces gens avaient beau être pacifistes, ils n'en étaient pas moins courageux. Et quoi qu'il arrive maintenant, elle ferait tout pour les aider.

5.

Lors de sa première nuit en pays amish, Kat réalisa qu'elle n'avait jamais connu un endroit sur lequel s'abattaient, une fois le soleil couché, une encre aussi noire et un tel silence. Enfin, une nuit parfaitement noire si elle n'avait été éclaboussée d'étoiles : on aurait dit qu'une dentellière aux doigts d'or avait cousu des milliers de perles étincelantes sur un tissu couleur de jais. Quant au silence, à bien y écouter, il était lui aussi enrichi du chant discret des grillons et du bruissement des céréales dans le vent. Les maisons amish étaient elles-mêmes d'un calme presque dérangeant, pour qui n'y était pas habitué. Ni télévision, ni radio, ni téléphone, pas même le grésillement ténu de tous ces petits accessoires électriques qui font la rumeur parfois rassurante des foyers ordinaires. Depuis qu'elle l'avait éteinte, Kat n'entendait même plus le sifflement de sa lampe à pétrole.

Elle avait libéré ses cheveux avec soulagement. Ce chignon, ce bonnet, tiraient sur sa nuque et commençaient à lui donner mal au crâne. A genoux devant la fenêtre de sa chambre, elle contemplait l'impressionnant rideau de plants de maïs qui dansait au rythme du vent. Si la lune devait se montrer cette nuit, elle semblait s'être perdue en route.

Pour le dîner, Kat avait préparé des restes gargantuesques avec Ida dans la vaste cuisine des Brand. Luke et ses enfants avaient partagé le repas. Luke était ensuite retourné à son atelier pour finir son travail, et Ida s'était absentée pour porter une assiette chaude à son mari. Kat, elle, était restée là avec Eli et Sarah. Elle avait bien tenté d'engager la conversation avec la petite fille, mais Sarah restait murée dans son mutisme, et s'obstina à découper des feuilles d'automne dans du papier kraft pour la décoration de la petite fête du lendemain. Un peu déçue, Kat en avait profité pour poser quelques questions à Eli.

— Comment va ton œil ? avait-elle demandé alors qu'ils étaient tous trois assis à la table de bois de la cuisine.

— Les docteurs disent qu'on ne peut pas encore savoir. Mais de toute façon, je ne laisserai pas ces gens me faire peur.

— On m'a dit que tu étais là aussi quand ils ont aspergé les draps.

— Pooou, ça sentait mauvais, avait-il dit en se pinçant le nez. On a dû jeter tout le linge. J'ai pas vu qui a fait ça, ils étaient tout en noir. Comme le bonhomme sur sa moto.

— Ils étaient plusieurs ?

Eli était revenu de la fenêtre, où il était allé jeter un œil à l'atelier paternel.

— Ils étaient au moins deux, en tout cas. Les draps ont été aspergés des deux côtés. Un seul gars n'aurait pas pu faire ça, madame. Mais je n'ai pas vu toute la scène, parce qu'ils m'ont aspergé aussi.

— Et c'était quoi, exactement, leurs habits noirs ?

Eli lui avait jeté un regard acéré, comme s'il n'était pas convenable qu'une femme demande des précisions sur les vêtements d'un homme.

— J'en suis pas sûr, mais je crois qu'ils portaient des pantalons et des chemises à manches longues. Sans doute pour se camoufler dans la pénombre du bois à côté.

— Est-ce que tu les as vus toi-même sortir de ce bois, Eli, ou repartir par là ?

— C'est arrivé tellement vite… Mais je peux vous assurer qu'on ne voyait rien d'eux, ni un bras ni un visage.

— Est-ce qu'ils auraient pu porter un jean sombre et une veste en cuir ? insista-t-elle.

— Bien sûr. Ils ressemblaient vraiment à l'homme de la moto.

Kat réalisa qu'elle dirigeait sans doute un peu trop les réponses de son jeune témoin, mais chaque information comptait trop pour qu'elle lâche l'affaire. Elle décida néanmoins de ne pas lui demander directement si les agresseurs portaient des casques de moto.

— Tu dis qu'on ne voyait ni leurs bras ni leurs visages ?

Eli fronça les sourcils, comme s'il réfléchissait intensément.

— C'était comme…, commença-t-il en cherchant ses mots. Comme ce que j'ai vu sur les photos quand les Anglais partent au ski. Cette chose qu'ils portent sur la tête pour se protéger du froid.

— Des passe-montagnes ? Ils portaient des sortes de cagoules noires en laine, c'est ça ?

— Si c'est comme ça qu'on les appelle, je suppose que oui, avait répondu le garçon d'un air distrait en regardant par la fenêtre en direction de la fabrique de son père.

— Tu m'as beaucoup aidée, Eli, merci ! Si tu repenses à quoi que ce soit, le moindre détail sur leur apparence, tu viens me voir, d'accord ?

— D'accord. Parce que, comme mon papa vous a dit, on a bien envie de vous aider.

— J'apprécie beaucoup, merci. Et puis j'ai l'impression que tu aimerais bien aussi aider ton père à l'atelier, pas vrai ?

— Il dit que je pourrai quand je serai plus grand. Je lui ai déjà donné un coup de main, mais avec mon œil, ce n'est plus possible. Même si je n'y vois plus très bien, j'espère que je pourrai grimper sur les moulins un jour, comme fait mon papa.

— C'est ton père qui les érige ? Il monte tout en haut ?

— *Ja,* répondit Eli en lui décochant un sourire. Il monte fixer les aubes, tout au sommet. Mais il porte un harnais de sécurité, même si les Amish ne le font pas d'habitude. Il y a des imbéciles qui l'embêtent avec ça.

A ces mots, ses réflexes de policière revinrent au grand galop.

— Qui lui en veut de faire ça, Eli ?

— Le syndicat des charpentiers yankees, à Amish Acres. Ils affirment que les charpentiers amish ne respectent pas les règles du travail en ne portant pas de casques ni de harnais. En fait, ils nous en veulent parce qu'on est meilleurs, et qu'on leur prend du travail.

Kat n'avait pas compris tout ce que lui disait Eli, mais c'était une autre piste à suivre. Si les charpentiers amish s'étaient mis un syndicat à dos, on pouvait envisager qu'un esprit tordu ait imaginé des représailles. Encore une question à poser à Luke et au chef de la police. Eli lui était décidément précieux.

— Ce qu'il y a de chouette, en plus, c'est que ces moulins sont très jolis, dit Eli, le nez collé à la vitre. Avec leurs pales qui tournent, ils sont comme des pâquerettes géantes. Papa m'a dit un jour que c'est comme ça que ma maman les voyait.

Et puis papa m'a dit qu'utiliser les moulins pour tirer de l'eau, et peut-être un jour créer de l'électricité, ça, c'était une façon d'être un Amish moderne.

Un *Amish moderne.* Seule dans sa chambre, Kat avait du mal à ne pas rire en se souvenant de cette expression. Elle trouvait Eli adorable, et aurait bien voulu s'entendre aussi bien avec la petite Sarah.

Elle ouvrit la fenêtre et mit le nez au-dehors. Elle profita pleinement de cette nuit pleine de parfums, parcourue de sons infimes, comme une respiration de la terre elle-même. C'était décidément comme si sa perception du monde, endormie depuis trop longtemps, venait de se réveiller. De temps en temps, elle percevait une sorte de bruit métallique. Etaient-ce les ailes des moulins de Luke qui tournaient lentement ? Cela semblait pourtant provenir des champs de maïs.

Kat était prise par la majesté du moment, mais restait gênée par cette végétation si près de sa fenêtre qui pouvait abriter un espion. Quelqu'un qui l'épierait dans la profondeur de la nuit. Quand donc viendraient les récoltes pour dissiper son malaise ? D'après le petit Eli, des hommes cagoulés étaient sortis de la pénombre pour jaillir sur leurs proies… Cette seule idée lui donnait des frissons, et l'encouragea à fermer la fenêtre, elle qui adorait dormir en sentant la brise sur sa peau. Elle se coucha pour une nuit de sommeil bien méritée.

Un grincement sordide fendit alors la nuit comme un couteau. Kat sursauta et se releva si vite qu'elle se cogna à une poutre, pourtant assez haute. Elle se retrouva presque évanouie, face contre sol, mais elle rouvrit les yeux très vite, pour apercevoir sa lanterne qui roulait sur le plancher.

D'où pouvait provenir ce bruit lugubre, comme un cri remonté des ténèbres ? Ida et le révérend Brand étaient allés se coucher depuis un bon moment. Impossible de les réveiller pour leur poser la question.

Encore étourdie, des aiguilles invisibles plantées dans le crâne, Kat entendit des pas. Dans le couloir, juste devant sa porte, quelqu'un marchait à pas feutrés ! Elle rampa jusqu'à sa lampe torche, regrettant presque de ne pas avoir d'arme ; même si elle aurait dû tirer de la main gauche en cas de problème. Elle n'alluma pas la lampe — tout rai de lumière pouvait faire d'elle une cible parfaite — mais la brandit comme une matraque en s'approchant pieds nus de la porte. Le cœur battant, elle tourna délicatement la poignée.

Dans la pénombre du couloir, elle distingua une silhouette — un homme, à n'en pas douter.

— Qui va là ? lança-t-elle, prête à bondir.

La flammèche d'une allumette déchira la pénombre, caressant de sa lueur un visage buriné, orné d'une barbe de prophète.

— Jacob Brand pour vous servir, répondit son visiteur d'une voix enrouée. Le propriétaire de cette maison. Le cri du raton laveur vous a réveillée, sans doute…

Le révérend décrocha calmement une lanterne pendue à un crochet fiché dans le mur. Kat se sentit tout à coup ridicule. Elle était là, en position de combat, face à celui qui venait de l'accueillir chez lui. Heureusement qu'elle n'avait pas eu l'idée de crocheter les jambes du vieillard pour le plaquer au sol. Le cri d'un stupide raton laveur avait amené une flèche de la police à se ridiculiser !

Elle avait envie de se cacher, mais elle était là, devant lui, en nuisette, les cheveux défaits, sa lampe torche brandie comme une arme.

— Ravie de vous voir enfin, révérend Brand, réussit-elle à balbutier en rougissant. J'espère que vous allez mieux.

— Ça va mieux, mais je n'arrivais pas à dormir, dit-il en se penchant pour ouvrir le garde-manger.

Il y prit une bouteille de lait et saisit deux verres dans le placard juste au-dessus.

— Asseyez-vous, puisque nous y sommes, lui dit-il. Cela fait un bon moment que je voulais vous voir, moi aussi. Je suis sincèrement désolé que mon estomac m'ait empêché de profiter de votre arrivée.

— Vous êtes sûr que ce n'est pas l'appendicite, au moins ? Mon frère a eu ça, une fois, et… ça s'est mal passé.

— Rien de tout ça, *a priori*. Un ulcère, ou de l'acidité gastrique. Impossible d'obtenir un avis plus précis de la part de ces maudits médecins. Mais quelle importance ? Quand on pense à la pauvre Melanie qui est dans le coma…

— Bien sûr. Des choses comme ça relativisent toutes nos souffrances, n'est-ce pas ? J'ai cru comprendre que son état restait stationnaire. Personne ne sait si…

— Dieu sait, murmura-t-il. Tout est entre ses mains.

Il posa les deux verres sur la table et les remplit de lait. Kat avait plutôt envie d'une bonne bière, mais elle accepta le verre de lait et s'assit à deux chaises de lui, une distance qu'elle jugeait respectable.

Le visage ridé du révérend Jacob Brand ne ressemblait pas tellement à celui de son fils. Son corps était mince et encore musclé, et il portait un pantalon sous une sorte de peignoir en laine.

— Je vous ai aperçue, par la fenêtre, quand vous appreniez à conduire le buggy avec mon fils. Je dois dire que… en apparence au moins, vous passez *sehr gut* pour une Amish.

Kat reçut ce compliment comme une véritable façon de l'adouber.

— J'espère que ça va marcher. Avec un peu de chance, ce déguisement me permettra de prendre mon temps pour trouver le maximum d'indices. Il ne restera plus alors à la police qu'à arrêter les coupables.

Jacob Brand hocha la tête et but une gorgée de lait.

— Maintenant que je vais un peu mieux, Ida me laisse dormir seul. Elle garde les enfants de Luke à la ferme pendant qu'il s'échine dans son atelier. Il travaille trop. Elle aussi, d'ailleurs. Remplacer la mère de ces deux petites tornades, à son âge… Katie, je voulais vous dire une ou deux choses, de manière à ce que vous compreniez mieux la situation.

— Je suis prête à recevoir toute l'aide que vous voudrez bien m'apporter, révérend, dit-elle en tendant la main vers son verre.

Et pour une fois, c'était sincère.

— *Ach*, c'est difficile pour moi d'accepter que nos jeunes quittent le nid pour aller mener une autre vie ailleurs. Même si je dois bien admettre qu'ils y sont obligés, pour vivre. C'est devenu très dur par ici pour les femmes… pour les hommes aussi d'ailleurs. Nous sommes parfois obligés de servir dans les bars yankees, ou de brader notre culture dans des boutiques de souvenirs. C'est bien triste de voir tous ces petits trésors du quotidien, les lampes, les vêtements, imités et vendus à bas prix à des touristes qui trouvent ça « pittoresque ». Mieux vaut pour un jeune Amish rester à la ferme, et reproduire notre style de vie pour des générations encore. Se compromettre avec le monde qu'on dit moderne, c'est briser un peu cette grande famille que nous sommes.

Kat acquiesça sans mot dire, pour ne pas l'interrompre.

— Mais, encore une fois, j'avoue que les choses ont changé. La terre ne nourrit plus son homme. Avant, un quart des nôtres cultivait ces parcelles. Aujourd'hui, seul un Amish sur dix est agriculteur. Trois de mes fils sont partis, pour trouver davantage de terre ou un autre destin. Nous ne les voyons presque plus. Pareil pour nos petits-enfants. Et puis les Anglais sont venus s'installer ici, de plus en plus nombreux. Ce qui devait arriver…

Le vieillard ne finit pas sa phrase. Il secoua la tête en regardant son verre vide.

— Tout cela n'excuse en rien le mal que l'on vous fait, remarqua Kat.

— *Ach*, non. Mais notre héritage, notre tradition, c'est d'accepter la souffrance, d'offrir le pardon, et même de partir ailleurs plutôt que partir en guerre. Seulement, je ne pense pas que Dieu veuille que nous quittions cet endroit. Pourquoi serait-ce sa volonté ? Les touristes, toutes ces nouvelles maisons, Amish Acres…

Il avait prononcé ces derniers mots avec un tel mépris que Kat n'aurait pas été surprise de le voir cracher par terre. Le révérend resta silencieux un moment, les yeux dans le vague, avant de reprendre :

— Tous ces Anglais qui arrivent, pour vivre ici ou pour une simple visite, tous ces *auslander* nous apportent certes de quoi améliorer notre quotidien, mais ils le changent aussi. Ils soumettent nos jeunes à la tentation « d'autre chose », à la quête d'un « mieux », et beaucoup succombent. De sorte que bientôt, peut-être, nous disparaîtrons pour de bon.

Cette fois il se tut.

— Je ferai tout ce que je peux, dit Kat pour briser le silence. En tout cas, j'essaierai de faire en sorte que ces attaques contre vous et vos enfants cessent. Je ne sais pas si cela assurera la survie du groupe pour plusieurs siècles, mais ça vous permettra de vivre ici tranquillement, selon vos règles. N'hésitez pas à m'en dire plus sur le contexte. Votre soutien est essentiel pour moi, d'autant plus qu'en tant que révérend vous êtes…

— Vous voulez savoir comment on devient révérend chez nous, le guide spirituel du groupe ? lui demanda-t-il avec une étincelle dans l'œil. C'est un peu comme la courte paille. Tout homme marié et de bonne réputation peut être désigné par n'importe quel membre de l'église. On réunit ensuite ces personnes et on leur demande à chacune de choisir un livre de cantiques dans une pile. On définit ensuite un verset, et celui qui le trouve dans son livre est l'élu.

— Mais alors, vous laissez faire la chance ?

— Pas la chance, non. De cette manière, c'est Dieu qui choisit son représentant. Quand il est intronisé, il n'y a ni cérémonie, ni félicitations, ni rien de tout ça. C'est bien différent de ce qui se passe quand vous vous choisissez un chef, n'est-ce pas ? Chez nous, au contraire, les gens viennent voir l'élu pour lui souhaiter bon courage. Car la tâche est rude, et mon fardeau à moi a été bien lourd, ces dernières années, avec tous ces deuils, ces décisions à prendre sans fléchir. Je pense au bien-être des miens, c'est pourquoi j'ai accepté la suggestion de Luke en vous accueillant ici. Oui, nous aimerions bien savoir qui a intérêt à nous terroriser ainsi.

Kat se contenta de hocher la tête. Elle ne trouvait pas les mots pour dire au révérend combien elle souhaitait se montrer digne de sa confiance. Si le président des Etats-Unis l'avait convoquée dans le bureau ovale de la Maison Blanche pour lui confier une mission, elle n'en aurait pas été plus fière !

Le lendemain, Luke déposa Kat et les enfants de bonne heure devant l'école. Il devait se rendre à Amish Acres pour préparer l'installation d'un de ses moulins « décoratifs », à l'entrée d'un nouveau complexe qui venait de sortir de terre. Kat se souvint de l'air dégoûté avec lequel le révérend avait évoqué ce village-champignon la veille. Elle n'avait pas encore eu l'occasion d'interroger Luke sur les rapports tendus entre les Amish et le syndicat des charpentiers, mais elle ne manquerait pas de le faire.

Elle voulut aider Sarah à descendre du buggy, mais l'enfant, toujours aussi renfrognée, préféra sauter du chariot en refusant sa main tendue. Réprimant un soupir, Kat se tourna vers Luke.

— Je vous aurais bien accompagné à Amish Acres. J'aimerais jeter un œil dans certains coins.

— Nous irons, dans ce cas, répondit Luke. Je vais juste faire des repérages ce matin, mais j'y retournerai très vite pour installer le moulin.

Il fit claquer sa langue pour signifier à Sandy d'avancer, et le buggy s'éloigna en cahotant. Eli et Sarah dirent au revoir à leur père de la main, et Kat les imita, non sans difficulté : elle portait deux paniers remplis de gâteaux préparés par Ida Brand pour la fête de l'école. Eli avait lui-même les bras chargés de ses livres, de ses cahiers et d'une petite gourde de limonade. Quant à Sarah, elle était décorée comme un sapin de Noël, avec des feuilles de platane orange et des guirlandes mauves qu'elle avait découpées et collées dans son coin. Ils étaient en avance, mais Kat avait besoin de prendre ses marques avant l'arrivée des élèves. L'institutrice, « Mme Lee », était déjà à son bureau.

Pendant qu'Eli et Sarah punaisaient les décorations aux cadres des tableaux noirs et aux arceaux des fenêtres, Lee fit faire un petit tour du propriétaire à sa nouvelle assistante. Un grand poêle à charbon trônait au beau milieu de la pièce, entre deux rangées de pupitres de bois.

— Ça, c'est le coin vestiaire, dit Lee en entrant dans une petite pièce dont le mur était hérissé de portemanteaux.

— Lee, avant que les enfants n'arrivent, j'aimerais vous poser une question. Je peux ?

— Bien sûr ! Dites-moi.

— Reuben Coblentz, qui vit près de la ferme des Brand... quel est le problème avec lui ? J'ai posé la question à Luke, mais il n'a pas franchement répondu.

— Mmm... Reuben est un peu dérangé du haricot.

— Vous voulez dire qu'il a un grain ? demanda Kat, avant de se demander si cet argot-là était compréhensible pour une Amish.

— Reuben agit bizarrement. Il boit tout le temps, alors les autres l'ont placé en... comment dites-vous *meidung* ? Quarantaine, c'est ça ?

Lee rangea deux livres et quelques crayons qui dormaient dans un carton « objets trouvés ».

— Cela veut dire que tout le monde l'évite, c'est ça ? C'est un paria dans la communauté ?

— Nous obéissons à un ensemble de règles tirées de la Bible, que nous appelons l'*ordnung*. Il est prévu d'écarter un membre du groupe pour lui montrer qu'il doit changer d'attitude. Nous prions pour qu'il se rende compte de ses erreurs par lui-même, et qu'il vienne faire amende honorable. Il est alors réintégré.

— Dans le cas de Reuben, cette mise à l'écart ne semble pas avoir eu les résultats escomptés, remarqua Kat. D'après ce que j'ai compris, il continue de boire ; il laisse sa propriété à l'abandon et refuse de la vendre à l'un des vôtres. Sans compter qu'il est en train de nourrir une rancune profonde contre vous.

— C'est malheureusement exact.

La mâchoire serrée, Kat fut bien obligée d'admettre que les Amish n'avaient pas très envie de parler d'un homme mis au ban de la communauté. Il lui faudrait se débrouiller toute seule pour en savoir plus. La solution la plus évidente était de se faufiler au milieu des plants de maïs et d'aller voir par elle-même à quoi ressemblait ce Reuben Coblentz. Elle trouverait bien, près de sa ferme, un endroit d'où elle pourrait voir sans être vue. Peut-être apercevrait-elle également ces « amis anglais » dont avait parlé Luke. S'ils étaient adeptes des libations, comme Reuben, ils avaient sans doute nourri bien des projets autour de leurs verres, pour se venger des Amish. Mais les avaient-ils mis en œuvre ?

— Encore une chose, chuchota Lee à l'oreille de Kat. Il est heureux que vous n'ayez pas posé cette question en présence d'Eli et Sarah… Voyez-vous, Reuben Coblentz est leur deuxième grand-père. Le père de la femme que Luke a perdue.

Kat en resta bouche bée alors que Lee se penchait à la porte du vestiaire pour jeter un coup d'œil aux enfants Brand. Elle avait prévu bien des surprises, mais celle-ci n'était pas la moindre. En tout cas, cela ne changeait pas grand-chose à sa détermination : elle allait surveiller de très près ce grand-père Coblentz.

— Bonjour, les enfants ! lança Lee gaiement, quand la quarantaine d'élèves eurent pris place derrière leurs pupitres.

— Bonjour, maîtresse Leah ! répondirent-ils tous en chœur.

— Je vous présente la maîtresse Katie Kurtz, qui nous arrive de Pennsylvanie. Elle vous aidera dans les semaines qui viennent à perfectionner votre anglais, ce dont certains ici ont grand besoin.

Toutes les têtes se tournèrent en même temps pour dévisager Kat. La plupart des élèves la gratifièrent d'un large sourire.

— Bonjour, les enfants, dit-elle à son tour.

— Bonjour, maîtresse Katie !

Déjà, tous joignaient leurs mains pour accompagner Leah dans une prière au Seigneur. Kat avait du mal à en croire ses yeux. Elle était transportée dans l'univers de Mark Twain. Tom Sawyer était-il au dernier rang ?

D'après les explications de Lee, la Cour suprême avait autorisé les Amish à gérer leurs propres écoles. Cette dérogation avait été obtenue à la demande non des Amish eux-mêmes, mais de militants des droits civiques désireux de les protéger. Il y avait donc des hommes prêts à les défendre, comme elle.

La lumière rosée de l'aube entrait maintenant par les fenêtres de la classe. Leah donnait un cours de mathématiques et de géographie aux plus grands, jonglant entre les formules inscrites à la craie sur le tableau et une mappemonde affichée au mur. Kat, elle, s'occupait des plus petits. Elle leur demandait de parler de leurs familles en anglais, et les corrigeait chaque fois que nécessaire. Les enfants de la communauté étaient très attentifs, et habitués aux méthodes à l'ancienne. Ils apprenaient beaucoup de choses par cœur, et leur mémoire semblait très exercée. Aucun ordinateur, aucune calculatrice : il fallait faire marcher son cerveau.

Malgré cette étonnante concentration, Kat sentait à quel point ils étaient tous impatients de profiter du pique-nique récréatif prévu pour le déjeuner. Plusieurs buggies étaient déjà garés devant l'école, et des mères s'affairaient pour préparer la fête.

— Bien, dit Lee peu après 11 h 30. Il fait tellement beau que nous allons pouvoir manger dehors. Vos mamans ont dressé une table, mais par pitié, ne vous bousculez pas pour sortir. Ensuite nous jouerons un peu, et quand je sonnerai la cloche, je veux que vous reveniez tous travailler. Compris ?

— Oui ! clamèrent-ils en applaudissant.

Sur le mur derrière Lee, en dessous des lettres E-C-O-L-E, on pouvait lire verticalement les mots : Etude, Coopération, Obéissance, Loyauté, Effort. Ce mélange de discipline et d'entraide aurait pu paraître désuet au reste de l'Amérique, mais il enchantait Kat.

— Oh, c'est absolument adorable, s'exclama Kat en découvrant un gâteau sur lequel était inscrit, autour d'une école dessinée en sucre : « Bienvenue, maîtresse Katie ».

— J'espère que c'est du chocolat en dessous de toute cette crème ! dit Eli en posant sa gourde de limonade sur la table.

— Ça vient d'une boulangerie que ma mère possède en ville, expliqua Lee à Kat à propos du gâteau. Il faudra que vous alliez la voir à l'occasion. Elle est prise en sandwich, ce qui est la moindre des choses pour une boulangerie, entre deux boutiques de Marnie Girkins. Ah, au fait… Les enfants, s'exclama-t-elle en s'adressant à la cantonade, Mme Girkins nous a offert un plein panier de sucettes pour cette petite fête. Interdiction d'y toucher avant le dessert. Et si vous chahutez ou si vous vous courez après, je ne veux pas en voir un seul avec une sucette à la bouche. C'est clair ?

Lee se tourna de nouveau vers Kat et recommença à parler à voix basse.

— Est-ce que vous pouvez imaginer que, lorsque j'avais leur âge, j'étais toute grassouillette ? gloussa-t-elle.

— Avec toutes ces bonnes choses autour de vous, je n'ai pas trop de mal à vous croire, répliqua Kat en souriant.

— Quand j'ai commencé à enseigner, j'ai tout perdu en moins d'un an. Je suppose que c'est à force de courir derrière ces petits monstres.

Kat commençait à comprendre que chaque repas, chez les Amish, était un véritable festin. Même le dîner de la veille, composé à partir de restes du midi, s'était transformé en banquet. Aujourd'hui, sur des tréteaux de bois, les plus âgés des garçons avaient posé une grande porte qui servirait de table à ces nouvelles agapes. Et les femmes avaient garni cet étal de fortune d'un impressionnant assortiment de salades de pommes de terre, de poulet froid, de jambon, de fromages… D'énormes pichets de jus de fruits côtoyaient des paniers de biscuits, du pain frais coupé en tranches et des pots de confiture de toutes les couleurs. Les médecins qui avaient recommandé à Kat de reprendre un peu de poids après son hospitalisation ne pouvaient rêver meilleure villégiature pour leur patiente.

Malgré cette profusion de nourriture, Kat remarqua que les élèves toisaient leur déjeuner avec des yeux sans gourmandise. Sans doute attendaient-ils surtout le signal pour commencer à jouer. Dans la cour à côté de l'école, bien des plaisirs les attendaient. Un filet de volley-ball, tendu à seulement deux mètres de hauteur, un tout petit terrain de base-ball et des cordes à grimper pour les garçons. Un toboggan, des balançoires et des cordes à sauter pour les filles. Kat fit un effort pour goûter à toutes les assiettes qu'on lui tendait. Elle répondait aux nombreuses questions des enfants, mais elle ne pouvait s'empêcher de laisser traîner une oreille dans l'espoir de glaner un nouvel indice, le moindre élément qui la mettrait sur une nouvelle piste. Elle restait également attentive à l'environnement de l'école. Elle était anxieuse, sans trop savoir pourquoi. Elle jetait régulièrement un œil aux champs d'orge, au bois qui couronnait la colline voisine, et à la petite route sur laquelle passaient épisodiquement une voiture trop rapide ou un chariot très lent. Elle appréhendait sans se l'avouer l'arrivée d'une moto. Avec tout le raffut que faisaient maintenant les élèves, elle n'entendrait sans doute pas le ronronnement lointain que Luke lui avait décrit.

Finalement, Kat réussit à se détendre… et même à s'amuser. Ce pique-nique était un mélange de gaieté et de simplicité, douceur campagnarde dont elle goûtait chaque instant. C'est alors qu'elle aperçut le camion. Il avançait, négociait lentement le tournant, comme si un passager prenait une photographie de ce paysage bucolique.

Kat mit sa main en visière. Peut-être le conducteur cherchait-il son chemin ? Non, le camion décrivait maintenant une courbe étrange. Il approcha d'abord de l'école en s'engageant dans l'allée, puis quitta le chemin pour rouler sur la pelouse. C'était un camion noir, recouvert de boue, avec des vitres teintées.

Puis, son cœur s'emballa comme si elle venait de voir le diable : côté conducteur et côté passager, des canons de fusils dépassaient des vitres entrouvertes. Ils étaient dirigés vers les enfants !

Derrière une des vitres, Kat distingua un visage cagoulé portant de grosses lunettes de ski qui étincelaient au soleil.

— Des fusils ! hurla-t-elle. Des fusils, couchez-vous ! Tous !

Il fallut plusieurs secondes, interminables, pour que chacun comprenne et réagisse.

Certains enfants crièrent, d'autres se mirent à courir dans tous les sens. Kat attrapa Sarah et la projeta au sol, avant de saisir le bras de Lee pour la tirer derrière la table. Au même moment, les premiers coups de feu retentirent. Elle poussa tous les enfants qui passaient à sa portée vers Lee pour les protéger.

Elle se releva pour porter secours à un garçon, tétanisé à deux mètres d'elle, et entendit son hurlement lorsqu'elle fut touchée. Un tache écarlate dessina une étoile sur sa robe bleu pâle, au-dessus de sa poitrine. Non loin de là, un enfant s'écroula dans une flaque de sang… verdâtre !

Du sang vert ?

Des billes de paintball, comprit Kat, soulagée mais furieuse. Des billes dont la paroi fine libérait de la peinture à chaque impact, sur les vêtements des enfants terrifiés. Elles étaient certes moins dangereuses que des balles réelles, mais pouvaient crever un œil ou causer des blessures plus légères. Bon sang, où était Eli ?

Alors qu'elle scrutait le champ de bataille, une deuxième bille explosa sur sa nuque, douleur aiguë comme le dard d'un frelon. Une giclée de peinture jaune citron éclaboussa son col et sa joue. Une giclée remonta même dans son nez et jusqu'au coin de son œil. Le goût de la peinture coulait dans sa gorge. Hébétée, à genoux, elle essuya son visage avec l'un de ses jupons, jusqu'à être en mesure d'y voir de nouveau.

Impossible de lire la plaque d'immatriculation du camion : même s'il n'avait pas plu depuis plusieurs jours, elle était recouverte de boue séchée. Assise sur ses talons, elle agrippait tous les enfants qui couraient alentour, les plaçant sans ménagement derrière elle pour les protéger de son corps. Elle aurait voulu courir elle-même, mais restait hypnotisée par ce camion dont elle voulait noter mentalement tous les détails. Il décrivait une nouvelle courbe pour lancer une deuxième attaque.

Elle sentit un flux d'adrénaline dans ses veines. Elle avait envie de s'élancer vers le véhicule — un modèle Ford ? — pour tirer sur le bout des carabines et forcer les agresseurs à sortir. Mais aujourd'hui, elle était juste une institutrice amish. Elle ne pouvait pas se permettre d'agir comme un agent de police venu de « l'autre monde ».

Comme soulevée par une rage profonde, Kat se redressa pour jeter un regard autour d'elle. Certains adolescents s'étaient réfugiés à toutes jambes dans la salle de classe, mais beaucoup d'autres restaient là, tremblants, les bras ballants comme des agneaux face à un loup légendaire. Une nouvelle rafale d'une précision diabolique vint maculer les bonnets blancs des mères, les jupons, les chemises, les visages…

En poussant un long cri, Kat se jeta sur la table pour la renverser en avant. Les assiettes remplies de victuailles tombèrent par terre, y compris le gâteau préparé en son honneur que personne n'avait même eu le temps de couper. Elle reçut une nouvelle bille de peinture à l'épaule, mais elle réussit à placer la porte contre les tréteaux pour en faire un bouclier.

— Venez vous protéger ici, vite ! cria-t-elle aux élèves qui s'affolaient encore en terrain découvert.

— *Komm, komm, schnell !* répéta Lee en allemand pour les faire venir.

Un essaim de gamins vint s'abriter derrière cette palissade improvisée. Kat, elle, ne pensait pas à fuir le danger. Elle remarqua qu'un des pichets de jus de fruits avait glissé de la table sans se répandre entièrement. Elle saisit le récipient encore à moitié plein et bondit à la poursuite du camion qui venait de repasser devant elle en crachant ses billes de haine. Elle projeta le contenu de la jarre en direction de la plaque d'immatriculation, avec l'espoir de faire apparaître les lettres et les chiffres qui pourraient identifier les agresseurs.

Kat entendit clairement le rire rauque d'un homme alors que le camion s'éloignait. Ivre de colère, elle courut encore quelque dizaines de mètres, mais le camion accéléra et disparut au détour de la route. L'attaque était finie. Elle n'avait pas duré plus de deux minutes.

Dans le dos de Kat, plusieurs enfants reniflaient bruyamment. Des mamans appelaient désespérément leur progéniture, pendant que Lee donnait des instructions d'une voix tremblante.

Mais Kat avait au moins obtenu quelque chose : au-dessus du pare-chocs qu'elle avait aspergé de jus d'orange, un autocollant était apparu. Son geste désespéré n'avait pas été inutile. Elle avait clairement distingué le dessin d'un aigle atterrissant, toutes ailes déployées, sur un drapeau américain.

6.

Ils auraient pu marcher à travers champs et se poster sous le pont couvert pour leur premier rendez-vous avec Ray Martin, cependant Luke avait préféré se rendre à cette rencontre en chariot. Un crachin tenace tombait sur les collines alentour, et Luke avait rabattu une sorte de pare-brise sur l'avant du buggy. Kat se cognait régulièrement à lui alors que les roues de bois cerclées de fer s'enfonçaient dans des trous ou rebondissaient sur des dos-d'âne. Devant eux s'étendait un paysage maussade, balayé par des essuie-glaces artisanaux actionnés par la batterie sous le siège.

Kat venait de vivre une journée épuisante. Après l'attaque, les quelques mères présentes à l'école avaient soigné comme elles le pouvaient les plaies et les bleus au cœur des enfants traumatisés. Certains avaient avalé de la peinture, d'autres en avaient reçu dans les yeux. Les billes avaient laissé des traces sur leur peau, comme si une nuée de guêpes géantes s'était abattue sur la fête. Mais Kat demeurait convaincue que la blessure la plus profonde était cette peur terrible qui s'installait, jour après jour.

Malgré tout, cette attaque avait en un sens fait progresser son enquête. Tout d'abord, elle avait relevé cet autocollant, cet aigle caractéristique des Chevaliers de la Nation. Il y avait décidément une piste à creuser de ce côté-là. Ensuite, les Amish avaient décidé que des hommes, désignés chaque soir, patrouilleraient dès le lendemain autour de l'école, et dans tout lieu susceptible d'être attaqué. Certes, les Amish restaient amish : ils refusaient toujours de porter plainte, et préféraient prier pour le salut des assaillants. Mais les adultes soutenaient plus que jamais l'initiative de Luke. Kat représentait un véritable espoir pour tous ceux qui considéraient maintenant que la prière ne remplaçait pas une enquête policière — même s'ils ne l'admettraient jamais.

Ces quelques bonnes nouvelles n'empêchaient pas Kat de ressasser une histoire qui risquait de l'opposer à Luke. Il fallait crever l'abcès.

— Quels que soient vos souvenirs douloureux avec Reuben Coblentz, vous auriez dû m'en parler.

— Je vous ai dit tout ce qu'il y avait d'important à dire, rétorqua Luke, contrarié. Il a été écarté de la communauté parce qu'il buvait, et oui, il peut avoir nourri une certaine aigreur vis-à-vis de celle-ci.

— Vous aussi, vous avez l'air amer.

— Pas contre les Amish.

— Mais c'est votre beau-père. Le grand-père de vos enfants, le père de…

— Sa trahison n'en est que pire encore.

— Mais, Luke, chez certaines personnes, l'alcoolisme est une sorte de maladie, la conséquence d'un mal-être. Vous ne pouvez pas percevoir ce défaut uniquement en terme de… péché.

— Je sais bien tout ça. Pourtant il n'a jamais essayé de changer. Il a refusé notre main tendue, il s'est enfoncé lui-même. C'est lui qui nous a rejetés, pas l'inverse.

Kat songea que Luke évitait toujours ses questions sur Reuben

Coblentz. Que pouvait-il bien cacher sur sa relation avec cet homme ?

— Laissez-moi vous poser une autre question, dit-elle en ignorant son agacement. A votre avis, Reuben Coblentz pourrait-il être à l'origine de toutes ces attaques ? Vous en veut-il personnellement ?

— Il m'a menacé une fois, après la mort de ma femme. Comme je ne souhaitais pas qu'il rencontre les enfants, Reuben m'a dit que je le regretterais, et qu'Eli et Sarah en paieraient le prix, eux aussi. Mais je préfère penser que c'étaient la souffrance et l'alcool qui parlaient ce jour-là.

— Sans doute. Cependant c'est peut-être cette même souffrance et ce même alcool qui s'expriment aujourd'hui. Savez-vous s'il possède un camion noir ?

— Kat — Katie, pardon —, beaucoup d'hommes possèdent un camion noir dans les environs. Oui, il en a un, mais c'est un vieux fourgon. Pas vraiment ce que vous m'avez décrit.

Une fois de plus, Kat regretta de ne pas être capable de reconnaître le modèle ou la marque d'un véhicule d'un seul regard. Quand elle travaillait à Colombus, elle laissait cette tâche à l'inspecteur Morelli. Lui pouvait faire la différence entre une Toyota de 1974 et une Honda de 1975 en un coup d'œil, même au travers d'un rideau de pluie.

Aujourd'hui malheureusement, elle était seule. Et il était probable qu'aucun des témoins de la scène de ce midi ne pourrait l'aider à identifier le véhicule.

— Et… est-ce que Coblentz est propriétaire d'une moto ? demanda-t-elle encore. Après tout, quand celle qui a attaqué les enfants a quitté votre propriété, elle est partie en direction de la sienne.

— Une moto, je ne sais pas.

— Très bien, changeons de sujet, suggéra-t-elle alors qu'ils traversaient un bois. Parlez-moi des problèmes que vous rencontrez avec le syndicat des charpentiers d'Amish Acres.

— J'avais l'intention de vous en dire deux mots. Le chef de ce syndicat est dans la liste de suspects que je vous donnerai demain. Il s'appelle Clay Bigler.

— Clay Bigler… Vous pouvez m'en dire un peu plus dès maintenant ?

— Je ne le connais pas personnellement, mais il est le nouveau président de l'Union des artisans charpentiers, l'UAC. A peine arrivé, il a tenté de nous traîner devant les tribunaux parce que nous raflions des chantiers en « cassant », paraît-il, le métier. Avant lui, nous n'avions aucun problème avec ce syndicat. Mais Clay Bigler a une dent contre nous, bien pointue. Il a pris des photos des ouvriers amish sur les chantiers pour démontrer au procureur qu'ils ne respectaient pas les normes de sécurité, entre autres choses…

Kat savait que les Amish détestaient qu'on prenne des photos d'eux.

— Mais pourquoi ne portez-vous pas ces casques et ces harnais, au juste ? C'est la protection minimale, non ?

— Les porter serait montrer que nous ne faisons pas confiance au Tout-Puissant pour assurer notre salut. Et les Amish n'adhèrent jamais à un syndicat — à aucun groupe, d'ailleurs, si ce n'est leur église. C'est pour la même raison que nous refusons de fixer des paratonnerres sur nos toits : nous faisons confiance aux créations de Dieu, pas à celles des hommes qui pourraient nous aider à contourner sa volonté. Nous ne souscrivons pas non plus d'assurances : si un désastre naturel nous frappe, nous retroussons nos manches pour rebâtir tous ensemble.

— Mais Eli m'a dit que vous-même portiez un harnais lorsque vous grimpez à vos moulins.

— C'est beaucoup plus haut que le toit d'une maison, expliqua Luke. Je n'en utilisais pas avant la mort d'Anna, mais aujourd'hui, je ne peux pas me permettre que quelque chose m'arrive. Les enfants seraient alors complètement orphelins. Depuis que leur mère est partie, Eli et Sarah sont terrorisés à l'idée que je pourrais mourir à mon tour. J'ai bataillé ferme pour faire accepter ce harnais aux anciens, mais aujourd'hui j'y suis arrivé...

Kat ne répondit rien. Son envie de bousculer Luke s'était envolée. Elle lui aurait bien encore posé une question sur l'attitude si distante de Sarah à son égard, mais ce n'était sans doute pas le moment. Kat souffrait de plus en plus des piques de la petite fille. Elle l'avait même entendue se plaindre à son père que « Katie » l'avait « jetée par terre » pendant l'attaque du camion. On aurait dit que pour Sarah, Kat était complice des agresseurs et participait à leurs abominations.

— Mais tu es une des seules élèves qui n'a reçu aucune bille de peinture, avait répondu son père. Tu vois bien qu'en te plaquant au sol, Katie n'a fait que te protéger.

— Non, avait rétorqué la petite, c'est maîtresse Leah qui m'a protégée des méchants.

Il faudrait qu'un jour Kat puisse comprendre les raisons d'une telle défiance.

— Voilà le pont couvert, annonça Luke en pointant du doigt une arche couverte que l'on apercevait à peine à travers la vitre ruisselante de pluie. Il semblerait que Ray soit déjà là. Il est garé juste à gauche.

Kat tressaillit en apercevant un camion noir.

— Vous voyez, ce genre de véhicule n'est pas rare dans la région, ironisa Luke en sautant du buggy.

Il tendit sa main pour l'aider à descendre, et elle la prit sans rechigner. Il avait l'air solide comme un roc, alors qu'elle était encore tremblante de ses émotions de la mi-journée. Ray Martin apparut derrière la pile du pont, mais Kat s'attarda derrière le camion pour étudier le pare-chocs. A son grand soulagement, le seul autocollant sur la barre chromée vantait les mérites d'une équipe de football.

— Venez vous abriter là-dessous, lança le policier. Ce pont couvert est décidément idéal pour se fixer des rendez-vous lorsque le temps tourne à l'orage — ou si l'un de nous craint d'être suivi. En plus, qui s'étonnerait qu'un couple sur le point de convoler en justes noces choisisse un endroit aussi romantique pour contempler le clair de lune ?

Tous trois se cachèrent dans le cabanon de bois ouvert des deux côtés qui se trouvait sur le pont. Sans attendre, Kat raconta à Ray l'attaque de l'école, en omettant néanmoins de mentionner cet autocollant arborant un aigle aux ailes déployées. Elle n'en avait rien dit non plus à Luke, et préférait enquêter à ce sujet de son côté. Sur d'autres points en revanche, elle n'hésita pas à solliciter Ray.

— Comme je vous l'ai dit, la moto perdait de l'huile. Si vous faites le tour des garagistes de la ville, peut-être trouverez-vous quelque chose.

— Comptez sur moi. Je pourrais aussi vérifier qui vend du matériel de paintball et des lunettes de protection comme celles que vous m'avez décrites, mais franchement, il est aujourd'hui très facile de se procurer tout ça sur Internet en un seul clic.

— Vous vous êtes déjà essayé au paintball ?

— Moi non, mais les scouts avaient organisé une partie dans les bois, et je m'étais chargé de leur trouver les carabines, les billes et les protections. Rien de plus facile, vraiment.

Kat revit l'image de ce ravissant gâteau de bienvenue que la mère de Lee avait envoyé depuis sa petite boulangerie. Elle se souvint de l'instant où il s'était écrasé au sol, quand elle avait renversé la table pour protéger les enfants. Toutes les mères l'avaient chaleureusement remerciée pour ce geste.

— Encore un mot là-dessus, reprit Ray. Je crois savoir que les Chevaliers de la Nation possèdent un stand d'entraînement spécial, où ils apprennent à leurs enfants à tirer sur des cibles à l'aide de carabines de paintball.

Bingo ! pensa Kat sans toutefois rien laisser paraître de son excitation.

— Sans doute pour leur apprendre l'amour des armes dès leur plus jeune âge, maugréa Luke en secouant la tête. Nous aussi, nous apprenons à nos fils à tirer, mais c'est juste pour manger un peu de viande de cerf pendant la saison de chasse.

— Un dernier point, dit Ray. J'ai étudié les cas d'agression contre les Amish, ici et dans les Etats voisins, au cours des dernières années. Il y a eu plusieurs procès pour « haine raciale et religieuse ».

— Ils ont été nombreux ? demanda Kat.

— Ça dépend des endroits, bien entendu, mais malheureusement, ces actes sont de plus en plus fréquents. J'ai dressé une sorte de profil sommaire de l'agresseur type pour vous aider à avoir certaines personnes à l'œil. Nous pourrions étudier le dossier ensemble.

Kat ne le souhaitait pas. Chaque jour qui passait la confortait dans la certitude que son enquête ne progresserait pas si, chaque fois qu'elle avait une idée, elle en référait à Ray, à Luke ou encore au révérend Brand.

— Puis-je savoir quel est ce profil type ? demanda-t-elle plutôt.

— Les coupables sont presque tous des hommes jeunes, âgés de dix-huit à trente ans. Certains ont un grief particulier contre leur victime, mais c'est rare. La plupart du temps, il s'agit tout simplement d'une haine bête et méchante à l'encontre de tous ceux qui vivent différemment. Comme les Amish réagissent avec beaucoup de calme et de respect, cela a malheureusement le don d'agacer ce type d'agresseurs.

— En clair, résuma Kat, ils sont comme ces gros durs qui passent leur temps à frapper les plus faibles dans les cours d'écoles pour se donner une contenance et se sentir des hommes.

— Je crois que vous voyez juste, marmonna le policier en posant la main sur l'épaule de Kat. En tout cas, même si à Maplecreek, les agressions sont pour l'instant plus effrayantes que vraiment dangereuses, sachez que les lois fédérales ont prévu des sanctions lourdes pour les coupables.

— Ils veulent nous terroriser, intervint Luke. En ce sens, ce sont des terroristes, ni plus ni moins.

— Vous avez parfaitement raison, répondit Ray en se tournant vers lui. Dans le Wisconsin, un homme a écopé de vingt-cinq ans de prison pour avoir mis le feu à un buggy. Et vous m'accorderez que les abrutis qui agissent ici ont déjà commis des délits bien plus graves.

— Justement, reprit Kat, s'ils prennent autant de risques vis-à-vis de la justice, c'est sans doute parce qu'ils ont un vrai motif, cette fois. Ils ne s'exposeraient pas à des peines de prison simplement parce qu'ils ont envie de jouer les fiers-à-bras.

— Voilà pourquoi vous devez faire très attention à vous, Kat, intervint Luke. Vous êtes là pour récolter des indices, pas pour mettre votre vie en danger.

— Surtout, assurez-vous bien que personne ne découvre votre véritable identité, renchérit Ray.

— Ne vous inquiétez pas, dit Luke, je ferai en sorte qu'elle prenne toutes les précautions nécessaires.

Par chance, l'obscurité de leur cachette ne leur permettait pas de voir Kat rouler des yeux. Elle qui détestait le paternalisme, elle n'avait pas besoin d'un ange gardien et encore moins d'un garde du corps imprégné par le machisme ancestral de la culture amish. Mais il n'y avait pas que cela… La seule présence de Luke lui faisait perdre tous ses moyens, l'empêchait de se concentrer. Ce n'était vraiment pas la meilleure façon de mener une enquête.

Kat eut du mal à dormir cette nuit-là. Chaque fois que le sommeil semblait prêt à s'emparer d'elle, la vision de ce camion noir crachant des billes de sang coloré revenait la hanter. Les enfants amish couraient en tous sens et se mélangeaient pour ne plus faire qu'un seul petit garçon, tremblant à côté de son père. Et ce père dirigeait vers elle un revolver qui, celui-là, tirait à balles réelles et faisait couler le sang — le sien.

Elle se redressa d'un bond, en sueur, et enfouit sa tête dans ses mains. Il fallait décidément qu'elle agisse, pour faire cesser ce cauchemar et celui des Amish du même coup.

Le réveil sur la table de chevet marquait 3 h 30. Kat se leva en chancelant, alla ouvrir les rideaux bleu marine qui lui cachaient la nuit. Contrairement à la veille, une lune presque ronde baignait les champs de maïs de sa lumière argentée. Kat n'avait même pas besoin de sa lampe torche pour sortir, mais décida de l'emporter malgré tout. Elle avait pris pour habitude de l'utiliser comme une arme, elle qui n'avait jamais su dégainer la matraque dont on l'avait équipée, dans le temps.

Pourquoi devait-elle porter cette robe d'un autre siècle, même de nuit, alors qu'il aurait été si simple de glisser cette lampe torche à sa ceinture ? Elle laissa tomber ses jupons, enfila la robe et posa son bonnet sur ses cheveux défaits, en nouant fébrilement les deux bandelettes. Après quoi elle jeta un châle noir autour de ses épaules, plus pour passer inaperçue que pour combattre le froid.

Kat tourna délicatement la poignée de sa chambre, avant de se diriger à tâtons dans le couloir vers la porte qui ouvrait la *daadihaus* sur l'arrière. Elle était fermée, mais la clé se trouvait dans la serrure. Les maisons amish restaient souvent ouvertes, de jour comme de nuit. Elle sortit en silence, puis referma la porte avant de cacher la clé sous un pot de géranium.

Elle tendit l'oreille. La pluie avait cessé, le vent s'était calmé. Aucun bruit métallique ne lui parvenait des moulins alentour. Elle n'entendait que le cri des ratons laveurs et la sérénade de quelques grillons. Elle se glissa derrière l'atelier de Luke, et ne put s'empêcher de regarder la fenêtre de sa chambre, dont la lumière était éteinte. Parvenait-il à dormir sans sa femme à son côté ? Cherchait-il encore la chaleur de son corps dans ce grand lit où il venait reposer ses muscles tous les soirs ?

L'herbe était humide, les plants de maïs perlaient de l'eau de pluie reçue en fin d'après-midi. Kat décida néanmoins de s'engager entre deux rangées et marcha en direction de la maison de Coblentz. Elle jetterait un rapide coup d'œil à sa ferme pour déterminer si cela valait la peine de revenir en plein jour.

La progression à travers champs était difficile. Quand elle était encore en fonction à Colombus, Kat avait l'habitude de courir au moins six kilomètres par jour. Elle commençait à peine à retrouver sa condition physique, et il était hors de question, depuis son arrivée en pays amish, de s'exhiber en robe en train de faire son footing. Tout en avançant, légèrement essoufflée, elle pensait déjà à la journée du lendemain. Elle voulait se rendre à Amish Acres et tâcher de rencontrer l'un des membres du syndicat des charpentiers. Cela lui permettrait également de savoir s'il y avait moyen de s'introduire dans le bastion des Chevaliers de la Nation. Il fallait qu'elle en sache plus sur ces différents suspects, et vite.

La bruine avait rendu les labours boueux, et les rangées de maïs semblaient ne jamais devoir finir. Elle sursautait parfois quand une racine lui agrippait la cheville comme la main griffue d'un prédateur, ou qu'un épi de maïs venait lui frôler l'épaule. Elle poussa un soupir de contentement quand elle arriva enfin dans une sorte de clairière. Mais son soulagement fut de courte durée. Là, à quelques mètres devant elle, un monstre de métal était couché sur le flanc. Sa silhouette inquiétante se détachait comme un tatouage douloureux sur la peau grise de la nuit.

Un moulin. Renversé par le vent, ou le poids des ans. A moins qu'il n'ait été abattu par un ennemi de Luke ?

Regardant à travers la structure de la tour terrassée, elle s'aperçut qu'elle se trouvait exactement à mi-distance entre la ferme de Coblentz, plus petite que celle de Luke, et une vieille grange flanquée d'un unique silo à grain. La porte de la grange — ou était-ce un entrepôt, un garage ? — bâillait sur ses gonds rouillés.

Même à cette distance, en pleine nuit, Kat remarqua combien la ferme de Reuben Coblentz était délabrée : ses murs de planches étaient gondolés, son toit rafistolé avec de la tôle, une gouttière pendante ne servait plus à rien… quant aux rares bacs à fleurs et au potager, ils étaient envahis d'herbes folles. La cour n'était pas davantage entretenue ; il ne semblait y pousser qu'un lot de chaises pliantes bancales et désolées. Aucun rideau aux fenêtres du rez-de-chaussée — celles de l'étage se cachaient tant bien que mal derrière des persiennes avachies.

Kat contourna prudemment la cour et ses gravillons pour aller se dissimuler derrière le silo, puis elle courut, pliée en deux, vers la porte entrebâillée du hangar. A l'intérieur du bâtiment, elle découvrit deux véhicules qui dormaient là, entre des bottes de foin : un fourgon, et un de ces tracteurs modernes que les Amish n'utilisaient pas d'habitude. Les immenses portes de la grange qui faisaient face à la maison étaient grandes ouvertes, et c'est avec des précautions infinies que Kat s'approcha du petit camion. Il était lui aussi maculé de boue, mais celui qu'elle avait vu ce midi semblait un modèle plus récent. A moins que la peur n'ait altéré son discernement ?

Retenant son souffle, elle alluma sa lampe torche d'un endroit où le faisceau ne pouvait être aperçu depuis la maison. Le camion n'était pas recouvert de la même gangue de boue. Quant au tracteur, il se trouvait dans un bien triste état : l'avant était enfoncé, ses deux pneus crevés… il était bon pour la casse. Sans perdre de temps, Kat se déplaça à pas feutrés vers l'arrière du fourgon, braqua sa lampe sur la plaque d'immatriculation.

Elle était sale, elle aussi, mais lisible. Aucun autocollant sur le pare-chocs, cependant des traces montraient qu'il y en avait eu et qu'ils avaient été arrachés. Mais quand ?

Kat fit courir le faisceau de sa lampe sur les murs de l'entrepôt, encombré de rebus empilés dans un désordre indescriptible. Il y avait bien là quelques bidons d'huile, mais pas la moindre moto cachée sous une bâche. Kat éteignit sa lampe et se faufila à l'extérieur. La lune faisait de l'ombre sur le hangar, ce qui lui permettait d'observer la maison sans être vue.

C'est alors qu'elle entendit le bruit d'un moteur qui approchait. Comme des sabres lumineux, deux phares déchirèrent la nuit et s'avancèrent vers la maison en zigzaguant, jusqu'à se planter dans les murs décrépis de la ferme. Le gravier crissa, puis plus rien. Etait-ce Reuben Coblentz qui rentrait chez lui ? Avait-il trop bu, et demandé à des amis de le raccompagner ?

— Dans ce cas, murmura Kat entre ses dents, il a au moins eu la présence d'esprit de ne pas prendre le volant.

Il fallait qu'elle se rapproche de la scène. Discrètement, elle se glissa derrière un pommier, à un jet de pierre de la voiture arrêtée. C'était un poste d'observation idéal.

Très vite, le rez-de-chaussée s'éclaira. Un homme s'agitait maintenant dans une pièce qui devait être la cuisine. Reuben Coblentz — c'était lui, à n'en pas douter — s'était-il lancé dans une danse endiablée inspirée par sa dernière bouteille ? Non. Dans ce cas, que faisait-il, au juste ? Il jetait quelque chose, des fléchettes peut-être, contre le mur ou l'un de ses placards. Impossible de bien distinguer sa cible, malheureusement.

A première vue, Coblentz approchait de la soixantaine. Ses cheveux poivre et sel étaient coupés à la mode amish, mais il ne portait pas de barbe. Il semblait vêtu d'un jean noir et d'un sweat-shirt bleu marine ou noir. Kat ne parvenait pas à distinguer ses traits, ne discernant qu'une silhouette qui gesticulait rageusement, sans aucune raison claire.

Pendant plusieurs minutes, elle resta immobile, comme hypnotisée par ce spectacle. A quoi cet homme pouvait-il bien penser ? Que ressentait-il au juste pour ses voisins immédiats — Luke qui avait épousé sa fille ; Jacob qui l'avait en un sens excommunié ? Peut-être jugeait-il Luke responsable de la mort de sa fille ? Peut-être même en voulait-il à la petite Sarah, qui avait pris sa première respiration au moment même où sa maman rendait son dernier souffle…

Kat sursauta en entendant un bruit de verre brisé. Coblentz avait-il cassé un carreau par maladresse ? Allait-il passer la tête au-dehors, et l'apercevoir ?

Non. Peut-être en panne de munitions, il jetait maintenant vers sa cible tout ce qui lui passait sous la main : des verres, des assiettes aussi. Quels que soient les démons qui possédaient cet homme, Kat espérait que sa colère ne se tournerait pas vers les Amish.

Elle en avait assez vu. Quittant les lieux sans attendre, elle contourna la carcasse du grand moulin et courut à travers champs, vers sa chambre. La chambre de Katie Kurtz.

Après une nuit courte et agitée, Kat se leva de bonne heure. Elle descendit l'escalier sur la pointe des pieds, ses chaussures et ses chaussettes à la main, et trouva Ida dans la cuisine : elle était déjà en train de préparer des pancakes, des œufs brouillés et du bacon dans trois poêles différentes. Tout cela changeait Kat de la tartine et du café préparé à la va-vite qui faisaient ses petits déjeuners habituels.

— Je vais m'assurer auprès de Luke que c'est bien lui qui emmène les enfants à l'école, dit-elle alors qu'Ida regardait avec de gros yeux ses ongles peints en rouge, dont elle n'avait pas encore eu le temps de s'occuper. Et aujourd'hui, je vais sortir pour la première fois avec Dilly et le buggy.

— Vous avez sans doute besoin de mon aide pour l'atteler ? demanda Ida pendant que Kat se chaussait en toute hâte.

— J'accepte votre aide, si en échange vous me permettez de faire vos courses, dès que j'aurai fini mes propres emplettes. Y a-t-il quoi que ce soit que je puisse vous ramener de la ville ?

— Oui, en effet, répondit Ida en la gratifiant d'un de ses trop rares sourires. Je crois qu'ils ont reçu un bon arrivage de baies de sureau ; j'ai aussi besoin de levure et d'enzyme pectique.

— Pour les gâteaux ?

Ida la regarda avec un air étrange.

— Pour ça, et pour d'autres choses.

Kat n'y entendant rien dans la cuisine, elle se demanda si cette fameuse enzyme pouvait servir à soigner les problèmes gastriques du révérend.

— Et maintenant, je vais vous montrer à quel point les baies de sureau sont délicieuses cette saison, déclara Ida quand elles eurent fini leur petit déjeuner.

— Je suis désolée, madame Brand, malheureusement je n'ai pas le temps de vous accompagner.

— Mais non, je les ai ici, dit Ida en ouvrant son garde-manger. Vous voyez : dans ce compartiment, il fait plus froid encore que dans un de vos « réfrigérateurs ». Ça conserve les fruits, et il suffit de secouer la branche pour faire tomber les baies, poursuivit-elle en joignant le geste à la parole.

A dire vrai, c'était la première fois que Kat voyait des baies de sureau. Ces petites billes d'un beau violet foncé constellaient maintenant l'émail blanc de l'évier.

— Je suis contente d'apprendre que la saison est au moins bonne pour quelque chose, plaisanta Kat en notant les produits qu'elle devait rapporter.

Ida l'aida ensuite à atteler Dilly au petit chariot de Luke. Kat se mit en route, mais s'arrêta très vite devant l'atelier, dont la porte était entrouverte. Aucun buggy ne se trouvait devant le bâtiment : les ouvriers n'étaient pas encore arrivés.

— Luke ! appela-t-elle en frappant à la porte. Luke ?

Aucune réponse. Peut-être avait-il ouvert la fabrique avant de retourner chez lui pour réveiller ses enfants. Sur le point de repartir, elle songea qu'elle trouverait bien, au milieu des outils et des pots de peinture, un récipient contenant du dissolvant. Il était grand temps qu'elle retire ce vernis à ongles !

Elle se promena quelques instants dans l'atelier. Tout au bout se trouvait un petit bureau vitré, tapissé de dossiers du sol au plafond. Aucun ordinateur, bien sûr, mais un téléphone noir. Un ancien modèle, avec cadran numéroté circulaire que l'on tourne du bout de l'index. A n'en pas douter, cette petite concession à la modernité avait dû engendrer d'âpres discussions entre les anciens !

Sur les établis qui s'alignaient dans la pièce principale étaient disposées des parties de moulins en cours d'assemblage. Kat contempla un instant les pales monumentales, les poutrelles et les seaux remplis de vis et de boulons. Plusieurs machines étaient reliées par un cordon à un générateur qui semblait dater de plus d'un siècle.

Au fond de l'atelier, à côté du petit bureau, trônaient une demi-douzaine de ces petits moulins décoratifs dont lui avait parlé Luke. Kat sourit. Les pales, qui ressemblaient effectivement à des pétales géants, étaient du même rouge que ses ongles. Elle trouva bien un bac clairement identifié comme du dissolvant, mais il était si gros qu'elle aurait eu du mal à le prendre dans sa chambre. Elle décida donc de l'utiliser sur place, et retira ses chaussures. Attrapant un chiffon qui lui semblait propre, elle s'assit à même le sol, enleva ses chaussettes et commença à s'échiner sur le gros orteil de son pied gauche. Le vernis partait bien, cependant le chiffon était déjà rouge. Mais après tout, Luke en avait des piles entières dans cet atelier : il lui suffirait d'emporter celui-là. Il ne s'en apercevrait même pas.

Kat retroussa sa robe et posa son menton sur le genou de sa jambe nue pour mieux se consacrer à sa tâche.

Deux minutes plus tard, le froid commençait à engourdir son autre jambe dénudée. Mais elle arrivait au bout de sa tâche : plus que deux ongles et…

— Alors ça, c'est une chose que je n'avais encore jamais vue, fit une voix grave dans son dos.

— Oh, Luke ! Ce n'est pas beau d'espionner les gens, protesta-t-elle en rabattant précipitamment sa robe sur ses jambes. Je… Vous n'étiez pas là, alors j'en ai profité pour vous emprunter un peu de votre dissolvant.

— Je vois ça, dit-il d'une voix encore plus chaude et profonde.

Il avait posé un pied sur un tréteau, et restait là à la regarder, les deux bras croisés nonchalamment sur sa cuisse.

Un trouble sensuel la saisit, mais elle essaya de n'en rien montrer, et termina sa besogne le plus naturellement du monde.

— C'était charmant, dit Luke. Très charmant.

Incapable de déterminer au ton de sa voix s'il était sincère ou sarcastique, Kat fit l'erreur de lever la tête. Luke la fixait avec un regard brûlant. Ses yeux d'un bleu plus intense que jamais remontaient sur ses jambes, avec une lenteur infinie. Oui, il la caressait du regard. Depuis combien de temps l'observait-il, au juste ? Dans cet atelier froid, l'électricité était interdite. En cet instant, pourtant, elle pouvait clairement sentir un courant électrique qui reliait son corps à celui de Luke.

Elle aurait pu se retourner pour finir, mais elle n'en fit rien.

— Vous n'avez jamais vu une femme enlever son vernis à ongles ?

— Ni les jambes nues d'une Anglaise, pour tout vous dire.

— Et les jambes d'une femme flic encore moins, je suppose, rétorqua-t-elle pour se donner une contenance.

Kat essayait mentalement de contrôler son trouble, mais elle sentait bien qu'à deux mètres d'elle, Luke continuait à la déshabiller du regard.

Que lui arrivait-il ? Voilà qu'elle réagissait comme une adolescente inexpérimentée. Une jeune Amish n'aurait pas réagi différemment lors de ses premiers émois.

Luke se redressa et cessa de la regarder, manifestement à contrecœur.

— Ce que je voulais dire, c'est que je n'ai jamais vu d'aussi jolies jambes, aussi… cuivrées.

Kat mit un temps à comprendre que Luke était surpris par la couleur de sa peau. Certes, elle avait eu l'occasion de bronzer un peu pendant sa convalescence, alors que les femmes amish protégeaient jalousement leur peau sous de longues robes.

Elle n'eut guère le temps de s'attarder à ces considérations esthétiques. A peine avait-elle remis ses chaussures que Lee déboula comme une furie.

— *Komm, schnell !* cria-t-elle à Luke, qui venait de s'asseoir à son bureau. Oh ! Katie, vous êtes là ! Vous aussi, il faut que vous veniez en ville, vite.

— Que se passe-t-il ? demanda Luke en enfilant sa veste. Lee, je dois amener les enfants à l'école.

— Les vitrines des boutiques amish ont été saccagées. La boulangerie de ma mère ne fait pas exception. C'est elle qui m'a avertie avant que je parte pour l'école. Et le pire, c'est qu'ils ont utilisé ça !

Kat s'aperçut avec horreur que Lee désignait des pales de moulins rangées sur une étagère.

7.

Les vitrines de cinq échoppes amish de la rue principale de Maplecreek n'étaient effectivement plus qu'un souvenir. Le verre brisé crissait sous les semelles des passants. Le restaurant de spécialités régionales et la boutique d'artisanat amish de Marnie Girkins n'avaient pas été épargnés. Luke et Kat aperçurent Ray Martin qui inspectait cette dernière boutique, et entrèrent sans tarder.

Luke avait demandé à Lee d'accompagner les enfants à l'école pendant qu'il partait en ville avec Kat pour constater les dégâts.

— Ils nous refont la *kristallnacht*, marmonna-t-il entre ses dents en enjambant les fragments de verre qui encombraient dangereusement l'entrée.

— La nuit de cristal, c'est ça ? demanda Kat en contournant à son tour les débris.

— Oui, quand Hitler, dans les années 30, envoyait ses hordes fracasser les vitrines des magasins juifs.

Ray Martin était en grande conversation avec Marnie Girkins — la seule, sans doute, qui porterait plainte, si d'aventure on mettait la main sur les coupables.

— Je remercie surtout le Ciel qu'aucun de mes employés

n'était encore arrivé, déclarait Marnie en secouant la tête. Nous avons pour habitude d'ouvrir tôt le matin.

— Vous avez une idée de l'heure à laquelle cela a pu se produire ? demanda le policier en prenant des notes sur un petit calepin.

— Non. En tout cas, c'était avant 5 h 30, l'heure à laquelle ma gérante arrive. Autant dire que cela s'est produit avant l'aube, et je gage que vous ne trouverez aucun témoin pour vous aider.

— Nous verrons ça.

— Je me permets de vous rappeler que nous sommes le vendredi 13, chuchota Marnie comme si le diable pouvait l'entendre. Pensez-vous qu'il s'agit de la même bande de voyous qui maltraite les Amish depuis plusieurs semaines ?

— Je n'en sais encore rien, répondit Ray, mais je vais le découvrir. Je vous le promets, comme je l'ai promis aux Amish. En attendant, personne ne touche à ces pales de moulins, poursuivit-il en élevant la voix. Un de nos agents va passer pour relever les empreintes digitales.

Qu'on trouve les empreintes de Luke ou pas, il n'était évidemment pas coupable. En revanche, Kat se souvint de l'attitude étrange de Reuben Coblentz, la nuit précédente. Il était rentré tard chez lui, deux heures avant l'aube, et avait pilonné frénétiquement le mur de sa cuisine avec tout ce qui lui tombait sous la main. Cela ne prouvait rien en soi, mais cet homme bizarre était décidément un suspect intéressant. Si elle découvrait quoi que ce soit de nouveau à son sujet, elle en parlerait à la police.

— Je pensais bien que la rumeur des événements viendrait à vous dès ce matin, Luke, dit Ray en se frayant un chemin vers lui.

— Aucune pale de ce format, ni aucun petit moulin n'a

disparu de mon atelier, dit Luke en se baissant pour étudier la grande fleur de métal qui avait endommagé la vitrine.

— Je sais déjà d'où elles proviennent, l'informa le policier sans jeter le moindre regard à Kat. Elles ont été arrachées à des moulins décoratifs que vous aviez installés chez des particuliers. Pas moins de sept acheteurs ont appelé pour signaler leur disparition. A partir de 11 heures, hier soir, vos petits moulins ont été pour ainsi dire décapités. Dites-moi, est-il compliqué de détacher ces pales de leur support ?

— Pas avec une pince coupante. A voir les bords de l'entaille sur cette pale-ci, c'est ce qu'ils ont dû utiliser. Les tailler a sans doute fait un peu de bruit, mais ils n'ont pas mis très longtemps à les détacher des tours.

Kat aurait voulu demander si l'un des particuliers qui avaient appelé pour signaler ces disparitions avait vu quelque chose — un homme en train de s'acharner sur son moulin, par exemple — mais elle préféra se taire. Ray Martin était sans doute déjà sur l'enquête. Elle nota en tout cas que l'heure approximative des vols correspondait avec le retour tardif de Reuben Coblentz. Mais si l'homme qui l'avait raccompagné chez lui était complice de ces dégradations, chacun fournirait à l'autre un alibi pour cette nuit.

Kat sortit en laissant Luke discuter avec Ray. Elle scruta la rue des deux côtés, pensant peut-être apercevoir un camion noir garé non loin de là. Rien, bien sûr.

Elle arpenta les trottoirs nonchalamment, et regarda à travers les devantures saccagées comme si elle était un badaud de plus. Quand elle arriva devant la boulangerie Le pain de la vie, elle aperçut la copie conforme de Lee, en plus âgée, qui balayait son magasin et remplissait un carton de bris de verre. Ce ne pouvait être que la mère de l'institutrice. Kat entra et se baissa pour attraper la pelle, dos tourné aux curieux.

— Vous savez qui je suis ? chuchota-t-elle quand la femme s'approcha.

— *Ja*.

— Il n'y avait aucun mot, n'est-ce pas ? demanda-t-elle, toujours à voix basse. Aucune revendication ? Avez-vous vu quoi que ce soit quand vous êtes arrivée, ici ou dans la rue ?

— Je n'ai rien vu que cette haine à l'état brut, murmura Mme Kurtz en jetant un regard circulaire à sa boulangerie.

— Je sais que le moment n'est pas idéal, mais je voulais vous remercier pour le magnifique gâteau qui vous m'aviez fait parvenir pour la fête de l'école. Je regrette qu'il ait été gâché par ma faute.

— Vous n'avez rien gâché du tout, répondit-elle en continuant à balayer pendant que Kat vidait sa pelle dans un des cartons. D'après ce qu'on m'a dit, vous avez fait exactement ce qu'il fallait pour protéger les enfants. Le révérend Brand, Luke et ma petite Leah m'ont expliqué que vous étiez là pour nous aider. Quand vous aurez fait arrêter ces vandales, je vous préparerai un autre gâteau ; vous l'aurez bien mérité. A partir de maintenant, vous pouvez m'appeler Emma, ou Levi Em, comme les autres.

Ce soutien tacite mit du baume au cœur de Kat. Elle s'en trouva plus déterminée encore à faire avancer ses recherches au plus vite, avant que d'autres agressions ne se produisent. Seul point un peu rassurant dans ces dernières attaques : les enfants amish ne semblaient pas être l'unique cible de ces détraqués. Cependant, comme Luke le lui avait fait remarquer, la nuit de cristal s'était produite bien avant que la véritable guerre ne commence.

Kat salua Emma Kurtz et retrouva Luke près du buggy.

— La vraie question, lui dit-elle, est de savoir s'ils ont utilisé ces pales parce qu'elles étaient idéales pour ce genre d'expédition punitive, ou s'ils tenaient aussi à utiliser des objets fabriqués par les Amish pour rendre leur acte plus odieux encore. A moins qu'ils n'en veuillent à vos moulins, ou alors…

— Ou alors quoi ? l'interrompit-il, la mâchoire serrée. Personne ici, parmi les Amish comme parmi les Yankees, ne pense une seconde que je serais capable d'une chose pareille.

— Ce n'est absolument pas ce que je voulais dire. Mais serait-il possible que l'un des agresseurs soit au courant de votre projet de les mettre hors d'état de nuire ? Dans ce cas, cette nouvelle attaque, en plus de s'adresser à la communauté amish tout entière, pourrait être un avertissement personnel qu'ils vous envoient.

Luke rentra sur le chariot d'un ami, alors que Kat se chargeait seule de ramener le buggy à bon port. Elle attacha les rênes à la rambarde de la petite école et vint apporter un message d'espoir aux enfants. Elle leur assura qu'ils étaient en sécurité, même si elle n'en était pas convaincue. Elle leur apprit qu'en plus des hommes de la communauté qui se relayaient maintenant pour monter la garde devant l'école, des agents de police feraient eux-mêmes des patrouilles plus fréquentes dans les alentours.

Vers 11 h 15, elle quitta l'école, remonta à l'avant du buggy et repartit vers Amish Acres. Luke avait-il déjà érigé son petit moulin à l'entrée du lotissement ? Si tel était le cas, sans doute avait-il été « décapité », lui aussi. Il était probable que son rotor métallique était de ceux qui avaient pulvérisé les vitrines de Maplecreek. Et avec leur principe de ne pas contracter d'assurance, les Amish paieraient le prix fort pour remplacer les vitres brisées.

Kat était assez fière de la façon dont elle conduisait le buggy après seulement quelques leçons particulières. Elle fit trotter Dilly cinq kilomètres vers le nord-ouest puis négocia un tournant parfait pour s'engager sur Pinwheel Quilt Road, et arriva bientôt devant l'entrée monumentale d'Amish Acres.

Le nom du nouveau village s'étalait sur une grande arche de bois ; les lettres, taillées en relief, ressortaient sur un fond qui imitait le tissu écossais cher aux Amish. A gauche du portique coulait une cascade artificielle d'environ deux mètres de haut. L'artiste, s'il fallait l'appeler ainsi, avait imité des falaises qui rappelaient plus le Colorado que l'Ohio. A droite, un autre espace, entouré d'une petite barrière de piquets, attendait d'être décoré. Peut-être devait-il accueillir le moulin de Luke.

Apparemment, ce hameau avait été construit sur un ancien terrain agricole. En conséquence, seules quelques rangées d'arbres maigrelets, fraîchement plantés, apportaient un peu de verdure, sinon de chaleur, à ces rues toutes droites. Deux grandes maisons de style vaguement colonial dominaient la rue principale, entourées d'un gazon tondu de près. Kat compta une douzaine d'autres villas de ce type, éloignées parfois de lots encore à bâtir. Le goudron des rues était si neuf qu'il semblait encore mou.

Sur certaines parcelles, des pelleteuses vrombissantes et des bulldozers creusaient le sol ou l'aplanissaient, soulevant des nuages de poussière. Sur les charpentes des maisons presque sorties de terre une armada d'ouvriers s'affairait, amish ou non. Ils étaient faciles à distinguer : les uns portaient de larges chapeaux de paille, les autres des casques de chantier. Kat nota néanmoins que les charpentiers des deux mondes ne travaillaient pas sur les mêmes bâtiments.

Elle ne savait pas très bien comment procéder. En tant que femme amish, elle devait rester discrète, mais en tant que policier, elle aurait au contraire voulu interroger un groupe d'ouvriers pour rencontrer au plus vite le fameux Clay Bigler. Son dilemme sembla se dissiper de lui-même quand un jeune homme aux cheveux blonds, vêtu d'une salopette bleu marine, s'approcha d'elle.

— Bonjour, m'dame, lança-t-il en souriant de toutes ses dents. Est-ce que je peux vous aider ? Vous venez apporter un repas à l'un des ouvriers ?

— Oh… non, répondit-elle en prenant garde à ne pas le regarder dans les yeux. Je suis juste nouvelle dans la région, *ja*, et je voulais voir à quoi ressemblait Amish Acres.

— Ah, mais c'est très volontiers que je vous ferais faire un petit tour. Je me présente : Grayson Gilmore. Appelez-moi Gil. Je suis un peu l'agent immobilier de tout ce nouveau village.

— Moi, c'est Katie Kurtz. Je viens de Pennsylvanie. Merci pour votre proposition, mais je vois que tous les hommes sont en plein travail. Je ne veux pas les déranger.

— C'est bientôt l'heure du déjeuner, m'dame, insista-t-il en posant une main sur le buggy comme pour le retenir.

Grayson Gilmore — Gil — avait un visage aux traits fins, des cheveux courts qu'il devait mettre une heure chaque matin à coiffer. Il portait une émeraude de belle taille à la main droite, mais aucune alliance à la gauche. Mesurant environ un mètre quatre-vingts, bien charpenté, il avait un sourire éclatant qui lui aurait permis de faire de la publicité pour du dentifrice.

— D'ailleurs, c'est pour ça que j'ai cru que vous apportiez

une assiette à votre homme, expliqua-t-il. Personne ne cuisine comme les femmes amish. Moi-même, je vais souvent à la Dutch Table, en ville. La cuisine y est délicieuse, mais je suis sûr que c'est très en dessous de ce que vous mitonnez sur votre fourneau.

— Est-ce que le lotissement s'appelle comme ça parce que le champ appartenait à un Amish ? demanda Kat pour faire diversion.

Gil ne semblait pas détacher son regard d'elle. Impossible, pourtant, qu'il ait découvert son déguisement. Alors quoi ? Il n'était tout de même pas en train de lui conter fleurette, d'entrée de jeu ?

— Non, les fermes n'appartenaient pas à des Amish, répondit-il. Nous avons réuni plusieurs terrains achetés aux enchères.

— Mais ils étaient prêts à se porter acquéreurs ?

— Oui, enfin... je suppose que oui. Cependant, je dois vous avouer que pour nous, c'est une excellente opération : les Amish font d'excellents voisins, doublés de grands bâtisseurs que nous employons sur les chantiers. Ils viennent travailler, mais aucun n'achète de maison ici : elles sont équipées de tout le confort moderne, et ce n'est pas vraiment votre truc, pas vrai m'dame ?

Kat lui aurait bien expliqué ce qu'il y avait de faux dans cette manière d'imaginer les Amish ancrés dans le passé, mais elle n'était pas là pour disserter. Par ailleurs, elle devait arrêter de dire « ils » en parlant des Amish, et remplacer ce mot par « nous ».

— Alors qui possède l'ensemble aujourd'hui, en attendant que les lots soient vendus ? demanda-t-elle encore.

— Un consortium de propriétaires. Personne de la région.

Dites-moi, je n'ai jamais eu le plaisir de parler à une Amish auparavant, si j'excepte les quelques serveuses que je croise à Maplecreek. Si on vous pose des questions sur Amish Acres, je compte sur vous pour faire notre publicité : dites que nous avons créé ce village pour rendre hommage à votre culture, et conserver toute l'authenticité de cette région. Les parquets en chêne, dans les villas, sont posés par des Amish, les noms de rues font référence à vos tenues traditionnelles, à vos plats…

Elle repensa à ce que le révérend Brand pensait d'Amish Acres, mais préféra hocher la tête.

— C'est agréable de constater que les ouvriers anglais et amish arrivent à travailler ensemble.

Gilmore plissa les yeux sous le coup de l'étonnement.

— Ah ça, on voit bien que vous venez de débarquer. En réalité, les rapports entre les deux communautés sont assez tendus sur les chantiers. Il y a des disputes, sur les salaires comme sur les conditions de sécurité. Demandez à ceux de votre groupe, ils vous en parleront. Mais ils ne vous donneront sans doute que leur version à eux. Il faut bien admettre que le syndicat des charpentiers « anglais », comme vous dites, essaie de défendre ses propres ouvriers ; et ils ont bien du mal à rogner sur les marges comme vous le faites.

Kat sentit qu'elle était allée trop loin. Certes, sa façon de se travestir se montrait efficace, mais elle représentait aussi un frein à ses investigations. Elle ne pouvait pas demander sans détour à cet homme où se trouvait Clay Bigler. Et quand elle le rencontrerait, elle devrait faire très attention à ce que ses questions n'éveillent pas les soupçons. Bien sûr, elle pourrait interroger plus facilement les ouvriers amish. Qui était ce Bigler, au juste ? Etait-il homme à se contenter de protester, à menacer les Amish de procès, ou pouvait-il fomenter des actions plus violentes ?

— Il vaut mieux que j'y aille, lui dit-elle finalement. Je ne devrais pas venir ici, mais les maisons sont tellement charmantes…

— Comme je vous l'ai dit, m'dame, même si vous n'avez pas envie d'acheter, je serai ravi de vous faire visiter. Et si c'est *verboten* pour une femme seule, dit-il en lui glissant un clin d'œil, revenez avec une amie. Je serai votre guide dévoué.

— *Danke*, lâcha-t-elle en guise de remerciement. *Ja*, je ferai peut-être ça.

Elle fit claquer les rênes et lança à Dilly un baiser sonore en songeant un peu tard cependant que Gil devait être étonné de la voir répondre à ses avances avec une telle liberté.

Kat conduisit son buggy sur une petite avenue appelée Crookcreek Road en direction de la grande propriété qui servait de quartier général aux Chevaliers de la Nation. Luke lui avait indiqué l'endroit sans lui donner de détails, persuadé sans doute qu'elle ne s'aventurerait pas si loin toute seule. De fait, elle comptait se limiter à un rapide repérage des lieux, rien de plus. Si elle obtenait des informations en espionnant les Chevaliers illégalement, ces preuves seraient de toute façon irrecevables devant une cour. Elle était juste à l'affût de quelque détail qui la mettrait sur une piste.

Crookcreek Road était embouteillée, une expérience désagréable pour qui venait à peine de décrocher son permis de buggy. Kat se crispa sur les rênes alors que des fourgonnettes et des engins de chantier frôlaient le chariot. Son cheval semblait finalement beaucoup plus calme qu'elle. Kat avait l'impression d'être une actrice qui se serait trompée de film. Tous les conducteurs qui la dépassaient se retournaient en ricanant. Deux adolescents klaxonnèrent au volant d'un camion — qui n'était pas noir. Kat fut obligée de se rabattre sur le bas-côté, encore en travaux, et le chariot manqua de se renverser. Elle fulminait ; elle avait envie de dire sa pensée à ces idiots, mais elle devait se comporter comme une Amish, c'est-à-dire serrer les dents et se taire. Elle se souvint de la mâchoire crispée de Luke, avec cette veine qui palpitait sur son cou, quand il avait appris l'épisode du paintball ou découvert ses rotors au milieu des vitres brisées. Elle se remémora aussi le mépris avec lequel le révérend Brand avait prononcé les mots « Amish Acres ». Oui, le peuple vertueux, comme leurs alliés appelaient les Amish, était bien constitué de femmes et d'hommes aux sentiments parfaitement humains... même si leur discipline, leur refus de montrer leurs émotions l'impressionnaient chaque jour un peu plus. De son côté, elle devait encore dompter sa sensibilité.

Elle fut surprise de trouver facilement la propriété des Chevaliers. Surprise aussi que le portail métallique soit grand ouvert. A une vingtaine de mètres de la route, une clôture, peut-être électrifiée, délimitait le domaine lui-même. La bannière étoilée claquait au vent sur un mât planté juste derrière la clôture. A son pied, un aigle de bronze, toutes ailes déployées, brillait sous le soleil. Ses serres de métal étaient fichées dans un globe représentant la Terre ; son bec, ouvert dans un cri silencieux.

Son cœur commença à s'emballer. Certes, l'autocollant qui représentait la même scène à l'arrière du camion ne constituait qu'un lien ténu. Mais un bon enquêteur s'attachait au moindre détail. Le paintball, également, semblait désigner les Chevaliers. Et leur idéologie collait parfaitement avec les actes commis contre les Amish. Cependant, s'ils étaient les coupables, quelle était leur vraie motivation ? Avaient-ils un mobile, ou se contentaient-ils de l'envie insensée de « casser du pacifiste, et de la graine de pacifiste » ?

Son pouls s'accélérait aussi pour une autre raison. Il lui fallait trouver une tactique pour s'approcher de ce nid de vipères. Elle était en mission pour la police, et les règles habituelles s'appliquaient toujours à elle. Elle imagina une excuse au cas où elle se ferait surprendre, et engagea le buggy entre les piles du portail. Nerveuse, elle fit quelques dizaines de mètres sur le chemin en terre avant de diriger Dilly vers le premier bosquet assez dense pour dissimuler le chariot. Elle attacha la jument à un arbre et pensa à la souffrance des enfants amish pour se donner du courage. Son regard fut attiré par des arbustes croulant de baies pourpres.

— Regarde, Dilly, chuchota-t-elle. Si je ne me trompe pas, c'est du sureau. Fais-moi penser à en prendre quelques branches pour Ida, d'accord ? Bon, sois sage. Je ne serai pas longue.

Elle prit mille précautions pour ne pas faire trop de bruit en écrasant les branchettes sèches qui jonchaient le sol, et s'approcha de l'orée du petit bois. Elle aperçut alors un ensemble de bâtiments qui imitaient les immenses ranches des films de John Ford. Etaient-ils seulement en bois, ou plutôt en parpaings maquillés de planches ? Kat remarqua en tout cas un van esseulé, garé devant la bâtisse principale.

Elle courba le dos et grimpa à toutes jambes une petite butte, du haut de laquelle elle pouvait espionner le ranch de plus près. Elle distinguait maintenant un parking recouvert de gravier, qui pouvait accueillir une vingtaine de véhicules. Des clôtures assez hautes, coiffées de fer barbelé, entouraient quatre hangars grands comme des garages. L'un d'entre eux protégeait peut-être ce camion recouvert de boue qui l'obsédait. Juste à côté s'étendait un impressionnant stand de tir, qui ressemblait à s'y méprendre à celui qu'elle fréquentait à l'académie de police quand elle apprenait à se servir d'un revolver. Il y avait là des cibles circulaires, faites de ronds concentriques, mais aussi des cibles aux formes humaines, dont certaines montées sur des rails pour les rendre mouvantes. Sans doute le stand servait-il à manier les carabines de paintball comme les armes à balles réelles. Quant aux petits bâtiments aux allures de bunker qui l'encadraient, les Chevaliers y stockaient probablement tout un arsenal. Kat frissonna, et ce n'était pas en réaction à la brise automnale. Elle changea de position, en prenant bien soin de se cacher chaque fois derrière un buisson pour ne jamais se découvrir. La seule touche joyeuse dans cet univers glaçant se trouvait de l'autre côté de la grande maison. Il s'agissait d'un immense kiosque, au plancher soigné, dont le toit meringué était orné de décorations semblables à celles qu'avait découpées Sarah.

Kat tendit le cou et plissa les yeux. Oui, on avait bien arrangé là, pour préparer une cérémonie, des bottes de paille soigneusement ficelées, des faisceaux d'épis de maïs, et une main experte avait ligoté aux piliers du kiosque des épouvantails d'allure assez drôle.

Elle fut ramenée vers le paramilitaire lorsque deux hommes jeunes sortirent d'un des bâtiments. Ils portaient un uniforme kaki et des casquettes de la même couleur.

L'un se mit à ordonner de longues tables de bois sous le pavillon, avant d'y placer une rangée de chaises de jardin. Le second fixait des guirlandes électriques sur les pilastres. Manifestement, les Chevaliers de la Nation préparaient une grande fête ; et il n'était pas certain que ce soit pour célébrer l'approche des récoltes. En ce vendredi, les festivités étaient sans doute pour le soir même, ou pour le lendemain. Kat aurait donné cher pour être autorisée à cacher un micro ou une petite caméra, de façon à ne rien perdre des conversations et des discours.

Hélas ! elle n'avait aucune autorité pour demander ce genre d'aide. Elle en venait à espérer sottement qu'un carton d'invitation traînerait par terre, pour lui permettre de prendre part à cette partie de campagne sans doute particulière. Autre solution : Luke pourrait annoncer au chef des Chevaliers qu'il avait gagné un moulin décoratif, et elle se chargerait de le livrer. Kat esquissa un sourire. Son envie de découvrir des éléments tangibles l'entraînait un peu trop loin.

Elle se résolut à partir, avec la ferme intention de revenir nuitamment pour ne pas perdre une miette du spectacle.

— Tu m'accordes une danse, chérie ? demanda alors une voix grave dans son dos.

Kat se retourna d'un coup, et son cœur faillit cesser de battre. Un jeune homme en treillis se tenait à deux mètres d'elle, un pistolet automatique à la main. Son index était posé sur la détente, mais il ne la tenait pas en joue. Il faisait sauter le chargeur dans sa main gauche en la toisant, un rictus au coin des lèvres. Sa jeunesse et son côté bravache étaient à la fois une bonne et une mauvaise nouvelle. Elle pouvait essayer de l'embobiner, mais il voudrait sans doute avoir le dernier mot.

Une poussée d'adrénaline pulsa dans ses veines, comme elle n'en avait plus connu depuis que le père Seyjack avait pointé son arme sur elle. Elle avait franchi la ligne rouge, et elle s'était fait attraper, une fois de plus.

— Tu as pénétré sur le domaine des Chevaliers de la Nation,

aboya le jeune homme en mâchant bruyamment un chewing-gum. C'est pas bien, ça.

— C'est vrai ? J'en suis désolée. Je voulais juste voir si je pouvais trouver plus de baies de sureau sur cette colline, balbutia-t-elle en lui montrant du doigt un arbuste couvert de fruits violets.

Le garçon mesurait plus d'un mètre quatre-vingt-dix. Athlétique, rasé de près, il aurait pu être attirant si son visage n'avait pas été ravagé par l'acné. Ses yeux assez ternes étaient en outre très rapprochés.

— C'est alors que j'ai vu ces jolies décorations, en bas, qui m'ont distraite un instant, poursuivit-elle. Nous faisons un concours, *ja* ? Celui qui rapporte le plus de baies est déclaré vainqueur. Et comme je suis arrivée il y a peu de temps, un ami m'a conseillé de venir les chercher sur les collines d'Amish Acres.

— Voyez-vous ça ? dit le garçon avant de renifler bruyamment. Et tu gagnes quoi ? Un tour gratuit sur leurs buggies bouffés par les termites ? Tu sais quoi ? T'es plutôt mignonnette pour une Amish… beaucoup plus sexy que les grand-mères de trente balais qu'on croise dans les restaurants de Maplecreek. Avec moi, ce que tu peux gagner, c'est de m'accompagner au bal de ce soir. Ça te dit, poulette ?

Kat garda un visage fermé, mais elle avait bien envie de sourire. Ce gros balourd était en train de lui offrir le prétexte idéal qu'elle cherchait quelques instants plus tôt pour justifier sa présence à la fête. Mais il n'était évidemment pas envisageable qu'une Amish assiste à une soirée des Chevaliers de la Nation. Dans l'immédiat, elle devait filer.

— Mais si tu es pressée, on peut aussi aller se rouler tout de suite dans la paille pas loin d'ici, dit-il en partant d'un rire gras.

Kat n'avait qu'une envie : le mettre à terre par une prise musclée et lui prendre son arme. Mais elle devait *penser amish, réagir en Amish*, pour ne pas se dévoiler.

Elle prit un air choqué, en évitant de montrer le moindre signe de peur. Ce type d'individu adorait sentir la peur dans les yeux de sa victime.

— Je vais vous montrer où j'ai trouvé le plus de baies, dit-elle en se redressant et en passant devant lui comme si de rien n'était.

C'était un risque à prendre. *A priori*, il ne lui tirerait pas dans le dos, sans en avoir reçu l'ordre d'un de ses « supérieurs ». Or, il n'y avait semble-t-il que des seconds couteaux à cette heure-ci dans ce petit parc d'attraction de l'extrémisme.

— Les baies de sureau font des tartes merveilleuses, poursuivit-elle d'un ton ingénu.

Elle entendait son mousqueton cliqueter sur les clous de sa ceinture alors qu'il allongeait ses foulées pour lui emboîter le pas.

— Je préférerais goûter à toi, l'Amish. Tu sais, toutes sortes de choses peuvent arriver à une petite graine de pacifiste bien roulée qui s'égare sur la terre des Chevaliers.

Pacifistes ! Cela sonnait comme une insulte dans la bouche de cet idiot qui passait sans doute le plus clair de son temps à jouer à la guerre avec les autres recrues de sa milice paramilitaire. Et les Amish leur semblaient haïssables tout simplement parce qu'ils rejetaient la violence.

Kat décida de continuer à jouer les innocentes. C'était sans doute ainsi que les Chevaliers voyaient les femmes du peuple vertueux.

— Vous n'êtes pas content parce que j'ai ramassé des baies

chez vous, c'est ça ? Mais si vous voulez, je peux en cueillir pour votre mère ou pour votre sœur.

Elle arracha quelques branches de sureau dans l'espoir de faire diversion, mais quand elle entreprit de détacher Dilly de son arbre, le jeune homme se jeta sur elle et la plaqua contre le buggy. Le chariot vacilla, et la jument poussa un hennissement effrayé. Des dizaines de baies tombèrent au sol comme les perles d'un collier ; certaines s'écrasèrent sur la robe de Kat, sur laquelle le garçon frottait son treillis comme un animal en rut. Puis il s'enhardit, et du genou, il écarta la cuisse de Kat et commença à relever sa jupe.

Quelle imbécile elle avait été de croire qu'elle pouvait amadouer cette brute !

— Ecoute, bébé, lui dit-il, il y a toujours une punition contre les Amish qui viennent fourrer leur nez ici. Et moi, AJ, je vais te montrer de quel bois je me chauffe.

Par chance, le fameux AJ en oubliait son arme, qu'il laissait pendre sur le côté. Mais il pressait Kat de plus en plus fort contre le buggy. Il cracha son chewing-gum et tenta de l'embrasser de force. Instinctivement, Kat lui assena un violent coup de genou dans l'entrejambe. Il poussa un cri étouffé, se plia en deux et tomba à genoux.

Le jeune homme était sous le choc, mais elle ne pouvait pas courir le risque qu'il lui tire dessus. Même à terre, il restait dangereux. Kat ramassa donc l'arme qu'il avait laissée tomber et la jeta à l'avant du buggy. Après avoir saisi le chargeur, elle bondit sur le banc du chariot et fit claquer les rênes sur les flancs de Dilly.

La jument trotta d'un bon pas en direction du village, mais Kat quitta très vite l'avenue principale, de peur que les Chevaliers ne se soient déjà lancés à sa poursuite. Quand elle se retrouva en rase campagne, elle descendit du chariot et alla cacher le pistolet — une arme de guerre : un colt AR-15 semi-automatique — dans une anfractuosité entre deux rochers. Elle indiquerait plus tard à Ray Martin où il pourrait le récupérer. Elle reprit la route, en gardant le chargeur sous son pied.

Kat était encore parcourue de frissons quand elle arriva en vue de la ferme des Brand. Mais quand elle baissa les yeux, elle eut du mal à ne pas pouffer de rire. Depuis qu'elle avait débarqué dans cette paisible communauté, quelques jours auparavant, elle en était à sa deuxième robe saccagée pour la bonne cause. Des billes de peinture avaient ajouté à la première des motifs qui seraient sans doute difficiles à effacer. Celle-ci était maintenant mouchetée de taches pourpres laissées par les baies écrasées pendant la lutte. Kat n'était pas superstitieuse, mais elle repensa en souriant à cette brave Marnie. Après tout, ce n'était peut-être pas un vendredi 13 pour rien !

Heureusement, elle avait enfin un plan. Oui, elle se roulerait dans la paille, mais pas pour satisfaire la libido d'un « chevalier » en armure de toile kaki. Dès ce soir, elle irait se jucher sur les bottes de foin de leur propriété pour participer à la fête à sa façon. Elle écouterait discrètement les conversations afin de découvrir l'envers du décor de ce ranch décidément inquiétant.

8.

Le buggy pénétra un peu vite dans l'étable. Kat sauta à terre sans se servir de la marche et s'empressa d'examiner la jument. Eli, qui jetait du foin dans le box de trois percherons avec une fourche trop grande pour lui, leva les yeux et les écarquilla en découvrant sa robe mouchetée de taches violettes.

— Qu'est-ce qui s'est passé ? demanda-t-il en la faisant sursauter. Est-ce que les méchants messieurs vous ont encore tiré dessus avec des billes de peinture ? Des petites, cette fois ?

— Non, ce sont des baies de sureau écrasées, lui expliqua-t-elle, un peu embarrassée. Eli, j'ai l'impression que Dilly est malade. Si je lui demande de trotter trop vite, est-ce que ça peut la faire vomir ?

— Ça veut dire quoi, le dernier mot ? demanda le petit garçon, visiblement interloqué.

Il planta sa fourche dans une grosse botte de foin et s'approcha d'elle. Avant de s'inquiéter pour la jument, il observa Kat, sourcils froncés. Elle était essoufflée, son visage était livide, et quelques mèches de cheveux dépassaient de son bonnet.

— Eh bien, dit-elle, tu sais, quand on a mal au ventre, et que… tout remonte par notre bouche.

— Oh, d'accord. Non, même si vous la faites galoper sur une longue distance, ça ne la rendra pas malade. Elle aura parfois comme du dentifrice au bord de la bouche, mais ce n'est pas grave. Par contre, si elle a brouté des branches de sureau, ça ne m'étonne pas : à part le fruit, tout dans cette plante est un poison.

— Un poison ? répéta Kat. Je ne savais pas. Il faut que j'avertisse ton père…

— Il est parti poser un moulin décoratif à Amish Acres. Il vous a cherchée pour vous emmener. Il était assez inquiet.

— Mais il faut faire quelque chose, bredouilla-t-elle, paniquée. Du poison ! Est-ce que ta grand-mère connaît un antido… enfin, un médicament ?

— Ne vous inquiétez pas, Dilly n'en mourra pas, à moins qu'elle ait brouté une colline entière de sureaux. Il faut juste qu'elle se repose. Je vais lui donner beaucoup d'eau, ça devrait suffire. Mais il faudrait la laisser tranquille pour le reste de la journée.

— Elle ne sera pas remise ce soir ?

Eli secoua la tête. Il aimait bien cette Anglaise, avec ses drôles de manières, et il pensait que son père l'appréciait aussi. Seule Sarah semblait faire un blocage.

— Eli, est-ce que tu sais quelque chose sur les barrières électrifiées qui clôturent certains champs ? demanda Kat alors que le petit garçon l'aidait à libérer Dilly de son chariot. Les Amish n'en utilisent pas, bien sûr, mais je me demandais…

— Oh oui, madame, j'en sais quelque chose, répondit-il avec un large sourire. On a même fait marcher des copains avec ça. En fait, il faut s'approcher des fils et bien écouter. Ils produisent un petit grésillement. Quand le bruit s'arrête, c'est que le courant ne passe plus. Ça arrive à intervalles réguliers. Alors vous avez quelques secondes pour grimper, et vous passez sans problème, mais celui qui suit, lui, se prend une bonne décharge, et il se roule par terre en s'agitant comme un cochon qu'on égorge.

Il ne put contenir un éclat de rire en se remémorant les convulsions d'Amos Manz, la dernière victime en date, mais la jeune policière n'avait pas l'air de trouver ça très drôle. Sans doute aurait-il dû utiliser une autre image que celle du cochon qu'on égorge.

— *Danke*, Eli, dit-elle en attrapant son sac de courses dans le buggy. Tu m'as beaucoup aidée.

Eli la regarda sortir de l'étable et se diriger vers la *daadihaus*. Un large sourire découvrit ses dents blanches : son père avait de nouveau une femme à surveiller, même si ce n'était pas *sa* femme. Tant que Katie resterait ici, Luke ne risquait pas de partir très loin.

Il était presque 21 heures lorsque Kat arriva devant la maison de Lee. Les nuages bas masquaient la lune, et le ciel était déjà noir. Plutôt une bonne nouvelle, pour elle qui projetait une soirée en terrain hostile et ne tenait pas à se faire remarquer.

Comme la plupart des jeunes femmes amish célibataires, l'institutrice vivait toujours chez ses parents, à deux kilomètres de la ferme des Brand. Kat était déjà en nage dans la grande robe noire qu'Ida avait eu la gentillesse de lui prêter. Ses deux tenues souillées avaient été lavées, et dormaient sur un séchoir de la maison des Brand. Kat avait relevé les bords de la robe d'Ida avec des cordelettes pour ne pas s'empêtrer dans les plis si elle devait courir. C'était la tenue de camouflage idéale pour cette mission nocturne.

Elle suivit les instructions que lui avait données Lee, si d'aventure elle avait besoin d'elle pendant la nuit et ne souhaitait pas réveiller ses parents. Kat ramassa quelques gravillons dans la cour, et les lança l'un après l'autre contre la fenêtre qui donnait au sud. C'était *a priori* la chambre de l'institutrice. A chaque lancer, Kat frémissait à l'idée de casser le carreau.

Lee avait pourtant tenté de la rassurer, en lui expliquant qu'en pays amish, les amoureux avaient l'habitude d'utiliser ce stratagème pour se rencontrer — en tout bien tout honneur, bien sûr — loin du regard de leurs parents. Kat aurait aimé savoir si Lee avait eu un petit ami, mais elle n'avait pas osé lui poser la question. Elle se sentait d'autant plus proche de cette femme qu'elle-même était célibataire et avait toujours paniqué au moment de s'engager dans une relation.

Aucune lumière ne s'alluma dans la chambre, mais la fenêtre s'entrouvrit et Lee passa la tête dans l'embrasure. Ses longs cheveux, défaits pour une fois, ondulaient joliment dans la brise du soir. Kat fit deux pas en arrière pour qu'elle puisse l'apercevoir.

— Katie ?

— Oui, c'est moi. Est-ce que je peux emprunter votre buggy ?

— Qu'est-il arrivé au vôtre ?

— Le cheval est malade, et je n'ai pas envie de demander son chariot à Luke.

— Où allez-vous ?

— Je ne peux pas vous le dire. Vous n'êtes pas censée m'avoir vue.

— Ah... Très bien, je descends.

Trente secondes plus tard, Lee apparut en chemise de nuit à l'arrière de la maison, une lanterne allumée à la main. Elle avait jeté un châle noir sur ses épaules, et ses pieds nus nageaient dans des chaussures trop grandes pour elle.

— J'apprécie beaucoup votre aide, lui dit Kat.

— Je suppose qu'il ne faudra pas en parler aux Brand.

Kat espérait que Luke l'imaginait tranquillement en train de dormir dans sa chambre. Le révérend Brand et son épouse s'étaient couchés de bonne heure car Marnie Girkins devait venir les chercher à l'aube pour les accompagner à Colombus. Ils voulaient vérifier en personne les progrès de leur petite-fille Melanie. Elle était toujours dans le coma, mais répondait à certaines stimulations ; il lui arrivait d'ouvrir les yeux, même si c'était pour fixer le plafond de sa chambre d'un air absent.

— Vous auriez dû demander son chariot à Luke en lui expliquant que vous ne pouviez pas lui dire où vous alliez, insista Lee en se dirigeant vers l'étable.

— Est-ce que nous parlons du même Luke ?

— Vous comptez beaucoup pour lui, c'est sûr.

— Franchement, Lee, je ne crois pas. Il s'inquiète plutôt parce qu'il se demande si une femme peut dénouer les fils de cette histoire.

— Oh, c'est vrai, les Amish ne font pas trop confiance aux femmes pour certaines choses. Mais ne vous méprenez pas : ils laissent parfois des « étrangères », comme Brooke et vous, bousculer leurs certitudes. Simplement, Luke n'a pas envie qu'il vous arrive du mal. Et il m'étriperait s'il savait ce que je suis en train de faire. Vous allez à Amish Acres, pas vrai ? Mon ami Paul Yoder travaille là-bas. Il m'a dit qu'un garde surveillait l'entrée de nuit.

— Est-ce que Paul connaît Clay Bigler ?

— Bien sûr. Paul s'occupe des travailleurs amish sur les différents chantiers. Il est donc un peu l'adversaire direct de Bigler. Maintenant, promettez-moi de faire attention à ce gardien de nuit, si vous allez là-bas.

Kat ne dit rien. Elle pensait se débarrasser de ce garde beaucoup plus facilement que de la sentinelle des Chevaliers de la Nation. Mais elle ne voulait pas inquiéter Lee plus qu'elle ne l'avait déjà fait. Quand le cheval fut harnaché, elle glissa une enveloppe dans la main de sa complice.

— C'est pour Luke ? demanda Lee.

— Non, pour le chef de la police, Ray Martin. Au cas où je ne serais pas revenue à l'aube. Vous m'avez dit un jour que vous étiez prête à tout pour m'aider. Je vous prends au mot.

— Je le pensais vraiment, dit Lee en la prenant dans ses bras.

Touchée, Kat la serra très fort.

— Je vous dois beaucoup, maîtresse Leah.

— Vous ne nous devez rien, sinon de rester en vie, dit la jeune femme alors que Kat montait sur le buggy.

— Ce n'est pas pour vous que je dois rester en vie, mais pour les enfants, répondit-elle sans la regarder. J'ai une dette vis-à-vis de vos élèves, mais aussi vis-à-vis d'enfants que vous ne connaissez pas. Pour eux, je ferai attention.

Sur ce, Kat fit claquer les rênes et sortit de la grange pour affronter la nuit noire.

Quand elle arriva à proximité du domaine des Chevaliers de la Nation, Kat décida de dépasser le portail pour trouver une cachette un peu moins exposée que la précédente. De nombreuses voitures semblaient se presser à la fête des patriotes.

Quelques dizaines de mètres plus loin, elle s'engagea dans un chemin de terre qui menait à des champs de maïs. Elle noua les rênes à une barrière de bois, à la lisière d'un bosquet qui masquait complètement le chariot. Elle prit plusieurs minutes, en reculant sur le chemin, pour vérifier la sûreté de sa cachette. On ne voyait rien que le mouchoir blanc qu'elle avait enroulé autour d'une branche pour retrouver l'endroit. Quand elle eut repéré un chemin de repli en cas de souci, elle se retourna enfin, et marcha à travers champs en direction de la grande kermesse patriotique.

Elle se demanda si les Chevaliers avaient convié un groupe pour animer la soirée. Mais elle reconnut dans la mélodie qui venait du lointain un vieux tube des Beach Boys. Une musique bien blanche, bien proprette, teintée de l'insouciance d'un âge d'or mythique où tout semblait sourire aux Etats-Unis.

Kat se retrouva bien vite devant les clôtures électriques qui entouraient la propriété des Chevaliers. Dès que la musique se tut, elle approcha prudemment son oreille des fils électriques. Oui, Eli avait encore raison ! La barrière métallique émettait un son discontinu, comme une pulsation.

Elle longea la clôture jusqu'à tomber sur une souche qui l'aiderait à passer de l'autre côté, et releva un peu plus sa robe. Les enceintes diffusaient maintenant un titre fameux de Lee Greenwood, *Fier d'être américain*. L'assistance semblait connaître les paroles par cœur. Dès que la chanson fut terminée, Kat tendit de nouveau l'oreille vers les fils électriques. Quand le grésillement se tut, elle s'appuya d'une main sur un poteau de bois, posa un pied à mi-hauteur et sauta par-dessus la clôture. Son geste, athlétique et rapide, la rassura sur la force qu'elle pensait avoir perdue depuis son « accident ».

Elle s'avança prudemment, en espérant qu'aucun garde n'avait été réquisitionné pour faire des rondes autour de la propriété. Deux précautions valant mieux qu'une, elle rabattit son bonnet sur son front et sur ses joues, puis resserra les nœuds pour que son masque de fortune lui colle au visage. Un camouflage bien dérisoire, comparé aux cagoules utilisées par les agresseurs lors de leurs descentes en terrain amish.

Pliée en deux, elle se fraya un passage en zigzaguant jusqu'aux abords de la fête. Sous les tentures du kiosque, les rires se mêlaient au bruit des verres entrechoqués. Qu'étaient-ils en train de fêter, au juste ? Le début des vendanges ou le succès des expéditions punitives contre les « pacifistes » ?

Il y avait des femmes dans cette petite foule bavarde et joyeuse, mais c'était les hommes qu'elle voulait entendre. Dans ce genre d'affaire, les femmes étaient souvent passives, parfois complices — seuls les hommes passaient aux actes.

Kat se mit à ramper pour s'approcher encore, consciente qu'elle risquait de salir une robe de plus. Elle commençait à percevoir des mots, et même des bribes de phrases.

Arrivée derrière un bosquet de buissons, elle se remit en position accroupie et s'avança ainsi jusqu'aux bottes de foin qui encadraient la scène. Elle parvint à se faufiler entre deux piles de paille compactes. Son observatoire était idéalement placé, mais très inconfortable.

Un fumet de steaks grillés et de pain chaud fit frémir ses narines. Elle n'avait presque rien mangé pour être en pleine possession de ses moyens ; Ida avait même cru qu'elle jeûnait pour se punir d'avoir laissé sa jument s'intoxiquer. Et voilà que son ventre gargouillait, et qu'elle salivait dans la plus improbable des positions. La fumée d'un barbecue manqua de la faire éternuer, mais elle parvint à se retenir jusqu'au début de la chanson suivante. Elle reconnut un air de la comédie musicale *L'Homme de la Manche*. Oui, c'était « Rêver un impossible rêve » qui tournait sur la platine.

Ces hommes et ces femmes étaient décidément tournés vers le passé, nostalgiques d'un pays qui n'avait jamais existé que dans leurs rêves. Il y avait une certaine cohérence dans cette logique ridicule. Ses pensées la ramenèrent à l'homme de la Manche : don Quichotte, un héros qui se battait contre les moulins à vent ! Y avait-il un rapport avec le métier de Luke ? Non, ce devait être une coïncidence.

Elle nota que les paroles de la chanson avaient été changées. Les Chevaliers de la Nation entonnaient leur propre texte sur cet air bien connu.

Rêver un impossible rêve
Frapper l'ennemi sans trêve
Débarrasser le pays des couards
Et servir encore l'étendard
Défendre les vrais patriotes
Ceux des montagnes les plus hautes
D'où descendra l'aigle royal
Pour nous libérer du mal.

Dans son refuge étroit, Kat sentit la rage monter en elle. Ces « couards » qu'ils évoquaient en braillant désignaient sans aucun doute les Amish. Quant aux « ennemis », qu'il fallait « frapper sans trêve », ils en faisaient certainement partie.

Une douleur la lança dans son mollet droit : elle avait des crampes. Coincée entre les bottes de paille, elle se tortillait pour essayer de masser sa jambe quand la musique se tut. La fête allait-elle finir si tôt ?

Des rires et le bruit caractéristique d'une bouteille qu'on débouche lui répondirent par la négative. Les conversations repartirent de plus belle. Un groupe sur sa droite commentait la santé vacillante de l'équipe de football locale, d'autres parlaient des jeunes recrues, et citaient notamment le fameux AJ.

Beaucoup discutaient debout, une coupe à la main, passant et repassant devant les bottes de paille sans y prêter attention. Certains dialogues ne laissèrent pas de l'étonner. Ainsi, un homme à la voix rauque demandait à deux femmes de constituer des stocks de nourriture encore plus importants, en cas de nouvelles attaques terroristes sur la côte Est !

Tout à coup, Kat sentit sa cachette se faire plus étroite encore. Deux hommes, peut-être trois, venaient de s'adosser au mur fragile de paille — à moins qu'ils ne soient carrément montés sur la pile pour prendre un peu de hauteur.

Elle sentit la fumée d'une cigarette, et pria pour que ses voisins immédiats ne jettent pas leurs allumettes n'importe où.

— Non seulement ils ne font pas leur service militaire, mais en plus ils ne votent jamais, lança l'un. Vu leur niveau d'éducation, ce n'est pas une surprise.

— Tant mieux, poursuivit une deuxième voix. Moins ils voteront, plus on aura de chances de faire élire l'Aigle Premier comme maire. Alors, on pourra agir légalement.

— En faisant quoi, par exemple ?

— On leur fera payer des taxes routières, pour financer les travaux occasionnés par leurs satanés chariots. Ils nous bousillent tous les chemins en creusant des ornières, sans parler du crottin laissé par leurs chevaux.

— C'est bien une attitude de fumiers, pas vrai ?

Kat reconnut cette voix, et le rire gras qui suivit : AJ faisait partie du petit groupe, et servait à ses amis une nouvelle saillie de son humour douteux.

— Ouais, fit le plus âgé, et en refusant que les câbles électriques passent par chez eux, ils font perdre de la valeur à tous les terrains de la région. Pas étonnant que certains leur cherchent des noises, si vous voyez ce que je veux dire.

Nouvelle rafale de rires imbéciles. Parce qu'ils étaient les auteurs de ces actes, ou parce qu'ils les soutenaient ?

— Ces gens-là sont des plaies, renchérit la troisième voix. Comme les Chicanos qui nous envahissent depuis leur Mexique pouilleux, ou les Noirs qui viennent par bateaux entiers d'Haïti pour bouffer sur notre dos. Bon sang, à ce rythme, dans dix ans, on sera plus qu'une minorité à parler anglais ! Et eux seront là, à baragouiner en allemand, en espagnol ou dans leur langue de nègres.

— J'ai entendu dire que les Haïtiens parlaient français, marmonna AJ.

— Et alors ? T'as envie que tes futurs gosses soient obligés d'apprendre cette langue de lavettes snobinardes ?

Les deux autres s'esclaffèrent, puis tous trois s'éloignèrent des bottes de paille.

Kat resta encore longtemps dans cette posture de pantin désarticulé, à dresser l'oreille alors que tout son corps était endolori. Finalement, elle entendit les voix s'éteindre et les voitures démarrer les unes après les autres.

Quand une main éteignit les lumières du pavillon, Kat compta jusqu'à cent et sortit enfin de sa tanière. Elle voulut courir vers les buissons, mais ses jambes engourdies ne la portaient plus ; elle tomba face contre terre. Par chance, il n'y avait plus personne pour remarquer sa chute. Elle alla néanmoins se cacher en claudiquant derrière un arbre, et attendit que le sang revienne dans chacun de ses membres. Puis elle se mit en route pour retrouver son buggy.

Elle ne savait pas trop que penser de ce à quoi elle avait assisté. Certes, les Chevaliers haïssaient ouvertement les Amish, mais la liberté de penser n'était-elle pas un droit garanti par la Constitution ?

Quelques minutes plus tard, elle caressait la croupe du cheval de Lee et montait sur son buggy. C'est alors seulement qu'elle s'aperçut qu'elle avait perdu son bonnet noir.

Kat estima qu'il devait être aux alentours de minuit quand elle se présenta à l'arrière de la maison des Brand. Elle avait pris le temps de brosser le cheval de Lee après l'avoir discrètement mené à son box, puis elle avait marché dans la nuit, l'esprit assailli de pensées inquiétantes. Avait-elle pu perdre son bonnet entre les ballots de foin, plutôt que dans les vastes champs qu'elle avait traversés au retour ? Si on le retrouvait près du kiosque, AJ ferait sans doute le rapprochement, et…

Elle secoua la tête pour se libérer de ses angoisses, et prit une grande bouffée d'air frais. Elle essaya de voir le bon côté des choses, mais n'y parvint pas vraiment. D'accord, elle n'avait pas donné son nom à AJ. Cependant elle lui avait dit qu'elle arrivait de Pennsylvanie. Il serait donc facile, même pour un lourdaud comme lui, de remonter jusqu'à elle. Peut-être n'oserait-il pas en parler à ses compagnons d'armes, par peur d'expliquer qu'une femme l'avait mis à genoux en subtilisant son Colt. Mais il pouvait nourrir l'idée de se faire justice lui-même.

Kat décida d'aller vérifier comment allait Dilly avant de rejoindre sa chambre. Elle était réellement désolée du tort qu'elle avait causé à cette pauvre jument. Elle en voulait aussi un peu à Ida, qui ne l'avait pas avertie que les feuilles de sureau étaient un poison.

Elle passa par une ouverture sur le côté de l'étable plutôt que d'ouvrir l'immense double porte. Il y faisait très sombre, mais ses yeux avaient eu le temps de s'accoutumer à l'obscurité.

— Dilly ? Ça va, ma belle ? chuchota Kat en s'accroupissant près de l'animal pour lui caresser le flanc.

La jument, couchée dans la paille, s'ébroua en poussant un hennissement.

Les gonds de la petite porte de la grange grincèrent au même moment, et le panneau se referma en claquant. Kat frissonna.

— Je pose la même question, fit une voix grave teintée de colère. Ça va, ma belle ?

Luke.

— Que faites-vous debout à cette heure-ci ? demanda-t-elle alors qu'il allumait une lanterne accrochée au mur de l'étable.

— J'ai attendu dans ma chambre, à ma fenêtre, mort d'inquiétude. Eli m'a dit qu'il vous avait vue partir après le dîner, et quand j'ai frappé à la porte de votre chambre une heure plus tard, vous n'étiez toujours pas rentrée. Et puis il y a quelques minutes j'ai vu passer une silhouette avec un *kapp* blanc sur la tête.

— J'ai perdu mon bonnet.

— Vous avez perdu la raison, surtout ! Où êtes-vous allée, sans buggy, pendant si longtemps ?

— Luke, vous n'êtes pas mon garde du corps, et je n'ai pas à en référer à vous chaque fois que je fais quelque chose.

Elle le défiait maintenant, debout, les mains sur les hanches et le menton relevé.

Il s'approcha alors d'elle, la forçant à se coller à la rambarde.

— Mais je suis responsable de vous ! Et semble-t-il responsable à votre place, tonna-t-il en s'avançant plus encore.

La lumière oblique de la lanterne assombrissait son regard.

— Vous n'êtes pas responsable de moi, protesta-t-elle sur le même ton. Vous m'avez conviée ici pour effectuer une mission, alors laissez-moi un peu agir. Je peux très bien faire attention à moi toute seule.

— En avez-vous seulement envie ? Au cours de votre vie, vous est-il déjà arrivé de faire attention à vous ?

— Au cours de ma vie ? Quel rapport ? Nous parlons de la situation ici et maintenant. Si vous voulez savoir, je suis allée faire un tour chez nos amis des Chevaliers de la Nation.

— Bravo ! Je ne pouvais pas imaginer quoi que ce soit de plus dangereux, dit-il avant de pousser un juron en allemand.

— Luke, je ne suis pas venue pour une partie de plaisir. Ceux qui vous harcèlent ne plaisantent pas, et j'ai bien l'intention de les traiter comme ils vous traitent. Quand je sors la nuit, je ne fais que mon boulot. Vous pouvez vous occuper du vôtre sans vous inquiéter. Et je peux aussi très bien aller voir Ray Martin toute seule pour faire le point. Je sais que vous n'avez pas l'habitude qu'une femme prenne les choses en main, mais…

Kat ne put en dire plus. Luke était à présent si proche d'elle qu'elle pouvait sentir la fragrance de pin qui s'exhalait de lui. Elle avait déjà vu des hommes en colère, mais aucun ne l'avait impressionnée comme Luke en cet instant.

— Qui vous a accompagnée là-bas ? demanda-t-il entre ses dents.

— J'ai emprunté un buggy, parce que Dilly était malade.

— Celui de Lee, je suppose ? Vous auriez pu me demander le mien.

— Bien sûr, pour entrer dans des discussions sans fin… Franchement, vous voulez me faire croire que vous m'auriez laissée partir ?

Il posa une main sur son épaule, et Kat ne put s'empêcher de frémir. Quelques mèches s'étaient échappées de son bonnet, et il se mit à les caresser gentiment.

— Je… dois ressembler à un épouvantail, souffla-t-elle, presque sans voix.

— Plus encore que vous ne le pensez, dit-il en esquissant enfin un sourire.

Il retira plusieurs brins de paille de ses cheveux, et se contenta de les regarder un instant, sans poser de questions. Pensait-il qu'elle s'était roulée dans la paille avec quelqu'un ? Ou bien cette flamme, dans son regard, reflétait-elle maintenant son propre désir ?

— Je sais que vous êtes en train de m'embobiner, dit-il, mais je ne veux pas que vous mettiez votre vie en péril, même si j'ai… si nous avons besoin de votre aide.

— Je serai prudente, Luke. Mais si nous voulons arrêter les coupables, il faudra bien prendre certains risques.

— Des risques… Oui, sans doute.

Il pencha la tête vers elle et effleura de ses lèvres celles de Kat.

Elle resta immobile, paralysée par la stupeur. Cependant, quand Luke s'approcha une deuxième fois, elle pencha la tête en arrière et goûta ce baiser en attrapant ses poignets durs comme de l'acier.

Ils s'embrassèrent d'abord timidement, puis, très vite, ils

perdirent le contrôle de leurs sens. Il n'était plus l'heure de se contrôler. Kat s'appuya à la rambarde, car c'était le seul rempart qui l'aidait à tenir encore debout, alors que le monde autour d'eux semblait aspiré au loin, à des années de lumière de cette étable obscure. Elle avait maintenant enroulé ses bras autour des épaules de Luke tandis que ce dernier faisait descendre ses mains sur ses reins cambrés pour la serrer très fort contre lui. Ils avaient l'impression de ne faire plus qu'un, ondulant au rythme d'une envie trop longtemps contenue, lascive et électrique. L'étreinte parut durer une éternité, jusqu'à ce que Luke y mette fin en reculant d'un pas.

Il était aussi essoufflé qu'elle. Kat sentait encore son goût dans sa bouche et ses mains sur ses hanches, même si elles n'y étaient plus.

— Je ne sais pas comment cela a pu arriver, dit-il, les yeux encore dans le vague. Mais pour être honnête, je ne peux pas vous dire que j'en suis désolé.

— Moi non plus. Je suppose que toute cette tension avait besoin de sortir, murmura-t-elle en mettant un semblant d'ordre dans sa coiffure.

— La tension, évidemment..., dit-il après avoir regagné la porte qu'il tint ouverte pour elle. Mais contrairement à ce que nous venons de faire, cette discussion n'est pas finie.

Kat s'aperçut immédiatement de l'ambiguïté des paroles de Luke. Elle n'avait aucune envie de reprendre cette discussion ; mais pour le reste, elle n'était pas contre l'idée qu'il insiste...

— Nous verrons bien, dit-elle en sortant de l'étable d'un pas chancelant.

9.

Le lendemain matin, Kat ne trouva pas Ida dans la cuisine et se résolut à préparer son petit déjeuner toute seule. Ce serait donc une tartine et du café, comme au bon vieux temps. Alors qu'elle était assise, seule face à la grande table, elle entendit des bruits étouffés. Comme si quelqu'un frappait un tuyau ou une cuve dans le sous-sol, à coups réguliers. Elle ouvrit la porte qui menait à la cave et descendit quelques marches. L'endroit était éclairé par une lanterne. A moitié rassurée, Kat se pencha prudemment par-dessus la balustrade branlante et regarda en bas.

— Jacob Ida ? lança-t-elle, comme une Amish l'aurait fait.

Tant d'Amish portaient le même patronyme que les femmes étaient souvent appelées en accolant le prénom de leur mari au leur. Quant aux hommes, le peuple vertueux les reconnaissait en leur ajoutant un sobriquet. Il y avait ainsi le jeune Dan, le vieux Dan, Dan le charpentier… Elle avait appris que Luke Brand n'était pas présenté comme Luke des moulins, mais comme Luke « le porte-voix ». Comme si, plus encore que son père, le révérend, la communauté l'avait choisi pour parler en son nom.

— Vous vous êtes réveillée tard, répondit Ida Brand en

se campant devant quelque chose, comme si elle voulait le cacher.

Kat avait eu le temps d'apercevoir une large bassine ronde remplie d'un liquide sombre. Sur une petite table étaient disposées quatre passoires, qui semblaient contenir des baies de sureau. Elle venait manifestement d'en écraser une grande quantité à l'aide du pilon de bois qu'elle tenait encore au bout de son bras empourpré.

— Je fabrique un sirop médicinal, lui expliqua la vieille femme. Riche en vitamines A et C, excellent pour guérir bien des maux, notamment le mal de gorge. Si seulement j'avais plus de baies…

— On m'a dit qu'il y en avait d'autres à seulement deux kilomètres d'ici. Si vous m'indiquez l'endroit, j'irai vous en chercher davantage.

— Vous emmèneriez Sarah avec vous ? demanda Ida sans bouger d'un pouce. D'habitude, elle passe son samedi matin ici, avec moi, pendant que Luke travaille à la fabrique, et je n'ai pas envie qu'elle vienne patauger dans la cave. De plus, elle connaît l'endroit où vous trouverez les arbustes de sureau, près de la borne quarante.

Kat n'était pas ravie de cette proposition, mais n'était-ce pas, finalement, une occasion d'améliorer un peu ses rapports avec l'enfant ?

— Bonne idée, répondit-elle comme pour s'en convaincre. Et puis la maison sera plus calme, ce qui aidera le révérend à se reposer.

— Oh, il va mieux aujourd'hui, déclara Ida en hochant la tête. Il s'est rendu en ville pour assister à la traditionnelle réunion des anciens. Ils parlent ensemble chaque samedi matin, à l'heure du petit déjeuner. Il voulait également voir si les vitrines brisées avaient été remplacées.

Elles entendirent alors Sarah qui appelait sa grand-mère d'une voix ensommeillée.

— *Grossmutter Ida !*

— Nous prendrons des paniers et ramènerons tout ce que nous trouverons, promit Kat.

Elle voyait bien qu'Ida était pressée de retourner à sa besogne. Comme la mère de Luke lui avait demandé d'acheter du ferment, Kat se demanda si ce breuvage pouvait être de la liqueur de sureau.

Elle remonta les quelques marches, et sourit à la petite Sarah qui attendait derrière la porte.

— Vous avez réussi à laver votre robe, lui dit l'enfant en guise de bonjour.

— Ta grand-mère a eu la gentillesse de la faire sécher et de la repasser pour moi. Tout le monde est très gentil avec moi ici, ajouta-t-elle, en espérant que la petite fille saisirait la pique.

Sarah hocha la tête sans mot dire. Mais elle ne protesta pas quand Kat l'invita à l'accompagner pour cueillir des baies.

Luke n'avait aucun besoin de retourner à Amish Acres pour inspecter le moulin qu'il venait d'ériger à l'entrée. Il décida d'y retourner malgré tout, mais pour une autre raison. Il voulait connaître l'état d'esprit de Clay Bigler, avant que Kat ne vienne se frotter au personnage dont il ne connaissait que trop bien le caractère.

Cette jeune femme bouillonnait intérieurement, et même si sa colère avait quelque chose de légitime, une Amish, célibataire de surcroît, n'était pas censée venir se chamailler avec un homme qui dirigeait un important syndicat « yankee ».

Après avoir jeté un rapide coup d'œil à son petit moulin, Luke tourna la tête vers le local qui abritait le syndicat des charpentiers. Clay Bigler était bien là, comme chaque samedi matin, pour vérifier l'avancement des chantiers. Son 4x4 rouge était garé devant son bureau en préfabriqué. Luke avait entendu dire que le travail était toute la vie de cet homme. Il était divorcé, et beaucoup d'Amish sous-entendaient que ce n'était pas un mystère. Quelle femme voudrait vivre avec un époux comme lui ?

Luke décida de marcher au côté de Sandy. Il tenait les rênes comme une laisse, et observait les travaux en cours. Les ouvriers étaient nombreux, payés moitié plus le samedi. L'inauguration d'un nouvel ensemble étant prévue prochainement, tous se trouvaient à pied d'œuvre.

Il salua d'un geste de la tête les travailleurs amish qu'il connaissait. Paul Yoder était leur chef, même si les artisans du peuple vertueux n'obéissaient pas aux hiérarchies habituelles sur ce genre de chantiers.

Luke attacha Sandy à un jeune érable, puis alla frapper à la porte du préfabriqué. Après quelques secondes, la porte s'entrebâilla.

— Si vous cherchez du boulot, les jobs sont déjà accaparés par les Am…

Clay Bigler s'aperçut alors que son visiteur n'était pas n'importe qui, et ouvrit grand la porte.

— Vous êtes Luke, le fils du révérend, c'est ça ? L'homme qui fabrique des moulins ?

— Pour vous servir, répondit Luke. Je ne cherche pas de travail, même si les Amish, manifestement, vous envahissent.

— Je ne voulais pas dire ça… enfin, pas comme ça. J'essaie juste de suivre ce dossier jusqu'à ce que la justice nous donne raison. Et je me fous complètement que les vôtres n'accordent aucune importance aux décisions des tribunaux.

— C'est faux. Nous rendons toujours à César…

— Je n'ai pas envie de me disputer à ce sujet, l'interrompit Clay. A part ça, votre moulin est très bien.

Bigler était un homme mince, dégingandé, d'une cinquantaine d'années. Sa peau mate était burinée par le soleil, comme s'il était lui-même taillé dans du bois. Luke nota qu'il coiffait avantageusement ses cheveux argentés pour cacher ses oreilles décollées et équilibrer un visage tout en longueur. Sa mâchoire carrée et ses pommettes saillantes faisaient un peu oublier son long nez et ses yeux de fouine couleur noisette.

Il était vêtu d'un jean impeccable et d'une chemise bleu clair qu'il avait dû emprunter à quelqu'un, car les initiales brodées sur la poche — YSL — n'étaient pas les siennes. Bigler paraissait bouillonnant d'énergie, comme si la fumée qui se dégageait de sa cigarette émanait d'une machine intérieure fonctionnant à plein régime. Luke avait entendu dire qu'il fumait comme un pompier. A en croire la puanteur qui régnait dans le préfabriqué, on ne lui avait pas menti. Derrière Bigler, le « patron », Luke aperçut un jeune apprenti.

— Franchement, dit Luke en regardant Bigler droit dans les yeux, j'ai bien failli ne pas l'installer ici, ce moulin.

— Sans rire, rétorqua Bigler avec un air de défi. Si vous autres aviez dans l'idée de boycotter cet endroit, ça me conviendrait parfaitement.

— C'est juste que je n'avais pas envie de cautionner un endroit qui va sûrement s'étendre, avec son lot de stations-service, de supermarchés et que sais-je encore ?

— On ne peut pas avoir le beurre et l'argent du beurre, pas vrai ? J'ai cru constater que les Amish n'étaient pas mécontents de vendre le fruit de leurs récoltes et leurs produits artisanaux.

— Quand bien même… Il faudra un jour arrêter de saccager la campagne en étendant les villes à l'infini.

Luke remarqua la surprise peinte sur le visage de Bigler. Que croyait-il ? Que les Amish n'avaient aucun caractère sous prétexte qu'ils ne combattaient pas la force par la force ? Le Yankee était prêt à sortir de ses gonds, et c'était exactement ce que Luke cherchait : savoir ce qu'il pensait vraiment.

— Vous ne voyez qu'un côté des choses — le vôtre, s'emporta Bigler en faisant de grands gestes avec la main qui tenait sa cigarette. Vous êtes comme tous ces charpentiers amish qui volent des contrats aux miens en acceptant de travailler dans n'importe quelles conditions.

— Clay, dit le jeune apprenti d'une voix douce en s'approchant de Bigler. Laisse tomber. Tu sais bien que les disputes ne mènent à rien…

— Alors pourquoi tu nous l'as vendu, ton satané moulin, hein, Luke Brand ? tempêta Bigler sans prêter attention à son acolyte. Vous n'avez pas l'air d'être contre l'argent qu'on vous donne, hein ?

— Je ne suis pas venu pour me quereller avec vous, répondit Luke calmement. Je voulais juste savoir ce que vous pensiez de travailleurs qui demandent un prix qui leur semble juste pour leur labeur.

— Vous êtes en train de dire que mes hommes demandent trop cher pour ce qu'ils font ? s'emporta Bigler.

Une veine venait de gonfler sur la tempe du contremaître, et sa mâchoire crispée semblait maintenant taillée dans du granit.

— Tout ce que je veux dire, c'est qu'il y a manifestement du travail pour tout le monde.

— On en reparlera quand je gagnerai mon procès. En attendant, ne venez pas ici pour nous vendre votre moralisme à un dollar. Vous les Amish, vous vivez en communauté et vous vous serrez les coudes. Vous êtes une sorte de confrérie. Eh bien, moi aussi, j'ai des frères : notre syndicat est une confrérie concurrente et nous comptons bien nous défendre.

Luke n'avait pas imaginé une seconde que le ressentiment contre les travailleurs amish était aussi fort. Mais quand Clay Bigler lui claqua la porte au nez, il fut ravi d'être venu en personne, sans attendre que Kat le fasse à sa place.

— Peux-tu me dire qui habite les fermes que l'on voit tout autour, Sarah ? demanda Kat alors qu'elles arrachaient toutes deux des branches de sureau sur la colline.

La borne quarante, comme l'appelait Ida, s'étendait entre les terrains des Brand et ceux de Reuben Coblentz. Des buissons de baies variées poussaient près du ravin qu'avaient dévalé Eli et Melanie pour fuir l'attaque du motard.

— *Ja*. Enfin, je veux dire… oui. Celui qui vit juste là, derrière la route, c'est tonton Moïse et sa famille ; ils nous aident à la récolte. Et en haut du colline, c'est la ferme de Reuben Coblentz.

En temps normal, Kat aurait corrigé ce genre de petites fautes, mais elle ne voulait pas froisser la petite fille alors que, pour une fois, le contact semblait établi. Les jeunes Amish commençaient à apprendre l'anglais à peu près à son âge, et Sarah se débrouillait plutôt bien. Sans doute le fait d'avoir un frère plus âgé l'avait-il aidée à acquérir les bases.

— Je n'ai pas encore été présentée à l'oncle Moïse et à sa femme, remarqua Kat.

— Il s'appelle Moïse, et elle Moïse Susan. Ma *mamm*, elle, c'était Luke Anna, mais elle est morte maintenant.

— Je sais. Je suis vraiment désolée.

— Moi aussi, *ja*, très. Vous pourrez voir mon tonton et ma tata à l'église, demain, mais ma *mamm*, elle est dans la terre du colline. Son nom dessus la pierre elle a, très joli. Des fois je lui parle, mais elle ne répond pas.

Un lourd silence s'installa un instant. Kat chassa une larme qui perlait au coin de ses paupières. Elle aussi avait voulu retrouver sa mère quand elle était partie, mais elle y avait renoncé. Après la mort de son père, cette femme les avait tout simplement abandonnés, son frère et elle. Même avant que Jay ne parte à son tour, Kat avait comblé ce terrible vide en se créant un groupe d'amis imaginaires. Plus tard, elle avait eu le sentiment que personne ne s'intéressait à elle, et en avait conçu une immense amertume.

— Sarah, tu as bien compris que ton papa et moi, nous faisons seulement semblant d'être fiancés, n'est-ce pas ? Je ne vais pas remplacer ta maman.

— Oui, dit l'enfant en hochant la tête, sinon, vous dormiriez dans le même lit que *daad*. Et puis si vous prenez sa place, vous pouvez mourir, vous aussi.

Kat sentit un frisson la parcourir. Etait-ce une menace enfantine ? Ou une simple intuition de la petite fille sur les dangers qu'elle pouvait encourir ?

— Je n'ai pas encore vu M. Coblentz non plus, dit Kat pour changer de sujet. Qu'est-ce que tu peux me dire sur lui ?

Sarah avait-elle compris qu'il était son grand-père ?

— Vous pouvez lui demander vous-même, répondit la fillette en montrant du menton le sommet de la colline. Il est là-haut. Il nous regarde avec ses drôles de lunettes, comme il fait parfois.

Quelle imagination ! pensa Kat avant de tourner la tête en direction de la ferme de Coblentz.

Elle réprima alors un cri et laissa tomber son panier.

Il y avait bien un homme — oui, Coblentz — qui les observait avec des jumelles à environ trois cents mètres de là. Le choc passé, elle fulminait intérieurement de ne pas l'avoir remarqué avant la petite. Un bon policier ne se laissait jamais prendre de court, et voilà qu'une gamine se montrait plus observatrice qu'elle.

— Il ne vous fera pas mal, dit Sarah en continuant d'arracher des branchettes de sureau comme si de rien n'était. Il ne vient jamais nous parler, mais de temps en temps, il fait comme ça avec le bras, ajouta-t-elle en mimant un salut.

Kat n'attendit pas d'en entendre plus et se mit à marcher en direction de l'espion. Mais Reuben Coblentz avait déjà disparu dans les feuillages, comme si sa présence n'avait été qu'une hallucination.

Après avoir confié Sarah à sa grand-mère, Kat alla s'écrouler au pied d'un des grands moulins de Luke, épuisée par les pensées qui se bousculaient dans sa tête. Elle était persuadée que Luke n'était pas au courant des étranges habitudes de Coblentz. Certes, il n'avait pas approché Sarah, il ne lui avait même pas parlé, mais il l'avait suivie et observée plus d'une fois. Avait-il fait la même chose avec Eli ?

Kat réalisa soudain qu'elle tenait là une bonne excuse pour aller voir le grand-père indélicat. Elle avait pris Reuben Coblentz en défaut. Et après tout, elle serait bientôt — officiellement, du moins — l'épouse de Luke, et la belle-mère de Sarah. Il fallait battre le fer tant qu'il était chaud. Bien sûr, si Luke avait été là, elle lui en aurait parlé. Mais elle ne pouvait pas attendre qu'il l'accompagne à la ferme de Coblentz.

Peut-être apprendrait-elle quelque chose sur la façon dont l'attaque de l'école avait été préparée. Quelqu'un avait-il scruté la cour à l'aide de jumelles, caché dans un champ de maïs, avant de monter dans le camion pour donner des instructions au chauffeur ?

Kat se leva d'un bond, contourna la ferme de Luke d'un pas décidé, et après un rapide regard autour d'elle s'enfonça dans le champ de maïs, comme elle l'avait fait deux jours plus tôt. Les longues feuilles et les hautes tiges étaient beaucoup moins effrayantes en pleine journée. Kat se demanda une fois de plus quand ce champ-là serait fauché. Coblentz en profiterait-il alors pour guetter les faits et gestes des enfants jusqu'aux abords de la maison paternelle ?

Elle émergea de la végétation vert et jaune, tomba sur la carcasse du moulin abattu, et aperçut immédiatement Reuben. Il était penché sur le moteur d'un fourgon, caché par le capot relevé, comme englouti par un monstre de métal.

Si elle s'approchait trop, le mécanicien amateur pouvait se servir de ses outils pour l'agresser. Kat s'arrêta donc à une bonne dizaine de mètres, et se concentra pour être crédible dans son rôle d'Amish.

— Monsieur Coblentz ?

Il arrêta de trifouiller la machine et leva la tête par-dessus le capot. Son visage noirci par la graisse de moteur rehaussait ses yeux injectés de sang.

— Je suppose que vous êtes la future de Luke ? maugréa-t-il avant de replonger sous son capot. Au moins il aura mis cinq ans, même si pas mal de ses potes sont venus lui présenter des femmes qui auraient bien voulu.

— *Ja*, je suis la promise de Luke. Pourquoi vous êtes-vous enfui, tout à l'heure, quand je suis venue vers vous ?

— Je jetais juste un coup d'œil. Personne ne vous a dit que Sarah était ma petite-fille, la chair de ma douce Anna ?

— Je savais ça, *ja*.

— Et Sarah ? Elle le sait, elle ?

— Je ne crois pas.

— Faut pas rester ici, dit-il en essuyant ses mains graisseuses sur sa chemise fatiguée. Ce satané engin perd de l'huile, il a grillé une Durit. Ce que je ne vais pas tarder à faire moi-même. Vous voyez ce vieux moulin, par terre, abattu par la foudre ? Eh bien, il me ressemble. On ne vous a pas avertie que j'étais frappé par le *meidung*, le pire affront qu'on puisse faire à un Amish ?

Son visage n'était plus qu'une grimace amère.

— *Ja*, on m'a dit. C'est bien triste.

— Je suis content d'entendre ça de la bouche d'une Amish, grommela-t-il, sans que le ressentiment ne s'efface de ses yeux rouges. Les Amish traitent tout le monde très gentiment, sauf quand il s'agit d'un des leurs qui s'écarte un peu de leur foutu « droit chemin ». Vous venez me demander de garder mes distances avec la gamine, c'est ça ?

— Vous avez aussi surveillé Eli ? dit-elle en s'approchant prudemment de lui.

— Ça m'est arrivé, dans le passé. Ecoutez, je n'ai pas envie que Luke revienne ici pour me hurler dessus et porter la main sur moi.

— Vous hurler dessus, c'est possible, mais vous ne me ferez pas croire qu'il vous a battu.

— Oh, j'avoue : c'est moi qui ai commencé à cogner. Mais il me manquait de respect. Je suis quand même son beau-père. D'ailleurs, lui aussi a enfreint les règles. Quand ils m'ont puni, Luke fermait les yeux les jours où Ida m'apportait un peu de nourriture. Mais lorsqu'il m'a surpris, un jour, en train de suivre le petit Eli… Franchement, *fraulein* Katie, si vous ne voulez pas qu'il frappe un vieil homme une seconde fois, ne lui parlez pas de notre entrevue.

Cet homme, qui accusait Luke de violence, connaissait son nom amish. Deux informations que Kat s'efforça d'encaisser sans montrer son trouble. Mais puisque Coblentz n'était plus censé être en contact avec les Amish, qui diable avait bien pu lui parler d'elle ? Avait-il simplement entendu les ragots en ville ?

— Excusez-moi de vous poser cette question, reprit-elle, mais vous en voulez toujours aux Amish de vous avoir écarté ?

— A votre avis ? Ils m'ont accusé de tous les maux, ils m'empêchent de voir mes petits-enfants sous prétexte que je pourrais boire et faire des choses atroces, et je ne devrais pas leur en vouloir ?

— Vous auriez pu changer d'attitude…

— L'ont-ils fait, eux ? s'emporta-t-il en lançant ses deux mains poisseuses vers le ciel.

— Vous n'avez pas espionné d'autres enfants, au moins ? se

risqua-t-elle à demander. Comme ceux de l'école, la dernière fois, quand…

— Vous m'accusez d'être une sorte de pervers, ou quoi ? hurla Coblentz, avant de rouspéter en allemand.

Entre deux jurons, il gesticulait et lui lançait des mots manifestement peu amènes qu'elle ne pouvait pas comprendre. Sans le quitter des yeux, Kat recula en direction du champ.

Juste à côté du silo, elle posa le pied dans une flaque glissante, mais parvint à garder l'équilibre. Avec un peu de chance, Coblentz penserait seulement lui avoir fait peur, et ne s'étonnerait pas de son manque de repartie.

Elle crut qu'il saisissait une pince-monseigneur pour la lui lancer au visage, mais c'est une bouteille de whisky que le pauvre hère attrapa derrière le capot. Il leva le coude et en descendit une longue rasade, puis lança la bouteille vide en direction du silo. Elle manqua Kat de peu, et alla s'écraser à trois mètres d'elle avec le fracas aigu du verre brisé.

Alors qu'elle courait entre les rangées de maïs, à bout de souffle, Kat restait lucide. Elle était bien obligée d'admettre qu'elle n'en savait guère plus sur Reuben Coblentz en tant que suspect. Malgré son sale caractère et son penchant pour la bouteille, il pouvait n'être qu'un désespéré de plus. Cependant son amertume évidente pouvait le pousser à imaginer une série de représailles contre les Amish, et même contre ses petits-enfants qu'il ne pouvait plus voir qu'à travers ses jumelles.

Dès que Luke entra dans l'étable pour dételer Sandy, Kat le rejoignit pour tout lui raconter : comment elle avait surpris Reuben qui observait Sarah, et comment elle lui avait rendu visite. Une façon de lui montrer qu'elle n'avait pas eu l'intention d'agir dans son dos.

— Inutile de me dire qu'il ne fallait pas que j'y aille seule, ajouta-t-elle en anticipant ses critiques. Vous n'étiez pas là quand j'avais besoin de vous.

— Ravi d'apprendre que, pour une fois, vous aviez besoin de moi, marmonna-t-il en dessanglant son cheval. Je vais avoir une discussion avec Sarah. Elle aurait dû me parler de tout ça.

— Par pitié, ne mêlez pas Sarah à cette histoire. Elle commence à peine à me montrer un peu de sympathie, et elle sera furieuse si elle apprend que je l'ai « trahie ». Je suis là pour aider la communauté, pas pour semer la zizanie.

— Soit, dit Luke qui bouillonnait intérieurement. Etant donné les nouveaux développements, voulez-vous que nous organisions une rencontre avec Ray, ce soir ?

— Bonne idée. Mais serait-il possible d'y aller à pied ? J'ai tout intérêt à connaître les raccourcis, si un jour il s'avérait dangereux d'utiliser la route.

Au moins, pensa Luke, elle n'insistait pas pour se rendre toute seule au rendez-vous.

— Alors vous pensez toujours que Reuben est un suspect ? demanda-t-il.

— Oui. Les Chevaliers de la Nation se trouvent en haut de la liste, eux aussi. Pour Clay Bigler, je ne suis pas sûre.

— Je lui ai parlé aujourd'hui, quand je suis allé jeter un œil au moulin que je viens d'installer à l'entrée d'Amish Acres. Franchement, je dirais qu'il y a de bonnes raisons de s'intéresser à lui.

— Vous voulez bien m'en parler ?

Luke lui expliqua comment son entrevue avec le contremaître avait tourné au vinaigre.

— Je demanderai à Paul Yoder ce qu'il pense de lui, dit Kat, songeuse. Lee m'a dit qu'il connaissait bien Clay Bigler.

Luke se contenta d'acquiescer alors qu'ils sortaient de l'étable pour rejoindre la *daadihaus*. Il avait toujours envie de protéger Kat, mais il avait perdu toute illusion de la convaincre un jour. Après tout, l'idée de faire venir un « étranger » ici — une femme de surcroît, ex-policière — venait de lui. Mais sans doute la main de Dieu se trouvait-elle derrière tout ça. Luke Brand, modeste fermier amish et bâtisseur de moulins, devait accepter les voies divines.

— Je crois que votre fils vous attend avec impatience, dit Kat en désignant le petit garçon.

Eli avait le nez collé à la fenêtre de la cuisine. Luke savait qu'il devait avoir au plus vite une conversation avec ses deux enfants à propos de Reuben. Il voulait leur poser quelques questions, leur demander d'être prudents à l'avenir. Il avait l'intention de leur cacher pour quelque temps encore que cet homme était leur grand-père. Au cas où l'on découvrirait que Reuben avait joué un rôle dans toutes ces agressions…

Luke n'avait jamais réussi à comprendre pourquoi son beau-père était incapable de s'arrêter de boire ; il ne comprenait pas non plus les bouffées de violence qui s'emparaient de ce dernier quand il avait abusé de la boisson.

Il espérait juste que le coupable à qui la police passerait un jour les menottes ne serait pas cet homme dont Anna lui avait demandé de prendre soin, sur son lit de mort. Une dernière volonté qu'il n'avait pas vraiment exaucée.

*
* *

Eli déboula de la porte arrière de la maison et courut se jeter dans les bras de son père comme s'il ne l'avait pas vu depuis un an. Le garçon portait toujours son bandeau sur l'œil, mais il avait confié à Kat que la plaie lui faisait de moins en moins mal.

— J'ai fait tout ce que j'avais à faire, papa ! On va toujours pêcher avant que tu t'occupes des champs avec l'oncle Moïse ?

— Un peu qu'on y va ! On passera par le petit chemin derrière la mare.

Aussi étrange que cela puisse paraître, Kat avait les larmes aux yeux devant cette scène familiale. Tant de choses jouaient sur sa corde la plus sensible. Combien de fois, au cours de son enfance, avait-elle rêvé d'avoir une famille bien à elle, un père qui l'accueillerait dans ses bras à son retour du travail ? Cette image de l'amour entre un père et son fils faisait déborder ses émotions, à l'heure où elle se battait pour garder toute son objectivité. Sans doute y avait-il également de la fatigue : cette attente de nouveaux éléments, cette crainte d'une nouvelle attaque commençaient à l'atteindre presque physiquement. Peut-être devait-elle forcer un peu le destin en imaginant une embuscade, mais comment faire ?

Pendant qu'Eli racontait sa matinée à son père, Kat s'assit sur les marches de bois du porche et respira profondément. Quand elle baissa la tête pour décontracter sa nuque, elle s'aperçut que ses chaussures de cuir blanc étaient maculées d'un liquide noirâtre et visqueux, comme de l'huile de moteur. Elle inspecta ses semelles et n'y vit aucune trace — cela laissait penser qu'elle n'avait pas récolté cette salissure dans l'étable, mais plus tôt.

Kat ne savait si elle devait rire ou pleurer. Deux robes constellées de taches, un bonnet perdu, la robe noire d'Ida effilochée par ses improbables excursions, et voilà maintenant que ses chaussures étaient à leur tour abîmées !

C'est alors qu'elle se souvint. Elle avait glissé dans une sorte de flaque près du silo de Reuben. Pourtant l'endroit était distant de celui où il réparait son fourgon d'une quinzaine de mètres. Un autre véhicule avait donc perdu cette huile.

— La moto…, murmura-t-elle.

Elle savait par avance que Luke lui refuserait sans doute toute nouvelle virée chez Coblentz. Cependant, vu ses rapports avec son beau-père, elle n'avait pas envie que Luke s'y rende lui-même, pour que la visite se termine en pugilat. Une autre chose la tourmentait. Quoi qu'elle recueille comme indice ou preuve, cela ne tiendrait pas devant un tribunal, puisqu'elle n'avait aucun mandat pour justifier ses intrusions. Mais si le coupable était démasqué, même en marge de la loi, sans doute hésiterait-il à récidiver. S'il s'agissait de Reuben Coblentz, peut-être même parviendraient-ils à le faire passer aux aveux.

Elle retournerait donc chez Reuben à la fois pour vérifier si une piste partait de cette flaque d'huile et, le cas échéant, découvrir où elle menait. Pendant que Luke irait pêcher des perches avec Eli, elle irait quant à elle pêcher de nouveaux indices du côté de la ferme de grand-papa.

10.

Lorsque Kat arriva à l'extrémité du champ, juste protégée par un rideau de plants de maïs, elle aperçut la silhouette de Coblentz qui trifouillait toujours le ventre de son camion. Il était hors de question qu'elle examine les lieux en plein jour alors que ce vieux fou se trouvait dans les parages. Elle décida donc de rebrousser chemin.

Une fois de retour à la ferme des Brand, elle alla directement à l'étable pour atteler Dilly, puis se mit en route pour la ville. La plupart des vitrines brisées avaient été condamnées avec des planches dans l'attente de nouveaux carreaux. Seule la Dutch Table arborait des vitres toutes neuves dans lesquelles se reflétait une longue file d'attente de clients.

Kat contourna la taverne pour accéder au parking spécialement aménagé pour attacher les chevaux. Chemin faisant, elle eut le temps de contempler ces devantures blessées, avec leurs pansements de planches. Un cataplasme sur le charmant visage de cette ville provinciale. Où, ailleurs, pouvait-on trouver un tel mélange de styles : la boulangerie jouxtant la station-service, un loueur de vidéo vêtu à la new-yorkaise qui discutait le bout de gras avec son voisin amish, un marchand de chapeaux de paille ?

L'épicerie centrale s'élevait entre deux commerces plus

petits, mais un nouveau centre commercial, en construction en périphérie de la ville, menaçait leur survie à tous. Déjà, sans les achats impulsifs des nombreux touristes, la plupart des boulangers et des artisans auraient fermé boutique.

Kat « gara » son buggy entre deux autres un peu plus grands, avant de pousser la porte dérobée de la Dutch Table qui permettait d'entrer par l'arrière. Elle resta là, devant les deux battants, à contempler l'intérieur du restaurant. Des effluves délicieux lui mettaient l'eau à la bouche chaque fois qu'une serveuse amish coiffée de son *kapp* immaculé sortait des cuisines et passait devant elle, avec sur son plateau des assiettes fumantes. Son estomac gargouilla, mais Kat n'avait pas un sou sur elle.

Les serveuses n'étaient pas seules à restituer l'ambiance du pays amish. Les murs étaient couverts de tentures bleu pâle typiques de leur artisanat. Sur des étagères taillées par leurs charpentiers étaient exposés des ustensiles de cuisine et des poupées au visage nu, si chères aux enfants du peuple vertueux. Des deux côtés de la porte d'entrée, les décorations étaient constituées par des éléments de chariots joliment assemblés. Les tables en chêne massif et les chaises, superbement réalisées, sortaient peut-être de l'atelier de Dan, le frère de Luke. Le parquet ciré, impeccable, ajoutait encore à l'aspect chaleureux des lieux. Cette taverne était un véritable musée. Seule entorse à la culture amish : les lanternes anciennes suspendues au plafond cachaient en fait des ampoules électriques.

— Katie, vous ici !

Cette voix joviale était celle de Marnie Girkins. D'une épaule, elle venait de pousser la porte arrière, les bras chargés de sacs de provisions. Les serveuses accoururent pour la débarrasser.

— Est-ce que Luke vous a envoyée chercher son rotor de moulin ? demanda la patronne débonnaire. Quand la police scientifique a fini de prendre les empreintes, ils m'ont dit que je pouvais le rendre à Luke pour qu'il le réinstalle.

— Oh, dans ce cas, je le rapporterai à la ferme. Mais en vérité, je suis venue voir si les vitres avaient été changées. Luke et Eli sont allés taquiner le gardon, ajouta-t-elle, comme pour se justifier de passer seule.

— J'ai dû envoyer quelqu'un à Cleveland pour obtenir rapidement des panneaux de verre aussi grands, dit Marnie en regardant ses nouveaux carreaux. Je me suis également arrangée pour que les autres boutiques touchées soient livrées au plus vite.

— C'est merveilleux ! Vous devez être l'ange gardien des Amish.

Marnie roula des yeux et balaya le compliment d'un revers de la main, avant de se diriger vers une porte voisine de la cuisine.

— Vous avez déjeuné ? demanda-t-elle en se retournant vers Kat. Je vais me faire apporter un plateau dans ma tanière. Pourquoi ne vous joignez-vous pas à moi ?

— Oh, c'est adorable à vous, mais je peux très bien prendre le rotor et vous laisser manger tranquillement.

Sans le moindre dollar pour payer son repas, Kat ne voulait pas donner l'impression qu'elle tentait de profiter de la générosité de Marnie. Une attitude peu crédible pour une Amish. Mais Marnie insista.

— Ça me fait plaisir ! Allez, ne dites pas non. Asseyez-vous ici, je reviens tout de suite, dit-elle en la poussant dans un petit bureau encombré de tout un bric-à-brac.

Kat s'assit sur une vieille chaise de bois qui faisait face au bureau. Par la porte entrouverte, elle entendait Marnie passer commande. Les mots « tarte au sureau » lui parvinrent, et elle sourit en se disant qu'Ida n'était pas la seule adepte de ces petites baies.

Elle profita de l'attente pour étudier l'officine. Deux des murs étaient tapissés du sol au plafond par des boîtes en carton à la panse rebondie ; sans doute des années de comptabilité. Posés sur les étagères, six paniers d'osier aux poignées torsadées. Derrière le fauteuil de Marnie, le mur était décoré d'un magnifique patchwork aux couleurs étonnamment vives, dont les chevrons semblaient presque en relief. Mais il y avait un détail qui différenciait cet endroit d'un intérieur amish : plusieurs photos trônaient ici ou là. De beaux clichés en noir et blanc représentant des buggies, des fermes, et même quelques membres du peuple vertueux, pris de loin.

Marnie s'engouffra dans le bureau et retira son pull-over noir. Elle était habillée d'une jupe en jean taillée en dessous du genou et d'un chemisier couleur perle.

— Veuillez m'excuser pour les photos, dit-elle en se laissant tomber dans son fauteuil. Je les garde ici pour ne pas choquer mes employés amish.

— J'ai noté qu'on ne distinguait pas les visages, donc vous êtes toute pardonnée.

Kat avait lu quelque part que les Amish refusaient que l'on capture leur image sur la pellicule, par obéissance au quatrième commandement.

— J'ai toujours pensé que les Amish détestaient ça parce que se faire prendre en photo est une façon de flatter son ego, une preuve de vanité, commenta Marnie en souriant. Je peux comprendre… Alors Luke et Eli se font une petite partie de pêche, hein ? J'espère que l'œil du garçon est en train de guérir.

— Il retourne voir le docteur cette semaine. Nous espérons de tout cœur que le diagnostic sera bon.

— Ça me rappelle que celle qui sera bientôt votre nièce, Melanie, est toujours dans le coma, même si mes amis prient jour et nuit pour qu'elle se réveille. J'étais tellement touchée que les grands-parents Brand m'autorisent à les accompagner à l'hôpital pour voir Melly, comme ils l'appellent. Ils m'ont dit qu'ils étaient déjà venus une fois, qu'une amie « anglaise » de Luke les avait conduits. Je suppose que c'était une de ces clientes à qui il vend ses petits moulins si charmants. J'en ai acheté un moi-même.

Kat préféra repasser les plis de sa robe d'un revers de la main plutôt que de la regarder dans les yeux. Marnie était-elle en train de la tester ? Avait-elle compris qui elle était, ou se contentait-elle d'être cette femme naïve et adorable qu'elle avait trouvée sympathique dès le départ ?

— Comment vont les parents de Melanie ? demanda Kat.

— Ils sont forts, ces deux-là. Mais ont-ils d'autre choix ? répondit Marnie en débarrassant son bureau des dossiers qui l'encombraient. Ça n'a pas été facile pour Dan de quitter les Amish pour épouser Brooke, même si la communauté ne les a pas rejetés. Pour ne rien vous cacher, les Amish ne voyaient pas d'un très bon œil qu'il épouse une « Yankee », avocate de surcroît.

Kat imagina ce qu'ils penseraient s'ils savaient qu'une autre « Yankee », ancienne de la police, avait embrassé dans une étable celui qu'ils appelaient « le porte-voix ».

— Pour ce qui est de Melanie, poursuivit Marnie, il faut à tout prix qu'elle guérisse. Elle a toujours représenté pour moi la preuve que le mélange entre Amish et « Yankees » pouvait porter des fruits délicieux. Bon, à part ça, comment vous faites-vous à votre nouvelle vie ?

— *Ser gut.* Très bien.

— Si vous cherchez un jour un travail, n'hésitez pas à venir m'en parler. Même si je suis certaine que Luke gagne bien sa vie, avec tout le travail qu'il abat ; et puis vous aurez à vous occuper de ses deux enfants, en plus de ceux que vous ferez sûrement ensemble. Je vous le souhaite de tout cœur !

— Oh… seul Dieu le sait, mais je retiens votre adorable proposition.

— En plus des serveuses qui travaillent ici, ce sont des Amish qui cuisinent les plats et cuisent le pain. Le maïs, le miel, presque tout vient de chez vous en fait. J'achète maintenant tous mes gâteaux à la pâtisserie d'Emma, juste à côté. Je pense que ça aide un peu ses affaires.

— C'est tellement revigorant de rencontrer des gens comme vous, qui soutenez les Amish, alors que d'autres, manifestement, aimeraient bien les faire disparaître, *ja*. Vous habitez à côté d'ici ?

— J'habite en ville, au rez-de-chaussée de mon autre hôtel-restaurant, l'Auberge de la vallée. Mais je suis en train de construire une maison à Amish Acres. Et oui, j'aime ce peuple, et je le comprends très bien, puisque mes parents étaient amish.

Kat faillit tomber de sa chaise. Pourquoi Luke ne lui en avait-il pas parlé ?

— Alors, comme certains jeunes ici, vous avez quitté la communauté ? demanda-t-elle.

— Ce sont mes parents qui l'ont fait, quand j'étais toute petite. Ça arrive, vous savez. C'était au Bourg-de-l'Oiseau, près de Lancaster, en Pennsylvanie, pas très loin de Monplaisir, là où vous avez vos attaches — mais vous devez connaître toute la région comme votre poche. Il faudra que nous évoquions nos souvenirs, un jour. Ah, Mary, j'apprécie beaucoup le service spécial que vous nous faites, dit-elle alors qu'une des serveuses entrait avec un plateau chargé de mets plus appétissants les uns que les autres.

— Nous pouvons débarrasser une table à côté, madame Girkins, dit la jeune femme avec un large sourire.

— Non, Mary, posez tout ça sur mon bureau. Je suis certaine que ça ne dérangera pas Katie de déjeuner sur un plateau. Les Amish adorent tellement leur *katsche und schmatze*, pas vrai, Katie ?

Kat acquiesça, même si elle n'avait aucune idée de ce que cela signifiait.

— *Ja*, lâcha Mary avec un clin d'œil complice à Kat. Nous aimons notre langue et notre gastronomie, pour sûr.

Kat apprécia la façon discrète dont la jeune serveuse venait de la tirer d'un mauvais pas. Avait-elle senti sa gêne ? Il était évident en tout cas que Kat ne tiendrait pas une minute si Marnie l'interrogeait sur sa supposée famille en Pennsylvanie. Pour éviter les questions, elle préféra en poser elle-même.

Elle apprit très vite que son hôtesse — dont le véritable prénom était Margaret — avait perdu son mari très jeune, et élevé seule ses deux filles. Elles étaient maintenant étudiantes dans deux universités différentes de l'Ohio. Le plus étonnant pour Kat fut de découvrir que le père de Marnie s'était écarté de la communauté amish à cause de sa passion pour la photographie. C'est lui qui avait pris les photos disséminées dans le bureau de sa fille.

— C'est vraiment bien que vous puissiez aider votre cousine Leah à l'école, dit Marnie en ramenant la discussion sur Kat. Elle travaille très dur, et à ce poste, elle a eu une longévité étonnante pour une femme. Mais c'est sans doute dû à la façon dont son fiancé l'a abandonnée. Je suppose qu'elle vous a déjà raconté toute l'histoire.

— Oh, elle n'aime pas trop parler de tout ça, et je la comprends, balbutia Kat, embarrassée.

— Oui, les « vieilles filles » sont rares en pays amish, mais elles existent néanmoins. Leah est aujourd'hui une femme indépendante. Sans doute un peu trop, la pauvre. Je ne suis pas sûre d'en avoir connu des comme elle, en Pennsylvanie. Vous en avez côtoyé, vous, là-bas ?

Kat comprit qu'elle devait partir au plus vite avant de se trouver au pied du mur. Elle qui pensait ne pas avoir à prendre les mêmes précautions avec une femme qu'elle croyait « anglaise » de père et de mère !

Quand Marnie saisit le téléphone qui s'était mis à sonner sur son bureau, Kat en profita pour se lever et la remercier rapidement pour son hospitalité, tout en lui glissant qu'elle prendrait le rotor de moulin en sortant.

La gérante, Martha, l'aida à soulever les lourdes hélices.

— Est-ce que je peux vous aider ? demanda Grayson Gilmore qui avait surgi pour leur tenir la porte arrière. J'ai appris ce qui s'est passé avec ça, ajouta-t-il en regardant les pales métalliques. C'est une des armes qui ont été utilisées ? Bien sûr, vous n'avez pas pu voir ce fameux James Bond où le méchant lance des roues dentées à ses ennemis.

Kat échangea un rapide regard avec Martha.

— Vous vous en doutez bien, lâcha Kat, même si elle se souvenait parfaitement de ces scènes des aventures de l'agent 007 où le psychopathe décapitait les statues et les hommes avec des roues métalliques.

Pourquoi cet homme débarquait-il du parking réservé aux chariots amish ? se demanda-t-elle. Attendait-il de voir Marnie ? Après tout, cette dernière n'avait-elle pas dit qu'elle construisait une maison à Amish Acres ? Les Brand ne devaient pas être ravis de la nouvelle, malgré leur amitié pour elle.

Gil hissa le rotor à l'arrière du chariot alors que Martha s'empressait de retourner dans le restaurant.

— Alors vous êtes cette épouse envoyée spécialement de Pennsylvanie ? demanda-t-il d'un air à la fois amusé et obséquieux.

— Pas franchement « envoyée », rétorqua-t-elle.

— Ah, y aurait-il eu un entremetteur ? insista-t-il en prenant soin d'effacer ses empreintes sur les pales d'acier. Ecoutez, je ne veux pas vous paraître indiscret, mais je trouve votre petit peuple fascinant. J'ai juste posé quelques questions sur vous, après que nous nous sommes vus la dernière fois à Amish Acres.

— Marnie Girkins m'a dit qu'elle construisait une maison par là-bas.

— Oui, un petit bijou, avec une chambre noire au sous-sol et une pépinière dans le jardin. Je ne sais pas où elle trouve le temps de se consacrer à toutes ses passions.

— Merci de votre aide, dit-elle en guise de salut.

Elle contourna en toute hâte le chariot et grimpa à l'avant avant que le joli cœur ne lui propose son bras. Derrière le côté doucereux de cet homme, quelque chose la gênait — même si elle n'était pas encore capable de mettre des mots sur son malaise.

— Je commence à me demander si nous subirons un temps épouvantable chaque fois que nous déciderons de rencontrer Ray, plaisanta Kat alors qu'ils dépassaient la borne quarante et marchaient à travers champs vers le pont couvert.

Le ciel était très bas. Ce qui ressemblait à un brouillard tenace était en fait un crachin léger, tourbillonnant, qui collait aux vêtements.

— Ce n'est pas exactement comme ça que j'envisage un samedi soir avec ma promise, dit Luke à son tour.

Ils rirent tous deux, d'un rire un peu nerveux. Leurs voix semblaient ricocher sur le rideau de pluie.

— Quand avez-vous l'intention de parler à Reuben ? demanda-t-elle.

— J'avais bien envie de le faire tout de suite, mais j'ai besoin d'un peu de temps pour me calmer. J'irai le voir dimanche soir. Avec un peu de chance il sera sobre, puisque les bars où il a ses habitudes sont fermés ce jour-là.

Kat se dit qu'elle pourrait peut-être jeter un coup d'œil au silo pendant que Luke lui parlerait. Oui, l'idée était à retenir.

— Quand j'ai discuté avec Marnie aujourd'hui, reprit-elle, j'ai failli me faire piéger à plusieurs reprises. Je ne savais pas qu'elle avait été amish.

— Mmm… sa famille nous a quittés quand Marnie avait

environ huit ans. C'est intéressant qu'elle vous en ait parlé ; d'habitude, elle évite d'aborder le sujet.

— Vraiment ? Eh bien, elle m'a appris autre chose, que j'ai feint de ne pas ignorer : le fiancé de Lee a disparu juste avant le mariage, c'est ça ?

— Leah ne vous en a pas parlé ?

— Non. Je suppose que c'est un sujet douloureux pour elle. Qu'est-il arrivé à cet homme ? Vous a-t-il simplement quittés pour aller vivre ailleurs ? Par pitié, Luke, je ne vous demande pas ça pour connaître les petites histoires de votre communauté. Mais je suis censée être la cousine de Lee, et Marnie a failli me coincer involontairement là-dessus.

— Les bans étaient même publiés à l'église... Lee était jeune, comme son fiancé, Joseph Yoder. A la surprise de tout le monde, il a manifestement décidé au dernier moment de partir pour « l'autre monde », celui des Yankees.

— Manifestement ?

— Il a laissé un mot dans ce sens, mais n'en a parlé à personne. Un certain nombre de nos jeunes ne reviennent pas après le *rumspringa*, cette période après l'adolescence où nous leur demandons de se confronter à l'extérieur pour faire leur choix en conscience. Dans le cas de Joseph, c'est bien différent. Il n'y a eu aucun signe avant-coureur, il ne semblait pas hésiter. Et puis tout à coup, il a disparu. Certains prétendent qu'il est parti dans l'ouest du pays, d'autres murmurent qu'il aurait eu un accident mortel, sans aucun papier pour l'identifier.

— Et qu'en pense Lee ?

— Je ne le lui ai jamais demandé. Elle essaie d'oublier, de vivre sans se retourner sur le passé. Depuis, j'ai l'impression que ceux qui auraient pu faire de nouveaux prétendants l'ont trouvée trop indépendante, trop intellectuelle à leur goût. Elle semble très attachée à son travail d'institutrice. Elle aime ses élèves comme s'ils étaient ses propres enfants. Elle a beaucoup d'amis, mais plus aucun n'a osé lui faire la cour.

— Elle, au moins, n'en a pas conçu d'amertume. Je me trompe ?

— Disons que tout le monde a été choqué, et que les membres de la communauté sont restés proches d'elle. Paul et Mary Yoder, les parents de son promis, la traitent toujours comme si elle était leur propre fille.

— Une dernière chose, dit Kat alors que la silhouette du pont émergeait enfin de la brume humide. Il s'agit du Paul Yoder dont m'a parlé Lee, qui travaille à Amish Acres et connaît Clay Bigler ?

— Absolument. C'est aussi un des sages de notre église.

— Et une des personnes que j'aimerais interroger sur le fameux Bigler…

Comme chaque fois, Ray Martin les attendait tranquillement adossé à un pilier du pont.

— Au moins, dit-il en montrant le ciel d'un air désespéré, nous n'avons pas à nous inquiéter sur le fait que quelqu'un aurait pu nous suivre un jour pareil.

— Alors, avez-vous trouvé des empreintes exploitables sur les rotors ? demanda Kat immédiatement.

— Je vais devoir prendre les empreintes de Luke et de ses acheteurs pour isoler celles qui auraient pu être laissées par un autre, expliqua doctement Ray Martin. Je pense que les récentes intempéries auront effacé les marques les plus anciennes, mais je dois tout vérifier, et ça prendra un certain temps. Et vous, vous avez du neuf ?

— J'ai rendu deux visites impromptues aux Chevaliers de la Nation, expliqua Kat. La première fois, c'était de jour, et j'ai été « interrompue » par un certain AJ.

— Le fils de Clay Bigler, marmonna Martin dans sa barbe.

— Quoi ? Mais alors, le lien est tout trouvé ! s'écria Kat en se frappant la cuisse. AJ et Clay pourraient être de mèche. Le motard pourrait être AJ, et il aurait aspergé le linge de sang avec son père. Pareil pour l'école, il suffisait qu'ils soient deux ! Ray, est-ce que vous pourriez vérifier leurs alibis ces jours-là ? Cet AJ est assurément le type même de l'agresseur qui ne se pose aucune question. Est-ce que Clay est lui aussi membre des Chevaliers ?

— Ne vous emballez pas, Kat, dit Martin en posant une main sur son épaule. Non seulement Clay n'est pas un Chevalier, mais il est brouillé avec son fils depuis qu'AJ a quitté l'université pour rejoindre cette clique d'extrémistes. J'ai entendu dire que ce garçon avait quitté la maison familiale pour vivre sur la propriété des Chevaliers, et il ne parle quasiment plus à son père.

— Ce pourrait être une ruse, insista Luke. S'ils étaient malgré tout de mèche, cela nous donnerait un lien solide entre deux groupes qui semblent haïr les Amish.

— Autre chose, ajouta Kat, échaudée par ces nouvelles informations. Lorsque j'ai rendu une seconde visite aux Chevaliers, il faisait nuit et ils avaient organisé une sorte de kermesse. J'ai pu m'approcher, et entendre des bribes de conversations.

Sur la défensive, elle lança un regard à Luke. Ses yeux à

lui brillaient d'une colère impossible à cacher. Il venait enfin d'apprendre ce qui s'était passé le vendredi soir, et il n'appréciait pas trop.

Ray Martin promena son regard de l'un à l'autre.

— Et ? demanda-t-il, interloqué.

— Ils ont fait allusion à un certain « Aigle Premier ». Ils ont sous-entendu que s'ils arrivaient à le faire élire maire de Maplecreek, ils pourraient enfin « attaquer l'Amish légalement ».

— Ce qui laisse à penser qu'ils font pour l'instant les choses illégalement, commenta Luke.

— Dites-moi, lança Kat à Ray Martin, vous qui avez su tout de suite qui était ce fameux AJ, avez-vous une idée de l'identité de cet « Aigle Premier » dont ils parlaient entre eux ? Il semble s'agir de leur patron.

— Très bien, répondit Martin en observant les alentours au lieu de soutenir leur regard, ce qu'il faisait d'habitude. Leur chef — le commandant, comme ils le surnomment aussi — s'appelle Tyler Winslow. Et c'est le frère de mon épouse.

Kat sentit Luke sur le point de s'effondrer, mais il parvint à donner le change.

— Le frère de votre femme — votre beau-frère, donc — est le chef des Chevaliers de la Nation ? demanda-t-elle, incapable de cacher sa surprise.

— Je n'en suis pas fier, grommela le policier. Avec lui, je ne suis d'accord sur rien ou presque. Je le rejoins juste sur le besoin d'ordre et de justice. Mais nous avons une vision diamétralement opposée de la chose : Tyler pense que chaque individu doit se défendre par lui-même, en dépit des lois, quoi que prescrive l'Etat. Je vous promets que je me montrerai plus vigilant encore sur ce qu'il manigance, tout en prenant garde à ne pas dévoiler notre plan.

Kat acquiesça, confiante, puis se demanda pourquoi Martin ne l'avait plus regardée depuis qu'elle avait posé cette question sur « l'Aigle Premier ». Et pourquoi n'avait-il pas interrogé Tyler Winslow plus tôt ? Avait-il quelque chose à cacher ou bien simplement honte d'être lié à cet homme ?

— Autre chose ? demanda Martin en s'éclaircissant la gorge.

— Oui. Je vous ai fait un croquis, annonça Kat en lui tendant une feuille pliée. C'est un plan, avec l'endroit où vous pourrez récupérer un Colt semi-automatique que j'ai, disons, confisqué aux Chevaliers. Je l'ai subtilisé à notre ami AJ dans un moment d'inattention. Et voici le chargeur, ajouta-t-elle en lui tendant le petit compartiment métallique.

Ray Martin parut surpris, Luke absolument furieux. En évoquant sa virée chez les Chevaliers, Kat avait soigneusement omis l'agression qu'elle avait subie — agression à l'issue de laquelle elle avait été obligée d'emporter une arme.

— Je vais garder ça au chaud, répondit le chef de la police en fermant son poing sur le chargeur. Nous sommes d'accord sur le fait qu'ils ne doivent rien savoir de notre projet commun. Je parlerai à Tyler de tout ça, avec l'air de ne pas y toucher. C'est juste un de ces mordus de la discipline qui voudrait être élu pour créer une société parfaite. Je dois vous avouer qu'à mon humble avis, il n'est pas homme à comploter pareilles choses.

— Après ce que j'ai entendu là-bas, je n'en suis pas persuadée, insista Kat.

— En tout cas, intervint Luke, l'arme est certainement

légale. Je ne pense pas qu'ils commettraient ce genre d'erreur. Qu'en pensez-vous, Ray ?

— Effectivement. J'ai déjà posé la question à Tyler. Quand je pense que certains s'imaginent que nous n'avons aucun problème dans notre contrée reculée…

Quand ils marchèrent tous deux sur le chemin du retour, Kat remercia secrètement Luke de ne pas se mettre en colère après ce qu'il avait appris. Bien des choses la torturaient également, et pas seulement ces liens entre AJ et Clay Bigler, ou entre Ray Martin et le patron des Chevaliers.

Elle avait pris en affection cette petite communauté de Maplecreek, et commençait à croire que cette dernière n'était pas épargnée par la violence de la grande ville. A la différence près qu'ici, l'ennemi n'était pas « l'autre », un anonyme perdu dans l'immensité urbaine ; il était sans doute un des habitants de la petite ville, quelqu'un que l'on croisait tous les jours sans le connaître vraiment. Et le fait que le chef de la police lui-même n'ait pas osé parler dès le départ de ses relations avec « l'Aigle Premier » rendait les choses plus menaçantes encore.

Le matin suivant, la même brume humide encrassait l'atmosphère. Kat, Luke, Eli, Sarah, Ida et Jacob avaient pris place dans le plus grand chariot pour se rendre à la messe qui se tiendrait chez Paul Yoder. Les Amish organisaient généralement leurs offices religieux dans la maison de l'un des leurs, ou dans une étable nettoyée de fond en comble pour l'occasion. Le fait de ne pas construire d'église était un héritage de la période pendant laquelle ils avaient été persécutés en Europe. Une époque sombre durant laquelle leurs ancêtres avaient été torturés pour leurs croyances. Mais Kat avait entendu le révérend Brand dire à son fils que cette tradition, finalement, retrouvait une raison d'être : en changeant de lieu chaque dimanche, les Amish de Maplecreek évitaient une nouvelle attaque qui viserait le groupe tout entier.

Après la messe, prononcée en allemand par le révérend Jacob Brand, Kat eut l'occasion de rencontrer presque tous les membres de la congrégation — quatorze familles en tout, environ cent vingt personnes.

Un déjeuner s'ensuivit, au terme duquel Kat remercia tout le monde pour son soutien. Elle fit bien attention de ne pas oublier Lee ou Mary, et se permit une mention particulière pour Jacob et Ida Brand, qui l'accueillaient chez eux.

Elle eut ensuite le loisir de questionner Paul Yoder à propos de Clay Bigler.

— Ecoutez, lui dit l'homme à la barbe rousse, je n'aime pas dire du mal des gens dans leur dos, parce que le Seigneur est seul juge de ce que nous faisons sur terre. Mais si Dieu m'agrée ce commentaire, je pense que ce M. Bigler n'hésiterait pas une seconde à franchir la ligne jaune pour nous terroriser. *Ja*, je le pense vraiment.

Au milieu de l'après-midi, Luke déposa ses deux enfants à la ferme de son frère Moïse. Kat vit bien que le jeune Eli était tiraillé entre l'envie de jouer avec ses six cousins et celle de rester avec son père, pour le « surveiller » sans doute.

Quand Jacob et Ida les laissèrent pour aller faire la sieste, Luke dit à Kat qu'il partait voir Reuben Coblentz et avoir avec lui la discussion qu'il ne pouvait plus retarder.

— Vous allez couper à travers champs ? demanda Kat.

— Non, je vais m'y rendre par la route. Vous y êtes allée en passant par les champs de maïs ? Vous devriez faire attention quand vous espionnez quelqu'un comme ça. On pourrait vous prendre à votre propre piège.

Kat le regarda partir en réfléchissant à sa mise en garde. Elle avait l'impression que quoi qu'elle fasse, il se trouverait toujours quelqu'un ici pour lui assener des paroles contrariantes.

Même si ce champ de maïs s'avérait dangereux, cela n'allait pas l'empêcher d'y retourner immédiatement. Un véhicule avait perdu de l'huile près du silo de Reuben, et elle voulait vérifier cette piste. Certes, elle n'avait vu aucune moto dans ce garage, mais Coblentz avait très bien pu la dissimuler dans un endroit plus discret — pourquoi pas dans le silo ? Elle se contenterait de jeter un œil à l'intérieur pendant que Luke retenait l'attention du vieil homme. Histoire d'en avoir le cœur net.

Kat alla chercher sa lampe torche dans la *daadihaus*, puis s'élança à travers le champ après avoir choisi le sillon qui lui permettrait de sortir au plus près du silo. Elle bénit ce brouillard épais qui semblait s'agripper à la colline. Mais cette fois, en plus du frottement des tiges dans la brise, Kat entendit un bruissement plus inquiétant : quelqu'un d'autre semblait se frayer un chemin entre les plants de maïs, à un jet de pierre seulement de l'endroit où elle venait de s'immobiliser !

Ridicule, pensa-t-elle. Les avertissements de Luke enflammaient son imagination, voilà tout. Mais d'où venait cette odeur de fumée ? Brûlait-on des feuilles mortes ?

Kat se remit à marcher en se persuadant qu'elle n'avait rien à craindre, mais après quelques pas seulement, les bruits reprirent derrière elle. Elle se retourna et cessa de respirer pour écouter. Ce n'était pas forcément un homme… peut-être une biche s'était-elle fourvoyée dans ce labyrinthe. Elle en avait vu plusieurs grignoter de jeunes pousses aux abords des cultures.

Elle prit une grande bouffée d'air. L'odeur de fumée avait disparu, si seulement elle avait jamais existé pour de bon. Cependant Kat entendit de nouveau ce bruit de plants qu'on repousse, de plus en plus proche.

Elle se mit à courir, penchée en avant, repoussant de la main les épis qui faisaient ployer les tiges sous leur poids. Mais elle comprit très vite que c'était la meilleure façon pour permettre à un éventuel poursuivant de la localiser dans ce grand ensemble vert et jaune.

Malgré son envie de fuir, elle décida donc de s'arrêter de nouveau. Seule planait maintenant la douce rumeur végétale des tiges et des feuilles abandonnées à leurs caresses. Un corbeau passa au-dessus de sa tête en croassant, mais Kat ne lui accorda aucune attention. Jambes pliées, elle était aux aguets, prête à reprendre sa course.

Le maïs se remit à bouger, tout près d'elle, à deux ou trois rangs seulement. Ce pouvait être Luke qui avait changé d'avis, et décidé de couper à travers champs. Impossible, de toute façon, de vérifier en l'appelant. Et il était bien trop dangereux de s'approcher pour chercher à savoir de qui il s'agissait. Que ferait-elle si elle tombait nez à nez avec AJ, et qu'il était armé ? Elle préférait laisser son poursuivant se découvrir.

Elle se dirigea donc vers la ferme de Coblentz en agitant intentionnellement les plants autour d'elle et en faisant le maximum de bruit, simulant même une quinte de toux. Après avoir fait tout ce raffut, elle se glissa discrètement dans la rangée adjacente avant de s'accroupir. Avec un peu de chance, elle pourrait apercevoir à travers le rideau de céréales celui qui semblait suivre sa trace. Elle déciderait ensuite s'il était pertinent de l'affronter ou s'il valait mieux fuir.

La brise automnale rendait glaciales les perles de sueur qui couraient le long de ses tempes. Son cœur cognait contre sa poitrine, ses oreilles bourdonnaient, à tel point qu'elle n'était plus sûre d'entendre des pas approcher. En tout cas, ce n'était pas l'écho de ses propres mouvements qui l'avait fait paniquer. Un champ de maïs étouffait les sons plutôt qu'il ne les amplifiait.

Jouer au chat et à la souris lui mettait les nerfs à vif. Après une minute d'attente, elle décida de courir vers la ferme de Coblentz sans se retourner, en priant le Ciel pour qu'un animal soit à l'origine de sa bouffée d'angoisse.

Quand elle émergea enfin du champ, avec plus de précautions encore que les fois précédentes, elle aperçut Luke qui cognait à la porte de Reuben. Puisque le beau-père était toujours en quarantaine, il n'était pas impossible que Luke préfére lui parler sur le perron. Le brouillard cotonneux s'accrochait au toit de la fermette ; la même vapeur blanche couronnait le hangar et le petit silo à grain, qui faisait environ trois fois la taille de Kat.

La jeune femme bondit vers le silo, et eut le temps d'apercevoir une sorte de gros tracteur vert garé juste à côté. De sa remorque remplie à ras bord d'épis de maïs partait un grand bras métallique.

Son cœur fit un bond dans sa poitrine, mais elle ne vit personne dans la cabine du tracteur, personne autour de l'engin. Elle était certaine que le véhicule n'était pas là la dernière fois, d'autant qu'il était situé à l'endroit exact où elle avait glissé. Peut-être était-ce d'ailleurs ce tracteur monstrueux qui avait laissé s'échapper la flaque d'huile. Luke lui avait dit que Reuben ne cultivait plus lui-même, mais sans doute avait-il loué son silo à quelque fermier « anglais ».

Au moment où elle s'apprêtait à ouvrir la petite porte latérale du silo, Kat espéra de tout son cœur qu'elle n'allait pas recevoir une rivière d'épis de maïs. Avec un peu de chance, les opérations de stockage n'avaient pas encore débuté. Elle retint son souffle, puis tourna le loquet métallique situé à environ un mètre du sol.

Rien ne se passa. Le silo était vide, ou presque. Un grand rai de lumière descendu d'une ouverture circulaire dans le plafond éclairait, au centre de la cuve, une moto noire sur sa béquille. Le deux-roues trônait là, rutilant, comme sur un stand d'exposition où l'on aurait braqué un spot géant sur lui.

Incroyable ! songea-t-elle en refermant délicatement la porte derrière elle. Elle alluma sa lampe torche et s'approcha à pas feutrés de la moto. Ainsi c'était bien, selon toute vraisemblance, Reuben Coblentz qui avait lancé les fusées dans le feu de joie des enfants. Il avait dû les épier avec ses jumelles puis, son forfait commis, il avait caché sa machine dans ce silo à grain. Si des empreintes étaient relevées sur la moto, comme sur les pales de moulin qui avaient servi à briser les vitrines de Maplecreek, il ne resterait plus à la police qu'à demander au sieur Coblentz de tremper son index dans l'encre et de le poser sur un beau papier blanc.

Elle réalisa alors que c'était cet homme que Luke sermonnait en ce moment pour avoir observé sa fille avec des jumelles. Qui savait ce que Coblentz était capable de faire s'il se sentait démasqué ? Peut-être était-il plus prudent d'aller vérifier que la discussion ne tournait pas mal. Il suffirait ensuite d'appeler

Ray Martin pour lui demander de venir interroger cet étrange personnage.

Alors qu'elle était sur le point de retourner vers la porte, le faisceau de sa lampe captura des gouttelettes sur le châssis de la moto. Une éponge gorgée d'eau et un chiffon recouvert d'une sorte de cire noire dormaient derrière le pneu arrière de la machine. Tous les espoirs de Kat s'envolèrent d'un coup. Reuben avait manifestement briqué la moto, comme pour rendre de sa superbe à ce terrible trophée — ou plus probablement pour en retirer toute empreinte compromettante.

Elle sursauta lorsqu'un bourdonnement monta d'un flanc du silo, qui se transforma très vite en un vrombissement effrayant. Quelqu'un avait sans doute fait démarrer l'énorme tracteur et le monstrueux bras métallique émettait maintenant un effroyable grincement. Tétanisée, Kat plaqua ses deux mains contre ses oreilles. Elle avait l'impression que sa tête allait exploser, que ses dents crissaient.

Elle se rua vers la porte latérale, qui refusa de bouger. Elle secoua la poignée de toute ses forces, mais rien n'y fit. Quelqu'un l'avait fermée de l'extérieur. Terrifiée, elle courut vers le centre du silo et tourna sa lampe vers l'ouverture dans le plafond. Mais plus un brin d'air, plus une tache de lumière ne passait par le trou. Une abominable bouche d'acier embrassait maintenant le plafond du silo. Et cette bouche se mit à déverser un torrent d'épis de maïs sur la moto noire et sur Kat…

11.

Prise au piège, Kat se retrouvait contrainte d'appeler à l'aide. Elle martela la paroi d'acier en criant de toutes ses forces :

— Arrêtez ça ! Je suis à l'intérieur ! Laissez-moi sortir !

Sa voix lui revint en écho. Le flux de maïs devint plus intense encore. Paniquée, elle suivit la cloison du silo à la recherche d'une seconde porte, puis retourna vers celle par laquelle elle était entrée dans cette souricière. Elle tenta de la forcer en s'aidant de sa lampe torche… peine perdue. Elle pensa utiliser la moto comme un bélier pour l'enfoncer, mais le deux-roues était déjà enseveli sous une montagne d'épis jaunes. Les épis lui arrivaient déjà aux genoux, et Kat avait de plus en plus de mal à se déplacer. Dans quelques minutes, elle se battrait sans doute pour respirer. Et Luke, qui se trouvait juste à côté, ne le savait pas… Personne ne le saurait sans doute avant qu'on ne découvre son corps, bien des semaines plus tard, en venant chercher le maïs.

— Aidez-moi ! supplia-t-elle, les poumons martyrisés par le manque d'air et les particules en suspension.

Elle cogna de nouveau la paroi de ses poings et de sa lampe, mais le ronflement du moteur ne fit que monter d'un cran. Les particules virevoltantes brûlaient sa gorge et l'aveuglaient de plus en plus. Le niveau des épis montait toujours ; ils roulaient autour de son corps en comprimant chacun de ses muscles.

Enterrée vivante. Par accident ou parce qu'elle avait fourré son nez là où il ne fallait pas ? Et si quelqu'un l'avait vue, avait décidé de la supprimer ? Quelle ironie… Après avoir lutté contre les gangs dans les rues sordides de plusieurs banlieues populaires, elle allait finalement finir ses jours sous un flot d'inoffensifs épis de maïs.

Alors que sa tête commençait à lui tourner, elle crut voir son frère, mais son image disparut dans la cascade jaune. Elle fut remplacée par celle de John Seyjack, qui la regardait avec des yeux écarquillés par l'effroi. Le jeune garçon trébucha, mais parvint à grimper sur le tas de maïs qui pesait de plus en plus lourd sur le corps paralysé de Kat. Au sommet du monticule, il se tourna vers elle et lui tendit la main. Dans le vacarme, ses lèvres semblaient dire : « Viens par ici ! Monte ! Monte ! N'oublie pas le périmètre de sécurité, il n'est pas loin… »

Kat essaya de le suivre, mais une main invisible la bombardait de baies de sureau, des fusils tiraient des billes de peinture qui explosaient devant ses yeux, noyant les derniers éclairs de sa conscience dans un tourbillon de couleurs. Sans même s'en rendre compte, elle se laissa sombrer dans un délire qui annonçait la mort.

Luke ne fut pas peu surpris d'apercevoir Tyler Winslow, l'homme que Ray Martin avait désigné comme le chef des Chevaliers de la Nation, surgir à l'improviste au coin de la ferme de Coblentz. Luke et Reuben discutaient depuis un petit moment quand quelqu'un avait mis en marche l'engin agricole garé dans la cour. Reuben lui avait expliqué qu'il louait son silo à grain à un fermier du coin. Juste après, le ton était monté entre eux, comme prévu, chacun criant pour se faire entendre, mais ils n'en étaient pas venus aux mains. Le vieil homme avait admis avoir observé quelques fois Sarah avec ses jumelles, mais uniquement parce que l'enfant lui manquait.

— Quelle surprise ! dit Tyler, les bras croisés, un pied sur la deuxième marche de l'entrée. Je ne savais pas que vous aviez encore le droit de vous parler.

Luke fut étonné que l'homme soit au courant de ce genre de détails qui, d'habitude, ne sortaient pas du cercle des Amish. Il l'avait reconnu uniquement parce que son portrait était placardé sur tous les murs à la veille des dernières élections municipales. Tyler Winslow était un homme entre deux âges, aux cheveux blonds coupés en brosse. C'était un des fermiers yankees les plus prospères de la région : comment s'en étonner, puisqu'il faisait partie des plus gros propriétaires terriens de l'Ohio ? Winslow n'avait pas d'enfants, mais était resté marié longtemps à une femme du coin, une certaine Louise qu'on n'avait quasiment jamais vue sortir de sa ferme. Selon toute probabilité, c'était Winslow qui avait loué le vieux silo de Reuben pour ses surplus de maïs. Sa récolte était plus précoce que les autres, car il cultivait le pop-corn, un type de maïs qui arrivait assez tôt à maturité.

— Vous avez un problème, là-bas derrière ? lui lança Reuben en tentant de couvrir le bruit du moteur.

— Je voulais juste vous signaler que j'ai aperçu une jeune Amish qui sortait du champ et courait dans cette direction. Elle doit vous attendre dans la paille du garage, petit cachottier ! s'esclaffa Winslow avant de tourner les talons. Nous n'en avons plus que pour deux minutes. Mes hommes auront bientôt fini de remplir la cuve.

Le sang de Luke ne fit qu'un tour. Si Winslow avait vu une Amish chez Coblentz, ce ne pouvait être que Kat qui profitait de l'occasion pour poursuivre ses investigations. Or elle avait déjà inspecté le garage. Avait-elle décidé de fouiller le silo, au moment où les ouvriers du Chevalier-en-chef s'apprêtaient à le remplir ?

Un sombre pressentiment l'envahit. C'était bien le genre de Kat de se jeter dans la gueule du loup. Elle avait peut-être repéré Winslow, elle aussi, et cherché à se réfugier dans ce maudit silo. Il fallait qu'il en ait le cœur net.

Luke laissa son beau-père stupéfait sur le perron de sa porte et contourna la ferme en pressant le pas. Une énorme moissonneuse crachait un torrent de maïs par une ouverture au sommet du silo. Si Kat se trouvait dans le garage, elle risquait d'être découverte. Mais si elle était coincée dans le silo…

— Katie ! hurla-t-il. Ka-tie !

— Voyez-vous ça ! cria Winslow dans son dos. Alors c'est après vous que cette jeune femme en avait, et non après ce bon vieux Reuben ?

Luke ignora le sarcasme et courut devant le garage.

— Katie !

Il se rua ensuite devant le champ qui séparait la propriété de Coblentz de la sienne, et l'appela de nouveau. Rien. Dans ce vacarme infernal, Kat ne pouvait sans doute pas l'entendre, où qu'elle soit.

Luke revint malgré tout vers le silo et pressa son oreille contre la cloison d'acier. Il eut l'impression d'entendre un léger cliquetis, comme des coups faibles frappés contre la paroi.

— Arrêtez cette machine ! rugit-il en direction du conducteur de la moissonneuse.

Il s'élança vers la porte latérale, mais à peine avait-il mis la main sur le loquet que Winslow lui sautait dessus pour l'empêcher d'ouvrir.

— Eh, qu'est-ce que tu fais, l'Amish ? N'y pense même pas !

— Elle est peut-être là-dedans ! hurla Luke en repoussant le fermier.

Il ouvrit l'écoutille et eut à peine le temps de faire un bond en arrière pour éviter d'être enseveli sous le maïs libéré de la cuve.

Après une vingtaine de secondes interminables, il vit enfin Kat… enfin, ses jambes, et sa main accrochée à une échelle métallique.

— Appelez de l'aide ! cria Luke à Reuben. Les secours, vite !

— Non, fit une petite voix éraillée à l'intérieur du silo.

Kat prit une longue respiration, puis une deuxième, avant de poursuivre.

— J'ai été repoussée vers la paroi, et… j'ai trouvé cette échelle fixée au mur. Elle m'a permis de… prendre un peu de hauteur quand le niveau montait. Je… je crois que ça va aller.

Le portable à la main, Tyler Winslow insistait pour appeler une ambulance malgré tout, mais Kat continuait de refuser en secouant la tête. Reuben et Luke étaient montés sur le toit du silo et avaient ouvert une trappe presque impossible à déceler, avant de tirer la jeune femme au-dehors. Quand elle toucha terre, elle s'aperçut que ses jambes ne la portaient plus et s'assit sur un muret.

Elle reprit un grand bol d'air pour purger ses poumons des poussières de céréales qu'elle venait d'avaler. Elle prit ensuite de longues gorgées à la bouteille d'eau que lui tendait Reuben, et fit signe que sa mésaventure l'avait rendue presque aphone. Elle souhaitait en fait réfléchir un instant à ce qu'elle allait dire. Certes, elle pouvait contrer les interrogations de Winslow et celles de Coblentz en leur posant des questions sur la moto cachée dans le silo. Mais la situation restait délicate : après tout, ils venaient de la prendre la main dans le sac. Sans compter qu'elle avait failli mourir.

Maintenant qu'elle commençait à recouvrer ses esprits, elle se redemanda s'il s'agissait d'un accident ou si le moment choisi pour déclencher le transvasement avait été un acte prémédité. Les questions de Ray Martin avaient-elles pu mettre la puce à l'oreille de Tyler Winslow ? Avait-elle été identifiée par AJ ? Reuben et Winslow avaient-ils décidé de concert de l'éliminer ? Non, impossible. Personne ne pouvait savoir qu'elle avait l'intention d'inspecter ce silo. Luke lui-même n'était pas au courant.

— J'ai juste… suivi Luke pour être sûre qu'il ne se disputait pas avec M. Coblentz, lâcha-t-elle alors que les quatre hommes — le conducteur était descendu de sa cabine — se rapprochaient pour mieux l'entendre. J'ai été impressionnée par la grosse machine, *ja* ? J'ai voulu regarder par la porte s'il y avait déjà du maïs dans le silo, c'est alors que j'ai vu cette belle moto à l'intérieur et…

— Une moto ? l'interrompit Reuben. Il n'y a pas de moto là-dedans. Je n'en possède pas. Vous avez dû avoir une hallucination quand tout ce maïs vous a tapé sur le crâne.

En un sens, le vieux Reuben avait raison : elle avait bien halluciné — et de quelle manière ! — mais seulement quand le flot de grains lui avait confisqué tout son air. Elle essayait maintenant de lire la réaction sur le visage de Reuben et de Tyler. Reuben Coblentz semblait sincèrement surpris ; le patron des Chevaliers, lui, restait impassible.

Quant à l'idée de retirer la moto du silo… il avait fallu la force des quatre hommes pour refermer la porte latérale, et Winslow n'avait sans doute aucune envie de la rouvrir, pour voir toute sa cargaison répandue au sol. De toute façon, si les empreintes n'avaient pas été effacées par l'éponge et la cire, elles n'avaient pas dû résister à la cascade de maïs qui s'était abattue sur la moto. Kat dissimula à grand-peine sa déception. Elle ne possédait pas encore la pièce à conviction indiscutable qu'elle avait espéré trouver.

— Pouvez-vous nous expliquer pourquoi vous vous étiez munie d'une lampe torche ? demanda Tyler, goguenard, les bras de nouveau croisés devant la poitrine. Si, comme vous le prétendez, vous n'aviez pas prévu de regarder là-dedans, pour quelle raison vous êtes-vous munie d'une lampe en plein après-midi ?

— D'accord, dit-elle en feignant l'embarras, il vaut mieux que je vous dise la vérité. La maman de Luke m'a dit dernièrement qu'elle manquait de bocaux pour stocker toutes sortes de choses pour l'hiver, des baies et des fruits pour ses petits-enfants… *Ja*, j'espérais, monsieur Coblentz, trouver quelques vieux pots remisés quelque part ici. Je me suis dit qu'en un sens, votre fille Anna aurait aimé qu'ils reviennent à ses enfants. Comme c'est moi qui devrai bientôt m'occuper d'Eli et de Sarah, j'ai pensé que ça leur ferait plaisir de posséder quelques objets venus du côté de leur vraie maman. Si j'en avais trouvés je vous en aurais parlé, soyez-en sûr ! Monsieur Coblentz, je n'avais pas l'intention de les voler. « Tu ne voleras point », un des dix commandements, *ja*.

Si Reuben gobait cette explication un peu tirée par les cheveux, ce serait seulement parce qu'il avait envie d'y croire, pensa Kat. Le grand-père de Sarah avait les yeux embués, un bon signe. Winslow, lui, avait l'air de s'ennuyer profondément tout à coup. Elle regrettait d'être dans une position si délicate alors qu'elle aurait voulu lui poser quelques questions dérangeantes. Mais ce n'était pas là l'attitude qu'on attendait d'une jeune femme amish, de toute façon.

— Excusez-moi, tous, pour les soucis que j'ai causés, reprit Kat avec sa mine la plus contrite. Pour ne pas avoir osé vous expliquer tout de suite ma présence ici. Et pour avoir gaspillé une partie de votre maïs, monsieur Winslow.

— Oh, ne vous inquiétez pas pour ça, lui dit Tyler. Grâce à Luke Brand, nous avons évité une nouvelle catastrophe ; alors en un sens, nous avons tous été chanceux. Cette « grosse machine », comme vous dites, peut aspirer les grains comme elle peut les recracher. Nous allons nettoyer tout ça. Et puis j'ai l'habitude de trouver des Amish sur mon chemin, gloussa-t-il. Je veux dire sur la route, avec leur buggy…

Il semblait fier de sa plaisanterie. Cependant, même quand il essayait de se montrer aimable, on sentait dans son ton quelque chose de méprisant pour le peuple vertueux. Cet humour rappelait tristement à Kat celui d'AJ. Il y avait derrière cette ironie un sentiment de supériorité qu'elle avait bien senti déjà lorsqu'elle espionnait la petite fête des Chevaliers. Et Winslow était le patron de toute cette clique. Se pouvait-il que ce citoyen « modèle », qui briguait le poste de premier magistrat, agisse en fait en hors-la-loi ? Etait-il le commanditaire de toutes ces attaques ? « Grâce à Luke Brand, nous avons évité une nouvelle catastrophe », venait-il de dire. Etait-ce un compliment obligé ou bien la formule cachait-elle une signification plus retorse ?

— Je la ramène à la maison, dit Luke en soulevant Kat avant qu'elle n'ait eu le temps de rajouter quoi que ce soit.

Il s'assura qu'il la tenait bien et prit congé en marchant vers le chemin, Kat dans les bras. Elle n'aurait su dire s'il était soulagé — elle avait vu des larmes dans ses yeux quand il l'avait sortie du silo — ou furieux.

— Vous avez failli mourir, glissa-t-il, la mâchoire serrée.

— C'est vrai. Mais reconnaissez que j'ai retrouvé la moto que nous cherchions. Et c'est vous qui avez mis fin aux questions que je souhaitais poser à Tyler Winslow. Je me demandais si Ray Martin avait eu le temps de lui parler...

— Tyler ? Mais si la moto se trouve dans ce silo, cela prouve plutôt que c'est Reuben qui est derrière tout ça.

— Pas si sûr... C'est Tyler Winslow qui loue le silo, et qui s'empresse de le remplir d'épis de maïs. Nous avons toujours au moins deux suspects.

— Mais si la moto appartenait à M. « Aigle Premier », il aurait pu la cacher n'importe où sur l'immense propriété des Chevaliers.

— Peut-être a-t-il voulu impliquer Reuben ?

— Je crois que ces tonnes de maïs vous ont vraiment tapé sur le crâne. Vous commencez à échafauder des scénarios parfaitement fantaisistes.

Après deux cents mètres, Kat la policière avait envie de lui demander de la poser par terre ; mais Katie, la promise, se laissait aller à la douceur de cet instant. Car il était doux de se laisser porter ainsi, elle était bien obligée de l'admettre. Les bras de Luke étaient d'une force étonnante, tout comme son torse au parfum entêtant. Elle sentait ses muscles sous sa chemise, elle sentait l'odeur de sa peau, et bénissait cette seconde trop courte, à chaque pas, où leurs deux corps se collaient pour ne faire plus qu'un. Mais le moment était mal choisi pour se laisser submerger une fois de plus par ses émotions. Il y avait encore tant de choses à résoudre !

— Luke, je suis convaincue que j'ai été suivie, aujourd'hui, quand je traversais le champ.

— Eh bien, je ne vous laisserai plus dire que vous n'avez pas besoin de moi. Il ne restait presque plus d'air dans le silo. Vous savez, il y a des ouvriers agricoles qui sont morts comme ça.

— Vous pensez une seconde que je l'ignore ? Et j'ai bien compris que vous étiez en colère contre moi.

— Si je suis en colère, c'est parce que vous avez mis votre vie en danger. Votre obstination vous fait courir des risques que je ne peux pas accepter.

— Qu'est-ce qui vous a donné l'idée de venir me chercher dans le silo ?

— J'ai pensé que c'était l'un des endroits où vous aviez pu vous cacher.

— Ah, vous voyez ! Vous aussi vous prenez des risques.

— Oui, mais moi, c'était pour vous sauver la vie, justement.

Sans crier gare, Luke sortit du chemin et s'enfonça dans le champ de maïs, ouvrant la voie en s'aidant de l'épaule. Il traversa ainsi deux ou trois rangées, puis s'assit en tailleur, Kat toujours dans ses bras.

— Ça ne fonctionne pas comme je le prévoyais, dit-il alors

qu'elle se libérait de son étreinte pour s'asseoir à côté de lui. Je pensais que vous vous contenteriez de récolter des indices.

— Vous préférez peut-être que les attaques contre les enfants continuent ? Ecoutez, je ne suis là que depuis une semaine… Reconnaissez que nous avons déjà progressé dans l'enquête.

Les yeux bleus de Luke s'assombrirent. Il approcha son visage de celui de Kat, qui n'arriva pas à soutenir son regard.

— Alors si nous avons progressé, si nous avons maintenant des suspects, pourquoi ne demandons-nous pas à la police de prendre les choses en main ? dit-il.

— C'est hors de question. Nous n'avons pas encore assez d'éléments sur chacun.

« Et nous ne sommes pas certains de pouvoir faire confiance à Ray Martin », aurait-elle voulu ajouter.

— Et puis, ce serait idiot de ne pas continuer à me faire passer pour une Amish, puisque ça a l'air de marcher.

Kat se mit à genoux face à Luke, les mains sur les cuisses. Il adopta la même position, et la fixa sans dire un mot.

— Luke, écoutez-moi… Si Ray et ses hommes se montrent trop tôt, les coupables et leurs complices vont rentrer dans leur terrier, et certaines preuves pourraient bien disparaître.

— Mmm… En tout cas, pour ce qui est de votre capacité à passer pour une Amish, il vous reste quelques efforts à faire. Pour votre gouverne, nous ne conservons pas les baies dans des bocaux. Quant à votre explication pour la lampe torche, j'ai franchement cru qu'elle ne passerait pas.

Ses sarcasmes étaient aussi blessants que ceux de Winslow. Peut-être pour se rattraper, il lui fit un sourire, mais Kat repoussa la main qu'il venait de poser sur son épaule.

— Katie, je ne voulais pas dire ça, en tout cas pas comme

ça, s'excusa-t-il en époussetant la paille et les grains de maïs accrochés à son bonnet.

Cette fois, elle ne protesta pas. Elle avait de nouveau envie qu'il la touche. Ce mélange de douceur et de force en lui la rendait folle, et le moindre contact éveillait en elle des désirs enfouis depuis trop longtemps.

— D'accord, dit-elle, je ne sais peut-être pas cuisiner un œuf au plat et j'ai des progrès à faire en allemand. Mais je sais reconnaître une piste quand j'en tiens une, et en tirer le fil jusqu'au bout. Je ne lâcherai pas l'affaire : je ne veux pas voir un autre enfant blessé comme l'ont été Eli et Melanie. Ni même voir d'autres draps aspergés d'immondices ou canardés avec des billes de peinture.

Elle parlait très vite, comme pour construire un mur entre eux deux, mais elle savait ce qui allait se passer ensuite et elle ne le refusait pas vraiment. Dans un même élan, leurs deux corps s'étreignirent. Ils restèrent ainsi un long moment, à genoux, enlacés. Luke avait posé ses mains puissantes sur ses reins et la plaquait contre son corps. Elle le serrait de toute sa force à elle, la tête posée contre son torse.

Ils ne s'embrassèrent pas, cette fois. Ils profitèrent de cette communion sage jusqu'au moment où ils entendirent un bruit de moteur familier. La moissonneuse de Tyler était en train de lever le camp.

A contrecœur, ils brisèrent cet instant d'harmonie et se levèrent pour s'approcher de la route. A travers le feuillage émeraude, ils virent passer la machine au ronronnement assourdissant. Dans la cabine, à côté du chauffeur, Tyler Winslow semblait trôner, menton levé, comme un seigneur du Moyen Age qui inspecte ses terres.

— Il n'a vraiment pas de quoi pavoiser, murmura Luke. Nos bonnes vieilles machines font beaucoup plus de bruit que la sienne !

Kat étouffa un éclat de rire. Elle se souvint d'une boutade qu'un ami lui avait faite : il lui expliquait que la seule différence entre un petit garçon et un homme, c'était le prix de ses jouets. Apparemment, cela faisait aussi la différence entre un Amish et un Yankee. Si l'on comparait les chevaux des premiers aux chevaux ronflant dans les moteurs des seconds, l'avantage allait clairement aux « Anglais ». Mais Luke, quant à lui, faisait à Kat un effet qu'aucun homme de sa vie « d'avant » ne lui avait jamais fait.

Quand ils sortirent du champ pour reprendre le chemin de la maison, ils entendirent un autre bruit de moteur dans leur dos et bientôt, un Klaxon fatigué les fit se retourner. Ils aperçurent alors un fourgon noir qui se dirigeait vers eux à vive allure !

Luke attrapa Kat par la manche et voulut l'entraîner dans le champ, mais elle résista.

— Attendez ! cria-t-elle. C'est Reuben. Et ce qu'il tient par la fenêtre au bout de son bras n'est pas un fusil.

On aurait dit… un objet de verre. Coblentz n'allait tout de même pas les agresser en leur lançant de l'alcool au visage ?

— Des bocaux, je pense, commenta Luke. Restez en retrait.

Kat n'en fit rien et le suivit quand il s'approcha du camion, arrêté à quelques mètres d'eux. Reuben ouvrit la portière et tendit à la jeune femme deux grands pots de verre de belle facture, avant de faire passer à Luke une cagette qui en contenait plusieurs autres.

— Pour la petite Sarah, dit Reuben en se mouchant dans sa

manche. Je vous serais très reconnaissant si vous lui signaliez qu'ils viennent de sa maman. Elle a touché tous ces pots — en fait, elle m'apportait en cachette des plats tout faits, que je n'avais plus qu'à réchauffer. Et, Luke, Anna m'a dit à l'époque que vous ne faisiez rien pour l'en empêcher, malgré la quarantaine ; je vous remercie pour ça. Je ne vous l'apprends peut-être pas, mais votre mère l'a parfois imitée depuis.

— Nous donnerons les bocaux aux enfants, dit Luke d'une voix grave qui ne parvenait pas à masquer son trouble.

Reuben se contenta de hocher la tête et remonta dans le fourgon, qui repartit vers la ferme en cahotant. Kat suivit des yeux le véhicule, jusqu'à ce qu'il disparaisse derrière un coteau. Elle ne savait plus que penser de cet homme ; mais elle ne voulait pas se laisser attendrir trop vite par celui qui restait un suspect.

— J'ai l'impression que ça ne s'est pas trop mal passé, entre Reuben et vous, dit-elle en se tournant vers Luke. Enfin, jusqu'à l'épisode du silo.

— Je ne lui ai même pas posé d'ultimatum, comme je l'avais prévu, pour qu'il cesse d'espionner Sarah avec ses jumelles. Il m'a avoué qu'il ne le faisait plus avec Eli parce que mon fils était passé maître dans l'art de l'éviter, ajouta-t-il avec un léger sourire, vite effacé. J'ai essayé de normaliser mes rapports avec mon beau-père, mais ça n'a pas été facile. Quand Anna était sur le point de mourir, je l'ai même appelé de l'hôpital de Cleveland pour qu'il vienne parler à sa fille une dernière fois. Je pensais qu'on pouvait bien mettre sa quarantaine entre parenthèses, un jour pareil.

— Et il est venu ?

— Il s'est bien mis en route — probablement dans le même

vieux fourgon — mais il était tellement soûl qu'il est sorti de la route à cinq cents mètres d'ici à peine. Le véhicule s'est enlisé dans un marais, et Reuben n'est pas arrivé à temps à l'hôpital. Je lui en ai toujours voulu, ça je veux bien l'admettre. D'ailleurs son attitude aujourd'hui ne répare pas tout. Quand il boit, c'est un autre homme, capable d'une grande violence. Je le considère toujours comme l'un des principaux suspects.

— Mais ne pourrait-on pas l'autoriser à voir ses petits-enfants de temps en temps ? hasarda Kat. En le surveillant, j'entends. Nous nous assurerons d'abord qu'il n'est pas le coupable, évidemment. Et si ce n'est pas lui, *meidung* ou pas, nous pourrions organiser des rencontres dans le champ qui sépare les deux fermes, une fois que le maïs sera fauché. Juste pour que Reuben puisse dire bonjour aux enfants.

— « Nous » ? Quand tout cela sera fini, il y a peu de chances que nous soyons deux. Mais je vous dois des excuses, ajouta-t-il alors qu'ils se remettaient en chemin. Pour avoir douté de l'efficacité de vos explications, quand vous êtes partie dans cette histoire de bocaux. Manifestement, Reuben n'y a vu que du feu. J'aimerais bien être sûr que c'est aussi le cas de Winslow. Voyez-vous, j'aime bien les femmes de caractère, mais pas celles qui me font sentir que j'ai toujours tort.

— Vous êtes loin d'avoir toujours tort. Et Dieu sait que de mon côté, je me suis trompée bien plus que je ne veux l'admettre.

— Vous croyez en Dieu, Katie ?

— Bien sûr.

— Alors par pitié, considérez que vous êtes une de ses créatures, et faites attention à vous, dit-il en se tournant vers elle si brutalement que les bocaux s'entrechoquèrent dans leur cagette.

— Promis, dit-elle en le regardant droit dans les yeux.

Luke souriait. Ils se remirent à marcher pour ne pas retomber dans les bras l'un de l'autre en terrain découvert.

— Regardez qui voilà ! s'exclama Kat en montrant du doigt le bout du chemin.

— Il n'est pas resté très longtemps chez son oncle, commenta Luke.

— Peut-être parce que vous n'y étiez pas.

— Papa ! Katie ! cria Eli en dévalant la pente. Grand-père vient de faire une nouvelle crise, d'un coup, comme ça. Il avait mangé beaucoup de la tarte de mamie. Est-ce qu'on peut appeler un docteur avec le téléphone de ton bureau ?

— Ce sont sûrement ses ulcères qui le lancent, mais…

Kat prit le cageot de bocaux des bras de Luke, et ce dernier courut avec son fils jusqu'à l'atelier. Dès qu'il lui tourna le dos, Kat sentit une immense fatigue qui envahissait tous ses muscles — le contrecoup de ses émotions, sans doute — mais elle pressa le pas.

Elle entra par la porte de derrière et posa les bocaux dans un coin du garde-manger d'Ida. Sur la table de la cuisine se trouvait un grand plat dans lequel il ne restait plus qu'une petite part de tarte au sureau. Kat s'assit sur une chaise et pria pour la guérison du révérend, dans un silence pesant.

Luke et Ida veillaient Jacob Brand en attendant le médecin. Eli et Sarah, eux, tuaient le temps en faisant de la balançoire dans le jardin. Le grincement aigu des deux chaînes rythmait avec la régularité d'un métronome une fin d'après-midi qui se traînait en longueur. Kat mourait d'envie de prendre un bain, mais elle préféra laisser la salle de bains au malade, s'il en avait besoin. Elle fit donc une toilette de chat avant de se changer dans sa chambre. Elle se sentait inutile. Sans raison, elle rouvrit le garde-manger où elle avait rangé les bocaux. Il y avait toutes sortes de conserves maison — sauf, effectivement, des baies de sureau en pot. Petits pois verts, betteraves, tomates concassées, quartiers de pêche au sirop, ratatouille… Il y avait même des bocaux de soupe au poulet, un velouté aussi délicieux que la fameuse soupe de Marnie Girkins.

Kat fit entrer le médecin quand il arriva enfin. William Barker, un petit monsieur de Pleasant aux cheveux couleur neige, faisait cette visite à domicile avec sa mallette en cuir, comme dans l'ancien temps.

Il resta au chevet de son patient pendant plus d'une heure, bien après la tombée de la nuit. Dans la cuisine, Eli et Sarah avaient rejoint Kat. Comme il était l'heure de dîner pour eux, elle fouilla le garde-manger et décida de leur faire des œufs brouillés et des toasts — ses talents culinaires s'arrêtaient là. Elle tenta de les rassurer en leur disant que tout irait bien, mais elle n'en était pas très convaincue elle-même. Pourquoi cette visite prenait-elle tant de temps ?

Après le repas, Kat aida les enfants à faire leurs devoirs. Elle se demandait si elle devait les accompagner à la ferme pour qu'ils se couchent quand Ida et le médecin sortirent de la chambre. Kat dressa l'oreille et perçut quelques bribes de la conversation.

— Pas d'hôpital, docteur, il ne voudra pas y aller…

— Madame Brand, sans les soins appropriés, il ne pourra pas… Nous n'avons pas une seconde à perdre… Je ne veux pas être responsable de…

— Mon mari pense que seul Dieu est responsable…

Après deux minutes à peine, ils retournèrent dans la chambre.

Kat fut prise de frissons. Si son état le nécessitait, il fallait à tout prix emmener le révérend Brand à l'hôpital. Jay était mort parce que ses « proches » ne faisaient pas confiance à la médecine traditionnelle. Et le fait que le révérend était un homme mûr libre de ses choix ne changeait rien à l'affaire.

Alors qu'elle luttait contre ses souvenirs, Moïse, le frère de Luke, entra par la porte arrière. Il la salua rapidement et se dirigea vers la chambre, le visage fermé. Tout à coup, Kat se souvint de son délire de l'après-midi, quand le maïs l'empêchait peu à peu de respirer dans le silo. Jay avait très vite disparu, mais le petit John Seyjack, lui, s'était campé devant elle, et lui avait tendu la main… « Monte ! Monte ! »

Cette seule image lui donna la chair de poule. C'était évidemment une hallucination, mais la scène lui avait semblé tellement réelle !

Elle sentit la présence de Luke dans son dos et se retourna. Il s'était adossé au cadre de la porte, comme pour ne pas tomber. Le visage livide, les traits tirés, il semblait revenir de l'enfer.

— Comment va-t-il ? dit Kat, alors qu'Eli posait la même question en allemand.

— Il est parti…

— Parti où ça ? s'écria Sarah en se ruant dans les bras de son père. A l'hôpital, comme *mamm* ?

Luke la souleva et la porta avec son bras droit, pendant que de sa main gauche il caressait la tête de son fils.

— Ses derniers mots, dit-il en lançant à Kat un regard absent, étaient pour nous dire qu'il nous faisait confiance pour rendre son calme à la communauté. Ensuite, il a juste murmuré : « Monte, monte », et puis c'était fini.

Kat s'appuya *in extremis* au rebord de la table pour ne pas s'effondrer. Ses jambes tremblaient, et son regard était maintenant aussi perdu que celui de Luke. Elle était comme foudroyée, par la mort du révérend d'abord, mais aussi par ses derniers mots. Ils semblaient dire que sa vie, dans le silo, avait été épargnée parce qu'elle devait encore la mettre en jeu, jusqu'à ce que sa mission soit achevée.

12.

Kat fut stupéfaite par la rapidité avec laquelle tous les Amish de Maplecreek et des environs vinrent présenter leurs condoléances aux proches de leur révérend défunt. Lors des funérailles de son propre père, Kat se souvenait n'avoir vu qu'une poignée de personnes. Et moins encore pour l'enterrement de son frère Jay.

Le corps du révérend avait été embaumé par les pompes funèbres de la petite ville. Il était revenu, vêtu d'un costume blanc, dans un cercueil typique des contrées amish : la bière en chêne massif, plus étroite aux deux extrémités, possédait une porte articulée à hauteur des épaules du défunt, de façon que son visage puisse être exposé jusqu'à la mise en terre. Pendant les deux jours précédant l'enterrement, la famille au sens large se relayait jour et nuit pour veiller la dépouille.

Kat appréhendait l'arrivée de tous les proches de la famille ; elle avait peur de ne pas être à sa place. Pourtant, même les cousins éloignés venus de l'ouest de l'Ohio la traitèrent comme l'une des leurs. On avait dû passer le mot sur les raisons de sa présence dans la ferme des Brand. La plupart des conversations se faisaient en allemand, mais Lee et le petit Eli lui en traduisaient des passages chaque fois qu'ils le pouvaient. Kat n'arriva pas à s'approcher de Luke, qui accueillait les nombreux visiteurs tout en consolant sa mère. Plusieurs familles devaient dormir chez Moïse, le frère de Luke, ou dans d'autres fermes amish du coin. Kat et Sarah regardaient maintenant les chariots garés côte à côte dans la cour depuis une fenêtre de la *daadihaus*. Eli aidait des jeunes plus grands que lui à organiser le flux continu des buggies ; il tenait à aider, pour laisser son père une fois de plus à sa souffrance. Kat avait mis des gouttes d'antiseptique sur la plaie du petit garçon. Le médecin ne voulait toujours pas s'avancer sur la capacité de l'enfant à récupérer un jour l'usage de cet œil. Tant de choses étaient incertaines — la rémission d'Eli, celle de Melanie, et la capture des coupables…

— Katie, tu voulez venir dans ma chambre avec moi ? dit Sarah en tirant doucement sur la main de Kat. Je envie de te montrer quelque chose.

Cette invitation était une victoire précieuse, une délivrance après l'attitude glaciale de la petite fille dans les premiers jours. Mais Kat n'avait été que brièvement dans la ferme de Luke. Elle hésitait maintenant à monter à l'étage, alors que l'on veillait le défunt au rez-de-chaussée.

— Tu voulez ? implora Sarah.

— Bien sûr, Sarah. Ça me ferait très plaisir.

Surexcitée, l'enfant la tira alors au-dehors, et courut à travers la cour. Kat remarqua plusieurs hommes qui nettoyaient l'étable et disposaient de longs bancs de bois. Il y aurait tant de monde pour la messe funèbre prononcée dans la ferme qu'une partie des visiteurs prierait là, dans l'étable.

Kat et Sarah arrivèrent dans la cuisine de Luke par la porte de derrière. Plusieurs femmes habillées de noir s'affairaient autour des fourneaux pour préparer un dîner à tout ce monde. Kat les salua en allemand avec un sourire timide, tout en se demandant ce que ces femmes pouvaient bien penser de la présence d'une étrangère en pareilles circonstances.

La cuisine était vaste et chaleureuse, avec ses grands placards en chêne, sa longue table du même bois, et ses ustensiles de cuivre pendus aux murs. Elle jouxtait une salle à manger spacieuse, et deux salons — pas moins — qui encadraient l'entrée de la ferme. Dans le plus sobre des deux, appelé le parloir, le cercueil était posé sur des tréteaux. Luke et ses frères, Moïse, Mahlon et Gedeon, se relayaient au chevet du mort. Dan quitterait le chevet de sa fille Melanie pour les rejoindre un peu plus tard. Quant à Brooke, elle devait passer brièvement dans la journée.

Kat suivit Sarah à l'étage. De chaque côté du couloir s'ouvraient des portes, quatre chambres à coucher en tout. Dans chacune les mêmes murs blancs immaculés, les mêmes rideaux bleu pâle, et un grand lit de bois recouvert d'un patchwork aux couleurs vives. Kat s'attarda devant la chambre de Luke. C'était une pièce masculine, ordonnée et propre. L'opposé parfait de sa propre chambre, toujours encombrée d'objets, avec des vêtements dispersés aux quatre coins... Son lit double arborait une élégante tête de lit de bois sculpté. Une jolie chaise à bascule dormait sagement entre les deux fenêtres. A travers les carreaux, Kat devinait un paysage tout en verdure, des champs et des bois à perte de vue. Une légère brise se glissa par une fenêtre entrouverte et fit danser le rideau.

— C'est ici, dit Sarah avec une pointe d'impatience dans la voix. Comme je garde votre secret, vous gardez le mien, *ja* ?

Kat acquiesça en entrant dans la dernière chambre. Sarah était déjà à plat ventre et tira une boîte de carton de sous son lit.

— Mme Marnie m'a donné quelque chose ; elle me dites de ne pas en parler. C'est une image de ma vraie maman.

De nouveau, Kat se demanda si la petite fille craignait qu'elle ne remplace cette mère disparue. Après tout, une enfant de son âge, amish de surcroît, ne comprenait sans doute pas le mot « prétendre ». A dire vrai, il lui arrivait elle-même de ne plus bien situer la frontière entre le vrai et le faux. Par moments, elle avait l'impression d'appartenir complètement à cet univers, notamment quand Luke la regardait avec des yeux enflammés, et qu'il promenait ses mains sur elle…

Assise à même le plancher, Sarah défit le nœud de la ficelle qui entourait la boîte. Elle en sortit une photo, une seule, représentant une femme amish. Son visage était à moitié masqué par l'ombre de son bonnet. Pieds nus, un bébé dans les bras, elle traversait une route pour rejoindre une grosse boîte aux lettres. Il était évident qu'elle ne s'était pas aperçue qu'on la prenait en photo.

— C'est ta *mamm*, Sarah ? demanda Kat en s'asseyant au bord du lit.

Elle se pencha pour voir, car la petite n'avait manifestement pas l'intention de lâcher le cliché. Kat aperçut dans la lumière rasante venue du dehors des dizaines d'empreintes de doigts, et la trace d'un bisou déposé au milieu de la photo — une fois, cent fois, mille fois peut-être.

— *Ja*, mais le bébé c'est Eli, pas moi.

— Et c'est Mme Marnie qui t'a donné cette image.

— Oui. Elle me dit que c'est elle qui l'a « tirée ». Mais pas avec un fusil, ajouta l'enfant en fronçant les sourcils, comme si elle ne comprenait pas bien. Elle me dit de ne jamais montrer à papa, parce que ça le rendrait « fêlé ».

— Tu veux dire peiné…

— Non, elle a dit « fêlé ».

— Et quand t'a-t-elle donné ça, Mme Marnie ?

— Je ne sais plus. Un cadeau d'adieu, elle a dit.

— Parce que ta maman est partie ?

Sarah haussa les épaules, reposa le cliché dans sa boîte et refit le nœud avant de glisser son secret sous le lit.

— Garder les secrets, tu savez faire, dit Sarah avec une moue étrange. Personne chez les Amish n'a le droit de voir, que toi.

Ainsi donc, Marnie Girkins avait hérité de la passion de son père pour la photographie, et elle avait comme lui l'univers amish pour source d'inspiration. Grayson Gilmore lui avait appris qu'elle avait demandé une chambre noire au sous-sol de sa maison en construction à Amish Acres. Rien d'étonnant au fait qu'elle garde secret ce passe-temps interdit par les lois de la communauté. Mais si elle avait réussi à prendre ce cliché à l'insu d'Anna Brand, avait-elle capturé d'autres instants — des instantanés — de la même manière ?

— Où étiez-vous quand elle t'a donné cette photo ? demanda Kat en rejoignant Sarah, qui regardait maintenant par la fenêtre.

— J'accompagnais mamie Ida. Elle allait dans la maison de Marnie pour récupérer des Toppedware.

— Des Tupperware, corrigea Kat. C'était à l'Auberge de la vallée, en ville ? Son deuxième restaurant ?

— Oui, acquiesça Sarah. Elles parlaient trop tous les deux, alors je suis allée jouer dans le jardin. Mme Marnie est venue et m'a dit de ne pas rester là, mais elle m'a donné l'image en mettant un doigt sur sa bouche. Tu crois qu'elle va me donner une image de grand-père, maintenant qu'il est parti lui aussi ?

Les yeux de Kat s'embuèrent.

— Tu sais quoi ? dit-elle après s'être éclairci la gorge, je vais le lui demander pour toi. Ça te va ?

— Oh *ja* ! dit l'enfant en se retournant.

Le regard de Sarah glissa vers l'entrée, et Kat comprit que quelqu'un venait de pénétrer dans la chambre. Et si c'était Luke ?

La voix de la petite la rassura avant même qu'elle n'ait eu le temps de se retourner.

— Tata Brooke ! cria l'enfant en courant se jeter dans les bras de « l'Anglaise » de la famille. On t'a dit que papy était allé voir maman là-haut ? Moi, j'ai pas encore le droit d'y aller.

— Prends ton temps, mon enfant, dit sa tante avant de l'embrasser.

Brooke alla prier au côté de son beau-père défunt, et présenta ses condoléances les plus sincères aux membres de la famille. Après quoi les Amish, par petits groupes, se relayèrent dans la salle à manger pour grignoter un morceau. Brooke devait repartir très vite pour Colombus, mais elle prit le temps de discuter avec Kat. Toutes deux marchèrent jusqu'à un étang décoré de nénuphars, à trois cents mètres de la ferme.

— Luke m'a dit que vous aviez fait des progrès, par ici, dit Brooke, la voix cassée. J'aimerais bien pouvoir en dire autant de Melanie. Son état n'empire pas, mais il est « stationnaire », comme disent les médecins.

— Je suis vraiment désolée, Brooke. Cependant, je suis sûre qu'elle va s'en remettre. Même s'il est effrayant, le coma est souvent le moyen que choisit le cerveau pour se rétablir… bien sûr, parfois, ça prend un peu de temps.

Brooke se contenta de hocher la tête et se baissa pour ramasser un caillou plat, qu'elle lança à la surface de la mare. Kat remarqua des cheveux argentés qui zébraient sa chevelure auburn. Elle ne les avait pas remarqués la première fois. Etait-il possible que son angoisse pour sa fille lui ait donné des cheveux blancs en moins de deux semaines ?

— Luke a l'air persuadé que vous courez de grands risques à Maplecreek, reprit Brooke. Plus encore que les Amish eux-mêmes…

— Et il vous a demandé de me faire passer le message d'être prudente ?

— Non. Mais j'ai senti qu'il était réellement inquiet. Kat — Katie —, comment ça se passe depuis que vous essayez de vous fondre dans l'univers amish ? demanda Brooke en se tournant vers elle, une sincère inquiétude sur le visage. Vous savez, j'ai espéré très fort que tout allait pour le mieux. Je pense que nous avons beaucoup en commun.

— Nous sommes deux « Anglaises » dont les chemins ont croisé un jour celui du peuple vertueux.

— Ce n'est pas seulement ça. Pour être honnête, je me suis un peu renseignée sur ce qui vous est arrivé à Colombus. J'ai malheureusement beaucoup de temps libre, en ce moment…

— Je vois…, dit Kat en ramassant à son tour une pierre à laquelle elle fit faire plusieurs ricochets.

— Je ne vais pas vous raconter mon histoire, Katie, mais disons que, moi aussi, j'ai permis de mettre un assassin hors d'état de nuire. Cependant une deuxième personne est morte avec lui. C'est pour ça que j'ai fui en pays amish. Je me suis accusée longtemps de ces deux morts, même si j'avais tort. J'ai pensé que vous ressentiez peut-être la même chose.

— Je ne m'en veux pas pour la mort de ce père violent, dit

Kat avec vigueur. Cependant, s'agissant de celle de cet enfant, j'ai du mal à ne pas me sentir coupable. Ce n'est pas ma balle qui l'a tué, mais…

— N'y pensez plus, ou cela vous tuera vous aussi, à petit feu. Il faut laisser le passé derrière soi. Concentrez-vous sur le présent. Vous avez d'autres criminels à rechercher aujourd'hui. Ils ne doivent pas rester impunis. Ceux qui ont fait ça à ma petite Melanie, ceux qui ont attaqué l'école sont manifestement déterminés à faire partir les Amish, ou à les punir de je ne sais quoi.

— Certes. Mais les policiers, vous le savez aussi bien que moi, s'attachent plus au comment qu'au pourquoi, fit valoir Kat. Pourtant je cherche, moi, à connaître le motif. Pour tout vous dire, cette question m'obsède jour et nuit.

— Il y a autre chose dont je voulais vous parler, dit Brooke en lançant sans conviction une pierre qui coula immédiatement. Un autre point que nous avons en commun, je pense, ce sont les frères Brand.

A ces mots, le cœur de Kat s'emballa.

— C'est-à-dire ?

— Dan et moi avons essayé de nous cacher ce que nous ressentions l'un pour l'autre, mais nous avons bien été obligés de l'admettre un jour. Vous comptez beaucoup pour Luke, et il m'a fait comprendre que vous n'étiez pas insensible à ce sentiment naissant. Laissez-moi vous avertir, Katie : pour les Amish, Dan a toujours été un rebelle, un homme curieux de l'extérieur, prêt à abandonner ses traditions, sinon sa foi, pour vivre autre chose. Mais Luke, même s'il jette des ponts avec « l'autre monde », comme ils disent, n'a aucune envie de quitter son univers. Il est la pierre angulaire sur laquelle s'appuie toute la communauté, aujourd'hui plus que jamais.

— D'après ce que j'ai compris, vous avez représenté vous aussi, avec Dan et Melanie, ce mariage entre les deux mondes.

— Pas comme Luke, insista Brooke. Lui est toujours un des leurs. S'il était marié — les révérends doivent l'être, sauf s'ils deviennent veufs pendant leur office — je suis sûre qu'il serait choisi pour être le nouveau leader de la communauté.

— Brooke, écoutez-moi. La situation nous oblige à travailler main dans la main, mais pas comme vous semblez le suggérer, dit Kat pour convaincre sa nouvelle amie autant qu'elle-même.

— Très bien alors, murmura Brooke en la serrant brièvement dans ses bras. Merci de ne pas m'avoir dit que j'outrepassais mes droits en vous parlant de tout ça. Vous savez, dit-elle en regardant le petit étang, tout est si calme ici… pourtant, j'entends encore ces machines infernales, avec ce bip atroce qui me dit que ma fille est toujours en vie — ce bip que je déteste, même si je ne voudrais pour rien au monde qu'il se taise. Et je l'entends, elle, ronfler… petit cœur ! Vous pouvez croire ça ? Même plongée dans un coma profond, elle ronfle !

Brooke fondit en larmes. Elle enfouit son visage dans ses mains, mais alors que Kat s'approchait d'elle pour l'étreindre, elle retrouva un peu de la force qui venait de s'envoler.

— J'aimais beaucoup Jacob Brand, balbutia-t-elle en séchant ses larmes. Je lui ai volé son fils, si vous voyez les choses de son point de vue, mais lui et Ida m'ont toujours bien traitée, et ils ont aimé Melly comme si elle n'avait rien de différent de leurs autres petits-enfants.

Kat passa son bras autour des épaules de Brooke, qui réprimait ses larmes mais tremblait de tout son corps.

— Ils ont été charmants avec moi aussi, dit-elle en la consolant. Et Luke m'a avoué que les derniers mots du révérend étaient pour Melanie. Il espérait que nous découvririons les auteurs de tout ce mal, comme il disait. Je vous promets que je les trouverai. J'aurais tant aimé qu'il soit là pour le voir…

Sans cynisme aucun, Kat s'était dit que cette période de deuil ne servirait en rien l'enquête. Elle ne tarda pas à changer d'avis. Alors qu'elle était assise dans le parloir, le lendemain, elle entendit Paul Yoder s'exclamer en allemand, une langue qu'elle maîtrisait un peu mieux chaque jour :

— Regardez-moi ça ! N'est-ce pas Clay Bigler qui vient de garer son 4x4 rouge, et qui s'approche avec un bouquet de fleurs à la main ? Il vaudrait mieux que j'aille à sa rencontre avant que Luke ne se sente obligé de le faire.

— Est-ce que nous pouvons venir avec vous, Lee et moi ? demanda Kat en lui attrapant le bras. Je voulais justement le rencontrer. Je resterai en retrait, je me contenterai d'écouter pendant que vous lui parlez.

— *Ja*, d'accord, dit l'homme aux cheveux roux en descendant les marches de l'entrée. S'il vient pour réparer les barrières, nous sommes contents de le voir.

Lee et Kat lui emboîtèrent le pas alors que Paul Yoder s'avançait dans la cour. Même derrière cette pique, Kat avait ressenti cette indéfectible tolérance des Amish. Dieu n'avait-il pas dit que les gens de bien devaient hériter de la terre ? Mais cette prophétie-là ne semblait pas s'être réalisée pour l'instant. En attendant que Dieu se décide à respecter sa promesse, Kat avait bien l'intention de protéger les Amish contre leurs agresseurs.

Elle avait imaginé Clay Bigler comme un homme tout en

muscles sous sa chemise à carreaux, avec un jean porté par des bretelles et un gros cigare au coin des lèvres. Elle se retrouva en face d'un personnage sec, tiré à quatre épingles, avec un pantalon de lin élégant, une chemise blanche et une veste grise qui s'accordait à ses cheveux. Il tenait à la main un gros bouquet de glaïeuls jaunes. Il ne semblait pas avoir compris que les Amish étaient adeptes de la sobriété, pour leurs enterrements comme pour le reste. Kat se tenait trois mètres en arrière, mais elle sentait l'odeur de tabac froid qui émanait du syndicaliste.

— Yoder, dit Bigler en guise de salut en lui tendant la main.

— Soyez le bienvenu, mentit Paul Yoder.

Bigler se pencha par-dessus son épaule et dit plus bas :

— J'ai appris la nouvelle avec tristesse. Que s'est-il passé, au juste ?

— Il souffrait de l'estomac ces derniers temps… Monsieur Bigler, laissez-moi vous présenter Leah et Katie Kurtz, des cousines, dit Yoder avec un geste dans leur direction.

Bigler se tourna vers les deux jeunes femmes et inclina la tête.

— Mesdames. Puis-je vous confier ceci ? dit-il en leur tendant les fleurs qui sentaient elles aussi la cigarette. Considérez que c'est de la part de tous mes hommes. Ce genre de circonstances doit nous faire oublier nos désaccords. En tout cas, nous sommes sûrs qu'il n'a pas été empoisonné, ajouta Bigler. J'ai cru comprendre que vous étiez toutes des cordons-bleus.

— Nous apprécions votre geste, lui dit Paul. Voulez-vous entrer un instant ?

— Euh… non, merci. Dites-moi, avez-vous déjà une idée de

celui qui devrait prendre la suite du révérend ? bredouilla Bigler en enfouissant ses mains dans ses poches.

— Non. C'est Dieu qui décidera.

— Oh, je vois… Bon, il faut que je file.

Sitôt dit, sitôt fait. Clay Bigler disparut bientôt au volant de son bolide rouge.

— Alors, Kat, dit Paul Yoder en montant les marches de l'entrée, que pensez-vous du lascar ?

— J'ai l'impression qu'il attend de savoir qui sera le prochain révérend, en espérant qu'il sera plus facile à corrompre que Jacob Brand.

Elle n'osa pas partager une autre pensée : l'allusion de Clay Bigler à un possible empoisonnement était non seulement de mauvais goût, mais pour le moins étrange.

— C'est gentil à vous de passer, lança Luke en rejoignant Ray Martin qui venait de se garer à son tour dans la cour.

Le policier sortit en uniforme d'une voiture qui n'était ni son véhicule de fonction ni son habituelle camionnette noire. Kat, accourue sur les lieux, fut déçue d'apercevoir deux silhouettes à l'arrière : elle aurait bien aimé parler à Ray Martin en tête à tête. Sa déception se transforma en surprise quand elle vit sortir à leur tour Tyler Winslow et un jeune homme qu'elle avait vu sur une photo dans le bureau de Ray Martin. Sans doute l'aîné de ses fils.

— Luke, madame, bredouilla Martin, visiblement embarrassé.

Etait-il gêné de s'afficher au côté du chef des Chevaliers de la Nation ? Ou simplement mal à l'aise à cause de la présence de Kat ?

— Je vous présente mon fils Mark, poursuivit-il en ôtant sa casquette, qu'il fit tourner nerveusement dans ses mains. Et je crois savoir que vous connaissez Tyler Winslow. Luke et *fraulein* Kurtz…

— Vous pouvez m'appeler Katie, l'interrompit Kat.

— D'accord, Katie. Tyler m'a raconté ce qu'il vous était arrivé dans le silo de Coblentz. Vous avez frôlé la catastrophe.

— J'espère que vous ne me tenez pas rigueur de ce terrible accident qui a failli vous coûter la vie, dit Winslow en regardant Kat. Je suis ici pour apporter les condoléances de tout le conseil municipal de Maplecreek.

Kat fut désarçonnée par la note de sincérité dans la voix de Winslow. Si Ray Martin ne lui avait pas appris que cet homme dirigeait les Chevaliers, elle aurait peut-être voté pour lui aux prochaines élections municipales. Peut-être, après tout, qu'AJ Bigler et les quelques écervelés qu'elle avait entendus derrière des bottes de paille n'étaient qu'une minorité bruyante, des jeunes qui ne représentaient qu'eux-mêmes. Mais Kat se ressaisit bien vite. Tyler Winslow était un homme politique, sans doute rompu à toutes les manipulations.

Elle laissa Luke faire la conversation, et observa discrètement Ray et son fils. Quoique plus mince que son père, Mark Martin lui ressemblait énormément : même taille, même teint mat, mêmes traits. Elle se demandait si le jeune homme avait été invité par son oncle à venir s'entraîner dans les stands de tir des Chevaliers de la Nation.

Elle remarqua alors que le jeune Mark était chaussé de boots de cuir noir à bout pointu. Lui, le joueur en vue de l'équipe de football locale, qui avait sans doute accès aux feux d'artifice lancés après chaque match… Kat aurait bien fait un aparté avec Luke pour lui demander si le jeune homme avait la même carrure, la même allure que le motard de l'autre soir, mais ce n'était pas le moment. Elle se souvint que Jennifer, la nièce de Dan et Brooke, appartenait au club de supporters de l'équipe universitaire. Peut-être pourrait-elle lui en dire plus sur Mark Martin et sur AJ Bigler, qui avaient fréquenté le même établissement.

Un quart d'heure plus tard, Ray Martin et Tyler Winslow sortirent de la ferme après avoir présenté leurs condoléances à Jacob Ida et à ses proches. Quand le policier s'approcha d'elle pour lui dire au revoir, Kat réussit à lui glisser discrètement un petit mot dans la main. Mark était resté dehors, à discuter avec les jeunes Amish qui s'occupaient des chariots.

Sur le billet qu'elle avait donné à Ray, Kat avait noté : « Laissons passer les funérailles avant de nous revoir. Il y a trop de monde. » En réalité, elle avait besoin de temps pour réfléchir de son côté.

— Ray m'a proposé de conduire la procession jusqu'au cimetière avec sa camionnette noire, lui apprit Luke alors qu'ils regardaient partir la voiture. Je lui ai expliqué que mon père ne l'aurait jamais permis. C'est très gentil à eux de venir nous voir et de nous proposer leurs services, mais nous n'en sommes pas à nos premières funérailles… nous n'avons pas besoin d'eux.

Quelques jours plus tôt, Kat aurait argumenté pour que Luke accepte une protection de la police pour ce genre d'événement ; mais aujourd'hui, elle ne savait plus quelle confiance accorder à Ray Martin et à sa petite famille.

— Vous aviez déjà vu Mark avant aujourd'hui ? demanda Kat.

— Quelquefois. Il faisait la cour à la nièce de Dan et Brooke, Jennifer.

La mâchoire de Kat manqua de se décrocher. Commençait-elle à exploiter un sixième sens qu'elle ne se connaissait pas ? Il y avait d'abord eu ces mots entendus dans le silo, et qui s'étaient avérés être les mêmes que ceux prononcés par le révérend Brand sur son lit de mort. Et voilà qu'elle pensait à interroger Jennifer juste avant d'apprendre que la jeune fille avait sans doute des réponses à ses questions.

— Kat ? fit la voix de Luke. Vous êtes sûre que vous allez bien ? Vous êtes toute pâle.

— Ne vous inquiétez pas pour moi. Il y a un peu trop de questions qui me taraudent.

Le matin de l'enterrement, des dizaines de chariots noirs et quelques voitures étaient alignés dans la cour de la ferme, un peu partout, en attendant de prendre la route du cimetière. La messe funèbre fut prononcée comme prévu simultanément dans la ferme de Luke et dans l'étable. En tant que « futur membre de la famille », Kat se trouvait dans la maison avec les femmes.

— Le pasteur parle de Jésus et de son métier de charpentier, chuchota Lee, qui lui traduisait certains passages. Il rappelle que Jacob Brand, comme le Christ, était un artisan, un homme qui travaillait le bois quand il était jeune.

— Cela devrait encourager les charpentiers amish à être fiers de leur métier, et à tenir tête à Clay Bigler et à ses sbires.

— Non, murmura Lee. Un pasteur amish ne lance pas ce genre de messages, même de façon codée. Et puis certains ici se rappellent en ce moment que Jésus a dit à ses disciples : « Si vous n'êtes pas les bienvenus quelque part, secouez la poussière de vos chaussures et remettez-vous en route. »

— Ne me dites pas que les Amish de Maplecreek envisagent de partir ? Ce serait donner raison à ces salopards qui vous agressent !

— C'est notre façon à nous de réagir, parce que nous ne pouvons pas répondre au mal par le mal. Si nos enfants continuent d'être attaqués, je pense que nous n'aurons pas d'autre choix.

Kat vit Luke leur lancer un regard sévère depuis le coin où il était assis avec les hommes qui allaient porter le cercueil. Etait-il le seul à avoir noté leurs chuchotements, ou bien les autres se contentaient-ils de les ignorer par politesse ?

Kat se tut, mais elle n'en pensait pas moins. A ses yeux, il était hors de question que les Amish quittent cette terre magnifique et tout ce qu'ils y avaient fait fructifier pendant des décennies. S'ils refusaient de se battre, c'était à elle d'agir. Sa mission n'en devenait que plus urgente.

Une heure plus tard, tout le monde se leva et partit rejoindre qui son buggy, qui sa voiture. Quand les hommes portèrent le cercueil jusqu'au grand chariot noir qui servirait de corbillard, Marnie s'approcha.

— J'ai fermé la taverne pour la matinée, murmura-t-elle en posant sa main sur l'épaule de Kat, mais je dois être de retour pour ouvrir à midi.

— C'était adorable de votre part de permettre à vos employés d'être présents à l'enterrement, dit Kat.

Marnie l'étreignit brièvement et s'en fut comme elle était venue. Le Dr Barker prit sa place.

— Une grande perte, dit-il en secouant la tête. Vous êtes la fiancée de Luke, n'est-ce pas ? C'est vous qui m'avez ouvert la porte l'autre soir ? Les choses sont allées si vite…

— *Ja*, c'était moi.

— Je pense que la procession va bientôt commencer ; je ne vais pas vous retarder. Je voulais juste vous dire à vous aussi combien je suis désolé. J'aurais voulu faire davantage. Si seulement le révérend avait accepté que je l'emmène à l'hôpital. D'habitude, les Amish le font. Mais je suppose que le pauvre homme a senti que son heure était venue ; il a préféré mourir dans son lit. C'est un peu notre rêve à tous, n'est-ce pas ?

— Avez-vous pu déterminer l'origine du décès ? demanda-t-elle, en s'apercevant immédiatement que cette question n'avait rien d'amish.

— Eh bien, il y a plusieurs causes possibles, répondit le médecin avec un air surpris. Sans autopsie, ce qui est bien sûr hors de question dans votre communauté, je serais bien incapable de vous le dire précisément. Oui, une grande perte…

Kat lui aurait bien demandé si Jacob Brand avait pu être empoisonné, mais elle ne souhaitait pas que l'on puisse suspecter Ida et sa tarte au sureau. D'ailleurs, tout le monde en avait mangé, à commencer par elle. Et puis Eli lui avait expliqué que seules les feuilles et les branchettes de sureau étaient susceptibles d'empoisonner quelqu'un.

Kat grimpa sur le siège arrière du grand chariot familial des Brand. Elle avait l'impression de voler cette place à la famille proche, mais Luke lui avait rappelé que, même devant les Amish, elle devait sauver les apparences. Luke et sa mère étaient assis à l'avant. Juste derrière eux, devant Kat, Eli et Sarah restaient bien sages. Ils donnaient le change de manière admirable pour des enfants si jeunes. Pourtant ces funérailles réveillaient sans doute des souvenirs douloureux pour Eli, qui avait déjà vécu l'enterrement de sa mère. Quant à Sarah, qui savait ce qui pouvait bien lui passer par la tête ?

Lorsque le cortège se mit en route, Kat ne put s'empêcher de regarder de tous côtés avec appréhension. Plusieurs voitures étaient garées au bord de la route et s'apprêtaient à suivre. Quelques Amish, debout à côté de leurs chariots, baissaient la tête au passage du corbillard, le chapeau de paille à la main. Kat remarqua ici et là quelques appareils photo, et se demanda si Marnie, avant de retourner à son restaurant, ne s'était pas cachée derrière un arbre…

Kat tendit le cou pour jeter un œil à travers la fenêtre en plastique transparent à l'arrière de la roulotte. Moïse, sa femme, Susan, et leurs enfants les suivaient sur leur propre chariot. Devant eux, le corbillard cahotait doucement sur cette route qui serpentait en direction de Hillfarm Road. Bientôt, il prendrait le chemin du cimetière amish de Shekinah. Un ensemble de tombes, toutes identiques, au sommet d'une colline qui surplombait une ravissante vallée. Kat se dit que le révérend rejoignait là un endroit idéal pour se reposer enfin.

La tête du cortège entendit alors comme un bourdonnement, sans trop savoir d'où il provenait. Kat regarda dans toutes les directions. Luke fit de même. Un petit avion qui volait à basse altitude ?

— C'est quoi, ce bruit ? demanda Eli.

Pendant quelques secondes, Kat se demanda si Coblentz n'avait pas décidé de s'inviter, s'il n'allait pas surgir au détour du chemin au volant de son vieux fourgon. Mais non, le son était plus doux que son moteur.

Luke avait expliqué à Ray Martin qu'il n'avait pas besoin de motards pour lui ouvrir la route. Mais alors, de quoi pouvait-il bien s'agir ?

— Luke, demanda Kat, est-ce que ça ressemble au bruit de la moto ?

— Non.

— En tout cas pas celle qui est venue jeter les feux d'artifice dans le feu, ajouta Eli, catégorique.

Avant que Kat ait eu le temps de le retenir, Eli bondit du chariot et se mit à cavaler sur la route en scrutant les alentours comme une sentinelle.

— Je ne vois rien, cria Eli, la main en visière au-dessus de son œil valide.

Alors que la crainte semblait retomber, une énorme moto creva un fourré au bord de la route et jaillit devant eux. Dans la confusion, Kat eut tout d'abord l'impression d'en voir deux. Il s'agissait en fait d'un side-car. Un homme chevauchait la moto, un second s'agrippait aux bords du wagonnet. Tous deux étaient vêtus de noir. Comme deux ombres sur leur machine, ils portaient chacun un passe-montagne et une paire de lunettes de ski en plastique fumé. Mais aucune arme en vue, ni à leurs poings ni à leurs ceintures.

Kat agrippa la chemise d'Eli et le hissa dans le chariot avec une force que seule la panique pouvait lui donner. Elle jeta le garçon sur le sol de la roulotte en prenant garde de ne pas lui faire mal. Puis elle attrapa la petite Sarah devant elle et l'attira en arrière.

— Ne bougez plus ! ordonna-t-elle aux enfants en les plaquant au sol.

Sans un mot, Luke prit la main de sa vieille mère et lui demanda de se réfugier dans le chariot. Kat l'aida à s'asseoir sur le banc arrière, où la brave femme déplia sa jupe sur ses petits-enfants pour les protéger, comme une mère poule qui couverait ses poussins. Kat enjamba alors les deux bancs pour rejoindre Luke à l'avant. La peur avait fait de ces secondes une éternité.

Le corbillard avait bien tenté de continuer son chemin, mais la moto, une énorme Harley-Davidson, avait coupé la route aux chevaux. Affolés, ils avaient entraîné le long chariot noir sur le bas-côté. Le cercueil, chahuté, avait glissé vers l'arrière, mais il avait été stoppé par la planche relevée avant le départ.

— Qu'est-ce que vous voulez au juste ? hurla Luke, debout derrière ses chevaux, la bride à la main. Laissez-nous au moins enterrer nos morts !

— Ils sont peut-être armés, l'avertit Kat en saisissant son bras.

Mais il fut très vite clair que Luke n'était pas la cible de cette nouvelle attaque, pas plus que les Amish venus se joindre à la procession. Les deux attaquants sautèrent dans le corbillard et ouvrirent le couvercle du sarcophage en chêne.

— *Nein !* Pas ça ! rugit Kat quand elle comprit ce qu'ils avaient l'intention de faire.

Le sang de Luke ne fit qu'un tour. Une seconde plus tard, il courait sur le bord de la route, rejoint par son frère Moïse. L'un des hommes en noir avait sorti la dépouille de Jacob Brand du cercueil pour la laisser tomber dans le compartiment latéral du side-car. Ida Brand s'étrangla à l'arrière du chariot, et une autre femme — peut-être Moïse Susan ? — déchira d'un cri le silence ambiant. Le cocher du corbillard, qui paraissait lui-même au bord de la tombe, était prudemment descendu de son poste et s'essuyait le front.

Kat était convaincue que, cette fois, Luke ne retiendrait pas ses coups. Après tout, il avait déjà frappé son beau-père pour des choses bien moins graves. Il s'avançait vers les agresseurs, les poings serrés, tout son corps tendu par une colère sourde, mais qui ne pouvait plus rester muette.

— Qu'est-ce que vous voulez ? Quel est le message ? Dites-le avec des mots, plutôt que de vous comporter en vautours !

A son approche, l'un des hommes grimpa côté passager, partageant le siège du side-car avec le mort désarticulé ; l'autre enfourcha sa moto en tournant la tête vers Luke. Kat sentit alors qu'aucun des Amish témoins de la scène ne se jetterait sur eux. Ils appliquaient en cela les préceptes pacifistes du pauvre révérend.

— Le message ? Vous êtes des poules mouillées ! éructa le motard d'une voix rauque que Kat tenta en vain de reconnaître.

Elle entendit Sarah sangloter sous la jupe de sa grand-mère. La rage la prit au ventre. Bien sûr, en bonne « promise » nourrie de culture amish, elle ne devait pas se faire remarquer, mais elle ne put s'empêcher de se dresser à son tour à l'avant du chariot.

— C'est vous les poules mouillées, *ja* ! Vous n'avez pas honte de vous en prendre aux femmes, aux enfants, aux morts maintenant ?

Les agresseurs la regardèrent, et leurs lunettes aveugles parurent exprimer une profonde surprise. Luke en profita pour s'approcher du side-car et tenta d'empoigner le corps de son père. En un éclair, l'un des deux charognards lui décocha un coup violent au visage. Dans son poing serré, il tenait un revolver.

— Attention, ils sont armés ! hurla Kat, qui oubliait décidément de jouer le rôle qu'on lui avait attribué.

Luke vacilla mais ne s'effondra pas.

— C'est ça le message, minable ! brailla le motard. Cassez-vous d'ici, ou alors…

La menace était assez claire. L'homme démarra en faisant crisser les pneus et manqua de faucher Luke au passage.

Kat bondit et courut vers lui. Géant épuisé, il s'appuya sur elle pour ne pas tomber. Ils regardèrent le monstre à trois roues frôler le cortège arrêté avant de prendre un chemin de traverse. Et comme ils passaient devant les Amish tétanisés, le passager de cet attelage infernal agita le bras du mort, comme pour mimer le plus sinistre des au revoir.

13.

Dès qu'ils eurent repris leurs esprits, Luke et Moïse coururent expliquer à la famille ce qui s'était passé. Juste derrière le grand chariot, les proches n'avaient vu que le dernier acte de cette tragédie. Les cinq frères Brand remontèrent ensuite tout le cortège pour mettre tout le monde au courant. Des clameurs retentirent, puis très vite les chariots manœuvrèrent pour faire demi-tour et retourner à la ferme. Susan, la femme de Moïse, réconfortait sa belle-mère comme elle le pouvait, pendant que Kat essayait de répondre aux questions affolées d'Eli et Sarah.

La petite fille s'agrippait à la jupe de Kat. De grosses larmes couraient sur ses joues. La jeune femme finit par la prendre dans ses bras, comme le bébé qu'elle n'était plus, et se mit à la bercer doucement.

— Est-ce que c'est comme ça que ma *mamm* est partie, elle aussi ? demanda la gamine en tournant ses yeux noyés de larmes vers le cercueil ouvert.

— Non, Sarah ! Ta maman a bien été enterrée sous cette jolie croix blanche dont tu m'as parlé, répondit Kat en contenant ses propres larmes. Tu étais là quand on l'a enterrée, Eli, n'est-ce pas ?

— *Ja*, Sarah, j'y étais, répondit le garçon, dont les yeux perdus restaient secs. Maman n'a pas été volée par les méchants.

— Mais moi je ne voulais pas qu'ils emportent grand-père ! gémit la petite fille.

— Ecoutez-moi tous les deux, intervint Kat en essayant de chasser ses propres souvenirs. Je sais ce que vous ressentez, parce que mon père à moi est mort alors que j'étais très jeune. Je voudrais vous dire quelque chose : lorsque quelqu'un meurt, s'il aime Dieu autant que votre *mamm* ou votre *grossvater* l'aimaient, alors il quitte son corps et monte vivre à ses côtés. C'est comme un papillon qui sort de son cocon. Même si quelqu'un emporte le cocon, ça ne fait plus aucun mal au papillon. Ce qui vient de se passer ne change pas grand-chose à la vérité : votre grand-père était un homme de bien, et il vous a tous aimés du fond du cœur…

Kat releva les yeux, pour apercevoir Luke qui l'observait tandis qu'elle tenait ses deux enfants dans les bras. Une larme roulait lentement sur sa joue. Il fit un pas, s'agenouilla et les enlaça tous trois dans ses bras grands ouverts.

Les frères Brand s'y prirent à plusieurs fois pour faire tourner le corbillard désespérément vide. Un bandeau sur le front, le cocher fut invité à grimper sur le chariot familial, et les deux roulottes rejoignirent les autres buggies garés devant la ferme. Plusieurs femmes de son âge accompagnèrent une Ida titubante jusqu'au salon de la *daadihaus* ; Kat décida de les laisser entre elles. Lee prit Eli et Sarah par la main et se dirigea vers un groupe d'enfants qui, avec un peu de chance, ne saisissaient pas tout le tragique de la situation. Alors que Luke conversait avec les sages de l'église, Dan et sa nièce Jennifer s'approchèrent à grands pas de Kat. Ce n'était pas franchement le moment de poser des questions à la jeune fille, mais avait-elle encore le choix ? Il n'était plus l'heure de repousser les échéances.

— Je suis affreusement désolée pour ce qui vient de se passer, dit Kat en se levant du rocking-chair installé sous le porche.

— Qu'y pouvez-vous ? dit Dan. Restez assise. Je vous présente ma nièce, Jennifer.

Jennifer inclina la tête avant de s'asseoir dans le second fauteuil. Quant à Dan, il se laissa choir sur la plus haute marche de l'escalier, manifestement épuisé, physiquement et nerveusement.

— J'aurais voulu me trouver plus près du corbillard, dit-il en serrant les dents. Vu qu'aujourd'hui je ne suis plus amish, je leur aurais fait avaler leurs dents, à ces salauds. Même si personne ne m'avait pardonné ensuite.

— Moi je vous aurais pardonné, lâcha Kat. Franchement, ça me démangeait, moi aussi. Mais j'ai vu le revolver… Dan, ils auraient très bien pu en faire usage.

— Je m'en doute. Cependant il faudra bien trouver un moyen de les contrer un jour. Au fait, Brooke vient de me dire que vous pouviez l'appeler à l'hôpital. Si elle peut vous être utile dans vos recherches…

— Si seulement je pouvais cacher un téléphone portable ici, je l'appellerais très certainement, mais Ray me l'a déconseillé. Et de toute façon, où pourrais-je recharger un portable ?

— Il y a une solution à tout, rétorqua Dan en fouillant la poche de son pantalon. Je vais vous laisser la clé de notre maison à Maplecreek. Vous pourrez vous y rendre discrètement quand vous irez faire vos courses, et recharger votre téléphone sans problème. Si vous croisez quelqu'un, il vous suffira de prétendre que vous venez arroser les fleurs ou relever le courrier pour moi. Vous savez où se trouve la maison ? C'est l'ancien Melrose Manor, un hôtel qui faisait l'angle en face de l'Auberge de la vallée de Marnie Girkins. Nous avions l'habitude de louer certaines chambres, au début. Mais depuis la naissance de Melly nous n'accueillons plus personne, alors vous pouvez y passer quand vous voulez.

— J'apprécie beaucoup votre aide.

— J'ai appris tout ce que vous faisiez pour nous, Katie, dit alors Jen. Tout le monde vous en est très reconnaissant.

— C'est gentil. Ce projet n'aboutira que si chacun sait garder mon secret.

— Evidemment, acquiesça la jolie blonde de dix-sept ans.

Chignon un peu sévère, aucun maquillage, aucun bijou : elle exhalait une fraîcheur toute naturelle.

— N'oubliez pas de noter le numéro de téléphone et l'adresse e-mail de Ray Martin, reprit Dan en retirant une clé de son trousseau pour la confier à Kat. Tenez, je vous écris l'adresse de Brooke sur un papier. Nous nous sentons si impuissants à Colombus… Pour en revenir à l'immédiat, je voulais vous dire que je serai obligé de repartir dès que j'aurai déposé Jen chez Verna Sprigg. C'est là qu'elle habite, à l'étage de la boutique de patchworks.

— Si vous avez une minute, j'aurais voulu poser quelques questions à Jen, dit Kat en rangeant la clé et le bout de papier alors qu'ils se dirigeaient tous trois vers la voiture. Cela va peut-être vous paraître étrange, mais…

— Allez-y, dit la jeune fille, n'hésitez pas. Si je peux moi aussi aider à l'arrestation de ceux qui veulent semer le chaos ici…

Kat observa la cour pour se donner du courage. Les mères avaient fait asseoir les enfants en rond sur un coin de pelouse ; elles les entouraient, sans doute pour les protéger, et les hommes formaient un troisième cercle. Quelle ironie ! pensa Kat : elle qui avait un jour enseigné ce qu'était un périmètre de sécurité voyait maintenant les Amish construire le leur, même s'il ressemblait à une cible géante offerte à tous les tireurs du canton.

— Jennifer, s'il arrive, entre deux cours, que les étudiants discutent de ce qui se passe ici, je vous demande de faire comme si cette discussion n'avait jamais eu lieu. N'en parlez même pas à votre meilleure amie, d'accord ?

— Aucun problème, mais… est-ce que quelqu'un que je connais vous semble impliqué dans tout ça ? demanda l'adolescente, soudain anxieuse.

— Ce n'est pas ce qu'elle a voulu dire, mon cœur, intervint Dan pour la rassurer.

— Non, nous n'en sommes pas là, acquiesça Kat. Jen, Mark Martin est passé ici hier avec son père pour présenter ses condoléances. J'ai trouvé ça très attentionné de sa part, mais j'aurais voulu en savoir un peu plus sur lui.

— Mark ? Oh, il n'a rien contre les Amish, si c'est ce qui vous préoccupe. Vous savez peut-être que je suis sortie avec lui ?

Kat hocha la tête.

— Non, il n'a rien contre le peuple vertueux, c'est même tout le contraire, reprit Jen. Il n'est même pas de ces jeunes un peu niais qui trouvent les Amish « bizarres ». Je crois que la culture amish l'attire sincèrement. Il a même écrit un papier, un jour, sur les persécutions subies par les Amish en Europe, et sur leur fuite aux Etats-Unis. Je t'en avais parlé, Dan, tu te souviens ?

— Très bien. Oui, les Martin sont des gens vraiment charmants, Kat. Et c'est d'un commun accord que Jen et Mark ont décidé de mettre un terme à leur histoire.

— C'était juste que Mark avait parfois de mauvaises fréquentations, expliqua Jennifer. Oh, je ne prétends pas être parfaite moi-même. Mais certains de ses copains frayaient avec des skinheads, des groupes néo-nazis, ce genre de population... Mark avait beaucoup d'admiration pour son oncle Tyler que j'ai toujours trouvé, quant à moi, assez retors. D'un côté, il flatte les autorités de ce pays en briguant la mairie, de l'autre, il les conspue dans chacun de ses discours adressés à ses miliciens soi-disant « patriotes ».

— Est-ce qu'AJ Bigler faisait partie de la bande des copains de Mark ? dit Kat en guettant attentivement une réaction sur le visage de la jeune fille.

— Oh que oui... Comment faisait-il pour le supporter, ça je ne l'ai jamais compris ! Un inculte, qui se comportait comme un porc avec les filles. Quand je pense que certains présentent les Amish comme des machistes !

— Kat, dit Dan en posant un bras protecteur autour des épaules de sa nièce, vous n'êtes pas en train de suggérer que vous avez des soupçons sur Mark ou sur son père, si ?

— J'essaie juste de recueillir le maximum d'informations sur tous les acteurs cette histoire, répondit-elle. Vous-même, Dan, vous connaissez bien Ray Martin ?

— Bien, non. Il n'est pas là depuis très longtemps. Cependant je peux vous assurer qu'il n'y a aucune comparaison avec l'homme de Neandertal qui régnait en tyran sur la police de Maplecreek avant son arrivée. Pourquoi ?

— Je me pose juste des questions sur ses liens familiaux avec Tyler Winslow. J'ai le sentiment que, même s'il n'est pas d'accord avec lui, il pourrait tenter de protéger le frère de son épouse — l'oncle de Mark.

— Je suppose, répliqua Dan, que vous avez vu ce fameux film sur les Amish, *Witness* ?

— Il y a très longtemps. Pourquoi ?

— Dans ce film, Harrison Ford est envoyé en mission dans une communauté amish pour élucider un meurtre et découvre que le chef de la police pour lequel il est censé travailler est en fait le coupable, vous vous souvenez ?

— J'avais oublié ce point, admit Kat. Pourtant ce n'est pas l'influence de Hollywood qui me permet de progresser dans mon enquête, ironisa-t-elle en serrant la main de Dan, puis celle de Jen. Merci pour tout. Et j'espère de tout cœur que Melanie se remettra bien vite.

— Luke a promis de m'appeler depuis le téléphone de l'atelier s'il apprenait quoi que ce soit sur… sur ce qui est arrivé à notre père, conclut Dan en s'installant au volant de sa voiture. Ils devraient élire un nouveau révérend dans l'après-midi pour diriger le groupe. C'est la tradition chez eux, quand le leader s'éteint. Et Luke m'a dit que s'ils ne retrouvaient pas le corps dans les heures qui viennent, ils seraient obligés d'aller porter plainte. Même si cela attire l'attention des médias sur eux, ce dont ils se seraient bien passés.

— Et moi donc ! maugréa Kat.

— Faites attention à vous, lança Dan par la portière alors qu'il faisait démarrer la camionnette.

Il klaxonna deux fois en s'éloignant. Kat regarda les deux feux arrière jusqu'à ce qu'ils disparaissent au détour de l'allée bordée de maïs.

Elle resta là un instant, les bras ballants, comme vidée de toute énergie. Tout se mélangeait dans sa tête. Elle avait du mal à croire qu'une telle série d'attaques puisse être fomentée par des adolescents du style de Mark Martin, AJ Bigler et leurs amis, aussi sots soient-ils parfois. Et puis cette voix grave qu'elle avait entendue quelques heures plus tôt, quand le motard avait lancé son imprécation, ne lui semblait pas celle d'une personne jeune. Certes, un homme pouvait aisément changer sa voix pendant quelques secondes, et un passe-montagne la transformait encore. Mais elle avait entendu AJ et Mark, et leur timbre ne collait décidément pas avec cette voix-là. Kat aurait bien voulu lire le papier de Mark Martin sur les malheurs des Amish en Europe. Etait-il possible que cette bande de lycéens ait trouvé l'histoire si excitante qu'ils aient décidé de l'imiter ? Non, elle en était de plus en plus convaincue, la dose de perversité et de machiavélisme contenue dans ces actes ne pouvait naître que dans un cerveau plus adulte, perturbé mais plus mature.

Kat essaya de se remémorer la taille et la carrure des deux derniers agresseurs, mais son esprit une fois de plus s'embrouillait. Elle se targuait pourtant d'être observatrice. Mais le vol du cadavre avait été si choquant qu'elle n'avait pas su regarder froidement la scène. Et les deux rapaces étaient masqués, en sus de leurs cagoules, par d'épais blousons de cuir noir, des jeans et des gants de la même couleur.

Absorbée par ses pensées, Kat marchait en direction du porche de la *daadihaus* quand elle aperçut Eli qui cavalait à sa rencontre.

— Avec mon œil blessé, je ne devrais pas courir, dit le garçon, à bout de souffle. Mais papa m'a demandé de venir vous chercher d'urgence. Il a réuni les sages de notre église dans son atelier, et il a quelque chose à vous demander, je crois.

Kat pressa le pas vers la fabrique de moulins. Une terrible appréhension l'avait saisie : et si les Amish décidaient que sa mission se terminait là ? S'ils lui demandaient de repartir, pour gérer les choses à leur manière ? A moins que Luke n'ait reçu un appel sur le téléphone de son bureau, une nouvelle menace ou une demande de rançon pour le corps… Kat espérait en tout cas que la presse à sensations n'était pas déjà là.

Eli l'accompagna jusqu'à la porte de l'atelier, puis disparut pour aller rejoindre un groupe de jeunes de son âge.

— Katie, entrez, voulez-vous ? dit Luke alors qu'elle avait déjà franchi le seuil.

Elle était la seule femme, face à une bonne douzaine d'hommes : elle reconnaissait le diacre, les deux ministres du culte, Paul Yoder et tous les frères Brand, à part Dan bien sûr, qui était déjà reparti.

Kat rejoignit la petite assemblée dans le bureau de Luke. Immédiatement, les conciliabules en allemand cessèrent.

— Nous avons décidé d'avertir la police si nous n'avions pas de nouvelles d'ici à la tombée du jour, annonça Luke en jetant un œil à son téléphone datant des années 60.

— Aucune demande de rançon pour l'instant ?

— Rien. Je suis d'ailleurs persuadé que nos ennemis se mordent les doigts d'avoir parlé devant nous au risque d'être identifiés. J'ai expliqué à tout le monde ici ce qui s'était passé, puisque nous sommes les seuls, avec Moïse et le malheureux cocher, à avoir assisté au méfait du début à la fin. Nous allons élire le nouveau révérend sans tarder, mais nous voulions vous parler d'abord. Nous avons besoin de votre avis d'experte — je veux parler de votre expérience en tant qu'enquêtrice.

— Je fais de mon mieux…, commença Kat. Mais le cerveau derrière ces attaques a le don de nous surprendre avec des actions de plus en plus audacieuses. Il y a un crescendo dans l'horreur, et je n'arrive pas à tout prévoir.

— Je sais bien… Pourtant vous vous donnez du mal, et vous avez déjà obtenu certains résultats, répliqua Luke avec dans la voix une complicité qu'elle espérait être la seule à avoir perçue.

— Je n'ai pas tant progressé que ça, admit-elle avec un vrai sentiment de frustration. J'espère en tout cas que vous n'avez pas envie que je parte.

Plusieurs sages secouèrent la tête.

— *Nein*, murmura Paul Yoder en la regardant.

— Nous voulions juste savoir s'il fallait à votre avis tenter quelque chose avant de prévenir la police — et si vous aviez une objection à cette démarche, reprit Luke.

Il lui jeta un regard entendu dont elle était certaine, cette fois, d'être la seule à le percevoir. Se pouvait-il que Luke nourrisse lui aussi quelque soupçon sur Ray Martin ?

Kat était elle-même partagée sur le personnage : elle serait bien obligée de solliciter son aide, cette fois, pour essayer de savoir qui possédait un side-car. Mais jusqu'à quel point pouvait-elle lui faire confiance ?

— Je pense que vous n'aurez très vite pas d'autre choix que de l'appeler, reconnut-elle enfin. D'un autre côté, si la police intervient et que la presse débarque, les coupables vont sans doute se terrer puis se débarrasser du corps pour éviter d'être pris.

Des semelles frottèrent le sol nerveusement, quelques têtes se penchèrent, des mots murmurés en allemand s'échangèrent.

— Ce que je vous suggère, reprit Kat pour battre le fer tant qu'il était chaud, c'est de partir avec plusieurs hommes visiter le cimetière dès que vous aurez désigné le nouveau révérend. Assurez-vous qu'ils n'ont profané aucune tombe avant l'affront d'aujourd'hui. J'aimerais vous accompagner ; je me ferai discrète. Nous pourrions emprunter le chemin derrière l'école, pourquoi pas après la tombée de la nuit.

Les hommes se jaugèrent du regard. Luke et Paul Yoder firent signe qu'ils acceptaient la proposition.

— Nous serons donc quatre, déclara Paul avec l'assentiment du « porte-voix ». Luke, Moïse, Katie et moi.

— Je vais nous trouver des lampes torches, dit Kat. J'ai bien compris que vous ne combattrez pas la violence par la violence. Mais rien n'interdit d'agir un peu secrètement, *ja* ?

— Encore d'accord, conclut Paul Yoder en se dirigeant vers la porte de l'atelier. N'est-ce pas secrètement que Joshua a mené sa mission en terre promise ? Et d'ailleurs, c'était une femme qui l'aidait dans sa tâche.

Brooke regardait Melly comme si elle veillait le sommeil d'un ange. Mais l'enfant était si pâle… elle se confondait presque avec ses draps blancs d'hôpital. Les néons de la chambre jetaient sur son visage immobile une lueur maladive.

Brooke sursauta quand des pas pressés résonnèrent dans le couloir, puis se leva pour étreindre Dan qui venait d'entrer. Elle l'attira à l'écart pour protéger la quiétude de sa fille, avant de le presser de questions.

— Comment font-ils face, tous ? Je n'arrive toujours pas à croire ce que tu m'as raconté au téléphone ! Ces salauds ont volé le corps ?

— Oui, répondit Dan en baissant les yeux. Luke a promis d'appeler s'ils le retrouvaient. Quant à Kat, elle a posé des questions à Jen sur Mark Martin et AJ Bigler. Jen lui a parlé de l'article écrit par Mark sur les Amish. Peut-être que tu pourrais le retrouver ?

— Bien sûr. Ça me fera une pause. Je ne décolle pas d'ici, à attendre que…

Brooke s'interrompit en percevant un bruit inattendu. Aussitôt, Dan et elle se ruèrent vers le lit. Oui, ils avaient bien entendu Melly bâiller !

« Faut-il avertir l'infirmière ? » se demanda Dan sans avoir la force de prononcer un mot.

— Attends une seconde, chuchota Brooke comme si elle avait lu sa pensée. Melly, mon cœur, dit-elle plus fort. Nous sommes là. Papa et maman sont là. Nous t'aimons, mon ange.

Le cœur gonflé d'espoir, Brooke eut l'impression qu'un imperceptible sourire éclairait le visage de la fillette, mais celle-ci se remit à bâiller. Puis elle fut prise d'une sorte de convulsion. Quand son corps se calma, Melly parut murmurer quelque chose. Brooke s'approcha d'elle pour recueillir le moindre souffle, le moindre mot.

— Ar-r-rrive.

— Arrive ? Que veux-tu me dire, mon cœur ? Que tu arrives ? Alors viens tout de suite, nous t'attendons, papa et moi.

Mais Melly recommença à convulser.

— Son intraveineuse ! cria Brooke en tentant de plaquer le corps de sa fille contre le matelas alors que Dan courait chercher de l'aide.

— Ils… arrivent, dit Melly dans son délire.

Brooke était en tout cas convaincue d'avoir entendu ces mots, balbutiés par sa fille entre deux gémissements.

— Ils arrivent !

Cette fois c'était Dan qui, revenu dans la chambre en suffoquant après sa course effrénée, prononçait ces paroles.

Quelques secondes plus tard, ils quittaient la chambre de leur fille, la laissant entre les mains du médecin et de deux infirmières.

Paul Yoder avait finalement été choisi comme le nouveau révérend. Un homme bien, pensa Kat, mais qui commençait son sacerdoce par une mission effroyablement désagréable.

L'obscurité était tombée sur les environs comme une chape de plomb. Le vent, qui d'habitude perdait de son intensité avec le coucher du soleil, s'était au contraire renforcé.

Kat connaissait en partie le chemin. Ils émergèrent bientôt derrière l'école, et prirent un raccourci qui montait jusqu'au sommet de la colline où dormaient les morts de la communauté amish. Kat aurait préféré visiter le cimetière de jour, mais elle ne pouvait pas prendre ce risque. Elle espérait que le lune l'aiderait un peu en éclairant les lieux ; hélas ! les nuages l'avaient cachée durablement.

Paul Yoder fit grincer le portail du cimetière qu'ils n'avaient pas encore franchi en ce jour d'enterrement.

Des rangées régulières de pierres tombales émergeaient du sol comme des fantômes pétrifiés et Kat ne put s'empêcher de se demander où se trouvait la tombe de la mère de Sarah.

Luke les emmena directement à une fosse que les frères Brand avaient creusée la veille dans la partie ouest. Le fond en était tapissé de fins rondins sur toute la largeur.

— Je ne vois rien de spécial, par ici, lâcha Luke alors que les faisceaux de leurs lampes balayaient l'endroit. Je ne pense pas qu'ils seraient allés jusqu'à venir profaner les tombes elles-mêmes.

— Ils ont prouvé qu'ils étaient imprévisibles et sans scrupule, rétorqua Kat. Et puis il n'est pas rare que les criminels reviennent rôder sur les lieux de leurs méfaits, ou qu'ils observent en secret l'enterrement de leurs victimes.

— Parce qu'ils se sentent coupables ? demanda Luke naïvement.

— Plutôt parce qu'ils veulent prolonger l'excitation malsaine que leur procurent leurs actes.

Elle se pencha au-dessus du trou et fit courir la lumière de sa lampe torche sur les rondins de bois. Très vite, elle crut apercevoir quelque chose, comme un linge de couleur claire.

— Regardez ! lança-t-elle en braquant sa lampe sur un interstice entre deux rondins.

— Je ne vois rien, dit Moïse après s'être approché. Nous préparons toujours une sorte de caisson de bois jeune pour accueillir le cercueil.

Paul — le révérend Yoder — se pencha à son tour.

— Il y a quelque chose en dessous, insista Kat en tendant le bras pour approcher le faisceau.

Luke se mit à plat ventre au bord de l'excavation, écarta rapidement les sangles de cuir qui devaient servir à faire descendre le cercueil, puis souleva un à un les rondins. Sous leurs yeux effarés apparut le corps d'un vieil homme aux traits nobles, rasé de près, affublé d'un grotesque costume de diable !

Pendant quelques secondes, Kat voulut espérer qu'il s'agissait d'un autre homme.

— Père ! lâcha Luke en se penchant plus encore.

Le doute n'était plus permis.

— Luke, tout le monde, écoutez-moi ! s'exclama Kat en agrippant le bras du « porte-voix ». Je sais que c'est difficile, mais je vais vous demander de ne rien toucher tant que nous n'avons pas recueilli les éventuels indices qui se trouvent peut-être au fond de la tombe.

— Mais… on ne peut pas laisser durer une farce aussi…

Luke serra les poings comme les mâchoires, puis il se tut.

— Les habits ne sont qu'une apparence, lui dit Kat de sa voix la plus douce. C'est vous-même qui me l'avez dit. Cela ne change rien à l'homme qu'a été votre père, et il souhaiterait sans doute que nous redoublions d'efforts pour arrêter les coupables.

— Je suis d'accord, dit le révérend Yoder après une hésitation. Luke, Moïse ?

— D'accord, concéda Luke alors que Moïse acquiesçait en silence.

Les deux frères ne quittaient pas des yeux la dépouille de leur père dans son costume sorti du plus sordide Halloween.

— Je sais que vous avez hâte de lui enlever ce déguisement pour pouvoir l'enterrer de façon décente, dit Kat. Je vous demande juste la permission de descendre dans le trou afin de vérifier que nous ne passons pas à côté d'un indice important.

Un long silence s'installa tandis que les trois hommes la regardaient. Pendant une bonne minute, même le vent sembla se taire.

— *Ja,* d'accord, dit enfin le révérend Yoder.

Paul et Moïse éclairèrent la fosse pendant que Luke aidait Kat à descendre. Une fois aux pieds du défunt, elle attrapa la lampe qu'on lui lançait, puis commença son inspection. Elle prenait mille précautions pour ne rien déplacer.

Une odeur assez forte se dégageait de la tombe, mélange de terre humide et de rondins de bois fraîchement coupés. Elle sentait également autre chose… pas un relent de mort, non, elle l'aurait reconnu tout de suite. Plutôt une odeur de fumée, ténue, étrange en pareil lieu. Kat promena le faisceau de sa lampe sur la dépouille.

— Il porte son costume blanc sous cet accoutrement, lança Kat.

— Merci, Seigneur, murmura Moïse.

Elle-même était rassurée que le corps n'ait pas été abusé plus gravement encore. *Abus commis sur le corps d'un défunt, profanation, violation de propriété…* c'était sans doute les nouvelles charges que pourrait invoquer Ray Martin s'ils le mettaient au courant des dernières évolutions.

A part le costume rouge, elle ne trouva rien au fond du trou qui pourrait les aider à remonter jusqu'à ceux qui avaient cherché à insulter la mémoire de feu le révérend Jacob Brand. Après dix bonnes minutes à scruter chaque recoin de la tombe, elle se redressa et leva la tête vers les trois hommes penchés au-dessus d'elle. Les rais de lumière l'aveuglaient, mais aucun ne pensa à détourner sa lampe.

— Si nous avertissons Ray Martin, lança-t-elle, il pourra sans doute diligenter une enquête de la police scientifique. Ils sont mieux équipés que nous pour prélever les éléments les plus infimes.

— Mais nous avons trouvé le corps, c'est ce qui compte, objecta le révérend Yoder. Non, nous n'avons pas besoin que la police vienne fourrer son nez là-dedans.

— Le problème, révérend, est que nous manquons cruellement

d'indices, insista Kat. Vous conviendrez que les actes commis sont de plus en plus graves.

— Nous nous en remettons à Dieu, c'est ainsi depuis des siècles, trancha-t-il. A Dieu, et à la personne qu'il nous a envoyée — à savoir vous.

Il était déjà minuit. La journée n'était pas finie pour autant, et tant de choses s'étaient déjà passées. Luke et Kat étaient retournés à la ferme des Brand, pendant que Moïse et le révérend Yoder gardaient le corps du mort. Les trois hommes avaient sorti le cadavre de sa tombe pour lui retirer avec la plus grande précaution son costume infâmant, comme l'avait demandé Kat. Elle espérait bien trouver quelque chose en observant cet accoutrement en pleine lumière. Les vêtements blancs du révérend Brand étaient intacts, quoique tachés par endroits par la terre de la fosse.

A la ferme, Luke hissa le cercueil vide dans le « corbillard », avant d'aller chercher sa mère et ses autres frères, Mahlon et Gedeon. Kat alluma les lanternes suspendues à l'arrière et à l'avant du chariot familial, puis tous les quatre s'en furent. Ils s'enfoncèrent dans la nuit noire pour enterrer enfin leur mort, au cours d'une cérémonie minimaliste à laquelle les avaient contraints les deux voleurs de cadavre. Kat se surprit à leur faire au revoir de la main, mais personne ne la voyait plus. Son premier réflexe était d'aller réveiller Eli et Sarah pour leur apprendre qu'on avait retrouvé le corps de leur grand-père. Mais la ferme de Luke accueillait encore une partie de la famille, et elle n'eut pas le cœur de déranger leur deuil plus encore.

Elle retourna donc dans la *daadihaus*, alluma toutes les lampes à pétrole et s'installa dans la cuisine où elle avait discuté avec Jacob Brand quelques jours plus tôt. Délicatement, elle étendit le costume de carnaval sur la table et commença à l'inspecter sous toutes ses coutures.

Sur l'unique étiquette, elle pouvait lire « grande taille » et « Fabriqué en Chine ». L'étoffe synthétique était fine et de mauvaise qualité, du genre de celles qui perdent leurs couleurs dès le premier lavage. Il émanait du costume cette légère odeur qu'elle avait toujours du mal à définir, comme si quelqu'un l'avait remisé pendant trop longtemps dans une cave. On avait sans doute arraché une cape ou un capuchon, comme l'indiquait une fine déchirure horizontale au niveau du cou.

Kat ressentit presque une bouffée d'excitation en découvrant que le costume avait une poche. Contenait-elle un indice, un objet ou une note laissés par les ravisseurs pour leur faire passer un message ?

Elle ouvrit la poche sans attendre et regarda à l'intérieur. Rien. Déçue, elle retourna le déguisement et remarqua une petite tache brune au bout de la manche gauche, comme une brûlure de cigarette. Elle renifla l'empreinte. Etait-ce l'odeur de fumée de cigarette qu'elle avait sentie au fond de ce trou ?

Kat se souvint alors des fleurs jaunes que lui avait tendues Clay Bigler. Elles empestaient le tabac, tout comme lui. Si le costume avait appartenu à l'un des assaillants, cette brûlure signifiait-elle qu'il s'agissait d'un fumeur, gaucher de surcroît ? Clay Bigler était-il gaucher ?

Kat fut interrompue dans ses pensées par un bruit de sabots. Elle éteignit trois des quatre lampes et se pressa à la fenêtre. Deux des frères accompagnaient une Ida chancelante dans la ferme de Luke, pendant que l'autre s'occupait de dételer les chevaux dans l'étable. Kat retourna dans la cuisine, plia le costume et alla le glisser sous le lit de sa chambre. Après la moto découverte dans le silo, c'était le deuxième indice important qu'elle « oubliait » de soumettre à la sagacité de Ray Martin. Elle le rencontrerait bientôt pour déterminer une bonne fois pour toutes s'il était digne de confiance.

Ida ne revint pas se coucher dans sa maison, et Luke ne se montra pas davantage pour lui raconter comment les choses s'étaient passées. Kat n'avait aucune envie de dormir ; elle se mit à faire les cent pas en réfléchissant une fois encore à toutes les options.

Il fallait qu'elle en apprenne un peu plus sur ce fameux Clay Bigler. Elle voulait également parler au plus vite à Marnie, pour savoir si elle continuait de prendre des photos des Amish en cachette. Qui sait ce qu'elle avait peut-être capturé sur la pellicule de son appareil ? Elle irait enfin en chariot jusqu'à son appartement de Pleasant, pour récupérer son téléphone portable et son mini-ordinateur. Et une fois de plus, elle n'en dirait rien à Ray Martin…

Elle ressentit tout à coup une certaine frustration à rester toute seule dans cette maison, alors que les Amish étaient réunis dans les fermes de Luke et de Moïse, à deux pas de là. Elle n'avait pas peur, juste envie de les rejoindre.

Elle retourna dans sa chambre et s'agenouilla devant sa fenêtre, faisant glisser le carreau vers le haut. Le vent ne s'était toujours pas calmé. Des nuages cotonneux faisaient la course au-dessus des collines. Elle posa ses bras sur le cadre de la fenêtre, son visage sur ses mains, et resta ainsi un long moment. Elle faillit s'endormir dans cette position, mais les images qui lui venaient lui auraient donné un mauvais sommeil. Elle, en train d'enjamber un cadavre au fond de sa tombe, une lampe torche à la main… en train de suffoquer dans un silo à grain… seule ici au milieu des Amish, si proche de Luke et pourtant si loin… Chaque fois qu'elle fermait les yeux, elle revoyait ces fantômes noirs, ces anges de la mort qui jetaient le corps du révérend dans leur side-car. Les mêmes emportaient son père, qu'elle avait aimé et détesté à la fois, puis ils lui volaient Jay. Elle ne pouvait plus leur tirer dessus, même si elle entendait un barillet qu'on tourne, une gâchette qu'on enclenche…

Kat sursauta. Elle s'était finalement assoupie, mais le dernier son lui avait semblé bien réel.

Elle se déporta sur le côté de la fenêtre pour ne pas servir de cible et tendit l'oreille. Oui, elle entendait de nouveau ce cliquetis qui l'avait intriguée le premier soir.

Quelqu'un prenait-il des photos en pleine nuit ?

Kat ferma la fenêtre, tourna le loquet et tira les rideaux d'un coup sec. Ce son étrange provenait du champ de maïs, et elle avait bien l'intention de découvrir tout de suite de quoi il retournait.

14.

Kat enfila la robe noire qu'elle avait empruntée à Ida. Elle éteignit la dernière lampe à pétrole et se glissa à l'extérieur par une fenêtre latérale qu'elle ferma derrière elle, avant de s'enfoncer dans l'obscurité. Quelques secondes plus tard, elle marchait courbée entre deux rangées de maïs, sa lampe torche éteinte dans la main gauche, dans l'autre un grand couteau qu'elle avait attrapé dans la cuisine.

Elle contourna la maison et s'approcha des plants qui s'étiraient devant la fenêtre de sa chambre. Elle retint son souffle et écouta attentivement.

Oui, derrière le son feutré des tiges et des feuilles agitées par la brise, elle entendait distinctement un cliquetis. Elle s'avança prudemment, en espérant qu'il ne s'agissait pas d'une arme à feu. Quand elle s'arrêta de nouveau, le bruit ne lui parvenait plus d'en face, mais du côté droit. Rêvait-elle, ou bien une faible lumière s'échappait-elle de l'endroit d'où provenait ce bruit étrange ?

Kat écarta doucement quelques plants de maïs et parcourut encore plusieurs mètres, la lampe torche brandie comme une matraque, la lame du couteau toujours prête à frapper. Elle priait pour que ses exercices de rééducation aient porté leurs fruits, mais sa main droite tremblait et son poignet commençait à la lancer. Devant elle, tout au bout de la quatrième rangée, la lumière se faisait à chaque pas un peu plus vive.

Deux cliquetis. Plus rien. Deux cliquetis.

Une ombre noire passa devant la lueur avant de disparaître. Le sang de Kat ne fit qu'un tour. Pouvait-il s'agir d'un des agresseurs ? Bien sûr, elle aurait dû rebrousser chemin, chercher de l'aide, avertir Luke… mais il fallait qu'elle sache.

A trois mètres de la source de lumière, Kat se pencha prudemment pour essayer d'en voir un peu plus. Quelqu'un la saisit violemment et la plaqua au sol. Elle réussit à lui donner un coup de talon dans le tibia avant de tomber face contre terre. Alors que l'inconnu gémissait dans son dos, elle voulut rattraper le couteau qui lui avait échappé, mais son arme de fortune avait glissé sur la pelouse fraîchement taillée.

Une pelouse fraîchement taillée ? Au milieu d'un champ de maïs ? Abasourdie, Kat baissa le nez et aperçut juste devant elle un petit trou soigneusement creusé dans le sol, dans lequel on avait enchâssé une coupe cylindrique en plastique blanc, qui contenait… trois balles de golf ! Et deux mètres plus loin, posé à côté d'un chapeau amish à large bord, se trouvait un club de golf éclairé par une lanterne.

— Kat ?

— Luke !

Ce dernier roula sur le côté avant de l'aider à s'asseoir. Il aurait été bien difficile de dire lequel des deux était le plus surpris.

— Kat, c'était quoi ce couteau ?

— Et ce green, c'est quoi, hein ?

— Vous avez de la chance que je ne vous aie pas fendu le crâne avec le club.

— Luke enfin, qu'est-ce que tout cela signifie ?

— Vous avez découvert l'un de mes plaisirs secrets, admit-il après un soupir. Une de mes passions interdites.

Alors qu'il prononçait ces derniers mots, ses traits se détendirent, et il esquissa un sourire.

Kat lui envoya un coup de poing peu convaincu dans l'épaule.

— Vous êtes en train de me dire que vous avez aménagé un minigolf clandestin au beau milieu de votre champ de maïs ? J'ai entendu plusieurs fois ce bruit — le club contre les balles — et ça me rendait folle. Derrière ma fenêtre, je me bâtissais des scénarios plus inquiétants les uns que les autres. Est-ce que… est-ce que vos parents étaient au courant ?

— Ma mère est aussi dure d'oreille que l'était mon père. Et puis je ne viens ici que lorsqu'il y a quelqu'un pour surveiller Eli et Sarah ; c'est-à-dire bien moins souvent que je ne le voudrais. Quand la vie me semble un peu lourde, comme aujourd'hui, c'est une des seules choses qui arrivent à me calmer.

— Je vois… De mon côté, je voulais en avoir le cœur net. Et comme je me suis déjà ridiculisée en me rongeant les sangs à cause d'un stupide raton laveur, j'ai décidé de vérifier sans alerter personne.

— Cela ressemble tellement à Kat Lindley de sortir en pleine nuit alors qu'elle suspecte un danger. Mais un jour cette femme-là deviendra très proche de Katie Kurtz.

— Ce qui veut dire ?

— Que les deux femmes qui paraissaient si différentes au tout début sont en train de devenir une seule et même personne. Pourquoi vous obstinez-vous encore à vouloir agir au péril de votre vie, sans jamais accorder votre confiance aux autres ? Vous aviez bien un partenaire avant, n'est-ce pas ?

— Oui, mais un partenaire très bien entraîné, et qui n'hésitait pas à employer la force quand c'était nécessaire. Ecoutez, Luke, il n'y a pas de vraie Katie Kurtz. Vous savez très bien pourquoi je suis là — même si je n'ai toujours pas réussi à mettre un terme à ces agressions.

— En tout cas, je suis désolé d'avoir troublé votre sommeil, dit-il pour changer de sujet. Je suppose que vous n'avez pas dormi beaucoup plus que moi, ces derniers temps.

Il avait effectivement l'air épuisé. Elle-même était si fatiguée, physiquement et nerveusement, qu'elle faillit fondre en larmes. *Ja* fut tout ce qu'elle réussit à répondre. Elle aurait préféré répondre en anglais, pour démentir les propos de Luke sur cette Katie Kurtz qu'elle devenait un peu plus chaque jour ; mais même la langue allemande commençait à s'installer dans son esprit.

— Bien, alors laissez-moi jouer franc jeu et vous en dire un peu plus sur ce hobby caché qui est le mien. Chaque année, j'aménage cette petite clairière artificielle au milieu du champ, je fais pousser un gazon très fin et j'attends que les plants de maïs soient assez grands pour me cacher. Il me reste alors un mois, tout au plus, pour jouer avant que les récoltes ne viennent détruire mon terrain de jeu. Et je ne demande pas d'aide pour cette partie du champ, ce qui m'a toujours permis de garder mon secret. Ce soir, avec tout ce monde chez moi pour veiller sur Eli et Sarah, j'ai décidé de m'accorder quelques instants à taquiner la balle. C'est encore ici que j'arrive à penser le mieux. La concentration m'apporte un peu de sérénité, admit-il en allongeant le bras pour éteindre la lanterne.

— Puisque nous parlons de plaisirs défendus, je vous signale, si vous ne le savez pas, que votre mère produit dans sa cave de la liqueur de sureau ; et ça m'étonnerait que ce soit uniquement pour les vertus médicinales de ce breuvage. Vous voyez, nous avons tous nos secrets.

— Sans doute. Le mari de ma sœur Emma, Levi, donnerait plusieurs années de sa vie pour un tour en avion. Il s'arrête de labourer dès que l'un d'eux passe au-dessus de sa tête et le regarde avec des yeux d'enfant. Eh oui, Kat, nous autres Amish sommes juste des êtres humains.

Sa voix trahissait de nouveau sa fatigue. Kat elle-même était épuisée, mais elle goûtait au plaisir de passer un moment seule avec Luke. Ils restèrent un instant, allongés sur le dos, épaule contre épaule, à fixer le ciel.

C'était comme si une immense main invisible avait balayé les nuages. Jamais elle n'avait vu un ciel aussi constellé d'étoiles !

Kat vivait ce moment comme un délicieux privilège. Elle craignait pourtant que Luke ne tourne une fois de plus ses grands yeux vers elle, et qu'il ne lise sur son visage cette angoisse, cette envie d'appartenir. Envie de lui appartenir à lui ? A la communauté amish ? Appartenir à quelqu'un, quelque part, un jour… tout simplement.

— Je ferais mieux de rentrer, dit-elle enfin.

— Non… s'il vous plaît.

— J'ai tant de choses à faire demain… d'ailleurs, nous sommes déjà « demain ».

— Avez-vous vos propres secrets, Kat ?

— Quelques-uns, bien sûr, dit-elle après s'être éclairci la gorge. Comme le fait que je déteste ma mère pour nous avoir abandonnés, mon frère Jay et moi. Et que je m'en veux de n'avoir pas été là quand Jay est mort d'une péritonite.

— Vous pourriez là aussi estimer que votre mère est la principale responsable. Mais il vaut mieux pardonner, dès qu'on s'en sent capable ; sinon l'amertume vous ronge, lentement mais sûrement.

Kat essaya de contenir ses larmes. L'une s'échappa pourtant et roula le long de sa joue pour se perdre dans ses cheveux.

— Luke, ça ne nous fera pas avancer d'un pouce d'analyser mes états d'âme. Je suis là pour effectuer une enquête. Katie Kurtz ne vivra qu'une courte saison, comme votre charmant petit terrain de jeu, et puis elle partira.

Quand elle fit un geste pour se rasseoir, Luke tendit le bras au-dessus de son ventre pour la retenir, puis il prit sa main. Elle ne tenta pas de se dérober. Au contraire, l'un et l'autre serrèrent chacun un peu plus fort, comme s'ils pouvaient, par ce simple geste, échanger le peu d'énergie qu'il leur restait.

— Je comprends, murmura Luke. Inutile de philosopher, et encore moins de nous disputer là-dessus. Je sais moi aussi ce que c'est que de perdre un être cher et de chercher une personne à soi.

Comment avait-il deviné les pensées qui l'habitaient deux minutes plus tôt ? En tout cas sa voix avait sur elle des vertus apaisantes, et elle commença à se détendre enfin. Ils étaient là, côte à côte, comme mari et femme dans leur lit conjugal. Enveloppés d'un silence rassurant, à observer les étoiles — ou étaient-ce elles qui les regardaient ?

Ils restèrent ainsi longtemps, à tel point que Kat se demanda s'ils ne s'étaient pas endormis. La rosée commençait à perler sur leurs vêtements, et Kat éternua.

— Avant de me frotter à votre culture, reprit-elle, j'avais l'impression que les Amish étaient presque tous des saints.

— C'est une façon d'admettre que vous n'êtes plus tout à

fait une étrangère, Kat-Katie. En tout cas moi je ne suis pas un saint, ça non.

Luke roula sur le côté en s'appuyant sur son coude et se mit à la regarder. Kat ne voyait pas son visage, mais elle pouvait sentir ses yeux posés sur elle. Elle pouvait aussi sentir son souffle, sa peau… un parfum plus frais encore que l'herbe coupée. Doucement, il tendit le bras et posa la main sur sa hanche.

— Votre tacle était vigoureux, tout à l'heure, s'empressa-t-elle de dire pour cacher son trouble. Est-ce qu'en plus d'espérer devenir un jour le premier Tiger Woods amish vous avez aussi des ambitions dans le rugby ?

— Ma seule envie pour l'instant, Kat, c'est de vous embrasser.

Elle aurait voulu résister à cette tentation, à cette attirance trop forte. Ce n'était ni le lieu, ni l'heure, ni même peut-être la bonne personne pour échanger un baiser.

Mais les circonstances en avaient décidé ainsi.

Elle était là, couchée avec Luke au milieu d'un champ de maïs, dans une atmosphère de pure harmonie. Alors ils s'embrassèrent, se caressèrent et s'étreignirent sans retenue.

Kat avait bien peur de tomber amoureuse de Luke Brand un peu plus chaque jour.

Quand elle se réveilla le lendemain matin, Kat décréta qu'elle avait été ensorcelée par une fée des champs ou par quelque lutin malin, et elle tâcha de se convaincre qu'on ne l'y reprendrait plus. Elle prit la résolution de se concentrer uniquement sur l'arrestation des coupables. Aimer Luke était non seulement impossible mais parfaitement insensé.

Comme Ida avait dormi dans la ferme de Luke, Kat prit son

petit déjeuner toute seule dans la cuisine avant de filer pour aider Lee à préparer la salle de classe. Quand les enfants arrivèrent, elle réunit les plus jeunes pour leur donner une heure de leçon d'anglais. Après quoi elle reprit son buggy et roula en direction de Pleasant pour récupérer son téléphone et son ordinateur portable.

Se faufiler chez elle en costume amish lui parut parfaitement incongru. Elle remercia le Ciel que son propriétaire soit absent. Elle fit le tour de son appartement, qui lui sembla étrangement vide de tout. Elle n'avait pas envie d'allumer la télévision pour se tenir au courant des nouvelles du monde, ni de fouiner dans sa penderie, ni même de se regarder dans un miroir. Elle ne tenait pas non plus à décrocher son téléphone pour appeler qui que ce soit, ni à éplucher son courrier. Quelques minutes plus tard, elle faisait route vers Maplecreek. Ses pensées galopaient bien plus vite que cette brave Dilly.

Kat passerait tout d'abord brancher ses appareils chez Dan et Brooke. Mais elle avait surtout hâte de parler à Marnie Girkins, qui habitait à côté mais se trouvait sans doute à cette heure-ci à la Dutch Table ou dans sa boutique.

Kat était plongée dans ses pensées quand un véhicule derrière le chariot klaxonna plusieurs fois sans la dépasser. Elle se pencha pour regarder en arrière et aperçut une voiture de police.

— Est-ce qu'il faut que j'actionne la sirène et le gyrophare pour vous obliger à vous arrêter une seconde ? lança Ray Martin par la portière.

Envahie par la culpabilité, Kat prit le premier chemin qui s'ouvrait sur la droite et poursuivit, au trot. Ray engagea sa voiture derrière le buggy, la doubla et se mit en travers du chemin pour l'obliger à s'arrêter. Ray Martin descendit en claquant la portière. Kat, elle, resta juchée sur son chariot.

— Et si quelqu'un nous voyait ? demanda-t-elle.

— On racontera que je vous contrôle pour excès de vitesse, ironisa-t-il sans décocher un sourire. Pourrais-je savoir pourquoi vous êtes si difficile à joindre, ces derniers temps ?

— Je vous l'ai expliqué dans mon petit mot.

Elle ne savait pas s'il était au courant de la mésaventure sordide qui était arrivée à la dépouille du révérend Brand. S'il en avait pris connaissance alors qu'elle n'avait rien fait pour l'avertir, il pouvait très bien mettre un terme à sa mission, voire la licencier sur-le-champ. Elle devait décider rapidement si elle lui faisait confiance ou non. A moins qu'elle n'arrive à en dire juste assez… sans trahir les soupçons qu'elle avait sur lui, sur son fils et plus encore sur son beau-frère.

— Bon, même si vous n'avez rien de votre côté, moi j'ai des choses à vous apprendre, dit Martin en s'appuyant sur le buggy. Tout d'abord, ce pistolet semi-automatique que vous avez subtilisé à AJ Bigler était enregistré au nom de son père.

— Ah bon ? Je croyais que le jeune homme était en froid avec son papa. J'étais persuadée que cette arme appartenait aux Chevaliers de la Nation.

— J'en ai parlé à Clay. Il affirme que le rejeton a pris l'arme sans lui en demander l'autorisation. Mais le fait que Bigler père se soit procuré une arme d'assaut, même s'il l'a fait tout à fait légalement, est une information en soi. Il a prétendu qu'il l'avait achetée pour se protéger…

— Voyez-vous ça. C'est sûr, il court le risque de voir des Amish débarquer armés jusqu'aux dents pour lui faire la peau. Où habite-t-il ?

— Il a d'abord vécu dans une magnifique maison, non loin de l'université. Mais depuis son divorce, il y a environ deux ans, il a déménagé dans une ferme qu'il loue à trente kilomètres d'ici, au nord. Il m'a dit qu'il voulait revenir par ici. Il a l'air de vraiment aimer ce coin.

— Et où vivent son ex-femme et son fils AJ ?

— Son ex-femme ? Elle est partie dans l'Ouest, je ne sais pas trop où.

— Vous connaissez les raisons de leur rupture ?

— Pas vraiment. J'ai cru comprendre qu'il l'avait très mal vécue. Les ragots disent qu'elle en a eu assez de vivre avec quelqu'un qui ne pensait qu'à son travail. Je crois effectivement qu'à part l'affection qu'il peut avoir pour les membres de son syndicat, le type est plutôt un solitaire. AJ, lui, habite avec quelques jeunes recrues sur la propriété des Chevaliers. Il vit de petits boulots après avoir refusé de marcher dans les pas de son père en devenant charpentier. Comme vous vous en doutez, il passe le plus clair de son temps à ses entraînements « militaires ».

— Je suppose que vos questions sur l'arme ont dû mettre la puce à l'oreille de Clay Bigler, soupira Kat. AJ a également pu lui parler de notre si charmante rencontre.

— Clay continue d'affirmer qu'ils ne se voient plus. Manifestement, le fils le tient pour responsable du divorce. Et oui, j'ai dû expliquer à Clay comment j'avais eu l'arme, sans entrer dans les détails…

Alors, pensa Kat, il suffisait que le père et le fils en parlent une seule fois pour que l'un ou l'autre décide de se venger. Et qui savait ce qu'AJ ou même Ray Martin avaient raconté à Tyler Winslow. Oui, elle devrait être plus prudente que jamais.

— De plus, poursuivit Ray Martin, nous n'avons découvert

aucune empreinte exploitable sur les rotors arrachés aux moulins de Luke Brand. Soit les vandales portaient des gants, soit ils ont pris soin d'effacer toute trace.

— Je pencherais pour les gants. Celui qui conduisait la moto en portait. Et c'était aussi le cas des hommes qui ont volé le corps du révérend Brand en pleine procession. Corps que nous n'avons retrouvé que plusieurs heures plus tard.

C'était l'instant de vérité. Vu son expression, Ray Martin n'avait pas l'air au courant. Qu'allait-il faire maintenant ? Allait-il exploser en lui demandant pourquoi elle ne lui en avait pas parlé ?

— Descendez de ce chariot et marchons un peu, proposa-t-il en ôtant sa casquette pour passer nerveusement une main dans ses cheveux. Je crois que nous avons encore beaucoup de choses à nous apprendre ; et vous avez raison, il vaut mieux que personne ne nous voie parler ensemble.

— C'était tellement horrible que je vais avoir du mal à vous le raconter, lâcha Kat en sautant du chariot.

Mais elle s'appuya dos au buggy plutôt que de le suivre. Ray, qui avait commencé à marcher, se retourna et revint sur ses pas. Y avait-il quelque chose d'effrayant dans son regard ou était-elle en train de fantasmer ?

— J'ai juste besoin d'un peu plus de temps pour réunir des éléments concrets et vous les apporter, dit-elle.

— Ces salauds ont volé le corps du vieil homme ? demanda Ray Martin d'un air horrifié qui semblait sincère. Pendant plusieurs heures ?

— Nous l'avons retrouvé dans la fosse qui avait été creusée pour sa tombe. Sa famille l'a enterré depuis, répondit-elle avant d'expliquer ce qui s'était passé. J'ai demandé aux proches s'ils accepteraient une expertise de la tombe ou du corps lui-même, mais ils ont catégoriquement refusé. Au fait, la moto du side-car était une Harley-Davidson. Et l'un des « voleurs » a brandi une arme ; un 9 mm semi-automatique, d'après ce que j'ai pu voir.

— Un autre semi-automatique, murmura-t-il comme pour lui-même. Je suis surpris que l'information n'ait pas suinté à l'extérieur. Mais j'ai déjà pu vérifier à quel point les Amish savent être discrets. C'est d'ailleurs la raison pour laquelle j'ai pensé que notre petit stratagème pouvait marcher. Bon sang, Kat, pourquoi ne vous êtes-vous pas débrouillée pour me mettre au courant ?

— Pas facile quand on n'a ni téléphone ni ordinateur portable, rétorqua-t-elle, alors qu'elle cachait les deux sous le siège avant de son buggy.

— Vous avez toujours accès au téléphone qui se trouve dans l'atelier de Luke, il me semble.

— Je pense que vous réalisez, Ray, que je suis un peu prise entre le marteau et l'enclume. Les Amish ont eu tort de refuser votre protection pour l'enterrement. Ils ne souhaitaient pas non plus que les personnes extérieures à la communauté soient au courant du vol de la dépouille. Tout comme vous, ils attendent des choses de ma part, et parfois ces deux attentes sont contradictoires. Or, je me dois de leur être loyale en premier. Vous comprenez ?

— Oui, je crois bien, concéda-t-il en passant une nouvelle fois la main dans ses cheveux, maintenant luisants de sueur. Mais même si vous êtes tiraillée par les exigences des deux mondes, il va falloir que vous me teniez mieux informé, et si possible plus rapidement. De mon côté, je vais essayer de me renseigner sur ce side-car et sur cette Harley-Davidson… Ces types sont de vrais malades.

Kat acquiesça.

— Vous n'avez jamais eu affaire à ce genre d'agression dans la région ?

— Jamais, répondit Ray Martin en secouant la tête. Nous avons bien eu quelques virées sauvages de motards, mais ce n'étaient pas des gens du coin, et ils ont disparu aussi vite qu'ils étaient venus. Quant à l'utilisation d'un side-car…, dit-il en se grattant la tête, il faut que je vérifie. D'ailleurs, je me renseigne toujours sur cette moto cachée dans le silo de Reuben Coblentz. En attendant, je vous interdis d'aller visiter les cuves du coin pour voir si vous n'y trouvez pas une Harley-Davidson prête à être ensevelie lors des récoltes.

Cela rappela à Kat qu'elle avait bien l'intention d'aller faire un tour du côté de la ferme de Tyler Winslow. L'ex-épouse de Clay Bigler était sans doute hors de sa portée, mais Kat brûlait d'envie de poser quelques questions faussement anodines à la femme de Tyler Winslow. Or, la ferme de Paul et Mary Yoder était de celles qui jouxtaient l'immense propriété des Winslow. Et selon Paul, Louise Winslow vivait tellement recluse que la plupart des voisins ne l'avaient même jamais croisée. Kat aurait sans doute plus vite fait de cuisiner Ray Martin sur sa belle-famille, mais elle restait sur ses gardes avec lui.

— Alors, dit justement celui-ci pour rompre le silence, qui est sur la liste de vos suspects ? Il faudrait que je commence à les interroger.

— Si vous faites ça maintenant, ils vont se planquer. Par pitié, donnez-moi juste un peu plus de temps. Et s'il vous plaît, si vous posez des questions, faites-le le plus discrètement possible.

Ray Martin fronça les sourcils et rabattit sa casquette sur son crâne avec une exaspération de moins en moins dissimulée.

— J'ai l'impression qu'aujourd'hui, c'est vous qui donnez les ordres, maugréa-t-il en glissant ses pouces à sa ceinture. Et il me semble également que vous ne me dites pas tout ce que vous savez. Alors, de qui dois-je me méfier si je pose des questions ?

— Des personnes dont nous parlons depuis le début. Je garde un œil sur Reuben Coblentz, qui a quelques amis « anglais » aussi avinés que lui, et qui vit mal sa mise à l'écart. Il faut aussi faire attention à Clay Bigler et ses hommes, sans parler de son fils AJ.

— Et peut-être aussi d'autres « chevaliers ». Si vous voulez tout savoir, je suis plus attentif que jamais à ce que peut me dire mon beau-frère.

— Parce que vous le soupçonnez de quelque chose ? demanda Kat, piquée par la curiosité.

— Sûrement pas. Mais je crois qu'il est assis sur une poudrière, et que certains de ses partisans les plus jeunes sont des bombes à retardement. Je lui ai fait comprendre sans détour qu'il ferait mieux de me signaler tout agissement étrange au sein de ses troupes. Vous ne croyez tout de même pas qu'il est de mèche avec Coblentz parce que vous avez trouvé une moto dans un silo qu'il loue ?

— Je ne sais toujours pas ce qu'il faut penser de cette histoire.

— Eh bien, il va falloir vous organiser un peu, et vite, aboya-t-il en se dirigeant vers sa voiture. Voler un cadavre est déjà particulièrement grave, mais la prochaine fois, c'est peut-être une de leurs victimes qu'on enterrera, lança-t-il par-dessus son épaule.

Ray Martin ouvrit la portière avec rage, puis se retourna et pointa son index vers Kat avant de conclure :

— Rendez-vous demain soir au pont avec Luke, à 10 heures pétantes !

Alors que la voiture démarrait sur les chapeaux de roues, Kat, les rênes à la main, crut entendre de nouveau les paroles du policier : « Il va falloir vous organiser un peu, et vite… » C'était peut-être un de ces conseils un peu bourrus dont il avait l'habitude. Peut-être aussi un avertissement, voire une menace.

15.

Après cet entretien tendu, Kat rejoignit Maplecreek et utilisa la clé que lui avait confiée Dan pour ouvrir la porte arrière de sa vaste demeure. En pénétrant dans Melrose Manor, elle songea qu'il méritait bien son titre de manoir.

Elle mit son ordinateur portable et son téléphone en charge, puis visita rapidement les lieux. La maison était vraiment charmante, même si elle paraissait presque vide. Comme on pouvait s'y attendre dans l'antre d'un charpentier amish, tous les meubles étaient taillés dans un beau bois, massifs, sans fioritures. Elle reconnaissait la puissance nue des tables et des placards qui se trouvaient chez Luke et dont Dan était sans doute l'artisan.

Aussitôt, la ferme de Luke lui apparut, avec ses pièces hautes de plafond qui inspiraient le calme. Une bâtisse où les émotions ricochaient sur tous les murs. Quand Luke entrait dans une salle, il l'emplissait de sa présence, tandis qu'Eli et Sarah, avec leurs rires, en éclairaient tous les coins.

Kat s'approcha de la grande fenêtre du salon pour regarder l'auberge où vivait Marnie Girkins. A sa grande surprise, Marnie apparut au volant de sa voiture et s'engagea dans la cour. Sans doute fuyait-elle parfois l'effervescence de son restaurant pour venir déjeuner chez elle en paix. Une minute plus tard,

Kat refermait la porte du manoir et décidait de marcher à la rencontre de Marnie. Elle était à mi-chemin quand elle vit un véhicule s'engager à son tour dans la cour de Marnie — un véhicule qu'elle aurait reconnu entre mille : le 4x4 rouge de Clay Bigler !

Elle résista à l'envie de se plaquer au sol, et resta immobile, comme pétrifiée. Parfois, gesticuler ou se cacher en toute hâte était la meilleure solution pour se faire remarquer. Comme hypnotisée, elle regarda Clay Bigler sortir de sa voiture, en espérant qu'il ne l'avait pas repérée. L'homme prit une dernière bouffée de son mégot, puis l'écrasa du pied dans les gravillons. Après quoi il monta les marches du porche arrière de l'auberge, exhalant de longues volutes de fumée blanche. Il portait sous le bras une chemise en carton. Bigler frappa à la porte et fut immédiatement invité à entrer.

Kat se réfugia derrière un haut buisson de roses trémières. Il était facile de délimiter le fabuleux jardin de Marnie Girkins. Les parcelles voisines étaient envahies d'herbes folles, alors que les alentours de l'Auberge de la vallée étaient extrêmement soignés, avec leurs pommiers bien taillés, leurs rosiers magnifiques, et bien d'autres bosquets arrangés avec goût. Le tout était organisé en allées élégantes qui dispensaient leur ombre sur des petits kiosques de facture amish.

Kat réussit en un éclair à se cacher derrière un bouquet de roseaux. Elle aperçut un de ces petits moulins que confectionnait Luke, et dont les pales semblaient invisibles tant le vent les faisait tourner vite.

Derrière ses roseaux, Kat se demandait quels liens pouvaient bien unir Clay et Marnie. Peut-être cette rencontre était-elle professionnelle : après tout, il était naturel que l'un des principaux entrepreneurs d'Amish Acres lui rende visite alors qu'elle faisait construire sa maison dans ce lotissement. D'un autre côté, Paul Yoder lui avait appris que Bigler prenait des clichés des ouvriers amish pour prouver au procès qu'ils n'utilisaient pas les protections habituelles… Il s'agissait d'une autre raison possible de venir voir une passionnée de la photographie. Pouvaient-ils cacher une relation plus intime ? Certes, ils étaient tous deux célibataires, et Clay semblait être attendu. La réponse se trouvait sans doute dans cette chemise en carton. Kat mourait d'envie de s'approcher un peu plus, mais c'était sans doute prendre un risque inutile.

Elle tenta d'y voir un peu plus clair dans ses soupçons sur Clay Bigler. Quand il était venu présenter ses condoléances chez les Brand, il avait semblé très intéressé par le choix du nouveau révérend. Et son commentaire sur le possible empoisonnement de Jacob Brand avait paru pour le moins saugrenu à Kat.

Elle décida de rebrousser chemin pour aller rejoindre son chariot. Deux options s'offraient à elle : soit elle attendait que Clay Bigler débarrasse le plancher, soit elle faisait semblant d'arriver, et en profitait pour essayer de glaner quelques informations utiles. Alors qu'elle s'apprêtait à quitter sa cachette, la porte s'ouvrit sur Bigler qui jeta un long regard à Marnie avant de descendre les marches. Il ne semblait pas craindre les regards extérieurs. Sans se presser, il alluma une nouvelle cigarette, monta calmement dans son bolide et s'en fut. Si seulement Kat avait eu une voiture pour le suivre !

— Allez, Dilly-Dally, ce n'est pas l'heure de s'endormir, dit Kat en tapotant gentiment le flanc de sa jument. Nous avons encore du pain sur la planche.

Kat noua les rênes de Dilly à l'un des anneaux disposés

à cet effet devant l'auberge, à côté du parking réservé aux automobiles. Pourquoi, se demanda-t-elle, Clay Bigler avait-il ressenti le besoin de se garer dans la cour de gravier derrière le bâtiment, comme le ferait plutôt un ami ? Craignait-il que l'on aperçoive son 4x4 garé devant l'auberge ?

Quand Kat grimpa les marches de l'entrée principale, elle perçut la voix de Marnie à travers la porte. Elle s'apprêtait à cogner du poing sur le cadran de bois, mais préféra écouter ce que la restauratrice pouvait bien dire. Elle réalisa alors que Marnie Girkins était en pleine conversation téléphonique.

— Je n'arrive pas à croire que tu me manques déjà, disait Marnie. Oui, mon chéri, chaque minute qui passe sans toi est une torture…

Pause.

— Non, ce n'est pas suffisant… j'ai de plus en plus besoin de te voir.

Kat ne put s'empêcher de rougir. Elle s'en voulait d'écouter ainsi aux portes, mais réfléchissait en même temps à ce qu'elle était en train d'entendre. Ainsi, Clay et Marnie avaient une histoire ensemble ? Non… Clay venait à peine de partir : il devait s'agir de quelqu'un d'autre.

— Je sais… je sais que tu travailles dur, mon amour, disait Marnie. Je n'ai tout simplement pas envie qu'elle sache que nous sommes ensemble. En tout cas pas pour l'instant.

Qui, au juste, ne devait pas savoir ? Marnie parlait-elle de Katie Kurtz, ou y avait-il une autre « elle » ? Kat dévala les marches sur la pointe des pieds en prenant garde à ne pas se faire remarquer. Elle s'écarta de l'entrée, puis revint en lançant bien fort :

— Marnie ! Vous êtes là ?

La porte s'ouvrit et la tête de Marnie Girkins apparut dans l'embrasure.

— Katie, quelle bonne surprise ! Vous m'avez retrouvée. Entrez, entrez. J'espère que vous ne m'apportez pas une mauvaise nouvelle. Comment se porte Ida, dites-moi ? Je voulais passer, mais je me suis dit que tous ses proches s'occuperaient d'elle bien mieux que je ne saurais le faire.

— *Ja*, elle se porte aussi bien que possible en de telles circonstances, répondit Kat en entrant.

Contrairement à son minuscule bureau coincé au fond de la Dutch Table, le salon, ici, était décoré d'un mobilier magnifique, et chaque objet semblait à sa place. Un superbe escalier en chêne menait à l'étage supérieur, et une délicieuse odeur citronnée flottait dans le grand salon — des bougies parfumées peut-être, ou la cire passée sur les lambris. Et sur tous les murs s'alignaient des photographies noir et blanc encadrées sobrement. Probablement celles de Girkins père, et peut-être aussi quelques clichés de Marnie.

— Pour tout vous dire, je suis là pour la petite Sarah, dit Kat, qui tenait à rester debout pour ne pas se laisser « attraper » comme la fois précédente.

— Pour Sarah ? s'exclama Marnie en haussant les sourcils. Mais je connais à peine ce petit ange.

— Ecoutez, ne lui en veuillez pas, mais elle m'a montré la photo de sa mère que vous aviez réalisée.

— Ah, je vois… oui, c'était peut-être un peu déplacé de ma part de la lui donner.

— Ne vous faites pas de reproches, elle l'adore. C'était un beau geste.

Marnie sembla se détendre un peu, et Kat en profita pour poursuivre :

— Je pense sincèrement que vous avez du talent, comme votre père, pour saisir ce genre de moments et en faire des images. Sarah se demandait si vous n'auriez pas, par hasard, une photo de son grand-père qui vient de mourir, et je lui ai promis de vous en parler.

— Je vois, dit-elle encore.

Une heure plus tôt, Kat s'imaginait en train de demander à Marnie de lui montrer ses albums pour essayer de noter tous les détails qui pourraient lui être utiles. Elle avait maintenant l'impression que l'artiste amateur était embarrassée par son hobby. Que Marnie craignait-elle d'admettre, au juste ? Son admiration pour les Amish ? Son amour pour son père ?

— Ecoutez, lâcha finalement Marnie, une main plantée sur sa hanche, le cliché que j'ai pris date de plusieurs années.

— Quelle importance ? Je suis sûre qu'il est magnifique. Vous semblez avoir hérité du talent de votre père. Ce sont ses photos, ici sur le mur ?

— Il y en a de lui, et quelques-unes de moi, répondit Marnie en lui lançant un regard intrigué. Vous savez, vous êtes la première personne amish qui m'avoue son intérêt pour la photographie.

Kat s'en voulut de sa maladresse : elle avait encore une fois failli se trahir. Elle aurait donné cher pour cesser cette comédie, sortir un badge et soumettre Marnie Girkins à un interrogatoire sans plus de préliminaires. Mais il lui fallait à tout prix calmer ses pulsions « policières ».

— Bien, je ne vais pas vous déranger plus longtemps. J'avais juste promis à Sarah de vous poser la question. Elle m'a aussi dit que votre jardin était splendide, et j'ai l'impression qu'elle ne m'a pas menti.

— Vous êtes allée voir la cour derrière l'auberge ?

— Non, je l'ai juste aperçue en passant devant chez vous.

— Et qu'a dit Sarah sur mon jardin ?

Kat coupa court poliment à la discussion : elle ne voulait pas mettre la fillette en avant pour des questions de stratégie, d'autant plus que sa tentative semblait vaine. Si seulement elle pouvait faire confiance à Ray Martin, elle lui demanderait de mener l'entretien lui-même, sous prétexte d'approfondir l'enquête sur les vitrines brisées, par exemple. Il pourrait alors aborder plus facilement que Kat la passion de Marnie pour la photographie, voire se risquer à aborder ses amours secrètes.

Quand Kat claqua les rênes sur les flancs de Dilly pour reprendre le chemin de la petite école, elle avait l'impression qu'un piège aux dents serrées se refermait peu à peu sur elle. A part les Amish eux-mêmes, elle ne savait plus à qui elle pouvait faire confiance. Elle avait besoin de Ray, mais ne voulait pas trop lui en dire. Et elle n'était plus certaine que Marnie Girkins, qu'elle voyait au départ comme un ange gardien du peuple vertueux, était finalement blanche comme neige.

Elle décida d'appeler Brooke, et conduisit son chariot jusqu'à un bosquet pour sortir le téléphone portable qu'elle avait récupéré dans le manoir de la jeune avocate.

— Brooke ? C'est Kat. Du nouveau pour Melly ?

— Oh, Kat ! Dan m'a dit que vous pourriez appeler. Oui, Melly bouge de plus en plus. Je suppose que c'est une bonne chose, mais ils ont dû la sangler à son lit, et j'ai un peu de mal à supporter cette image. Dan est allé se reposer un peu.

Nous étions tellement soulagés d'apprendre que vous aviez retrouvé le corps de Jacob, et qu'il avait enfin été inhumé. Il paraît que c'est grâce à vous, et les Amish vous en sont très reconnaissants.

— Je n'ai pas l'impression qu'ils me doivent quoi que ce soit pour l'instant. Je voulais vous avertir que j'étais passée chez vous pour recharger mon téléphone, et j'y ai laissé mon ordinateur portable.

— Parfait. Cela me rappelle que Dan m'a demandé de faire une petite recherche sur Internet sur les attaques qui visent les Amish. Il y en a malheureusement bien plus que je ne le pensais au cœur de notre pays, pourtant si prompt à mettre en avant leurs valeurs de liberté et de tolérance. Vous avez un moment pour que je vous en parle un peu ?

— Bien sûr. Allez-y.

— Des agressions à l'encontre des Amish ont lieu dans un Etat tout proche, l'Indiana. Cela fait des années que ça dure, mais les Amish, fidèles à ce que les journaux appellent leur « mentalité de martyrs », ont toujours refusé d'appeler la police à l'aide. Une chance qu'ils aient franchi le pas à Maplecreek.

— Est-ce que les auteurs de ces crimes sont des hommes jeunes ?

— Oui ; ils agissent en bandes, très rarement seuls.

— L'effet d'entraînement du groupe…

— Exactement. Et ils semblent hériter de cet esprit belliqueux : leurs oncles et leurs pères avaient très souvent commis le même genre de « bêtises » dans leur jeunesse.

« Leurs oncles et leurs pères »… A ces mots, Kat ne put s'empêcher de revoir le jeune Mark Martin, venu le jour de l'enterrement encadré par papa Ray et tonton Tyler.

— Ils appellent les Amish « les singes de la tourbe », poursuivit Brooke. Une manière de se moquer de leurs origines paysannes.

— C'est invraisemblable ! s'indigna Kat. L'Amérique ne s'est-elle donc pas fait assez d'ennemis à l'extérieur pour s'en trouver encore à l'intérieur ?

— Je sais, c'est parfaitement pathétique.

— Et aujourd'hui, toutes les polices sont mobilisées sur la lutte antiterroriste. C'est d'ailleurs une des raisons pour lesquelles Ray Martin n'a trouvé que moi pour mener cette enquête.

— A propos de Ray : il y a quelques mois, j'ai parlé avec lui du papier que son fils avait écrit sur les Amish. J'étais tombée dessus quand Jen sortait avec Mark. Ray souhaitait tout d'abord qu'il soit publié par le *Quotidien de Maplecreek*, mais il a changé d'avis : il craignait que la description des agressions ne donne des idées à certains esprits faciles à manipuler.

Kat se demanda si un tel homme pouvait vraiment participer à ces actes, ou même les couvrir. A moins qu'il ne soit parfaitement machiavélique et s'arrange systématiquement pour lever tout soupçon qui pourrait lui coller à la peau…

Elle se pinça l'arête du nez. Peut-être était-elle en train de sombrer dans une paranoïa ridicule en imaginant que tout le monde, dans cette histoire, avait quelque chose à cacher.

— J'en conclus que vos relations avec Ray Martin et son fils sont assez bonnes ? demanda-t-elle à Brooke.

— On peut dire ça, oui. J'ai néanmoins entendu que le père s'était disputé avec son fils, à qui il reprochait sa passion pour les armes à feu. Je suppose qu'il a eu le loisir de voir les dégâts qu'elles pouvaient faire quand il était tireur d'élite dans la marine.

Ça alors, elle en apprenait tous les jours ! Le fils était passionné par les armes, et le père ancien tireur d'élite...

— Et vous savez sans doute que les Chevaliers de la Nation, que dirige l'oncle de Mark, possèdent un véritable arsenal sur leur propriété. Il est vrai qu'ils se contentent de tirer sur des cibles en carton... et tant que notre Constitution estimera que cela fait partie de la libre expression de chacun, nous n'aurons rien à dire.

— Brooke, pourriez-vous me rendre un dernier service ?

— Si je peux le faire depuis l'hôpital.

— Je ne devrais pas vous demander ça alors que mon ordinateur portable se trouve chez vous, mais je dois retourner à ma vie amish, et je ne sais pas quand je pourrai le faire moi-même... Vous serait-il possible de mener quelques recherches sur deux ou trois personnes dont je ne sais plus que penser ?

— Je peux faire ça. Je suppose que vous incluez Ray Martin sur votre liste ? Je vous dirais volontiers que vous faites fausse route ; mais après tout, je m'étais renseignée sur son prédécesseur, qui me semblait une personnalité peu fréquentable, et il m'était alors apparu sous un jour bien différent. J'aurai peut-être la surprise inverse avec Ray Martin. Qui d'autre ? Tyler Winslow ?

— Oui. Et Clay Bigler aussi, le patron du syndicat des charpentiers. C'est vraiment adorable de votre part.

— Clay Bigler, oui... Dan m'a confié qu'il avait un caractère de cochon, celui-là. D'accord.

Kat ne cita pas Reuben Coblentz, car il y avait bien peu de chances qu'on trouve trace de lui sur Internet, même avec un puissant moteur de recherche.

— Juste un nom de plus, dit-elle en se mordant la lèvre. Marnie Girkins.

— Marnie Girkins ? Alors là, je ne vous suis plus.

— J'essaye juste de recouper des informations. Vous savez si elle a quelqu'un dans sa vie ?

— Je ne pense pas. Je l'ai toujours vue comme une femme mariée à ses affaires et à ses hobbies.

— Est-ce que ses hobbies comprennent la photographie ?

— Pas à ma connaissance. Je pensais plutôt au jardinage.

— Brooke, je ne vous remercierai jamais assez. Maintenant je dois vous laisser. La cloche de l'école va bientôt sonner, et j'ai promis à Luke de raccompagner Eli et Sarah.

— Appelez-moi dès que vous le pourrez. Je ne voudrais pas faire sonner votre portable dans vos jupons ou sous votre bonnet.

Les deux femmes partirent d'un éclat de rire. Kat lui donna son numéro malgré tout, pour qu'elle lui laisse un message à l'occasion. Brooke, pensa Kat, était un cadeau du Ciel dans ce tourbillon d'événements.

Elle sourit de nouveau en roulant vers l'école. Deux semaines plus tôt, jamais elle n'aurait qualifié qui que ce soit de « cadeau du Ciel ». Oui, elle était bien en train de devenir amish.

Après le dîner, pris ce soir-là dans la ferme de Luke, Kat fit la vaisselle, mais Ida insista pour l'essuyer. Kat-Katie s'était auparavant activée devant les fourneaux pour préparer le repas avec les ingrédients que des voisins avaient apportés dans l'après-midi. Une chose qui, quelques jours auparavant, aurait confiné à l'exploit.

— Vous savez, Ida, je commence à vraiment prendre goût à la cuisine ; en m'appliquant, je devrais réussir à me débrouiller.

— Dans une semaine, les récoltes débuteront, annonça la vieille dame. Il y aura de la nourriture à profusion ! Vous pourrez vous perfectionner avec les sœurs Amish et vous emporterez les recettes quand vous partirez.

Les sœurs... ce mot semblait doux à Kat, qui n'avait eu qu'un frère et l'avait laissé partir. Quant aux réflexions à double tranchant d'Ida Brand, elle avait appris à ne plus s'en sentir blessée. La mère de Luke était foncièrement honnête, on ne la changerait pas, et c'était très bien comme ça. Et puis quand Kat partirait, cela voudrait dire que les agresseurs auraient été arrêtés.

Ida se laissa tomber sur une chaise de la cuisine, mais Kat la trouvait d'une force étonnante malgré sa fatigue. Elle donnait le change en face des visiteurs, et ne semblait pas s'en vouloir d'avoir servi à son mari une tarte qui avait peut-être été de trop. Au moins, elle ne s'usait pas le cœur en se sentant coupable de toutes sortes de choses, comme c'était le cas pour Kat.

Celle-ci observa Luke qui lisait un livre sur l'histoire de l'Europe dans le petit salon. Il lui rendit son regard en souriant. De temps en temps les enfants, qui faisaient leurs devoirs dans la pièce à côté, débarquaient dans la cuisine pour lui poser une question.

Tout semblait si paisible. Etrangement calme, au lendemain d'un enterrement et à la veille des récoltes. Mais pour les travaux des champs comme pour tout, les Amish savaient s'organiser et se serrer les coudes. Tous utiliseraient à tour de rôle l'antique moissonneuse qui dormait pour l'instant dans un garage. Chaque fermier aiderait ses voisins, qui l'aideraient à leur tour, jusqu'à ce que tous les champs soient fauchés.

— Je retourne dormir à la maison ce soir, annonça soudain Ida.

La vieille femme dit bonsoir à son fils et à ses petits-enfants, et Kat la raccompagna jusqu'à la *daadihaus* pendant que Luke préparait le bain d'Eli et Sarah. Le jeune garçon, qui ne laissait plus personne d'autre que Kat s'occuper de son œil, sortit en courant derrière elle.

— Katie, Katie, est-ce que tu reviendras après pour me mettre mes gouttes ?

— Je le ferai dès que tu auras pris ton bain, lui dit-elle en ébouriffant sa tignasse.

Le garçon avait autant besoin d'une coupe de cheveux que d'un bon shampooing. Puisque c'était Luke qui faisait office de coiffeur à la maison, il faudrait qu'elle lui rappelle de prendre ses ciseaux.

Alors que Kat se retournait vers Ida, elle aperçut une ombre qui se collait au mur de l'étable. Elle tira Eli par le poignet et le jeta presque dans les bras de sa grand-mère ; puis elle fit volte-face pour les protéger tous les deux.

Elle eut très vite l'impression de connaître cette silhouette dégingandée.

— Reuben ? lança-t-elle. C'est vous ?

— *Ja*, répondit-il en sortant de l'ombre.

Pour la première fois, Kat craignit que la véritable cible de ce déchaînement infernal ne soit Eli. Après tout, il avait été présent lors de toutes les agressions, depuis le linge aspergé d'immondices jusqu'à l'attaque de l'école en passant par l'épisode des feux d'artifice. Et il était encore présent pendant l'attaque du corbillard. Elle était prête à le défendre si son grand-père venait régler ses comptes. Cependant, son instinct féminin et son expérience lui disaient que le vieil homme n'avait pas de mauvaises intentions à l'égard de son petit-fils.

— Je viens juste parler affaires, dit Reuben en s'approchant. Je voudrais embaucher Luke pour remettre sur pied le moulin qui se trouve chez moi. Je le paierai bien.

Reuben salua « Jacob Ida » en inclinant la tête quand il l'aperçut derrière Kat. Il savait sans doute qu'entre les deux femmes, à quelques pas de lui, se trouvait son petit-fils, Eli.

— Reuben, lança Ida Brand d'une voix cinglante, vous vous cachiez dans notre étable ?

— Non, madame Brand. Même si je me serais bien caché quelque part pour assister aux funérailles du révérend. Je suis désolé qu'il nous ait quittés, même si c'est pour un monde meilleur. Je ne suis là que depuis deux minutes. Je voulais juste laisser un message pour Luke.

Reuben s'approcha encore et leur tendit une feuille de papier pliée en quatre.

— Et je n'ai pas bu ce soir, crut-il bon d'ajouter.

A moitié rassurée, Kat plissa les yeux pour essayer de savoir s'il portait une arme ; mais à moins de l'avoir cachée dans son dos, il n'en avait pas. Il portait un jean et un vieux blouson de cuir sombre.

— Je transmettrai le mot à Luke, dit Kat en voyant qu'Ida ne réagissait pas.

A cet instant, Eli se libéra des bras de sa grand-mère et fit un grand pas de côté.

— Moi je peux le faire, parce que je dois aller prendre mon bain, s'exclama le garçon en avançant vers lui.

Reuben lui tendit la feuille qu'Eli attrapa mais ne la lâcha pas immédiatement. Ils restèrent un moment reliés par ce morceau de papier, comme s'ils se serraient la main.

— Je suis désolé pour ton œil, Eli, dit Reuben en se penchant pour se mettre à sa hauteur.

Kat ne savait pas trop s'il s'excusait, ou s'il réconfortait seulement Eli. Ce dernier prit enfin le billet et repartit en courant vers la ferme de son père.

— Une branche lui a fouetté le visage et presque crevé l'œil, intervint Ida. Mais vous feriez mieux de retirer la poutre que vous avez dans votre œil à vous, Reuben Coblentz. Vous pourriez ainsi revenir parmi nous. Ça serait sans doute utile, *ja*, puisque Eli vient de perdre son autre grand-père. Il vous aurait, vous ; un enfant a toujours besoin d'un aïeul.

Reuben renifla bruyamment, puis se mit à courir vers le chemin qui le ramenait chez lui, sans même leur dire au revoir. Une façon maladroite d'essayer de cacher qu'il pleurait.

— J'ai quelque chose pour vous, lança d'emblée Ray Martin quand Luke et Kat arrivèrent au pont couvert le lendemain soir.

Kat ressentit une vague culpabilité : lui avait-il apporté un téléphone portable, alors qu'elle avait récupéré le sien en secret ?

En réalité, ce qu'il lui tendit était un objet sombre, qu'elle ne reconnut pas tout de suite. En s'approchant, elle comprit qu'il s'agissait de son bonnet noir, qui portait encore des brins de paille.

— Comment l'avez-vous obtenu ? demanda-t-elle en essayant de masquer son trouble.

— Les « gardes » de mon beau-frère, comme ils s'appellent entre eux, l'ont trouvé sur la propriété des Chevaliers. Tyler a eu la gentillesse de me l'apporter pour que je le restitue à la communauté amish. Je me suis dit qu'il vous serait facile de trouver la personne qui l'a imprudemment perdu là-bas.

Kat réfléchit aussi vite qu'elle le put. Elle n'avait pas expliqué à Ray ni même à Luke à quel point elle s'était jetée dans la gueule du loup ce soir-là.

— Où les « gardes » de votre beau-frère l'ont-ils découvert ? demanda-t-elle.

— En déplaçant des bottes de paille qui servaient au décor d'une soirée privée. Pour être franc, je n'arrive pas plus que Tyler à comprendre comment il a pu atterrir là. Car il n'a, je crois, jamais été question que vous preniez de tels risques pour faire avancer l'enquête, surtout après avoir manqué de vous faire violer — ou pire encore — lors de votre première visite.

Par ses allusions, Ray Martin faisait comprendre à Kat qu'il savait qu'elle lui avait caché des choses importantes. Mais avait-il saisi également pourquoi elle le faisait ? Si son beau-frère et lui avaient quoi que ce soit à voir avec ces attaques, pourquoi diable lui retournaient-ils son bonnet ? Et si Tyler Winslow était au courant de sa mission chez les Amish — grâce à Ray, par exemple — pourquoi essayait-il de l'avertir de la sorte, plutôt que de chercher à la stopper ?

— Moi je sais comment le bonnet a dû se retrouver là-bas, intervint Luke.

— Vous ? s'étonna Ray Martin.

— Vous n'ignorez pas que les routes et les champs qui bordent la propriété des Chevaliers constituent les meilleures tribunes pour contempler les feux d'artifice qu'ils tirent lors de la fête de l'Indépendance. Et je ne vous apprends pas que certains Amish garent leurs chariots dans le coin pour y assister, assis dans les champs sur des couvertures. Une Amish aura oublié son bonnet… l'herbe aura poussé, et quand les Chevaliers ont fait les foins, le couvre-chef s'est retrouvé dans une des bottes de paille. Ou plus simple encore : les bottes leur ont été vendues par des agriculteurs de chez nous, et une des femmes qui aidaient aux champs l'aura laissé tomber.

Kat remercia silencieusement Luke de lui venir ainsi en aide.

— Ouais, grommela Ray, un peu désarçonné. Ou alors il appartient à une femme qui a perdu la tête, en plus de son bonnet. Qu'est-ce que vous en pensez, Katie Kurtz ?

— Luke connaît les Amish beaucoup mieux que moi, vous savez, répondit Kat.

— Bon, maugréa Ray Martin en lui jetant le bonnet sans ménagement, j'aimerais qu'une chose soit bien claire entre nous. La prochaine fois que vous envisagez une expédition chez les Chevaliers, que vous voulez espionner le syndicat des charpentiers ou que sais-je encore, vous m'en parlez en premier. Est-ce que je me fais bien comprendre ?

— Chaque fois que les circonstances le permettront, répondit Kat.

— Si vous ne le faites pas, je vous confisque le dossier et je vous vire. Et je détesterais vous perdre, Kat. Je *détesterais* vous perdre.

Luke réussit à contenir sa colère jusqu'à ce qu'ils soient remontés dans le chariot. Une minute plus tard, il tenait si fort les rênes que Sandy s'arrêta en plein chemin, surprise. Il lâcha la bride et la jument repartit.

— Vous êtes allée chez les Chevaliers en pleine fête privée ? demanda-t-il, mâchoire serrée. Et vous y êtes retournée alors qu'ils étaient tous réunis ?

— Luke, pensez-vous vraiment que je ferais progresser l'enquête en jouant à l'Amish parfaite entre la ferme et l'école ? Oui, j'y suis allée une deuxième fois, et si je trouvais une troisième occasion de le faire, j'y retournerais sans hésiter.

— J'ai essayé de vous couvrir, mais je commence à être d'accord avec Ray. Vous ne pouvez pas continuer comme ça.

— Des enfants — à commencer par votre fils et votre nièce — ont été agressés, le corps de votre père a été dérobé, outragé… et vous voudriez que je me mette au vert ?

— Non. Cependant je ne suis pas sûr que votre couverture vous protège complètement. Imaginez que Tyler Winslow ait compris que vous n'étiez pas vraiment amish.

— Ray aurait vendu la mèche ?

— Je vois bien que vous ne lui faites plus confiance. Avez-vous la moindre preuve concrète contre lui ?

— Non, sinon qu'il a des relations qui me gênent, et dont il ne m'a pas parlé dès le départ alors que j'aurais dû en être la première avertie.

— De même que je ne vous ai pas mentionné d'emblée le lien qui m'unissait à Reuben Coblentz. Allez-vous me soupçonner pour autant ? Vous avez décidément de la difficulté à faire confiance aux autres, et ça ne s'arrange pas.

Luke regrettait parfois d'être aussi rude avec elle. Cette femme avait été d'un grand secours dans les pires moments de sa vie, alors qu'elle n'était pas là pour ça. Il lui avait dit qu'elle devenait un peu plus amish chaque jour, mais elle savait aussi le rendre, lui, plus « anglais ». Il avait perdu de son austérité.

— C'est vous qui me parlez de faire confiance ? s'emporta Kat. Dites-moi, pourquoi êtes-vous toujours sur mon dos, à me surveiller comme une gamine ? J'agis non seulement en suivant mon instinct de flic, mais aussi parce que j'ai appris à aimer votre peuple. Alors laissez-moi faire !

— Pas si vous courez un risque d'être blessée. Je ne peux pas admettre ça.

— Luke, vous êtes mon hôte et mon ami, mais vous n'êtes ni mon patron ni mon mari. Si vous me demandez de partir, je le ferai. Cependant j'espère que vous me laisserez rester parmi vous.

« J'espère que vous me laisserez rester parmi vous. » Tout en conduisant, Luke se repassa cette phrase en boucle. Il aurait voulu qu'elle prononce ces mots à un autre moment, et qu'ils aient un autre sens.

— Votre père comme le révérend Yoder ont dit que j'étais l'envoyée de Dieu pour vous aider, reprit-elle.

— Vous croyez en la volonté de Dieu ? demanda-t-il alors qu'ils apercevaient les lumières de la ferme.

— Je commence à y croire. Vraiment.

— Alors ça me suffit, dit Luke en hochant la tête.

Mais plus il avait de preuves de ce courage obstiné dont Kat faisait montre chaque jour, moins il avait envie de la laisser seule, à aucun moment. Dans une semaine commenceraient les récoltes, et il avait promis à Paul Yoder de passer réparer son moulin. Il voulait également remettre sur pied celui de Reuben, pour lui prouver sa bonne volonté ; sa mère lui avait glissé à l'oreille que le vieil homme lui semblait sincèrement désireux de rentrer dans le rang.

Luke appréhendait toutes ces heures où il ne serait pas là pour protéger Kat, des autres et d'elle-même. Il aurait voulu la garder au chaud dans son cœur, qu'elle ne quittait plus.

16.

Kat sursautait chaque fois qu'ils passaient près d'une charpente encore à nu, lorsque les ouvriers mettaient en marche leurs perceuses ou cognaient les poutres à grands coups de masse. Grayson Gilmore servait de guide aux deux « cousines » le long des allées d'Amish Acres.

— Vous vous y habituerez, lança Gil en riant. Le monde moderne !

Lee rabattit les pattes de son bonnet sur ses oreilles pour se protéger de ce vacarme infernal. Kat, elle, observait un maximum de détails en évitant de regarder avec trop d'insistance. Les pistolets à air comprimé qui plantaient les clous dans les cloisons de bois lui rappelaient un douloureux souvenir. Elle avait découvert un jour un jeune caïd d'à peine seize ans avec une mèche d'acier enfoncée dans le front. Le bout de métal avait été tiré par ce genre d'outil. A l'hôpital, le chirurgien lui avait expliqué que les dégâts commis correspondaient à ceux d'une balle de calibre 22.

A part les charpentiers et ceux qui s'occupaient des toitures, la plupart des ouvriers étaient de repos ce jour-là. Kat n'était pas mécontente que Lee l'accompagne pour ce petit tour ; ainsi, elle n'était pas seule à subir l'humour de Gilmore, même si le jeune homme s'était pour l'instant montré très courtois.

— On ne prend conscience de la taille de ces futures maisons que lorsqu'on en voit les fondations, commenta-t-elle. C'est vraiment impressionnant.

— *Ja*, acquiesça Lee, on pourrait stocker des vivres pour un régiment dans chacun de ces trous. Ce doit être assez dangereux la nuit tombée.

— Il n'y a personne ici la nuit, à part le garde qui fait des rondes pour éviter les vols de matériel, répondit Gil. Vous savez, même dans une petite ville du fin fond des Etats-Unis, il se passe parfois des choses étranges.

Kat mourait d'envie de lui demander à quel genre de choses il faisait allusion, mais elle préféra se taire.

— Ils vont couler la dalle de cette maison-ci lundi prochain, expliqua Gil. Maintenant, si vous voulez, je vais vous montrer la maison que fait construire Marnie Girkins.

Ils prirent une rue qui venait d'être baptisée Pinwheel Quilt Road et s'enfoncèrent dans le lotissement. Les deux jeunes femmes avaient dit à Gil qu'elles préféraient marcher plutôt que de monter dans sa voiture, mais elles ne se doutaient pas que le nouvel ensemble était si vaste.

Le futur manoir de Marnie — Kat ne voyait pas quel autre mot employer pour le désigner — se trouvait au bout d'un cul-de-sac, aux confins du lotissement. Au squelette de bois constitué de poutres impressionnantes, on devinait que la demeure s'élèverait sur trois niveaux : un immense rez-de-chaussée, un étage tout aussi spacieux et un grand grenier. A en croire les emplacements réservés aux fenêtres et aux baies vitrées, les pièces seraient baignées de lumière du matin au soir. Derrière la bâtisse s'étendrait un grand jardin, au fond duquel on voyait déjà un charmant bosquet — un luxe que peu de résidents pouvaient se payer sur ces anciens champs de maïs.

— En tout cas, elle ne manquera pas d'espace pour exprimer ses talents d'horticultrice, commenta Kat en enjambant les gravats qui encombraient pour l'instant les abords de la maison.

— Pour sûr ! approuva Gil. Elle a même l'intention de construire une serre. Et pour les escaliers comme pour le reste, elle a fait appel aux meilleurs artisans de la région.

— Du travail amish ?

— En partie. Ils assureront sans doute les finitions.

L'agent immobilier avait pour manie d'enfouir les mains dans ses poches et de jouer avec des pièces de monnaie. Kat n'avait pas remarqué ce tic les deux premières fois. Etait-il particulièrement nerveux aujourd'hui ?

— Mais elle a confié une bonne partie des travaux à l'Union des charpentiers, poursuivit-il. J'ai vu certains des plans et des esquisses. Cette dame a des goûts particuliers, et elle sait ce qu'elle veut.

Voilà qui expliquait sans doute la visite de Clay Bigler à l'auberge, avec sa chemise cartonnée. Mais Gil faisait-il allusion à autre chose en parlant de *goûts particuliers* ? Ce garçon avait décidément le don d'employer des expressions ambiguës.

— Je suppose que M. Bigler est à pied d'œuvre sur ce chantier ? reprit Kat.

— Oh oui. Il a même déplacé une partie de son cabinet ici, dit Gil en montrant du doigt une grande caravane à moitié cachée par les arbres. Ses hommes travaillent dur sur cette maison, mais vos charpentiers aussi. Ecoutez, si vous pouvez transmettre le message, je n'ai pour ma part rien à reprocher aux ouvriers de votre communauté. Ils font du très beau boulot, et en plus ils sont charmants, comme tous les Amish. Vous en êtes deux exemples vivants, mesdames.

Kat feignit la timidité en regardant ailleurs. Elle n'arrivait pas à savoir si le jeune homme essayait réellement de flirter. Elle le soupçonnait maintenant d'être bien plus intelligent qu'elle ne l'avait pensé au départ.

Discrètement, elle tourna la tête vers la caravane de Bigler, qui se trouvait à un trentaine de mètres. Elle crut voir qu'il n'y avait aucun verrou supplémentaire au-dessus de la serrure : une fermeture simple, donc. Ses errances adolescentes lui avaient appris à crocheter sans difficulté ce type de serrure. Gardien de nuit ou pas, elle reviendrait avec sa lampe torche et chercherait la fameuse chemise ou tout autre élément digne d'intérêt. Elle franchirait là une nouvelle ligne jaune, puisqu'elle pénétrerait illégalement chez quelqu'un. Mais elle ne savait toujours pas que penser de Ray Martin ; si elle voulait aider Luke et les siens, elle ne pouvait faire confiance qu'à elle-même.

Depuis Amish Acres, Lee et Kat rejoignirent la ferme des Yoder pour regarder Luke qui réparait le moulin de Paul. Kat était bien sûr curieuse de voir Luke grimper à cette tour aux pales abîmées. Mais elle avait surtout hâte de discuter avec Paul et Mary de leurs voisins.

Quand elles arrivèrent, une petite foule était déjà assise dans l'herbe pour contempler le spectacle : il y avait là Ida, Lee, Moïse Susan, ses enfants, trois des petits-enfants des Yoder ainsi qu'Eli et Sarah. Tous avaient les yeux rivés sur les deux acrobates — Luke et Paul — suspendus à cinq mètres au-dessus du sol. Seul Eli était resté debout, comme pour être un peu plus proche de son père.

Le ventre d'Eli le torturait, comme cette fois où il avait mangé trop de pommes vertes. A travailler si haut en attachant sa vie à un filin, son père pratiquait là son art le plus dangereux. Chaque fois que Luke grimpait à un moulin, Eli avait l'impression qu'il voulait rejoindre sa mère, là-haut dans le ciel. Malgré le harnais de sécurité, le garçon avait toujours peur que son père glisse ou qu'une corde lâche. Si Luke retrouvait sa femme et *grossvater* Jacob au paradis, sa sœur et lui n'auraient plus personne.

C'est pourquoi Eli courut pour accueillir Leah et Kat, le visage fendu d'un large sourire. L'« Anglaise » le rassurait quand ses angoisses le reprenaient.

— Papa est très prudent, leur assura-t-il avant même de les saluer, il porte son harnais de sécurité. Mais le révérend Yoder, lui, il n'a que les draps attachés entre eux pour le porter.

Kat ébouriffa sa tignasse gentiment. Eli adorait ça. Il aurait bien voulu que cette histoire de second mariage soit vraie ; mais il savait que Kat n'avait d'amish que la robe.

— Ne t'inquiète pas, dit-elle en levant la tête, la main en visière contre son front. Ton papa est le meilleur dans ce qu'il fait.

— Je vais vous aider pour les récoltes, se réjouit le jeune garçon. Je pourrai apporter de l'eau aux ouvriers, et faire boire les chevaux aussi. Notre moissonneuse a deux grandes lames très dangereuses, mais je suis assez grand maintenant. Je sais jusqu'à quelle distance je peux m'approcher.

— J'ai vraiment hâte de voir ça, s'exclama Kat en faisant un signe de la main à Sarah, qui lui rendit son salut.

Eli était ravi que sa sœur s'entende enfin avec Kat. Il était même persuadé qu'il devrait la consoler le jour où Kat démasquerait les coupables et retournerait à sa vie d'avant. Dès que la jeune femme pourrait de nouveau conduire une voiture, il l'appellerait avec le téléphone de l'atelier pour lui demander de le conduire à l'hôpital de Colombus. Eli ne pouvait s'empêcher de se sentir coupable pour ce qui était arrivé à sa cousine Melly. Lui s'en sortait bien, son œil blessé recommençait à distinguer les silhouettes ; mais Melly, elle, ne s'était toujours pas réveillée.

— Fais attention, papa, cria Eli en regardant en l'air.

Il se doutait que Dieu, tout là-haut, veillait sans doute sur son père. Mais il ne comprenait pas toujours les décisions du Tout-Puissant.

— Il faut aussi faire attention à vous, Katie, ajouta le garçon en attrapant son poignet. J'ai entendu *daad* dire au révérend Yoder que vous deviez être prudente.

— Je le serai, promit-elle.

Kat estimait que Luke se trouvait maintenant à sept ou huit mètres de hauteur, juste au niveau du rotor. Une pale recourbée empêchait les autres de tourner. Paul Yoder, juste en dessous, regardait plus qu'il n'aidait. Il se contentait de faire passer des outils de temps à autre, grâce à un système de poulie.

Mary sortit de la ferme avec un grand plateau garni de biscuits et de bolées de cidre.

— Luke refuse de se faire payer pour les réparations, raconta-t-elle à Kat. Il dit qu'il n'a jamais vu une hélice se plier comme ça. Manifestement, quelqu'un s'est amusé à tirer dessus. Il y a des impacts de balles sur la pale.

Kat se retourna vers le moulin et mit ses mains en porte-voix.

— Luke, les balles vous semblent-elles avoir été tirées de la route ?

— Difficile à dire, cria-t-il, essoufflé. Le rotor devait être en train de tourner. Mais non, je dirais plutôt que les tirs venaient de l'est.

Kat regarda en direction du champ de citrouilles qui s'étendait entre la ferme de Yoder et la propriété de Tyler Winslow. N'importe qui aurait pu se poster là et prendre le moulin pour cible. Le tireur savait sans doute que Luke avait installé le moulin, ou qu'il viendrait le réparer. Une nouvelle bouffée d'angoisse étreignit Kat, et elle commença à transpirer. Cette autre attaque était-elle une nouvelle menace adressée à Luke lui-même ?

— Comme Eli vient de vous le dire, cria-t-elle en direction du moulin, soyez prudents ! Et profitez de la vue.

— Entendu, Katie, nous regardons. Mais nous n'allons pas vivre dans la peur, lança Luke.

— Tout à fait d'accord, ajouta Paul en regardant dans sa direction. Nous craignons ce que le Seigneur décidera, pas les actions des hommes. On ne va pas se laisser gagner par la terreur.

— Vous m'avez l'air vraiment inquiète, nota Mary en lui tendant le plateau. Détendez-vous, asseyez-vous avec nous. Prenez un de ces beignets que j'ai préparés. Les plus gros sont assaisonnés à la moutarde, *sehr gut* !

Kat l'aida à servir les autres, puis s'assit avec eux sur un coin de couverture ; mais elle ne pouvait s'empêcher de se relever chaque fois qu'elle entendait un véhicule qui ralentissait sur la route voisine.

— J'ai entendu dire que votre ferme est voisine de celle des Winslow, dit Kat à l'adresse de Mary Yoder, une femme replète et souriante.

— Oh, *ja*. Nous avons essayé plus d'une fois d'être des voisins modèles, dit Mary. Mais Tyler ne vient quasiment jamais ici. Quant à elle, elle est tellement... différente.

— Différente comment ? demanda Kat en croquant dans un biscuit. J'ai entendu dire qu'elle vivait en recluse. C'est vrai ?

— Je ne pense pas qu'elle soit folle. C'est simplement une femme assez étrange. Elle s'habille de façon désuète — je sais que cette réflexion va vous paraître comique, de la part d'une Amish. Louise Winslow s'habille juste... différemment. Je ne l'ai rencontrée qu'une seule fois, cette année. C'était près du bus qui passe de temps en temps pour servir de bibliothèque itinérante. Je l'avais manqué, et quand je me suis précipitée pour le rattraper, elle était là, plusieurs livres sous le bras. Elle était vêtue d'une robe blanche qui frémissait dans le vent... Comme un ange.

— Elle portait une robe d'ange ? Une robe légère et vaporeuse ?

— *Ja* ! Le tissu lui arrivait aux chevilles. Et elle avait les lèvres peintes en rouge !

— Savez-vous pour quelles raisons elle est si excentrique ?

— Il paraît qu'elle n'a jamais pu avoir d'enfants. On est venu la voir pour une adoption, mais on ne la lui a pas accordée. Son mari ne voulait pas entendre parler de fécondation *in vitro*. Il est tout le temps parti, et elle reste ici toute seule.

Kat tourna la tête vers le champ qui séparait la propriété des Yoder de celle des Winslow. Aucun plant de maïs ne lui permettait cette fois de se cacher pour épier ce couple étrange. Il n'y avait que des citrouilles, à perte de vue...

— Je ne suis même pas sûre que les Winslow vivent toujours ensemble, chuchota Mary Yoder. Je l'ai vue entrer et sortir d'une petite maison derrière la bâtisse principale.

A cet instant, Kat aperçut Tyler Winslow qui venait de sortir de sa propriété au volant de sa moissonneuse. Le bruit de sa machine s'était calmé lorsqu'il était passé devant le portail des Yoder.

Kat pensait qu'il viendrait peut-être s'enquérir des raisons pour lesquelles autant de monde était réuni pour observer deux personnes suspendues à un moulin, mais le moteur ronfla de nouveau de plus belle, et l'énorme véhicule s'éloigna.

Kat en conclut que la voie était libre pour aller poser quelques questions faussement naïves à Louise Winslow. Elle trouva un prétexte pour l'aborder : elle venait lui donner des nouvelles après l'épisode du silo de Reuben Coblentz. Elle était désolée de l'inquiétude qu'elle avait pu causer.

Mais une femme aussi étrange que Louise Winslow lui ouvrirait-elle la porte ?

Kat espérait en savoir plus sur son mari. Tyler Winslow était assurément un homme qui avait le vent en poupe — fermier opulent, patron des Chevaliers de la Nation, conseiller municipal de surcroît, et peut-être le prochain maire de la ville. Etait-il aussi actif pour prendre ses distances avec une femme qui se comportait de façon « étrange » ?

— Je vais faire un tour chez les Winslow pour voir si je peux arracher quelques mots à sa femme, annonça Kat quand Luke descendit du moulin pour faire une pause.

— Au moins, Winslow est sorti. C'était lui au volant de la moissonneuse, n'est-ce pas ?

Kat acquiesça.

— Mais si elle lui parle de votre entrevue, il pourrait se retourner contre vous.

— Je lui dirai juste que je n'ai aucune rancune contre son mari pour ce qui s'est passé chez Coblentz. Je lui pardonne.

— Ne restez pas trop longtemps, il pourrait revenir, dit-il en prenant les mains de Kat dans les siennes. La météo annonce des orages. La foudre pourrait tomber.

— Si je prends une saucée… Oh, vous voulez dire que la foudre pourrait vous frapper ?

— Oui, il y a beaucoup de pièces métalliques dans ce moulin, et je n'en descendrai pas tant que je ne vous aurai pas vue revenir.

— J'ai promis à Eli que je serais prudente, dit-elle. Je vais faire vite.

Kat était à la fois curieuse et confiante quand elle traversa le champ de citrouilles. L'immense maison coloniale des Winslow ressemblait à ces demeures qu'elle avait vues dans *Autant en emporte le vent*. Elle était flanquée de deux immenses granges rouges et d'un silo à grain installé dans un champ. Avec tout cette place à sa disposition, pourquoi Tyler avait-il loué un silo à Reuben Coblentz ? Etait-ce une sorte d'arrangement pour ensevelir une moto gênante ?

Kat regarda en arrière pour voir si Luke était toujours accroché à son moulin, puis elle cogna à la porte en espérant que Louise Winslow lui ouvrirait, seule.

De là où elle se trouvait, elle apercevait la petite maison dont Mary lui avait parlé. Elle n'était pas si petite, après tout. Elle ressemblait en fait à un cottage sorti d'un conte de fées, avec sa toiture soulignée d'une frise de bois ciselé et ses fenêtres ouvertes laissant apercevoir deux rideaux blancs immaculés.

Kat détacha son regard de cette annexe charmante pour

appuyer sur la sonnerie à côté de la double porte de l'entrée principale. Personne ne répondit. Elle jeta un œil par la fenêtre : le salon était tout de bois et de cuir, avec des tapis persans au sol. D'élégantes gravures anglaises et des étagères chargées de livres anciens encadraient un grand écran de télévision. Et dans un cadre plus grand que les autres, une bannière décorée d'un aigle bien connu, ailes déployées, serres plantées dans un globe…

Kat descendit les marches de l'entrée et contourna la maison. Les deux étables et le silo étaient fermés.

Elle s'approcha du cottage, enceint par une clôture de rosiers. Devait-elle appeler, ou juste frapper à la porte ? Elle fit encore quelques pas pour regarder par-dessus la barrière de fleurs…

C'est alors qu'elle s'immobilisa, tétanisée : devant elle, sur un drap blanc, une femme nue au corps martyrisé était étendue comme une statue de marbre. Cicatrices, brûlures ? La pauvre femme semblait morte sous des coups d'une violence inouïe.

17.

Brooke n'en revenait pas. Après avoir tapé « Tyler Winslow » sur un moteur de recherche, elle avait ouvert le site Internet des Chevaliers de la Nation. Assise dans la chambre d'hôpital de sa fille, elle se pencha sur son ordinateur portable pour être sûre d'avoir bien lu. Les textes au vitriol de ce portail officiel la laissaient bouche bée.

Cela ne prouvait rien en soi, mais elle découvrait un mouvement beaucoup plus extrémiste qu'elle ne l'avait imaginé. La page de garde s'ouvrait sur un éditorial putride, qui affirmait notamment : « Notre Patrie est vendue aux chiens étrangers qui se reproduisent comme la vermine, à commencer par les Mexicains, les Africains, les Haïtiens et les Amish allemands. »

— Les Amish allemands ! murmura Brooke. Quand Kat va lire ça…

Lorsqu'elle leva tête, Brooke manqua de laisser tomber son ordinateur portable. Pour la première fois depuis son accident, Melly s'était redressée dans son lit. Yeux grands ouverts, elle fixait le mur en face d'elle, comme si elle scrutait une immensité invisible à sa mère.

Brooke se leva lentement et posa l'ordinateur sur sa chaise.

— Melly ? C'est maman, murmura-t-elle.

L'enfant ne bougea pas ; elle ne cligna même pas des yeux.

— Melly, c'est maman, répéta Brooke un peu plus fort.

Aucun doute : la fillette respirait à pleins poumons. Brooke se pencha vers elle et prit sa main, oubliant la sangle qui entravait toujours son poignet.

— Melly, tu peux me voir ?

— Je sais qui c'est, dit l'enfant distinctement.

Melly la reconnaissait ! Elle était en train de sortir du coma. Elle irait mieux, bientôt…

Les yeux de Brooke s'embuèrent. Elle était en fait folle de joie, mais elle ne voulait pas le montrer pour ne pas brusquer sa fille. Il fallait qu'elle appelle un médecin sans attendre. Elle actionna la sonnerie située à côté de la table de chevet. Dan était allé chercher à manger à l'extérieur, parce qu'il ne pouvait plus supporter la nourriture de l'hôpital. Mais Brooke avait besoin de lui, *tout de suite.*

— Et tu sais qui est papa, aussi ? demanda Brooke. Tu te souviens de ce qui t'est arrivé ?

— Je sais qui c'est ! répéta Melanie. Qui l'a fait.

Les espoirs de Brooke s'effondrèrent. En fait, Melanie ne semblait pas l'avoir reconnue. Ces phrases — « ils arrivent », « je sais qui c'est » — étaient juste des mots emprisonnés par sa mémoire, prononcés sans logique.

— Qu'y a-t-il, madame Brand ? demanda l'infirmière en se ruant vers le lit. Oh, mais c'est magnifique, tout ça ! Elle montre de nouveaux signes de rémission.

— Elle a parlé, balbutia Brooke. J'ai d'abord cru qu'elle me reconnaissait. Cela m'intrigue…, dit-elle pour elle-même pendant que le médecin arrivait dans la chambre, est-ce que ça signifie que Melly sait qui a fait ça ?

— Fait quoi ? demanda le médecin en observant les pupilles de la fillette à l'aide d'une petite lampe.

— Le neurologue m'a dit qu'elle ne pourrait sans doute pas se souvenir du moment de l'accident, dit Brooke en tentant de retrouver une voix normale.

Le médecin, qui auscultait maintenant la fillette, se contenta d'acquiescer.

— Alors elle n'a pas voulu dire ça, conclut Brooke. Non, c'est impossible.

— Mais qu'est-ce qui vous prend ? Comment osez-vous vous introduire chez moi ? hurla Louise Winslow en rabattant le drap comme un linceul sur son corps nu.

Ses cheveux courts dessinaient comme un halo sombre autour de son visage.

— Je suis désolée, dit Kat en tournant le dos. Je ne pensais pas vous trouver là. Je passais juste dire que j'allais bien, *ja* ? C'est tout. Je me disais que M. Winslow était peut-être inquiet pour moi après mon accident.

— Oh ! fit la femme. Je pensais que vous étiez une vendeuse ambulante, ou quelque chose comme ça. Je suis Mme Winslow.

Kat se retourna lentement. Louise Winslow, désormais drapée de blanc, enfilait deux gants qui lui arrivaient aux coudes. Elle observait Kat à travers d'énormes lunettes de soleil, moitié jet-set, moitié mouche. Elle se baissa pour ramasser un paquet de cigarettes et un briquet. Lentement, avec des gestes apprêtés, elle en alluma une. Elle fumait de la main gauche !

— Vous m'avez surprise, c'est tout, glissa Louise Winslow entre deux bouffées de cigarette. Désolée si j'ai été un peu brusque.

Elle avait de larges épaules, et un visage qui gardait la trace d'une ancienne beauté. Un visage étrange, très pâle par endroits, mais badigeonné d'un fond de teint extrêmement vif. On eût dit une femme albinos brûlée par le soleil.

— Je n'avais pas l'intention de violer votre vie privée, s'excusa Kat.

— De quel accident parlez-vous ? Est-ce que mon mari a percuté votre chariot avec son 4x4 ?

Manifestement, Winslow ne lui avait rien raconté. Peut-être ne se parlaient-ils même plus. D'ailleurs, Kat avait bien du mal à imaginer cet homme élégant avec la poupée pathétique qu'elle avait en face d'elle.

— Je me trouvais dans un silo à grain quand il a fermé la porte, expliqua Kat. Ensuite son ouvrier a commencé à remplir la cuve de maïs.

— Alors vous avez failli être enterrée vivante ? Quelle horreur ! C'est épouvantable.

Kat réalisa qu'elle était certainement en compagnie d'une personne assez fine d'esprit. Et sans savoir pourquoi, elle ressentait déjà de la sympathie pour Louise Winslow. Après tout, le fait qu'elle soit fumeuse et gauchère n'était sans doute qu'une coïncidence.

— Si vous vous posiez la question, j'ai du psoriasis, annonça Louise en soufflant des ronds de fumée parfaits, vite balayés par le vent. Peu de gens connaissent cette maladie. Fort heureusement, je ne sors pas beaucoup. Je prends le soleil, même s'il commence à faire un peu froid : il paraît que c'est bon pour ça. Mon médecin prétend que c'est lié au stress. Mais je crois que tout ce qu'ils n'arrivent pas à guérir est « lié au stress ».

Louise Winslow partit d'un petit rire aigu. Kat s'efforça de se souvenir d'une information, même minime, sur cette maladie, en vain.

— Et quel est le traitement, madame Winslow ?

— Me croirez-vous si je vous dis que je verse dans mon bain du sel de la mer Morte que je me procure sur Internet ? J'achète tout à distance. En fait, je ne pourrais pas vivre sans Internet.

Kat avait du mal à croire qu'elle soit aussi bavarde. Peut-être se sentait-elle terriblement seule. Ou considérait-elle qu'une femme amish était forcément inoffensive ?

En tout cas, Louise ne lui avait même pas demandé son nom.

— La vie doit être difficile pour vous, dit Kat.

— Parfois je ne sais même plus qui je suis, admit Louise Winslow en levant ses mains gantées. Comment aurais-je une identité ? Le psoriasis me vole même mes empreintes digitales.

Kat hocha la tête avec un air compatissant. Elle cherchait en fait un moyen de la faire parler encore, en amenant la discussion sur son mari.

— Pourquoi avez-vous construit ce petit cottage ici, alors que votre maison est si belle ?

— Parce que ce cottage, comme vous dites, est *à moi*. J'ai surveillé chaque stade de sa construction, j'ai même aidé à en poser le toit. C'est mon refuge, mon Petit Trianon à moi.

Kat se contenta d'acquiescer. Finalement, il suffisait de laisser la femme parler d'elle-même.

— Louis XVI adorait la chasse, sa collection d'horloges et ses amis. Il aimait tout sauf sa femme. Et pourtant elle lui est restée fidèle, et elle l'a aidé quand il a voulu fuir. Et vous savez ce qu'elle a dit quand on l'a amenée à l'échafaud ?

Comme Kat faisait non de la tête, cette étrange femme mima la réplique de la reine avec des gestes théâtraux.

— Courage ! J'en ai fait montre pendant des années, croyez-vous que je vais en manquer à l'heure où mes souffrances s'achèvent enfin ?

— Mais est-ce que la reine en voulait au roi, même en secret ? Cloîtrée dans son Trianon, elle a peut-être manigancé pour le faire tomber.

— Jamais elle n'a fait ça — mais elle aurait dû ! s'exclama Louise. Comme je vous l'ai dit, elle l'a soutenu jusqu'au bout, alors qu'il ne le méritait pas. Vous avez failli mourir alors que cette fois-ci mon mari n'y était sans doute pour rien. Estimez-vous heureuse de ne pas subir au quotidien sa tyrannie, sa manie de tout contrôler. Il est comme Louis XVI et semble ignorer qu'une révolution se prépare, qui peut-être demain lui tranchera la tête.

Kat entendit la foudre gronder au loin. Elle se tourna vers le moulin et vit que Luke y était encore suspendu. Mais une masse de nuages noirs s'approchait : il était temps pour elle de rentrer.

— Je suis encore une fois désolée d'avoir fait intrusion dans votre charmante propriété, dit-elle. Mais je suis ravie de vous avoir rencontrée, *ja*.

— Aucun problème. Revenez à l'occasion. Simplement, ne vous approchez pas sans crier gare. Quel est votre nom, déjà ?

— Katie Kurtz. Je viens de Pennsylvanie, et je dois épouser bientôt Luke Brand, annonça Kat en prenant le chemin du retour.

Un nouveau coup de tonnerre la fit sursauter. Bizarrement, elle était gênée de mentir à Louise Winslow.

Il était ridicule de penser que cette femme pouvait être impliquée, directement ou indirectement, dans les actes commis contre les Amish. Louise vivait en recluse ; comment pourrait-elle se procurer une moto, des feux d'artifice ou des extincteurs pour bafouer l'honneur de ce petit peuple ? Et même si elle avait commandé tout ce matériel sur Internet, il était peu probable qu'elle ait fomenté les attaques avec son mari, pour lequel elle ne nourrissait pas, manifestement, les sentiments les plus tendres.

Alors qu'elle partait, les mots de Mary lui revinrent à l'esprit. Elle se retourna vers cette femme qui lui avait parlé beaucoup plus que prévu, mais sans aborder certains sujets.

— Madame Winslow, vous avez des enfants ?

L'air détendu de Louise Winslow disparut immédiatement. Elle se raidit, et tira une nouvelle bouffée de sa cigarette.

— Non, je n'en ai pas. Et si vous voulez mon avis, les Amish en ont beaucoup trop pour bien s'occuper d'eux. Si vous vous mariez avec Luke Brand, je crois savoir que vous devrez vous occuper d'un fils et d'une fille. Sans compter les enfants que vous aurez peut-être ensemble.

Kat en eut la chair de poule. Non seulement Louise Winslow venait de montrer la colère dont elle était capable, mais elle savait manifestement beaucoup de choses sur Luke et sur ses enfants.

— Oui, bafouilla Kat. Ils… nous les Amish, nous aimons beaucoup nos enfants. Est-ce que la reine en avait ?

— Elle a fini par en avoir. Quand son stupide mari a enfin décidé de « cohabiter » avec son épouse.

Un éclair fendit la noirceur des nuages qui roulaient de plus en plus bas.

— Il faut que j'y aille, dit Kat en retroussant sa robe pour marcher plus vite. Ravie de vous avoir rencontrée, lança-t-elle par-dessus son épaule.

Cette femme était soit une sainte qui vivait comme une nonne dans son petit couvent personnel, soit une perverse de haut vol. Mais Kat ne pouvait décidément pas croire qu'elle aidait son mari à blesser les enfants qu'ils ne pouvaient pas avoir ensemble. Peut-être complotait-elle pour impliquer son époux, par vengeance. Mais dans ce cas, qui étaient ses complices ?

Kat regarda une dernière fois en direction de la propriété des Winslow. L'énigmatique Louise la toisait de loin, enveloppée dans son drap blanc qui flottait au vent comme la bannière exécrable de son mari.

Luke descendit en rappel à une vitesse impressionnante. L'orage s'était déclaré plus tôt que prévu, mais il était rassuré de voir Kat revenir vers la ferme des Yoder. Il était sur le point d'aller la chercher.

— Mon nouveau cheval déteste la foudre, dit Paul Yoder une fois en bas. Rentrez vous protéger. Je le raccompagne à l'étable, je m'occupe des chariots et je vous rejoins.

Quand Luke s'approcha du porche, il vit qu'Eli et Sarah étaient surveillés par Mary et Susan. Kat sortait à peine du champ de citrouilles, dégoulinante de pluie.

Il la trouva magnifique. Ses cheveux frisaient délicieusement, sa robe collait à son corps, et ses yeux pleins d'inquiétude l'émouvaient au plus haut point.

— Tout le monde va bien ? lança-t-elle en montant les marches quatre à quatre. Luke, il faut que je vous parle de Louise Winslow.

— Vous allez me raconter tout ça à l'intérieur, dit-il en passant un bras protecteur autour de ses épaules.

Le vent rendait oblique le rideau de pluie sombre qui s'abattait sur eux. Luke savait qu'il avait envie de Kat, et la tempête en lui-même était bien plus forte que celle qu'ils contemplaient tous les deux. Mais ce n'était pas le moment d'y penser, une fois de plus.

— Tout le monde est rentré ? demanda Kat alors qu'ils se tournaient enfin vers la porte.

— Oui, à part Paul qui est parti rentrer les chevaux, cria Luke pour que sa voix couvre un peu le tonnerre.

— Vous avez eu le temps de réparer le moulin ?

— *In extremis*. Une balle bloquait le rotor, en fait. Je l'ai gardée, pour que la police essaie de déterminer d'où elle peut provenir. Je parierais cher que les armes des ouailles de ce cher Tyler Winslow sont en cause.

— Je ne sais pas ce que je ferais sans vous, dit Kat en lui posant une main sur l'épaule. Vous êtes mon seul partenaire dans cette affaire, bien plus que Ray Martin, en fait…

Luke avait envie de l'enlacer et de la faire tournoyer dans ses bras. Après tout, elle venait d'admettre qu'elle se reposait sur lui.

— Maintenant, j'ai une question à poser au fermier que vous êtes, ajouta-t-elle. Cet orage peut-il endommager les récoltes ?

— Le seul risque est que cette pluie battante ne rende les allées aménagées dans les champs trop boueuses pour les chevaux. Pour le reste, le maïs est beaucoup plus résistant aux intempéries que le blé, par exemple. Mais si nous avions affaire à un cyclone…

Luke était éprouvé par les événements, plus encore que par

l'orage. Kat tremblait dans ses bras, de froid sans doute, même s'il rêvait d'un autre frisson. C'était un peu égoïste de sa part de la garder ainsi dehors. Cependant, il avait envie de prolonger ce moment.

Ils rentrèrent finalement dans le corridor qui servait d'entrée à la ferme des Yoder. Dans le salon, Kat fut surprise par un éclair qui zébrait la fenêtre. Elle se colla un peu plus à Luke. Le tonnerre gronda quelques secondes plus tard.

— *Daad* ? Ouf ! Je vous ai entendus crier dehors, dit Eli en se grattant la tête. J'ai eu peur qu'il y ait un problème, mais là je suis rassuré… vu les câlins que vous vous faites.

Luke étouffa un rire alors que Mary allait chercher des vêtements secs pour Kat. La tempête ne serait bientôt plus qu'un souvenir : elle s'estompait aussi vite qu'elle était arrivée. Luke jeta un œil au jeu de Monopoly autour duquel Lee et les enfants s'agitaient.

— Papa ! s'exclama Sarah en allemand en lui montrant un petit cube de plastique rouge. Regarde ! Moi je ne construis pas des hôtels, mais des fermes et des granges.

— Sarah, c'est ton tour, lança Lee en comptant les billets de la « banque ». Vous voyez cet argent, les enfants ? Eh bien, il est faux, il ne sert qu'à jouer. Mais gardez bien en tête que même les vrais billets ne vous permettent pas d'acheter l'essentiel — le bonheur, la sécurité, le pardon… D'ailleurs s'il pouvait acheter les choses les plus précieuses, je ne vous cache pas que je me paierais un petit mari et des enfants bien à moi ; mais rassurez-vous, je vous aime comme si vous étiez mes bébés.

Luke crut que Lee allait fondre en larmes. Son visage trahissait un mélange de désarroi et de honte. Il était surpris qu'elle ait osé dire ce genre de choses. Elle devait réellement accumuler de très lourdes frustrations. Il aurait voulu jouer les entremetteurs, mais d'autres s'y étaient déjà essayés en vain. Lee était plus âgée que les hommes encore célibataires. Quant à ceux de son âge, si certains étaient veufs, ils avaient, comme Luke, leurs propres enfants et cela ne facilitait pas forcément les choses.

Alors que les gouttières de la ferme n'avaient presque plus d'eau à recracher, Kat émergea dans le salon dans une robe que lui avait prêtée Mary. Des boucles blondes dépassaient de son *kapp* blanc amidonné. Elle fit signe à Luke qu'elle souhaitait lui parler en privé.

— Luke, dit Mary avant qu'il ne s'éloigne, je me demande si Paul n'a pas eu un problème avec sa jument. Elle est tellement craintive qu'elle a peut-être rué en entendant le tonnerre. Je vais aller vérifier…

— Non, Mary, restez là. Je m'en occupe. A mon avis, avec deux chariots à rentrer et plusieurs chevaux effrayés, il a eu fort à faire. Je reviens tout de suite.

Il dévala les marches de l'entrée en prenant garde de ne pas glisser, et se dirigea vers l'étable. Des centaines de feuilles mortes arrachées par la tempête jonchaient le sol. La porte était entrouverte. Luke aperçut les deux chariots dont s'était occupé Paul. Dans son box, la jeune jument tournait nerveusement. Lorsqu'il s'approcha, elle se mit à hennir et envoya un coup de sabot dans les planches derrière elle. Et si Mary avait vu juste ? Luke se rua pour jeter un œil par-dessus la rambarde : heureusement, Paul ne gisait pas dans la paille.

— Paul, tu es là-haut ? cria Luke en levant la tête vers le grenier.

Le révérend était peut-être monté pour colmater une brèche dans le toit. Il avait l'intention de faire des réparations après les récoltes, qui s'annonçaient bonnes et lui donneraient l'argent nécessaire pour cela.

— Paul !

Luke sortit de l'étable et alla jusqu'au garage où Paul rangeait ses outils, mais il ne le trouva pas davantage. Il contourna le petit bâtiment et s'arrêta net, comme s'il venait d'atteindre les portes de l'enfer : Paul gisait au pied du moulin, inanimé. Sa chemise était brûlée, sans doute par la foudre.

— Paul ! cria Luke en courant vers lui.

Il prit son pouls au niveau de la gorge, mais aucune pulsation ne vint le rassurer. Il regarda le ciel pour implorer Dieu, ou pour maudire la tempête.

— Kat ! hurla-t-il, avant de s'apercevoir que ce n'était pas le « bon » prénom. Katie !

Kat et les autres femmes éclatèrent de rire quand Sarah demanda si la « case départ » du Monopoly ressemblait à celle de l'oncle Tom. Quand elle tourna la tête, elle aperçut Luke qui grimpait quatre à quatre les marches du porche. Il était livide. Elle se leva d'un bond pour le rejoindre, et Mary la suivit.

— Lee, lança-t-il à sa cousine, cours chez les Smith et utilise leur téléphone pour appeler les urgences ! Paul a eu un problème. Mary, Katie, venez avec moi !

— Un problème ? s'écria Mary en se prenant la tête dans les mains. C'est cette jument, n'est-ce pas ? Il a quelque chose de cassé ?

— Nous aurions plus vite fait de sonner chez les Winslow, remarqua Lee en attrapant son châle.

— Non ! trancha Luke. Va chez les Smith.

Il prit Kat et Mary par les épaules et les entraîna dehors.

— Il se trouve près du moulin…, murmura Kat sans savoir pourquoi.

Luke parlait à Mary en allemand. Kat aurait préféré ne pas comprendre, cette fois.

— Paul a été frappé par la foudre, disait-il. J'ai peur qu'il n'y ait rien à faire.

Le hurlement de Mary déchira le silence. Kat laissa Luke la consoler, contourna le hangar et courut vers le moulin. Le corps de Paul gisait là. L'électrocution ne faisait aucun doute.

— Oh non, mon Dieu ! Non ! gémit-elle en s'agenouillant devant lui.

Elle le fit rouler sur le dos. Sa chemise — à moins que ce soit Paul lui-même — dégageait une affreuse odeur de brûlé.

Il avait dû toucher la base métallique du moulin, mais pourquoi avait-il fait quelque chose d'aussi insensé ? Avait-il oublié un outil ? Venait-il vérifier que l'édifice n'était pas endommagé par la tempête ?

Kat souleva une de ses paupières : ses pupilles fixaient le néant, immobiles. Elle colla son oreille contre sa bouche, mais il ne respirait plus. Kat croisa les bras de Paul sur sa poitrine et tenta de le réanimer. Luke et Mary venaient de la rejoindre.

— Est-ce qu'il vit encore ? sanglota Mary.

— Je pensais qu'il était mort, dit Luke. Kat, que peut-on faire pour vous aider ?

Kat savait qu'il n'y avait plus d'espoir, mais elle préféra taire cette certitude.

Elle comprima la cage thoracique de Paul, dix fois, vingt fois, se penchant de temps à autre pour souffler de l'air dans ses poumons. Mais le corps du révérend Yoder était déjà froid.

Elle se rappela qu'elle avait un téléphone portable caché sous le siège de son buggy, mais il était trop tard. Elle avait perdu tous ses réflexes de sa vie d'avant, même si celui-ci n'aurait sans doute pas changé grand-chose. Elle s'échina désespérément pour ramener la vie dans ce corps inerte, jusqu'à ce que Luke la soulève sans dire un mot.

Effondrée, elle se laissa tomber par terre. Les deux autres s'assirent à leur tour, avec les mêmes regards absents. De grosses larmes coulaient maintenant sur les joues de Luke, alors que Mary tenait dans sa main blanche celle de son mari.

Ils restèrent là, vidés de toute énergie, jusqu'à entendre le son lointain d'une sirène. Quand Luke commença à prier en allemand, Mary fondit en larmes à son tour. Les Amish venaient de perdre leur deuxième révérend en moins d'une semaine.

Alors que l'ambulance s'engageait dans la cour, Kat se releva et jeta un regard circulaire. Ses jambes la portaient à peine. Elle vit un bout de tissu blanc accroché au moulin. Mais il ne pendait pas du côté où Paul était suspendu à des draps une heure plus tôt. Le lambeau était même enroulé autour du pied opposé du moulin.

Alors que Lee accourait avec les secouristes, Kat prit le temps d'observer attentivement le corps de Paul Yoder. Ses chaussures — ou plutôt un côté de chacune d'entre elles — étaient recouvertes de boue. S'étaient-elles salies dans une de ses convulsions lorsqu'il avait été terrassé par la foudre ? Ou bien l'avait-on traîné jusqu'ici, inconscient, en plein orage ?

Elle se pencha pour scruter les moindres détails de ses semelles. Elle y découvrit des brins de paille et même un grain de maïs, deux éléments qui ne provenaient pas de la terre sur laquelle il gisait maintenant.

Alors que Mary relâchait la main sans vie de son mari, Kat

distingua nettement des traces sur son poignet, comme s'il avait été ligoté ou comme s'il s'était battu. Envahie par un affreux pressentiment, elle entendit le plus âgé des secouristes faire un premier diagnostic.

— L'éclair l'a peut-être frappé à la tête, comme le suggère cette blessure, là, et l'arc électrique serait ressorti par le dos.

Kat contourna le corps. Oui, il y avait bien une vilaine plaie sur le haut du crâne, mais elle doutait que la foudre l'ait causée. La blessure ne semblait pas avoir saigné, ce qui arrivait parfois, mais dans des circonstances bien particulières.

Un scénario se dessinait dans son esprit. Paul avait été agressé dans l'étable, assommé puis traîné jusqu'au moulin. On l'avait alors ligoté à l'un des pieds métalliques de la tour, alors que les éclairs déchiraient le ciel. Et quand la foudre l'avait finalement touché, on l'avait détaché. Mais cette dernière hypothèse souffrait d'une faiblesse : le ou les agresseurs auraient-ils pris le risque de rester à côté du moulin, et à deux pas d'un silo métallique lui aussi ? Sans compter que n'importe qui aurait pu sortir de la ferme pour voir ce que faisait Paul, et tomber sur ses tortionnaires.

— Luke, murmura-t-elle près de lui alors qu'il consolait Mary, je vais dans l'étable pour appeler Ray sur mon téléphone portable.

Il la regarda d'un air interrogateur. Elle craignait qu'il ne lui reproche de lui avoir caché l'existence de ce téléphone, mais il se contenta d'opiner du chef.

Kat aurait voulu se laisser aller à son chagrin avec les autres, mais elle n'avait pas l'intention d'accepter cette mort comme une décision divine. Même si elle avait toutes les apparences d'un accident, Kat était convaincue qu'elle avait été froidement préméditée. Cette escalade de la violence contre les Amish avait bien abouti au meurtre du nouveau révérend. Et Kat n'était plus très sûre que la mort du précédent leader, Jacob Brand, soit parfaitement naturelle.

18.

— Je suis dans la voiture, j'arrive, répondit Ray Martin en actionnant sa sirène. Mais dites-moi, si vous êtes chez les Yoder, d'où m'appelez-vous ?

— J'ai décidé de récupérer mon téléphone portable pour vous tenir mieux informé, lui expliqua Kat en entrouvrant la porte pour faire entrer un peu de lumière. Je suis dans l'étable. Dans combien de temps pensez-vous être là ?

— Cinq à dix minutes. Je dois juste appeler le coroner pour qu'il fasse ses propres constatations. Bon sang, deux révérends en moins d'une semaine ! Il y a un message derrière tout ça. A tout de suite.

Kat n'avait aucun mal à le comprendre, ce message : quelqu'un s'était d'abord amusé à effrayer les Amish, puis, jour après jour, s'était mué en tueur en série.

Elle replaça le téléphone sous le siège de son chariot. Elle était contente d'avoir appelé Ray Martin. C'était un signe de bonne volonté de sa part, et pendant que le policier se concentrerait pour élucider la mort de Paul Yoder, elle pourrait chercher de son côté. Et peut-être saurait-elle bientôt dans quel camp ranger Martin.

Si elle insistait pour défendre la thèse du meurtre, déciderait-il de lui retirer le dossier ? Elle n'accepterait certainement pas d'abandonner l'enquête à ce stade.

A bien y réfléchir, Kat n'était même plus certaine que la tempête soit la cause de la mort : après tout, la probabilité que la foudre tombe sur le moulin où l'on aurait attaché le malheureux était plutôt faible. Ray devait ordonner une autopsie, que les Amish le veuillent ou pas.

Kat commença à arpenter le sol de béton de l'étable comme elle l'avait vu faire par des équipes de la police scientifique. Elle vit bien de la paille et quelques grains de maïs, mais pas de boue. Elle en trouva néanmoins en regardant une minute plus tard dans le box de la jument dont Paul s'était occupé. L'animal, décidément nerveux, avait renversé une partie de son auge.

— Qu'est-ce que tu as vu, toi ? demanda-t-elle à la jument. *Qui* as-tu vu ici, en plus de ton maître ?

Kat cherchait maintenant des traces de lutte. Elle se repassait le film des dernières heures, encore et encore. Elle revoyait cette image de Tyler Winslow au volant de sa moissonneuse, qui regardait Paul et Luke en passant devant la propriété. Etait-il revenu ensuite, discrètement ?

— Kat, tout va bien ? fit la voix de Luke. Qu'est-ce que vous cherchez ici ? demanda-t-il en s'approchant d'elle.

— Je suis à la recherche d'indices qui prouveraient que Paul a été frappé à la tête ici, traîné au-dehors et ligoté au moulin en plein orage.

Les yeux de Luke s'écarquillèrent.

— Un meurtre ? Mais alors qui ? Tyler Winslow ?

— Il est plus que jamais en tête de liste. Cette fois-ci, ça s'est quasiment passé dans son jardin.

— Il aurait fallu qu'il cache sa moissonneuse plus loin

et revienne à pied. Certes, les champs de maïs des Yoder le permettent aisément… mais comment aurait-il pu savoir que la foudre allait frapper le moulin et tuer Paul ? Si le plan échouait, il courait le risque que Paul l'identifie.

— Je n'ai pas encore la réponse à cette question. Luke, à part moi, avez-vous aperçu quelqu'un quand vous étiez suspendu au moulin ?

— Non. Kat, je ne vais pas pouvoir vous aider tout de suite. Si vous pensez vraiment que c'est un meurtre, parlez-en à Ray Martin. Je lui fais confiance pour mener l'enquête.

— Je me doute que vous avez beaucoup à faire. Il faut déjà avertir toute la communauté. Et préparer de nouvelles funérailles…

— Oui. Et cette fois-ci, je demanderai la protection de la police.

— Juste une chose, Luke — ou plutôt deux. Ray a demandé au coroner de venir. Vous savez qu'il est habilité à ordonner une autopsie en cas de mort suspecte…

— J'espère que nous n'aurons pas à en arriver là. Ce serait une épreuve terrible pour Mary. Essayez de comprendre.

Il l'avait appelée Kat. La fatigue, le stress… mais quelque chose d'autre aussi. Son visage fermé semblait avoir dix ans de plus qu'une semaine plus tôt. Kat priait pour qu'il ne soit pas désigné comme prochain révérend malgré son veuvage. S'il avait décidé de ramener les chariots dans l'étable à la place de Paul, c'est sans doute lui qui les aurait quittés à jamais.

— Quoi d'autre ? demanda-t-il en la prenant par les épaules.

Elle mourait d'envie de se réfugier dans ses bras, mais elle n'en fit rien. Que voulait-il dire au juste en lui demandant de faire confiance à Ray Martin ? Souhaitait-il qu'elle parte ? Quelque chose, dans le ton de sa voix, sonnait comme un adieu.

— Soyez prudent, balbutia-t-elle en agrippant son bras. Pour vous, pour Eli et Sarah… et pour moi.

— Même chose pour vous, ma petite policière amish, dit-il avant de déposer un rapide baiser sur ses lèvres et de tourner les talons.

— Le coroner est catégorique, il s'agit bien d'une électrocution, déclara Ray alors que Kat lui tendait la balle retrouvée dans le rotor. Tout concourt pour étayer l'hypothèse que Paul Yoder a été frappé par la foudre.

Le policier observa le projectile qu'il tenait maintenant entre le pouce et l'index. Luke avait autorisé Kat à le prendre dans sa boîte à outils.

— Il dit qu'il a observé plusieurs cas de ce type dans la région ces dernières années, poursuivit le policier. Avec les mêmes blessures à l'entrée et à la sortie de l'arc électrique. Paul n'aurait jamais dû se trouver là par un temps pareil.

— Je vous ai dit ce que j'en pensais, fit valoir Kat.

— Kat, il est mort foudroyé, et c'est ce qui sera inscrit sur son acte de décès. Je ne vais pas alourdir encore la peine de son épouse en demandant une autopsie.

— Mais je vous ai vu observer longuement le corps, insista-t-elle. Vous n'avez rien remarqué ?

— Etes-vous en train d'insinuer que je fais mal mon travail ?

— Avez-vous vu la boue sur les chaussures de Paul ?

— Oui, sur deux côtés opposés : l'extérieur pour l'une, l'intérieur pour l'autre. Mais il a pu glisser en étant foudroyé, ou être projeté violemment. Et je n'ai pas trouvé d'empreintes de pas qui mèneraient au moulin, mais la pluie peut très bien les avoir effacées.

— Il y a surtout de l'herbe au pied du moulin.

— Non, il y a aussi un peu de terre que l'averse a changée en boue.

Kat sentit qu'il était inutile de se disputer sur ces détails. Ray Martin s'était fait une opinion.

— Je suis désolée d'insister, mais je pense vraiment que vous devriez ordonner une autopsie.

— Vous êtes la première à m'avoir expliqué qu'il fallait se conformer un peu aux habitudes et aux croyances des Amish pour obtenir leur collaboration. Pourquoi diable devrais-je oublier la leçon aujourd'hui ?

— Est-ce que vous avez remarqué les traces de liens sur les poignets, et ce bout de drap accroché à un pied du moulin ?

— Bien sûr que je les ai vus ! Luke et Mary Yoder m'ont expliqué qu'il s'était suspendu à l'aide de draps quelques instants plus tôt, et qu'il enroulait une corde autour de sa taille et de ses poignets pour monter et descendre. Où étiez-vous pendant qu'ils réparaient ce moulin ?

Kat se demanda si quelqu'un lui avait parlé de sa petite visite chez les Winslow. Elle ne lui faisait décidément pas confiance, mais elle devait lui donner des garanties si elle ne voulait pas être dessaisie du dossier.

— Je suis allée chez les Winslow pour leur donner de mes nouvelles, et leur expliquer que je m'étais bien remise après mon accident — puisqu'il y a tellement « d'accidents » ces derniers temps.

— Vous avez parlé à Tyler ? demanda-t-il en rangeant la balle dans sa poche.

— Non, à Louise. Je l'ai trouvée fascinante.

— Oh, c'est sûr, c'est un personnage. Mais si elle vous a servi ses habituelles critiques acerbes sur son mari, je vous conseille de les prendre avec un certain recul. Cela fait des années qu'elle ne se comporte plus comme une épouse avec lui. Elle peut s'estimer heureuse qu'il ne l'ait pas fichue dehors.

Kat décida de ne pas réagir.

Le cerveau des attaques était manifestement d'une grande intelligence, en plus d'être un pervers de la pire espèce. Après avoir multiplié les provocations, il avait imaginé des meurtres maquillés en accidents. Elle, à moitié asphyxiée dans le silo, le révérend Jacob, possiblement empoisonné, et maintenant Paul Yoder. Dans deux cas sur trois, Tyler Winslow se trouvait dans les parages. Mais Ray continuait de le défendre contre vents et marées.

Kat avait une furieuse envie de lui montrer qu'il la sous-estimait. Peut-être, après tout, l'avait-il choisie pour ça. Une femme blessée en service, qui ne peut plus se servir d'une arme et se dit prête à passer plusieurs années dans un bureau derrière un ordinateur. Une femme fragile, qui épouserait volontiers les idées pacifistes des Amish.

Si c'était ainsi qu'il voyait les choses, il se trompait. Elle avait toujours soif de justice, plus que jamais, même. Et oui, elle était tombée amoureuse de cette communauté — et de Luke, en particulier. Luke était un peu leur porte-parole, le patron de cette communauté. Il était donc maintenant en première ligne ; une cible de choix. Et sa « petite policière amish », comme il l'avait appelée, n'avait pas l'intention de laisser une nouvelle catastrophe se produire.

Depuis le hangar, Kat et Ray regardaient le coroner qui signait l'acte de décès, tandis que les ambulanciers portaient le corps dans un grand sac jusqu'à leur voiture. Direction : les pompes funèbres.

Mary, la tête effondrée sur la poitrine, priait en silence avec Luke et les enfants. En retrait, Kat se sentait des leurs.

— Je vais porter ça au laboratoire, dit Ray Martin en tapotant la poche qui contenait la balle. Mais je ne pense pas qu'ils en tireront grand-chose.

— Très bien. Une dernière chose, et puis j'irai me préparer pour mon deuxième enterrement — d'ailleurs j'ai cru comprendre que vous serez là, cette fois.

— Pour sûr que j'y serai ! Je ne laisserai pas ces malades gâcher les funérailles de Paul Yoder. Les Amish commencent à comprendre qu'ils ont parfois besoin de moi. A quelque chose malheur est bon.

— Existe-t-il une possibilité pour que Paul ait été électrocuté sans que la foudre tombe sur le moulin ?

— Kat, laissez tomber. Luke et Mary m'ont avoué qu'ils avaient entendu la foudre tomber juste à côté de la maison. Ne me dites pas que vous n'avez pas entendu ça non plus.

— Je l'ai entendu. Mais aurait-il pu être terrassé par une autre source d'électricité ?

— Ça me semblerait bien extraordinaire. Je vous rappelle que nous sommes sur une propriété amish, donc dépourvue d'électricité. Vous pigez ?

— Oui, je pige, murmura-t-elle pour elle-même alors qu'elle le raccompagnait à sa voiture.

Tout semblait effectivement accréditer la thèse d'un malheureux foudroiement. Pour autant, elle était bien décidée à ne pas lâcher la piste qu'elle soupçonnait.

Il faisait presque nuit ce soir-là quand les Amish commencèrent à arriver à la ferme des Yoder, avec chacun de quoi préparer le repas de la veillée funèbre. Quand, un peu plus tard, Moïse Susan partit coucher ses enfants, Kat proposa à Luke de raccompagner Ida, Eli et Sarah à la ferme, mais il refusa. Il rentrerait avec eux, plus tard. Lee, comme à son habitude, avait réuni les enfants et s'occupait d'eux ; Kat décida donc d'aider les femmes à préparer le dîner.

— Est-ce que les funérailles vont retarder le début de la récolte ? demanda-t-elle à la mère de Lee, Levi Em, en la débarrassant d'une bassine de pommes de terre.

— Peut-être d'un jour, répondit Emma. Pas plus. Quand les plants sont arrivés à maturité, on ne peut pas attendre. Et le révérend Yoder n'aurait pas voulu que nous changions quoi que ce soit à nos habitudes. La récolte est notre avenir, dit un vieux proverbe allemand. Nous devons avoir une *gute Ernte*, une bonne moisson.

— De plus, ajouta une autre femme, Luke nous a demandé de continuer à vivre normalement, pour montrer à ces gens que leurs attaques n'altèrent en rien notre volonté de rester nous-mêmes.

Kat sentit sa gorge se serrer. Comme elle le craignait, Luke était bien décidé à reprendre le flambeau et à guider son peuple. Il ne restait qu'à espérer que la nouvelle ne s'ébruiterait pas trop vite du côté de leurs ennemis.

— *Schnitz*, s'exclama une femme en entrant dans la cuisine.

Des tartes que j'ai préparées moi-même, dit-elle à l'adresse de Kat en repassant à l'anglais.

Kat ne put s'empêcher de se remémorer cette funeste tarte aux baies de sureau qu'avait mangée le révérend Jacob avant de mourir. Une excellente cuisinière comme Ida avait forcément fait attention à ne pas laisser de feuilles dans sa préparation. Mais quelqu'un avait-il pu passer derrière elle pour en modifier la recette ?

« Reuben ! » pensa-t-elle.

Elle l'avait vu rôder autour de la maison et espionner Sarah. Et comme Ida lui apportait de temps en temps des petits plats, il savait sans doute qu'elle cuisinait ce genre de tartes, véritable péché mignon de l'homme qui avait prononcé son bannissement. Elle se figura l'homme qui était venu apporter un mot pour demander à Luke de l'aider à redresser son moulin. Etait-il capable d'un tel acte ?

D'un autre côté, ce n'était pas lui qui avait fait allusion à un empoisonnement, mais Clay Bigler. Ce jour-là, devant l'entrée de la ferme de Luke, le syndicaliste avait félicité Paul Yoder pour sa nomination. « En tout cas, nous sommes sûrs qu'il n'a pas été empoisonné, avait-il dit en s'étonnant de la mort du précédent révérend. J'ai cru comprendre que vous étiez toutes des cordons-bleus. » Mais comment aurait-il fait, lui, pour glisser du poison dans ce satané gâteau ? Non, tout cela n'avait aucun sens. Luke avait raison, elle devenait paranoïaque.

Epuisée, elle voulut se passer la main dans les cheveux, mais son *kapp* lui rappela qui elle était devenue. Elle quitta la cuisine et signala aux femmes — en allemand — qu'elle devait s'absenter.

Elle attrapa son châle encore humide accroché au portemanteau et alla rejoindre Luke dans la pièce principale. Elle fut déçue — et inquiète — quand elle le découvrit en pleine discussion avec les sages de la communauté. Elle ne pouvait évidemment pas le déranger. Mais c'est lui qui tourna la tête vers elle ; il plissa le front quand il vit qu'elle s'était habillée pour sortir. Il s'excusa et la poussa gentiment dans le couloir de l'entrée.

— Vous n'allez pas sortir toute seule maintenant, dit-il fermement en lui prenant le poignet. Trop de choses se passent, il faut refermer le pont-levis.

— Je suis bien consciente de la situation ! L'instigateur de cette campagne de terreur est sans doute déjà tapi dans l'ombre pour porter le coup suivant — et il pourrait vous viser vous, Luke. Je voulais juste vous demander quelque chose : voyez-vous une manière, une seule, dont Paul Yoder aurait pu être électrocuté sans que la foudre ne tombe sur le moulin ou sur le silo métallique juste à côté ? J'ai bien regardé, Luke, et il n'y a aucun impact de foudre, ni sur l'un ni sur l'autre. Juste ce morceau de drap blanc qui pend du côté opposé à celui que vous aviez escaladé.

Luke la fixa comme si elle venait de lui donner un coup de poing dans l'estomac. Ses yeux écarquillés exprimaient une surprise horrifiée.

— Autant je trouvais votre première hypothèse un peu tirée par les cheveux, autant là, oui…

— Oui quoi ?

— Peut-être un générateur.

— Vous voulez parler d'un générateur portatif ?

— Oui. J'en possède un moi-même.

— Vous pouvez m'en dire un peu plus ?

— Je le garde au fond de mon atelier. Ça pèse entre quinze et trente kilos. Comme nous n'avons pas d'électricité chez nous, j'ai dû m'en procurer un pour faire fonctionner certains outils dont je ne pouvais pas me passer...

— Oh, je crois que je l'ai vu la dernière fois. Mais ça m'a eu l'air très encombrant. Personne ne peut se déplacer avec ça.

— Le mien est un ancien modèle. Il sort rarement de l'atelier, sauf quand je l'emporte en buggy sur un chantier. Mais ils en font de beaucoup plus petits aujourd'hui. Je crois que Reuben en a un. Il l'utilisait avant de faire carrément tirer une ligne électrique jusqu'à chez lui quand il a quitté la communauté.

— Et le sien est plus petit ?

— Je ne sais pas, je ne l'ai pas vu ; et je n'arrive plus à me souvenir de qui m'en a parlé. Mais il y a pas mal d'Amish qui en possèdent un.

— Si j'ai bien compris, ces générateurs servent essentiellement à alimenter des outils de chantier, c'est ça ?

— Exactement. Si vous pensez à Amish Acres, oui, je suppose qu'ils en utilisent plusieurs là-bas. Mais je vous demande de rester avec nous jusqu'à ce que nous puissions rentrer à la maison, tous ensemble.

Cette consigne ne souffrait aucune discussion. Luke lui caressa la joue en s'assurant que personne ne les voyait, puis il retourna dans le salon pour poursuivre sa réunion de crise. Kat avait tant de choses à faire... aurait-elle le temps de tout vérifier avant qu'un nouveau drame ne se produise ?

Pas de lune. Aucune étoile ne venait même éclaircir un peu l'encre de cette nuit. Kat conduisait son buggy vers Maplecreek, et elle avait l'impression qu'elle pourrait aujourd'hui diriger sa jument les yeux bandés. Elle ouvrit la porte du « manoir » de

Dan et Brooke à l'aide de la clé qu'elle avait mise en sautoir autour de son cou. Sans attendre une seconde, elle se rua sur son ordinateur portable, l'alluma et se connecta à un moteur de recherche. Elle commença à surfer sur les sites proposant la vente de générateurs portatifs.

Idéal pour le camping, la pêche ou les travaux en extérieur. Et éventuellement pour refroidir quelqu'un, ajouta-t-elle entre ses dents tout en lisant un descriptif. *Cinq kilos pour l'unité la plus petite, quarante kilos pour la plus grosse. Mais le modèle de dix kilos fournit déjà une puissance qui va vous étonner. Et vous pouvez le mettre en charge sur une simple prise, voire sur l'allume-cigares de votre voiture ! Rechargez-le en conduisant !*

— Et pourquoi pas en roulant au volant de votre énorme moissonneuse ? compléta Kat.

Elle manqua de s'étrangler quand elle découvrit le dernier argument de vente : *il peut même être rechargé à l'aide d'un simple petit moulin.*

Se pouvait-il que l'esprit torturé qui avait décapité les moulins de Luke, utilisé ses parles comme des armes et tiré sur le moulin de Paul Yoder ait également utilisé leur énergie pour charger un générateur portatif avant d'électrocuter le révérend amish ? A moins que Luke n'ait été la véritable cible : Paul Yoder aurait alors eu la malchance de rester seul dehors, et il aurait payé à sa place.

Kat espérait qu'elle pourrait convaincre Ray Martin d'obtenir des mandats de perquisition pour fouiller la propriété de Reuben Coblentz, celle de Tyler Winslow ainsi que les deux bureaux de Clay Bigler. Que se passerait-il si l'on découvrait un générateur portatif portant des traces de boue — ou de sang ? Mais rien n'était simple, décidément. Si Ray jouait franc-jeu et menait les perquisitions, les suspects sauraient que la police s'intéressait à eux de très près, et ils prendraient sans doute leurs dispositions pour échapper à une arrestation. Si, au contraire, Ray Martin était un traître, Luke et elle courraient des risques plus grands encore.

Elle décida d'écrire un message e-mail à Brooke pour lui raconter les derniers épisodes de l'affaire. Elle lui expliqua par la même occasion ce qu'elle comptait faire. Elle se sentait proche de cette femme, même si elles avaient passé bien peu de temps ensemble. Si quelque chose de grave arrivait, Brooke ne laisserait sûrement pas les enquêteurs s'endormir.

Kat signala également à Brooke qu'elle lui empruntait un jean sombre, un sweat-shirt noir et une écharpe trouvés dans sa penderie. Elle ne prendrait pas le risque de perdre un autre bonnet sur les lieux de ses excursions nocturnes. Et le pantalon lui permettrait de se mouvoir plus facilement lors de sa visite à Amish Acres, cette nuit même. Elle prit également un couteau et une vieille fourchette dans la cuisine.

Elle enroula son châle autour de ses épaules avant de sortir, et dissimula les vêtements de Brooke sous le banc de son chariot. Elle remarqua en passant devant l'auberge de Marnie que toutes les pièces étaient éteintes. Peut-être était-elle retenue dans son autre restaurant ou dans sa boutique.

Kat n'avait pas le temps de s'attarder davantage : elle quitta la ville et prit le chemin du nord-est.

19.

Un vieux fourgon noir dépassa le chariot de Kat à vive allure. Le moteur toussotait comme celui de Reuben Coblentz, mais Luke lui avait fait remarquer que ce type de véhicule était des plus courants dans la région.

Au mieux, le conducteur était un de ces décérébrés qui adorent effrayer les chevaux des conducteurs amish et les pousser sur le bas-côté pour se donner de l'importance. Au pire, c'était bien Reuben qui roulait à tombeau ouvert avec deux grammes d'alcool dans le sang, en ruminant son amertume. Les portes arrière, entrouvertes et attachées entre elles à l'aide d'un vieux tendeur, laissaient s'échapper des barbes de maïs.

Quand elle croisa le même camion quelques minutes plus tard en sens inverse, elle ne discerna pas le visage du conducteur derrière le pare-brise, pas plus que la plaque d'immatriculation. Sans s'arrêter, Kat se redressa et se pencha sur le côté pour vérifier que les phares rouges du camion avaient bien disparu. Depuis ce jour où elle s'était sentie suivie dans le champ de Luke, elle avait régulièrement l'impression d'être épiée ; un sentiment confus, qu'elle avait bien du mal à contrôler.

Bientôt, elle n'entendit plus que le bruit régulier des sabots de Dilly sur l'asphalte, et les chants de quelques grillons moins frileux que les autres. Lorsqu'elle arriva en vue d'Amish Acres, une seule fenêtre était éclairée : celle de l'agence immobilière de Grayson Gilmore. Une voiture était garée juste à côté, sans doute celle du veilleur de nuit.

Kat espérait qu'il ressemblait à certains gardiens qu'elle avait connus à Colombus et qui passaient la moitié de la nuit à dormir ou à regarder la télévision pendant que les gangs dépeçaient des voitures ou cambriolaient des appartements à un jet de pierre de leur bureau.

Lentement, elle dépassa le moulin décoratif installé par Luke à l'entrée et s'engagea dans la première grande allée empruntée par les ouvriers dans la journée. Elle n'y voyait pas grand-chose, mais n'aurait pas troqué cette nuit noire pour une pleine lune.

Kat était déterminée à prendre des risques pour épingler enfin un coupable — ou plusieurs — sur ces intimidations et aussi, peut-être, sur deux assassinats. Il était l'heure d'effectuer quelques vérifications, sur Clay et AJ Bigler, sur Tyler Winslow et son neveu Mark Martin, et de nouveau sur Reuben Coblentz et ses compagnons de boisson. Si elle ne trouvait rien, il lui resterait à cuisiner Marnie, Louise Winslow et même Grayson Gilmore en quête de nouveaux détails, d'une autre piste…

Elle cacha son chariot tout au fond du cul-de-sac, derrière la future maison de Marnie Girkins. Elle en descendit après avoir enfilé les vêtements de Brooke. Lampe torche dans une main, fourchette et couteau dans l'autre et son portable glissé dans la poche arrière du jean, elle surgit du bosquet en scrutant les environs.

La caravane de Clay semblait posée aux confins du champ comme un immense cercueil. Kat se faufila avec agilité jusqu'à la porte latérale. Le chantier était boueux, comme elle s'y attendait.

Elle devrait faire attention à ne pas laisser d'empreintes de pas à l'intérieur, ni même sur les marches. Il lui faudrait aussi prendre garde à ne pas trop agiter sa lampe en inspectant chaque recoin : le faisceau pourrait attirer l'œil du gardien s'il passait par là en faisant sa ronde.

Elle essaya d'abord le bout du couteau, mais il était trop large et ne s'enfonçait pas assez profondément dans la serrure pour faire jouer le loquet. Elle plia alors une dent de la fourchette et réessaya ; sans plus de résultat. Il fallait un objet plus long et plus fin. Qu'à cela ne tienne, elle n'avait qu'à tirer une épingle de ses cheveux.

Elle commençait à transpirer, malgré la brise de cette nuit automnale. Avait-elle complètement perdu la main ?

Au cours de son adolescence, elle n'avait pourtant pas fait que des graffitis sur les murs, notamment après la mort de Jay. Oh, rien de très grave non plus : elle s'introduisait chez les gens plus pour mimer Arsène Lupin que pour vraiment emporter quelque chose. Mais elle aurait très bien pu se retrouver menottes aux poignets, connaître les centres pour jeunes délinquants, et rater sa carrière dans la police à cause d'un casier judiciaire. D'une certaine façon, s'occuper des enfants comme elle l'avait fait par la suite était une manière de payer sa dette à la société.

La première épingle à cheveux se plia dans la serrure, et elle en retira une deuxième en pestant intérieurement. Elle avait opté pour des vêtements plus pratiques, mais sa robe amish, elle, lui aurait fourni une de ces grandes épingles à nourrice qui font des merveilles.

Elle poussa un soupir de soulagement quand elle entendit la serrure qui lui répondait enfin par un cliquetis caractéristique.

Elle jeta un coup d'œil en arrière avant de pousser la porte : la fenêtre du gardien était toujours allumée.

Kat prit une longue respiration, essuya ses chaussures sur le paillasson qui avait déjà décrotté bien des semelles et entra.

Elle imagina les titres de la presse locale si elle se faisait prendre : « Une ancienne policière violait les propriétés la nuit » ; « Les Amish avouent l'avoir hébergée, ils disent aujourd'hui le regretter ». Ou encore : « La police de Maplecreek demande que la loi soit appliquée à la lettre »…

La caravane était propre et ordonnée, mais elle empestait comme prévu la cigarette. Kat commença à fouiller les lieux, en prenant garde de remettre chaque objet à sa place exacte. Elle éplucha fébrilement la pile de factures posée sur l'un des bureaux, en espérant y trouver la trace d'un achat de moto ou de cartouches de paintball, et pourquoi pas d'un générateur portatif. Rien.

Quand elle ouvrit les grands tiroirs disposés de chaque côté de la chaise, elle découvrit des dizaines de chemises en carton semblables à celle que Bigler portait lors de sa visite à Marnie. Et de nouvelles factures, dont plusieurs frappées du tampon de la Dutch Table, et… une note de cinq cents dollars pour l'achat de feux d'artifice, datée du 28 septembre. Les commentaires griffonnés affirmaient que les fusées étaient destinées à l'ouverture officielle d'Amish Acres. Rien de répréhensible en soi ; mais elle mémorisa le numéro de la société pour tenter de savoir, plus tard, si Bigler avait déjà passé d'autres commandes pour des feux d'artifice. Elle souleva quelques dossiers, et son regard fut attiré par une feuille de papier agrafée à l'un d'entre eux : une liste des invités pour le grand jour — la fameuse ouverture officielle. En tête de liste étaient répertoriés les cogérants de la

Corporation d'Amish Acres. Le groupement était constitué de trois divisions : les résidences, la salle « Sport et spectacles » et le terrain de golf.

— Quelle salle de sport ? Et qu'est-ce que c'est que cette histoire de terrain de golf ? murmura-t-elle.

Elle parcourut avidement la liste des cogérants et nota quelques noms bien connus d'elle : Tyler Winslow, Marnie Girkins, Clay Bigler et… Ray Martin !

— Ray ? Oh non !

La surprise lui fit incliner le dossier, dont le contenu se répandit par terre.

Gilmore lui avait menti en lui affirmant qu'il n'y avait aucune personnalité locale à la tête du nouveau lotissement. Que cachait toute cette opération ? Et pourquoi diable des gens voudraient-ils faire partir les Amish de la région alors qu'ils avaient baptisé leurs futurs pénates du nom d'Amish Acres ?

Elle cala sa lampe torche sous son bras et s'accroupit pour ramasser les feuilles éparpillées. Elle venait juste de remettre le dossier à sa place et de refermer le tiroir lorsqu'elle entendit un son étouffé dehors, peut-être une portière que l'on referme.

Difficile de déterminer si le bruit venait de loin ou pas, mais elle ne pouvait pas courir le risque d'être attrapée ici : il fallait qu'elle sorte au plus vite.

Sans même prendre le temps de regarder par la fenêtre, Kat éteignit sa lampe, entrouvrit la porte et jeta un œil au-dehors. A travers les fondations de la future maison de Marnie, elle aperçut une deuxième voiture qui s'était garée entre le bureau du gardien et la caravane. La lumière intérieure ne s'était pas encore éteinte, donc le conducteur était sans doute sorti à l'instant. Mais où avait-il bien pu passer ? Elle irait se réfugier dans le bosquet en attendant de voir ce qui se passait, et ne reviendrait dans la caravane que si la voie lui semblait libre.

Elle se glissa à l'extérieur et referma la porte derrière elle. Mais avant même d'avoir descendu les trois marches, Kat ressentit très fortement la présence de quelqu'un caché à quelques pas de là… un prédateur, prêt à frapper sa proie.

Elle se pencha en avant et commença à courir, mais un projectile frappa la tôle de la caravane juste au-dessus de sa tête.

Une arme ! songea-t-elle. Mais le coup qui venait de retentir n'était pas celui d'un revolver. Non, elle en était sûre maintenant : l'inconnu la visait avec un de ces horribles pistolets à air comprimé utilisés par les charpentiers pour planter leurs clous !

Elle se jeta à terre alors qu'un deuxième coup venait d'être tiré. Sa lampe avait roulé dans l'herbe humide. Où se trouvait le tireur ? L'avait-il prise pour une simple cambrioleuse ? Pouvait-elle avoir la vie sauve en criant qui elle était ?

Elle devait bien se rendre à l'évidence : quelqu'un était au courant de sa présence, et n'avait pas d'autre intention que de l'éliminer, purement et simplement — et de quelle manière !

Il était hors de question de courir jusqu'au bois, cependant elle ne pouvait pas non plus rester à découvert. Jusqu'à quelle distance au juste ces engins pouvaient-ils tirer leurs clous ?

Kat opta pour une retraite plus courte et courut vers la maison de Marnie. La structure de bois la protégerait peut-être suffisamment pour lui faire gagner un peu de temps, et décider du moment opportun pour fuir plus loin ou sauter sur le tireur.

Le veilleur de nuit n'avait aucune raison de la poursuivre avec un outil de chantier. C'était sans doute la personne arrivée juste avant, dans cette voiture, qui était à ses trousses. Mais il ne s'agissait pas du 4x4 de Clay Bigler.

Qui était-ce alors ? Un de ses ouvriers ? N'importe qui pouvait facilement se procurer ce genre de pistolet à air comprimé dans un endroit comme Amish Acres : il y en avait sur tous les chantiers.

Kat hésitait sur l'endroit où se réfugier. Serait-elle le plus en sécurité à l'étage ou à la cave ? Elle rampa finalement jusqu'au mur qui encadrait la grande cheminée, l'un des seuls à être déjà debout. Ses arrières étaient protégés. Elle n'en était pas moins prise au piège dans un manoir en construction, en pleine nuit, avec un tueur à ses trousses. Elle repensa au jeune caïd avec sa mèche d'acier plantée dans le crâne. Son cœur s'emballa, le sang cogna à ses tempes. Elle plissa les yeux pour essayer de distinguer le moindre mouvement, une forme humaine, mais elle ne voyait rien. Embusqué, le tueur attendait peut-être qu'elle soit de nouveau à découvert pour terminer sa besogne. Kat aurait donné cher pour savoir de qui il s'agissait, mais son premier souhait, dans l'immédiat, était de s'en sortir vivante.

Après de longues, très longues minutes, Kat décida d'abandonner sa cachette. Malgré tous ses efforts, elle ne distinguait dans la nuit noire que le contour des poutres et des plus gros objets. Mais il fallait qu'elle prenne le risque : inutile de moisir ici.

Lentement, elle se remit à ramper sur les lattes du plancher en direction de ce qui devait devenir, selon Grayson Gilmore, une immense cuisine flanquée d'une véranda.

Sans plus attendre, elle fusa en direction du bosquet où elle avait attaché Dilly.

Kat entendit alors distinctement le sifflement des clous juste à côté d'elle. Elle roula sur le côté et tourna la tête vers l'arrière de la maison. Oui, tout près d'elle, elle le voyait enfin. Un homme en noir, qui portait une cagoule et des lunettes !

Le tireur se mit à courir vers elle et la rejoignit en quelques secondes. Instinctivement, Kat lui assena un violent coup de pied qui le déséquilibra. Pour ne pas laisser l'agresseur se ressaisir, elle se jeta sur lui et parvint à lui arracher ses lunettes, mais roula de nouveau sur le côté quand elle aperçut ce qui ressemblait à un revolver 9 mm. Les images de ces terribles minutes devant la maison du jeune Seyjack traversèrent son esprit comme une balle. Elle ressentit presque physiquement la même douleur dans son poignet. Cette fois-là, elle avait un talkie-walkie pour appeler à l'aide…

Elle se souvint alors de son portable dans la poche arrière de son jean. Comme Ray était la dernière personne qu'elle avait contactée, il lui suffisait d'appuyer sur la touche « appel » pour composer son numéro.

Tout se passait comme dans un film au ralenti, à ceci près que le mot fin pouvait apparaître à tout instant sur l'écran noir. L'homme était maintenant penché sur elle, bras tendu. Elle n'attendait aucune pitié. Mourrait-elle d'un clou ou d'une balle ?

Elle lança de nouveau sa jambe en l'air et détourna le tir. C'est un énorme clou qui vint se ficher à quelques centimètres à peine de sa hanche. Kat se releva d'un bond et courut vers la maison, mais elle était plus proche que prévu… Le sol se déroba sous ses pieds, et la jeune femme tomba dans les fondations. Elle roula, se cogna en gémissant à plusieurs angles de béton avant de s'immobiliser enfin. Sonnée, elle se mit à genoux sur la dalle grise et froide. Elle avait pour l'instant échappé au tueur, mais elle était loin d'être sortie d'affaire. Elle se blottit dans un coin et plongea une main tremblante dans la poche arrière de son jean à la recherche du portable. Elle pressa la touche verte et colla l'appareil à son oreille. Une sonnerie, deux sonneries… vite !

Il décrocha enfin.

— Ray ! La maison de Marnie Girkins à Amish Acres. Dépêchez-vous !

L'homme à la cagoule descendit quelques marches et s'arrêta à mi-chemin. Deux nouveaux coups retentirent. Kat se recroquevilla plus encore, les deux mains sur la tête, comme si cela pouvait la protéger. Les projectiles, cette fois, ne sifflèrent pas à côté d'elle. L'agresseur n'y voyait pas plus qu'elle dans les ténèbres de cette immense cave. Elle l'entendit qui remontait, courait sur le plancher fraîchement posé, puis le silence…

Kat n'arrivait pas à croire que le veilleur de nuit n'ait rien entendu. Que faisait-il, bon sang ? Elle bougea tout doucement, mais une douleur sur le côté la fit grimacer. Elle s'était blessée, sans doute en chutant dans ce trou béant tapissé de béton. Seule consolation : ce n'était pas la même hanche que celle qui avait reçu la balle tirée par le père Seyjack…

Elle passa la main sur son flanc et la retira chaude et humide ! Avait-elle été touchée ?

La panique s'empara d'elle. Elle était seule, avec un assassin peut-être caché à quelques pas de là. Et même s'il était parti… elle avait appelé Ray Martin. Comment lui expliquerait-elle ce qu'elle venait faire ici, en pleine nuit ? Bien sûr, elle avait peut-être le temps de bien refermer la porte de la caravane et de courir jusqu'à son chariot. Mais elle devrait malgré tout justifier son appel à l'aide, et son esprit confus ne lui proposait aucun prétexte crédible pour le moment.

Elle serra les dents pour ne pas hurler de douleur, et retourna en boitant vers l'escalier de béton. Priant pour que le tireur ne soit pas en embuscade, elle s'aida d'une main et de sa jambe valide pour sortir du trou. Elle regagna en claudiquant la caravane, réussit miraculeusement à bloquer la serrure dans sa position initiale, puis traîna la patte en direction du bosquet. Pendant tout ce chemin de croix, elle avait comprimé sa hanche pour ne laisser aucune trace de sang derrière elle. Au beau milieu du futur jardin elle buta sur sa lampe torche, qu'elle avait complètement oubliée ! Elle se pencha en gémissant pour la ramasser. Encore quelques mètres, et elle retrouverait son chariot. Juste avant de pénétrer dans le bosquet, elle aperçut une voiture de police qui s'approchait, sirène éteinte mais gyrophare allumé. Avait-elle intérêt à revenir sur ses pas et à lui dire toute la vérité ? Non. Si Ray Martin découvrait qu'elle était blessée, il déciderait certainement de mettre fin à leur collaboration. Sans compter que c'était peut-être lui, le tireur !

Elle avait juste envie de rentrer chez les Amish, même si Luke s'emportait en apprenant ce qu'elle venait de faire. Il lui avait dit le premier jour que Dilly la raccompagnerait à la ferme toute seule si elle lui lâchait la bride. Il suffisait donc de grimper sur le banc du chariot, mais dans son état, ce n'était pas une mince affaire.

Kat entendit craquer des branchettes dans son dos. Elle se figea quand un faisceau lumineux balaya l'orée du bosquet pour s'arrêter sur elle. Elle se retourna, aveuglée par la lumière blanche braquée sur elle comme une arme.

— Par tous les saints, qu'est-ce que vous foutez ici, habillée comme ça ? tonna Ray Martin en tamisant le faisceau de sa main gauche.

— J'avais juste… des petites choses à vérifier dans le coin, balbutia-t-elle en essayant de se tenir bien droite. Je me suis blessée sur un clou en tombant dans les fondations de la maison. C'est pour ça que je vous ai appelé à l'aide.

— Assez de mensonges, ma belle ! Soit vous ne me faites aucune confiance, soit vous voulez impressionner Luke et les Amish en menant l'enquête toute seule… Vous voulez peut-être vous racheter pour les erreurs commises à Colombus, mais vous êtes en train d'en commettre d'autres ici !

— Ce n'est pas…

— C'est bon, les gars ! lança-t-il en se retournant vers le futur jardin. J'ai les choses bien en main, je vous retrouve dans un moment.

Il revint vers Kat, le visage grave, et poursuivit :

— Je jouais aux cartes avec le garde, un de mes agents et Gil. L'agent est sorti pour aller nous chercher des pizzas, et il a pris ma voiture. Il a rebroussé chemin pour me dire qu'il venait de recevoir un appel affolé. Kat, je vais devoir vous retirer ce dossier avant que vous n'ayez de vrais soucis.

— Dites-moi plutôt à qui appartient la voiture garée entre l'agence et le bosquet.

Ray Martin regarda dans la direction qu'elle pointait du doigt et poussa un long soupir.

— A part la voiture du gardien, il n'y avait que la mienne. Celle de Gilmore est dans son garage : elle a besoin d'être réparée.

Kat, pourtant, n'avait pas rêvé. Mais à cette distance, et vu les circonstances, elle avait seulement vu à sa silhouette que la voiture dont elle parlait était de taille moyenne. Rien de plus. En tout cas, Ray avait l'air d'avoir gobé son histoire de chute dans la cave de Marnie. A moins qu'il n'ait tout simplement aucune envie d'en parler.

— Vous avez dépassé les bornes plus d'une fois, ex-agent Lindley. Cette dernière insubordination était de trop. On arrête là.

— Ray, vous m'avez confié une mission, et j'ai juste essayé de la mener à bien. Mais le déguisement de Katie Kurtz s'est quelquefois transformé en fardeau. Il fallait par moments que je redevienne Kat Lindley. Peut-être saviez-vous d'ailleurs très bien que mon immersion chez les Amish m'empêchait de réellement mener l'enquête.

— Vous me fatiguez, Kat Lindley. Je n'ai même plus envie de vous confier des tâches administratives dans mon bureau. Dites au revoir aux Amish et débarrassez-nous le plancher !

Il éclaira le sol devant elle pour guider ses pas pendant qu'elle s'approchait du buggy. Son licenciement lui faisait bien plus mal que sa blessure à la hanche. Mais elle ne voyait plus, de toute façon, comment travailler encore avec cet homme. Si jamais elle tenait encore une chance d'élucider ces crimes, c'était peut-être lui qu'elle ferait arrêter un jour prochain.

Kat n'aurait pu dire comment elle avait réussi à se jucher sur son chariot. Pour éviter que sa plaie ne saigne trop, elle avait noué le foulard de Brooke autour de sa taille, et l'avait ajusté sur son jean. Personne sur la route, Dieu merci ! Comme le lui avait conseillé Luke, elle lâcha la bride, et la brave Dilly continua effectivement sa route comme si de rien n'était.

Elle rentrait chez elle… un chez elle qui ne le serait plus très bientôt… Les Amish lui demanderaient sans doute eux aussi de partir quand elle raconterait à Luke ce qui s'était passé. Car elle ne pouvait pas lui cacher les derniers événements. Elle allait être pour lui un souci de plus, comme s'il n'en avait pas eu assez ces derniers temps.

Kat commença à se sentir mal. La blessure, sans doute, mais aussi l'inquiétude. Prochaine étape : expliquer à Luke et Ida pourquoi elle portait un pantalon, ensanglanté de surcroît. Epuisée, elle laissa tomber sa tête entre ses genoux.

Elle sursauta et se redressa d'un coup. S'était-elle évanouie, ou endormie ? Elle ne devait pas baisser la garde. Quelqu'un pouvait la suivre, l'entraîner dans un champ au bord de la route pour en finir avec elle. Si elle abandonnait sa vigilance, elle terminerait peut-être son existence emprisonnée dans un sarcophage de béton, au sous-sol d'une maison bourgeoise d'Amish Acres…

Le rythme chaloupé du chariot la calma un peu, et elle tenta de se projeter des images plus positives. Elle revoyait Luke qui l'accompagnait en pays amish pour la présenter à ses parents. Le sourire d'Eli, qui par certains côtés ressemblait tant à Jay. Et la petite Sarah, espiègle comme l'enfant qu'elle avait toujours rêvé d'avoir. Les fermes, les champs de maïs, toutes ces familles qui s'entraidaient, et ces femmes posant sur la table des montagnes de nourriture…

Elle se réveilla de nouveau, étendue sur le banc du buggy. Etait-elle arrivée ? Oui, le chariot s'approchait de la porte grande ouverte de l'étable. Le gros hangar était plus sombre encore que la nuit.

— Kat ? Kat ! cria Luke en bondissant à l'avant du buggy. Kat, que se passe-t-il ? Où étiez-vous ?

— Je suis allée rendre une petite visite au bureau de Clay

Bigler, à Amish Acres, répondit-elle, résignée à subir de nouvelles remontrances. Quelqu'un m'a tiré dessus avec un pistolet à clous et m'a touchée à la hanche. J'ai appelé Ray, qui n'a rien trouvé de mieux à faire que me dessaisir de l'affaire.

Luke, blême, grommela quelques jurons en allemand.

— S'il vous plaît, n'en rajoutez pas, implora-t-elle. Ne me demandez pas de partir parce que lui l'a fait. D'autant qu'il pourrait bien être de mèche avec les autres.

— Les autres ? répéta Luke.

Il descendit du chariot après l'avoir aidée à s'approcher des marches, puis la prit dans ses bras et la porta à l'extérieur.

— Je vous emmène chez moi pour jeter un œil à cette blessure. Et s'il le faut, nous appellerons le Dr Barker.

Kat posa la tête contre son torse. Elle souffrait à chaque pas, mais pour rien au monde elle n'aurait voulu que Luke la repose à terre. Elle commença à lui donner la liste des cogérants d'Amish Acres, rappelant que Gilmore lui avait menti sur le sujet ; elle lui signala aussi qu'elle avait des doutes sur le rôle de Marnie Girkins, et lui demanda de faire très attention… mais tout s'embrouillait dans sa tête et ses phrases n'étaient sans doute pas très cohérentes. Elle sombra bientôt dans l'inconscience.

La douleur la réveilla. Quand elle rouvrit les yeux, elle se retrouva dans une grande pièce éclairée par la douce lumière d'une lanterne. Elle tourna la tête sur son oreiller : elle était étendue sur le lit de Luke, dans sa chambre. Il entra avec dans les bras une bassine d'eau et des serviettes.

— Je sais que j'aurais dû vous ramener à votre chambre, dit-il en posant la cuvette sur la table de chevet. Mais je ne voulais pas réveiller ma mère, qui a grand besoin de sommeil. Et je ne souhaitais pas non plus que les enfants vous trouvent demain matin, sur le canapé du salon, en tenue anglaise. Vous pourrez rester ici, moi j'irai dormir avec Eli. Mais nous devons d'abord regarder cette blessure pour savoir s'il est nécessaire d'appeler le docteur.

— J'ai sans doute été touchée par un clou tiré par ces maudits pistolets. Mais je suis vaccinée contre le tétanos. Ça saigne, mais je ne pense pas que ce soit grave.

— Laissez-moi examiner la plaie par moi-même. Je n'arrive pas à croire que Ray Martin vous ait licenciée.

— Etant donné qu'il était à Amish Acres ce soir, qui sait s'il n'a pas fait beaucoup plus grave ? C'était peut-être lui le tireur, Luke. Je me demande toujours s'il est le grand manitou derrière toute cette affaire, ou s'il partage la coiffe du chef avec son beau-frère.

Luke s'assit sur le bord du lit et la tira doucement vers lui. Il dénoua le foulard, mais Kat avait peur de tacher les draps. Et elle appréhendait l'instant où elle aurait à retirer son jean — ou plutôt celui de Brooke — en frottant la plaie au passage. Peut-être pourraient-ils le découper, comme elle l'avait vu faire par les secouristes lorsque des personnes étaient blessées par balle. Pour l'instant, la douleur s'était transformée en fourmillement.

— Kat, dit Luke en disposant une serviette sous sa hanche, à qui pensiez-vous quand vous parliez des « autres » personnes qui pourraient être impliquées ?

— J'ai appris des choses en fouillant les papiers de Clay Bigler. Le lotissement d'Amish Acres n'est qu'un début. Ils envisagent de construire une grande salle, un gymnase ou une salle de spectacles… et un terrain de golf !

Surpris, Luke haussa les sourcils.

— Et je suppose qu'ils voient les Amish comme un obstacle à leurs plans. De là à penser qu'ils nous verraient bien partir… Ils savent, comme vous, que nous nous y résignerons si les choses empirent.

— Non, Luke ! Vous n'allez pas leur faire ce plaisir ! C'est tout ce qu'ils attendent.

— Mais qui ça, « ils » ? insista-t-il en sortant de sa poche une paire de ciseaux pointus.

— Tyler Winslow, Clay Bigler *et* Marnie Girkins.

— Ne me dites pas que vous êtes une adepte de la théorie du complot ? marmonna-t-il.

Sans lui en demander la permission, il commença à découper le pantalon le long de la couture extérieure, en partant de la cheville. Le jean était noirci sur toute sa longueur par le sang séché.

— Dans le cas présent, je commence à croire qu'il y a bien des comploteurs, admit-elle en se demandant jusqu'où il oserait faire courir ses ciseaux.

— J'ai du mal à croire qu'ils pourraient garder secret un tel plan en étant aussi nombreux. Toutes ces attaques contre les enfants, sans compter la mort de Paul, si elle n'est pas accidentelle… « Trop de cuisinières autour du fourneau, et le plat est gâché », comme on dit chez nous.

— Et « deux personnes peuvent garder un secret si l'une d'entre elles est morte », comme on dit chez moi. Mais, Luke, si j'ai tant de mal à découvrir *le* cerveau, c'est peut-être tout simplement parce qu'il y en a plusieurs.

Luke continua à découper la toile de son jean. La paire de ciseaux glissait, froide sur sa peau. Mais la main de Luke la caressait en suivant l'outil, et réchauffait instantanément chaque centimètre carré de sa chair. Kat se força à rester concentrée sur la conversation. Il y avait une question délicate qu'elle voulait lui poser depuis le matin. Il était temps de se lancer.

— Luke, si Paul a été assassiné, pensez-vous que votre père ait pu l'être également ?

Luke s'arrêta de découper le jean, puis recommença sans dire un mot. Il contourna la blessure en haut de la cuisse, et ne jugea pas utile de continuer jusqu'à la taille.

— Le sang a coagulé contre la toile. Je ne vais pas l'arracher au risque de faire repartir l'hémorragie. Je pense qu'en trempant le tissu on doit pouvoir le décoller sans mal. Quand je retire un pansement à Sarah…

— Luke, dit-elle en lui attrapant le poignet, vous avez entendu ce que je vous ai dit ? Vous ne me prenez pas pour une folle, quand même ? Je sais que vous avez parfois pensé que je voyais le mal partout, mais…

— Vous avez raison de le voir partout. Il est rampant en ce bas monde.

— Mais pour votre père…

— Je ne comprends pas ce que vous voulez dire. Il était malade depuis des semaines, et le médecin qui l'a examiné a parlé d'ulcères ou d'une crise foudroyante d'acidité gastrique.

— A-t-il envisagé la thèse de l'empoisonnement ? Avec de la nourriture, par exemple ?

— Vous pensez à la grande tarte que ma mère a préparée pour lui le dernier jour ?

— Je n'ai pas dit ça… je ne sais pas. Luke, j'ai besoin de davantage de temps. Gardez-moi avec vous encore un peu. Je me contenterai d'enquêter là-dessus. Si j'arrive à prouver que votre père a été empoisonné — et si je trouve qui l'a fait — alors les autres agressions seront, je pense, très vite élucidées. Soit nous obligerons Ray Martin à arrêter les coupables, soit nous appellerons les agents fédéraux. Luke, vous devez vous occuper des funérailles de Paul. Ensuite vous serez pris par les moissons pendant plusieurs jours. Je vous demande juste de me laisser ce laps de temps-là.

Quand elle lâcha sa main, il alla chercher la bassine d'eau sur la table de chevet, y trempa une serviette et revint s'asseoir à son côté. Patiemment, il appliqua la serviette plusieurs fois pour décoller lentement le jean de la plaie.

— Je dois aussi aider Reuben à redresser son moulin, dit-il sans la regarder. Il est passé, ce soir. Il veut réintégrer l'église. Il veut devenir le grand-père qu'il aurait toujours dû être pour les enfants, et il se propose de nous aider, Moïse et moi, dans les champs. Comme les obsèques ont lieu lundi matin, je lui ai dit que nous nous chargerions du moulin mardi à l'aube ; juste avant que les ouvriers agricoles n'arrivent pour les récoltes.

— Eli était-il là quand il est passé ?

— Non, il était déjà couché.

— Mais alors, quand vous avez accouru dans l'étable pour m'aider, vous les avez laissés tout seuls dans la maison ? s'exclama-t-elle en se redressant sur son séant.

Luke la força à se recoucher et appliqua de nouveau une serviette imbibée d'eau sur le haut de sa cuisse.

— Calmez-vous, Kat, ils vont bien. Je suis allé faire un tour dans leurs chambres en descendant chercher de l'eau.

Kat se surprit à passer les bras autour du cou de Luke. Le mouvement réveilla la douleur dans sa hanche, mais elle n'en avait cure.

— Je n'arrive pas à me calmer, murmura-t-elle à son oreille

alors qu'il se collait à elle en prenant garde de ne pas lui faire mal. Je veux que plus personne ne soit blessé. Ni Eli, ni Sarah… ni vous.

— Ou vous, susurra-t-il en collant ses lèvres à celles de Kat. Oui, vous pouvez rester pendant les quelques jours que durera la moisson. Après, si vous n'avez rien trouvé, et à mon grand regret, je serai obligé de considérer que Katie Kurtz était une idée à moi qui n'a pas fonctionné. Nous recommencerons alors à faire confiance au Seigneur pour régler les choses autrement.

Il l'embrassa de nouveau, et le corps de Kat oublia instantanément la douleur et la fatigue. Elle savait une chose : dans la peau de Katie Kurtz comme dans celle de Kat Lindley, elle avait envie de rester dans cette maison, dans cette chambre, dans les bras de Luke.

— Va pour quelques jours, alors, dit-elle en contenant ses larmes alors qu'il se détachait d'elle.

L'idée que Luke pouvait être la prochaine victime la terrifiait. Elle ferait tout pour empêcher cela, même si elle devait tomber à sa place.

20.

Même si elle participait au deuil des Amish en ce dimanche, Kat trouva un peu de réconfort dans la ferme des Yoder. Les mots d'encouragement, les sourires amicaux, cette atmosphère de solidarité qui animait la petite communauté étaient des plus revigorants. Chaque fois qu'Eli et Sarah se trouvaient à côté d'elle, elle ne les quittait pas des yeux, s'imprégnant de chacune de leurs expressions comme autant de trésors à chérir plus tard, quand elle serait partie. Lorsqu'elle se leva pour aider les femmes en cuisine, elle fut accueillie comme si elle avait toujours vécu au sein de la communauté. La seule chose qui gâchait son plaisir — outre le deuil lui-même, bien sûr — était d'avoir si peu de temps pour résoudre ces agressions et empêcher celles qui se préparaient sans doute. Une course contre la montre était engagée.

Quand Ray Martin passa pour régler les questions de sécurité lors de l'enterrement, Kat nota qu'il se dirigeait droit vers Luke, ignorant presque les autres Amish, dont le fils de Paul Yoder, Sam, qui consolait sa mère. Ray, de même que les autres, considérait Luke comme le véritable chef du groupe, même s'il n'était pas révérend. Kat recommença à s'angoisser à cette seule idée. Quand il passa devant elle, le policier se contenta de la regarder froidement et de passer son chemin. Loin de se cacher, elle décida de rejoindre Luke dans la pièce principale où les proches de Paul Yoder attendaient que le corps du défunt leur revienne des pompes funèbres pour le veiller.

— Je vois qu'elle est toujours habillée en Amish, maugréa Ray Martin en serrant la main de Luke.

— Kat a souhaité rester quelques jours, jusqu'à la fin des récoltes, pour voir comment elles se déroulaient. Nous avons accepté car elle a essayé de nous aider. Je suppose que vous ne voyez pas d'inconvénient à prolonger le secret pour un laps de temps aussi court.

— Le problème est que vous êtes ici sous ma juridiction, répondit Ray, mâchoire serrée. Désormais, je suis le seul qui doit être informé de ce qui se passe jour après jour. L'idée d'infiltrer quelqu'un dans la communauté était une erreur de notre part à tous les deux, Luke. J'espérais que notre agent se contenterait de recueillir des informations et de me les rapporter ; au lieu de quoi Kat a préféré sauter à pieds joints dans…

— Hé ! l'interrompit celle-ci en regardant Luke plutôt que Ray Martin, ce serait gentil à vous d'arrêter de parler de moi comme si je n'étais pas là. Ray sait que j'ai quelques difficultés à travailler avec lui. Il sait également que les intimidations du début se sont transformées en crimes d'une grande gravité. Je ne pense pas qu'il ébruitera que c'est lui qui a pensé à m'envoyer ici. Cela remettrait en cause sa propre façon de travailler.

— Vous me provoquez ? tonna-t-il en se retournant vers elle, les pouces accrochés à sa ceinture. J'ai critiqué vos méthodes, alors vous vous vengez en m'attaquant ?

— Je n'ai jamais provoqué qui que ce soit depuis que je suis ici, répondit-elle en le regardant cette fois droit dans les yeux. Maintenant, messieurs, je vais vous laisser discuter de la sécurité de la procession de demain, puisque je suis dessaisie du dossier. Mais effectivement, comme vous le disait Luke, ce serait bien que vous gardiez le secret de Katie Kurtz. De toute façon, vous n'avez pas besoin de rendre publique une de vos idées qui a si lamentablement échoué, pas vrai ?

— C'est ça… et après la moisson, ma petite policière infiltrée rentrera tranquillement chez elle ? La fiancée de Luke retournera en Pennsylvanie et me laissera m'occuper de l'affaire comme si de rien n'était ?

— Disons juste que dans trois ou quatre jours, tout sera fini, conclut Kat.

Ray la regarda, sourcils froncés, à la fois intrigué et dubitatif. Elle décida de ne pas pousser la conversation plus loin et s'éloigna pour rejoindre les femmes qui s'étaient pressées aux fenêtres. Kat comprit vite pourquoi.

Le « corbillard » noir qui avait été attaqué pendant la procession en hommage au révérend Brand montait lentement le chemin, avec cette fois à son bord le cercueil du révérend Yoder.

Quand son portable vibra, Kat s'empressa de quitter la petite foule qui s'attroupait autour du corbillard et se réfugia dans le hangar. Elle souleva ses jupons pour attraper l'appareil et dénoua en toute hâte le ruban de soie.

— Oui, c'est Kat.

— Bonjour, Kat. Brooke à l'appareil.

— Comment va Melly ?

— Elle continue de s'agiter et de parler, mais elle n'est pas vraiment consciente. Je veux voir ça comme un progrès, pourtant nous ne savons toujours pas ce qui va se passer. Je vous appelais pour vous dire que les Chevaliers de la Nation ont créé un site Internet qui fustige violemment les « Amish allemands », entre autres. Ils sont présentés comme des sous-hommes, qui se reproduisent « comme des chiens »... Et Tyler Winslow est certainement derrière ce genre de propos infâmants.

— C'est une espèce de Docteur Jekyll et Mister Hyde, alors ce que vous me dites ne me surprend pas trop. Mais je vous remercie encore, Brooke. J'irai faire un tour sur le site dès que je pourrai.

— Luke a appelé Dan assez tard hier soir et l'a mis au courant des derniers événements. Manifestement, votre mission n'est plus un secret pour certains des agresseurs.

— Ray Martin a découvert que je ne suivais pas exactement la ligne qu'il m'avait indiquée. Le plus gênant est qu'il est peut-être mêlé à tout ça. Dans ce cas, je ne peux décidément plus faire confiance à grand monde.

— Si je vous comprends bien, vous avez l'intention de tenter encore quelque chose dans les jours qui viennent ? Vous ne parlez pas comme quelqu'un qui a juste envie de voir comment se déroulent les moissons.

— Je vais faire tout ce qui est encore en mon pouvoir pour mettre un terme à ces attaques.

— S'il vous plaît, ne retournez pas chez les Chevaliers, ni chez Tyler Winslow. Et gardez vos distances avec Bigler, également.

— J'entends ce que vous me dites — ou le message que Luke vous a demandé de me faire passer. A-t-il parlé à Dan du fait que je pense que Paul Yoder a pu être électrocuté autrement que par la foudre ? J'ai aussi un doute sur le père de Luke. Le révérend Jacob avait certes l'estomac fragile, mais je ne serais pas étonnée que quelqu'un l'ait aidé à mourir plus vite que prévu.

— Oui, Dan m'a parlé de vos hypothèses.

— Et alors ? Vous pensez que je suis devenue paranoïaque ?

— Pour ce qui est de Paul Yoder, je crois qu'effectivement il pourrait s'agir d'un meurtre. Après tout, Eli et Melanie ont bien failli mourir, eux aussi, et ça n'a pas arrêté les agresseurs, loin de là. Mais pour le père Brand… c'était un homme âgé et malade. Et puis je vous l'ai dit : même si ça partait d'un bon sentiment, j'ai parfois eu l'impression que vous en arriviez à nourrir des doutes sur des personnes au-dessus de tout soupçon.

— Vous pensez à Marnie, par exemple ?

— Ecoutez, Kat, il faut me comprendre : nous sommes amies depuis des années, Marnie et moi. Ce n'est pas ce qu'on appelle une amie proche, mais c'est une femme généreuse. Nous sommes allées à la même église, et nous possédions pendant un moment les deux seuls hôtels-restaurants de Maplecreek.

— Je me mets à votre place. Cependant, je sais qu'Ida n'a pas pu faire quoi que ce soit contre son mari, même si c'est elle qui a préparé le repas qu'il a pris en dernier. Et le révérend mangeait régulièrement à la Dutch Table ; il l'a notamment fait la veille de sa mort.

— Mais il déjeunait toujours avec d'autres sages, parfois avec Luke et Dan. Ils avaient même leur table favorite, devant la fenêtre de l'entrée ; et ils partageaient souvent de grands plats, comme aiment faire les Amish.

— Alors vous pensez que la piste de Marnie ne mène nulle part…

— Cela prendrait trop de temps de vous raconter tout ce qu'elle a fait pour les Amish dans la région. Elle a d'ailleurs bénéficié de leurs talents et de leur confiance. Bon sang, c'était une Amish, elle aussi. Tyler, Clay, et peut-être même ce pauvre Reuben peuvent avoir des motifs, mais pas elle. Pendant toutes ces années où j'ai été avocate, j'ai vu des cas bien étranges, rencontré des coupables qui avaient l'air innocent. Mais dans ce cas précis, je ne pense pas que Marnie ait quelque rapport que ce soit avec cette affaire. Je sais que je perçois les événements avec une certaine distance, mais cela me donne justement de l'objectivité.

— Vous pensez que j'ai trop le nez dans le guidon ?

— Je ne voulais pas dire ça. Je me souviens juste que, lorsque je suis tombée amoureuse de Dan, je voulais tout savoir sur sa communauté, j'étais surexcitée et ça me jouait parfois des tours. Mais, Kat, sincèrement, je ne suis pas là pour vous critiquer.

— Je le sais bien. D'ailleurs je vous l'ai dit, j'apprécie énormément votre soutien.

— D'après ce que j'ai compris, vous pourriez quitter Maplecreek après les récoltes ? Je suis vraiment désolée que l'affaire se termine comme ça, mais si vous revenez à Colombus, passez me voir, d'accord ? Et je ne vois aucune raison pour laquelle vous ne reviendriez pas de temps en temps faire un coucou à Luke et aux enfants. Vous pourriez même loger dans notre ancien hôtel, dès que Melly sera revenue parmi nous. Dan sera à Maplecreek ce soir pour participer à la veillée, et demain aux funérailles. Dites-lui si nous pouvons faire quelque chose pour vous. Quant à moi, si j'apprends quoi que ce soit sur Internet, je vous rappelle sur-le-champ.

— Même si ça concerne Marnie ?

— Même si ça concerne Marnie.

— Merci pour tout, Brooke. Pour ce qui est de mon point de chute après Maplecreek, je n'y ai même pas encore pensé.

Au départ, j'avais l'intention d'ouvrir un magasin d'antiquités dans le coin. Quant à la possibilité de repasser voir Luke et les enfants… je pense qu'il me serait difficile d'être à la fois si proche et si loin d'eux, après avoir passé plusieurs semaines à vivre ici comme s'ils étaient vraiment ma famille…

Kat sentit monter un long sanglot, et insensiblement, des larmes se mirent à couler sur ses joues. Après avoir écarté le portable de son visage, elle le rapprocha le temps de dire au revoir à Brooke puis raccrocha.

Quand elle eut repris ses esprits, elle passa un coup de fil à la société du Kentucky à laquelle Clay Bigler avait commandé ses fusées de feux d'artifice. Elle prétendit être une secrétaire un peu distraite, à la recherche d'anciennes factures égarées lors d'un déménagement. Elle apprit que cette commande de Clay était la première qu'il passait à cette entreprise.

— Mais ce nom de Maplecreek me dit quelque chose, ajouta la gérante d'une voix enjouée.

— Ah oui, d'autres personnes ici vous ont peut-être acheté des feux d'artifice. Ça m'intéresse de savoir qui, parce que si on m'en dit du bien, je conseillerai à la mairie de se fournir chez vous pour la prochaine fête nationale.

— Attendez, j'y arrive, dit la femme en farfouillant dans ses papiers. Il faudrait que j'apprenne à me servir de ces satanés ordinateurs, mais depuis des années que je suis là, j'ai toujours fait confiance aux classements « à l'ancienne ». Oui, deux commandes. Une assez grosse, d'un certain M. Winslow.

— Auriez-vous noté son prénom ? demanda Kat, le cœur battant. Il y a pas mal de Winslow dans le coin.

— Hum… Tyler Winslow. C'est un joli prénom, n'est-ce pas ? Ça a quelque chose d'aristocratique. Ah oui, et une commande plus petite pour l'Université. Elle date de ce mois-ci. C'était pour un match de football, je crois.

— Et qui a passé cette dernière commande ?

— Eh bien… elle a été payée par un chèque personnel, mais je les garde dans un autre dossier. Je suis sûre que quelqu'un pourra vous renseigner à l'Université. Dites-moi, mon petit, il faut vous soigner : j'ai l'impression que vous avez attrapé une bonne angine.

Kat avait cessé de pleurer, mais sa voix était encorc cassée.

— Je vous remercie, madame, ça va bien.

— C'est simple : prenez un grand bol d'eau chaude, pressez un citron au-dessus, ajoutez du vinaigre de cidre et un peu de miel ; après vous touillcz, ct vous avalez ça d'un trait. Vous allez voir, c'est radical. A part ça, vous vouliez passer une commande tout de suite ?

— Non, je rappellerai. Merci pour votre aide.

Après être retournée à la ferme, Kat s'aspergea le visage d'eau au-dessus de l'évier de la buanderie, puis retourna dans la salle à manger où toutes ses « sœurs » étaient assises. Comme d'habitude en pareilles circonstances, les Amish mangeaient à tour de rôle, et elle tenait à faire partie de la première tablée. Elle avait entendu dire que Marnie passerait dans l'après-midi pour présenter ses condoléances. Elle s'attendait à voir débarquer Tyler, en sa qualité de conseiller municipal, mais aussi en tant que voisin du défunt. Et Clay Bigler également : après tout, Paul avait été son homologue amish sur les chantiers de construction.

Mais cette fois-ci, elle ne serait pas là quand ils arriveraient, à écouter chacun de leurs mots. Elle comptait partir en ville en chariot pour rôder du côté du bureau de Marnie, à l'arrière de la

Dutch Table. Le restaurant était fermé le dimanche, comme tous les établissements employant des Amish. En concédant le jour saint à ses employés, Marnie abandonnait des profits substantiels car les touristes passaient dans la région surtout le week-end. Cela collait bien au personnage adorable que Kat avait vu au début. Oui, Brooke avait sans doute raison sur Marnie…

Elle baissa les yeux sur la soupière qu'une des femmes venait de poser devant elle sur la table. Elle se souvint de son premier jour en pays amish : Marnie et sa fameuse soupe… le grand Tupperware rempli du velouté de Marnie, « avec ses longs vermicelles et ses légumes ». Celui-là même que le révérend prenait également quand il venait à la Dutch Table, comme l'avait expliqué Ida.

— Arrêtez de manger ! *Halt !* cria Kat en se levant de son siège. *Wer hat diese Suppe gemacht* ?

Les sœurs la regardèrent avec des yeux comme des billes, leurs cuillères à soupe en suspens devant leurs bouches. Ida Brand paraissait outrée.

— C'est moi qui ai préparé cette soupe, répondit Emma, la mère de Lee.

— Ah… alors c'est parfait, excusez-moi. Ida, je peux vous voir un moment, s'il vous plaît ?

Au milieu des chuchotements, Ida se leva en lui faisant signe et toutes deux s'isolèrent dans la buanderie.

— Ida, pouvez-vous me dire combien de fois par mois environ Marnie apportait au révérend de cette soupe qu'il adorait ?

— Celle avec les « cheveux d'ange » ? Ça dépendait des périodes… Kat, pourquoi cette question ?

— En avait-il mangé avant de tomber malade la dernière fois ? Ou lors des crises précédentes ? Essayez de vous souvenir !

— C'est possible, *ja*, probable même. Mais il ne souffrait jamais immédiatement après en avoir pris. A quoi pensez-vous ? Est-ce que la soupe aurait pu être mal conservée ?

— J'aurais bien aimé qu'il en reste un pot…

— Eli a peut-être apporté le dernier ici, dit Ida. Ces funérailles ont été organisées vite, à cause des récoltes mais aussi parce que les Yoder ont peu de leurs proches qui habitent loin d'ici. Dans des cas comme ça, chacun apporte ce qu'il a dans son garde-manger, y compris les restes. J'ai vu avant de partir que le pot n'était plus dans la chambre froide, alors demandez à Eli s'il ne l'a pas pris avec lui.

— *Danke*, madame Brand !

Kat sortit de la buanderie sans perdre une seconde. Les enfants avaient mangé en premier, et jouaient maintenant à l'étage avec Lee. Il était peut-être déjà trop tard pour sauver Eli, Sarah, et tous les petits amateurs de velouté au vermicelle.

Kat souleva sa jupe jusqu'aux genoux et monta les marches deux à deux, même si sa hanche protestait violemment.

— Eli ! lança-t-elle en ouvrant brusquement la porte de la chambre alors qu'elle était entrouverte.

Il était assis là, tranquillement, avec d'autres enfants qui révisaient un texte pour le jouer. Il avait l'air en bonne santé. Kat tourna la tête vers le lit où une demi-douzaine de fillettes — dont Sarah — écoutaient l'histoire que leur racontait l'institutrice. Lee la regardait maintenant avec de grands yeux.

Kat s'appuya contre le cadre de la porte et respira un grand coup. Ses émotions étaient en train de déborder de nouveau. Son sergent instructeur lui aurait demandé de s'arrêter, comme venait de le faire Ray Martin.

— Que se passe-t-il, Katie ? demanda Eli en se levant d'un bond.

— Eli, est-ce que tu as apporté de la soupe qui était à la maison ?

— *Ja*, mais grand-mère m'avait dit que je pouvais la prendre.

— Où est-elle ? Est-ce que tu en as mangé ?

— C'était la préférée de mon grand-père, dit le garçon. J'ai dû la laisser dans le chariot, dehors. Pourquoi, le couvercle s'est ouvert et ça s'est renversé partout ?

— Non, tout va bien. Désolée de vous avoir interrompue, maîtresse Leah.

Kat redescendit au rez-de-chaussée, attrapa son châle et sortit. Quand elle arriva à l'étable, elle s'aperçut que les plus grands des garçons avaient dételé tous les chevaux pour les laisser brouter dans un champ clôturé à côté du hangar. Les chariots avait été soigneusement alignés, comme s'ils étaient en présentation chez un « concessionnaire » de buggies. Kat alla de l'un à l'autre, et reconnut celui de la famille Brand grâce à la couverture qu'Ida posait sur ses jambes pendant ses trajets. Malgré sa hanche endolorie, elle monta sans attendre et se mit à quatre pattes pour regarder sous les bancs.

Bingo ! Un Tupperware rond au couvercle bien enfoncé se trouvait sur le plancher du chariot, sous le banc arrière. Kat observa à travers le plastique blanc le brouet où nageaient des pâtes fines, des morceaux de légumes et des champignons.

Kat demanda ensuite à l'adolescent qui surveillait les chevaux d'aller prévenir Leah Kurtz qu'elle empruntait son chariot. Quand il revint, elle avait déjà presque fini d'atteler le cheval, même si elle grimaçait à chaque mouvement. Les rênes bien en main, le Tupperware de soupe coincé entre ses pieds, elle pressa sa monture en évitant la grand-route. Elle voulait regagner la ville sans croiser les suspects susceptibles de faire une visite de courtoisie à la famille Yoder.

Alors qu'elle arrivait en ville, Kat repensait à une affaire sur laquelle elle avait été appelée avec l'inspecteur Morelli. Une femme qui avait un amant avait essayé d'empoisonner son mari avec de l'arsenic ; mais la fine mouche avait distillé le poison par petites doses de façon à le tuer lentement, sans éveiller les soupçons.

Marnie avait-elle pu, elle aussi, saupoudrer son fameux velouté de petites doses d'arsenic ? Et la soupe qu'elle avait apportée à Reuben était-elle la même que celle du révérend Jacob ?

Cependant, Brooke avait raison sur un point : Marnie n'avait aucun motif, en tout cas aucune raison logique, de faire du mal aux Amish. Et Kat ne l'imaginait pas en train d'électrocuter le révérend Yoder.

C'est seulement à cet instant qu'elle s'aperçut qu'elle n'avait même pas signalé son départ à Luke. Elle était tellement pressée de vérifier la piste d'un empoisonnement éventuel qu'elle en avait oublié tout le reste. Elle se gara sur un chemin tranquille, détacha son téléphone portable et rappela Brooke.

— Allô, Brooke ? C'est encore Kat. Vous m'avez bien dit que Dan venait à Maplecreek pour les funérailles ?

— Oui. Il va retrouver Jen à notre ancien hôtel, et ils iront ensemble chez les Yoder. Je voudrais bien venir moi-même, mais je ne supporte pas l'idée de laisser Melly dans l'état où elle se trouve en ce moment. Elle est tellement agitée…

— Pouvez-vous joindre Dan par téléphone ?

— Bien sûr.

— Pourriez-vous lui demander de prévenir Luke que je vérifie deux ou trois petites choses du côté du restaurant et de l'auberge de Marnie ? Qu'il lui dise aussi que je promets d'être prudente ?

— C'est d'accord. Mais au fait : la Dutch Table est fermée le dimanche.

— Je sais.

— Faites attention. Et puisque je n'ai pas su vous convaincre d'abandonner la piste de Marnie, je vais faire une recherche sur elle. Je l'avais mise de côté parce que j'étais sûre que cette brave femme était innocente. A part ça, soupçonnez-vous d'autres personnes depuis la dernière fois ?

— Une autre femme, mais je crains que vous ne trouviez rien sur elle. Louise Winslow vit, semble-t-il, en recluse et elle s'habille tous les jours comme si c'était carnaval. Le seul élément concret est qu'elle fume de la main gauche…

— Que voulez-vous dire ?

— Il y avait une brûlure sur la manche gauche du déguisement qu'on a enfilé au révérend, et j'ai eu l'impression qu'il sentait la cigarette. Or, Louise Winslow adore se déguiser et assume son excentricité. Je ne sais pas encore quoi penser d'elle, donc je préfère effectivement que vous vous occupiez d'abord de Marnie. C'est comme si mon intuition de flic me disait… qu'elle est trop gentille pour être vraie.

— Je vais m'y mettre, même si c'est un peu parce que je suis persuadée de ne rien trouver. Et j'appelle Dan tout de suite.

Kat se sentit immédiatement rassurée. Luke saurait très vite où elle se trouvait. Fini le temps où elle partait en lui cachant ce qu'elle comptait faire.

*
* *

Une fois qu'elle eut quitté le chemin, Kat envoya un baiser sonore à son cheval pour lui faire presser le pas. Alors que la jument dodelinait de la tête en tirant plus fort, Kat repensa à cet amour manifeste des Amish pour la bonne chère. Le fou qui avait pensé à mettre des déchets de poulet dans un extincteur et des fusées dans un feu de camp, ce psychopathe prêt à tirer des billes de peinture ou des clous trouvait-il également drôle d'utiliser la nourriture pour les décimer ?

Alors qu'elle venait de prendre la route étroite qui contournait la ville, Kat vit un fourgon noir qui fonçait dans sa direction. Il ressemblait étrangement à celui qu'elle avait croisé l'autre nuit, sur le chemin d'Amish Acres. Oui, c'était le même : des fibres de maïs voletaient dans son sillage.

Cette fois-ci, elle sut à qui elle avait affaire car Reuben Coblentz ralentit en la reconnaissant. Puis il donna un grand coup de volant et stoppa sans crier gare son camion en travers de la route, obligeant le chariot à s'arrêter à son tour.

A l'avant de son camion, Reuben brandissait maintenant une sorte de machette recourbée, comme un pirate qui part à l'abordage d'un bateau chargé d'or…

Etait-ce Reuben, finalement, qui avait imaginé tout ça ? Kat n'arrivait pas à croire qu'il soit capable de se débarrasser d'elle en la taillant en morceaux de la manière la plus barbare qui soit. Et pourtant c'était bien ce qu'il avait l'intention de faire puisqu'il descendait du camion, l'arme à la main.

Elle pouvait tenter de sauter à terre du côté des champs ; mais ils étaient ici plantés d'un blé tardif, qui à cette saison ne dépassait pas les genoux. Aucune fuite n'était possible dans cette direction-là. Kat songea alors que la meilleure des défenses était l'attaque.

Elle se redressa en prenant son air le plus féroce.

— Reuben, ne vous approchez pas du cheval ou de moi avec cette chose ! Qu'est-ce qui vous prend ? Vous m'avez suivie ?

— Je savais bien que nos chemins se recroiseraient un de ces jours, dit-il en brandissant toujours sa terrible machette, effilée comme un rasoir. Et j'ai quelque chose pour Luke et vous, regardez !

Kat vit briller la lame alors qu'il s'approchait du chariot à grands pas, en faisant tournoyer son arme dans les airs.

21.

Terrorisée, Kat lança son châle en direction de Reuben et enjamba l'autre côté du chariot. Elle eut l'impression que sa hanche se déboîtait quand ses pieds atterrirent dans la rigole qui bordait la route. Elle souffrait le martyre, mais elle était maintenant séparée de l'homme à la machette par quelques planches de bois.

— Oh, c'est trop dommage ! gémit Reuben. J'ai abîmé votre châle sans le faire exprès. Je voulais juste vous donner cette petite faux pour que vous l'offriez à Luke. Elle a appartenu au révérend Brand, dans le temps. Pour m'amuser, j'ai appris à la manier comme ils font dans les films japonais, vous savez, les histoires de Ninjas… Bel objet, hein ?

— Cet… objet, comme vous dites, est pour Luke ? demanda Kat, toujours prête à fuir.

— C'est une pièce de musée, madame. Les Amish s'en servaient jadis pour faucher les champs de maïs à la main ! On avait le dos cassé assez jeune, dans le temps. Je l'ai affûtée, et je m'en suis servi dernièrement pour couper des céréales que je ligote pour faire des décorations d'intérieur. J'arrive bien à les vendre ; et si vous en parlez à Ida, vous pouvez lui dire que je ne dépense plus l'argent gagné pour remplir ma cave de bouteilles.

Le pouls de Kat commença à ralentir. Mais elle venait d'avoir la peur de sa vie.

— Ne courez plus jamais vers les gens avec des lames de cette taille. Posez-la sur le rebord du chariot, et je la donnerai à Luke. Pourquoi ne l'avez-vous pas fait vous-même, d'ailleurs ?

Elle sursauta quand Reuben planta la machette à la pointe recourbée dans le plancher du buggy. Bras ballants devant la roue opposée du chariot, l'homme lui apparut alors plus qu'inoffensif ; il avait une mine grise, un regard triste, comme un épouvantail ballotté par le vent.

— Parce que je sais qu'il a fort à faire avec la mort de Paul Yoder, en plus de tout le reste. Alors quand je vous ai vue, j'ai pensé que…

— Vous m'avez reconnue d'assez loin, dites-moi. Des femmes amish sur des petits chariots, il y en a des centaines dans le coin. Reuben, vous m'avez suivie, n'est-ce pas ? Et pas seulement aujourd'hui.

— N'importe quel Amish reconnaît n'importe quel cheval d'assez loin, dit-il en haussant les épaules.

Comme il s'agissait en l'occurrence du cheval de Lee, elle avait confirmation qu'il mentait. Même si la jument de l'institutrice avait presque la même robe que Dilly.

Kat l'imagina, jumelles aux poings, en train de l'espionner ; un frisson la parcourut. Allait-il enfin se décider à partir ?

Elle réalisa qu'il avait peut-être aperçu le Tupperware rempli de soupe sous le banc avant du chariot. Elle avait prévu de l'interroger sur la fréquence avec laquelle Marnie lui apportait le même velouté. Mais s'il était complice de cette femme, il valait sans doute mieux ne pas éveiller ses soupçons.

— S'il vous plaît, pourriez-vous déplacer votre camion, maintenant ? dit-elle en remontant prudemment dans le buggy.

— Bien sûr, tout de suite. Est-ce que Luke vous a dit qu'il viendrait redresser mon moulin juste après l'enterrement de Paul Yoder ? Il a insisté pour le faire gratuitement. Lui rapporter la petite faux de son père est une manière de lui prouver ma bonne volonté, de mon côté.

— Je vous promets de la lui remettre et de bien lui faire passer le message.

Reuben hocha la tête avec un demi-sourire et regagna la portière de son fourgon.

— Je pense que vous êtes un grand plus dans sa vie, balbutia-t-il précipitamment. Dans la mienne aussi, sans doute. Je ne vous ai pas vraiment espionnée. Si parfois je vous suivais de loin, c'était pour m'assurer qu'il ne vous arrivait rien de mal. Luke a souffert quand il a perdu sa femme — ma tendre Anna. Il est seul depuis, et je suis conscient qu'il a besoin d'une autre épouse, d'une mère pour Eli et Sarah. Je voulais juste que vous sachiez que je ne vous en veux pas de prendre la place d'Anna.

Kat le regarda partir au volant de son petit camion, dont la tôle semblait sur le point de tomber à chaque dos d'âne. Elle ressentit alors un terrible sentiment d'abandon. Elle allait quitter cette vie, cette famille, alors que le vieux grand-père rentrerait peut-être dans le rang, et qu'il espérait la voir en maîtresse de maison pour ses petits-enfants. La « future épouse » aurait passé moins de trois semaines à jouer cette parodie familiale, à laquelle elle avait fini par croire elle-même. Ce serait pire, sans doute, que lorsqu'elle avait perdu l'un après l'autre les membres de sa propre famille.

Quand elle fit claquer les rênes sur le dos de la jument, elle avait l'impression que la machette fichée à ses pieds symbolisait son écartèlement.

Kat passa au Melrose Manor et plaça la soupe — avec un avertissement sans équivoque — dans le réfrigérateur de Brooke. Apparemment, Dan n'était pas encore arrivé. Après avoir refermé la porte, elle reprit le buggy et alla attacher la jument derrière le magasin de jardinage qui faisait face à la Dutch Table. Après quoi elle se faufila jusqu'au parking du restaurant.

A sa grande surprise, la voiture de Marnie était garée à côté de la porte arrière. Discrètement, Kat se réfugia derrière une grande poubelle, tout près de l'entrée du parking. Environ dix minutes plus tard, Marnie sortit du bâtiment, toute vêtue de noir. Kat fut rassurée de voir qu'elle ne portait pas un panier rempli de nourriture chez les Yoder. Elle se souvint que la restauratrice avait même envoyé un lot de sucettes aux enfants pour la fête de l'école.

Marnie monta dans sa voiture, mais au lieu de démarrer, elle régla son rétroviseur intérieur et se fit une beauté. Elle ajusta sa coiffure, se passa un peu de rouge à lèvres et sembla attendre. Un instant plus tard, Grayson Gilmore et Tyler Winslow se garaient à leur tour dans le parking. Les deux hommes montèrent dans la voiture de Marnie, puis tous trois s'en furent.

Jusqu'où allait leur amitié ? Kat venait-elle de voir passer l'état-major des attaques au grand complet ou avaient-ils juste des intérêts communs à Amish Acres ? Elle devrait penser à demander à Luke s'ils étaient arrivés ensemble chez les Yoder.

Tous les sens en éveil, Kat marcha jusqu'à la porte arrière en prenant garde de ne pas trop faire crisser le gravier sous ses talons. Elle commença à trifouiller la serrure, mais à son grand étonnement, la porte s'ouvrit toute seule. Cela rendait les choses plus faciles, mais signifiait peut-être aussi qu'il y avait encore quelqu'un à l'intérieur.

Le restaurant était vide. Sur le mur, l'horloge pointait le chiffre deux. Elle tourna la poignée du bureau de Marnie ; lui aussi était ouvert.

La pièce était allumée mais déserte. Tout le bric-à-brac de la dernière fois avait disparu : plus une photo, plus de boîtes en carton… il ne restait que le patchwork épinglé au mur. Kat réalisa qu'elle n'était pas seule lorsqu'elle entendit le bruit d'un ruban adhésif que l'on déroule derrière le bureau.

— Oh ! s'exclamèrent ensemble Kat et la jeune fille qui s'échinait à genoux sur un gros carton.

Il s'agissait d'une adolescente amish, mais Kat ne l'avait jamais vue. Elle appartenait sans doute à une autre église du comté.

— Désolée, je ne vous avais pas aperçue, dit Kat avant de s'apercevoir qu'elle aurait dû parler en allemand. J'espérais que Marnie Girkins serait là. Elle déménage son bureau ?

— Elle me fait juste empaqueter des affaires qu'elle emportera bientôt à Amish Acres. Je serai sa femme de chambre, là-bas. J'occupe déjà cette fonction dans son auberge, un peu plus loin.

Kat lorgna le carton qui contenait sans doute les documents et les photographies auxquels elle voulait jeter un œil. Elle hésita à demander à la jeune fille si Marnie préparait sa soupe ici ou dans sa cuisine, mais c'était la meilleure façon de trahir ses soupçons.

— Je peux l'appeler pour lui dire que vous êtes là, *ja* ? proposa l'adolescente.

— Oh non, ce n'est pas grave. Je lui parlerai plus tard.

— Vous êtes celle qui est venue épouser Luke Brand ?

— *Ja. Auf Wiedersehen*, dit Kat en s'éclipsant.

Elle se dit en sortant qu'elle devrait décidément éviter de « visiter » les bureaux de ses suspects alors qu'elle n'était pas habilitée à le faire. Mais elle irait là où elle aurait dû aller en premier : dans la maison de Marnie. La bonne étant ici, Kat pourrait sans doute inspecter ses cuisines, son garde-manger, peut-être même sa cave. Même si elle n'avait aucune envie d'être piégée une nouvelle fois dans les sous-sols de la dame...

Kat attacha Dilly dans le parking à chevaux de la maison de Dan, puis se dirigea vers l'Auberge de la vallée, qu'elle approcha cette fois par l'arrière, en se cachant derrière les arbustes. Un charmant treillis blanc habillé de clématites et de roses grimpantes dessinait une arche au-dessus d'une allée pavée qui traversait un véritable jardin botanique. De petits pigeonniers et des bassins de marbre poli décoraient des alcôves végétales où il devait faire bon prendre le frais l'été.

Quand Kat émergea du bosquet, elle tomba sur l'endroit où Marnie rangeait son bois. Les rondins étaient empilés contre une clôture de fil de fer sur laquelle des morceaux de tissu flottaient au vent. L'image rappela à Kat le bout de drap qui pendait du mauvais côté du moulin de Yoder. Ces fragments-là étaient-ils destinés à écarter les oiseaux des fils électriques ?

Elle s'approcha des rondins — en fait, une demi-douzaine de grosses bûches, pas franchement de quoi tenir tout l'hiver. Chaque morceau de bois était creusé de trous à intervalles réguliers. Elle vérifia que personne ne l'observait et se pencha plus près encore. Certains trous était remplis avec de la paille, d'autres avec une sorte de cire, les derniers enfin laissaient s'échapper des bouquets de champignons. Elle faisait très attention à chaque pas, car les champignons avaient même colonisé les débris de bois qui jonchaient le sol.

Leurs chapeaux allaient du rose au rouge, certains étaient mouchetés de taches brunes. Il y en avait de tout petits, avec des pieds rebondis. D'autres portaient une fine corolle sur une tige fluette ; ceux-là ressemblaient à des ombrelles miniatures qui dansaient dans le vent. Kat était sûre d'avoir reconnu des shiitake.

— Un jardin de champignons, murmura-t-elle. Marnie fait pousser ses propres champignons…

Kat se souvint alors de ce que Sarah lui avait dit dans sa chambre en lui montrant la photo de sa mère : elle était allée dans le jardin toute seule, et Marnie lui avait dit de « ne pas rester là ». Peut-être était-elle furieuse que l'enfant soit tombée sur son étrange culture ? Peut-être même lui avait-elle donné la photo uniquement pour acheter son silence.

— Ma belle, ta théorie de l'arsenic a fait long feu, chuchota-t-elle pour elle-même. Le poison pourrait bien se cacher dans un de ces champignons.

Kat se sentait de nouveau épiée. Elle regagna le jardin et scruta chaque buisson, mais elle ne vit personne.

Se glissant derrière un arbre plus gros que les autres, elle fouilla ses jupons à la recherche de son portable. Elle composa de tête le numéro de Mike Morelli. Son cœur fit un bond quand elle entendit sa voix, encore si proche et déjà si lointaine.

— Morelli, j'écoute.

— Mike, c'est Kat Lindley.

— Non ! Pour de vrai ?

— Affirmatif. Tu vois, je me souviens de qui je dois appeler quand j'ai besoin d'aide.

— Ma belle, si tu n'as jamais eu besoin d'aide depuis que tu as quitté la ville, c'est que tu n'es définitivement plus ma vieille partenaire adorée. Alors, quoi de neuf en pays amish ?

— Je te l'expliquerai bientôt parce que je ne vais sans doute pas tarder à rentrer au bercail. Pour l'instant, j'aurais besoin des connaissances de ton pote du labo.

— Jimmy Lowe ?

— Exactement.

— Bouge pas, je prends un stylo… Vas-y, dis-moi.

— Je vais te décrire précisément des champignons. Je voudrais qu'il me dise s'ils sont vénéneux… si on peut les utiliser comme du poison.

— Il y a une victime ?

— J'ai bien peur que oui.

— Et la police locale est sur le coup.

— Eh bien… c'est compliqué. Ça fait partie du problème.

Kat attendit quelques secondes une nouvelle réaction de son ancien compagnon de patrouille, mais elle ne vint pas. Morelli en avait déjà tellement vu, tellement entendu…

Elle lui décrivit en détail les cinq espèces de champignons qu'elle avait devant les yeux — taille, forme, couleur, odeur.

— J'ai tout noté, dit Mike. Quoi d'autre ?

Elle le bénissait pour sa gentillesse. En fait, pendant toutes ces années à travailler ensemble, il avait un peu été le père qu'elle n'avait jamais eu.

— La seule chose que je peux ajouter à la liste, c'est qu'il y a au sol une moisissure bleutée, qui s'accroche à une sorte de compost. Je parierais pour de la sciure, mélangée avec des déchets de poulet.

— Eh bien, tu es devenue une vraie fille de la campagne, dis-moi !

Il n'imaginait pas à quel point ! Et s'il la voyait, habillée comme une Allemande du XVIIIe siècle…

— Bon, on peut toujours te joindre sur ton ancien numéro ? demanda-t-il. Je vais dire à Jimmy de t'appeler ; d'autant qu'il aura peut-être des questions subsidiaires à te poser.

— Formidable ! Et dis-lui que je lui ferai sans doute parvenir bientôt des échantillons des champignons et… un bol de soupe à analyser. Embrasse Peg et les enfants. Ça me manque de ne plus être traînée aux réunions familiales des Morelli. Ils n'ont pas besoin d'une gestionnaire de planning à Colombus ?

— Si tu veux le poste, gamine, t'inquiète pas. Je ferai un croche-pied dans les escaliers à celle qui l'occupe.

Elle sourit.

— Merci pour tout, mon vieux, dit-elle avant de raccrocher.

Kat rattacha le téléphone à son jupon, puis ramassa deux exemplaires de chaque espèce de champignon et les glissa dans la grande poche que les femmes amish utilisaient d'ordinaire pour y ranger leurs dés à coudre ou leurs cuillères de bois. Elle scruta de nouveau l'immense maison. Avait-elle déjà trouvé ce qu'elle était venue chercher ? Des champignons vénéneux ? Des déchets de poulet qui avaient peut-être la même provenance que ceux déversés sur le linge des Amish ? La sciure, elle, pouvait avoir été apportée par Clay Bigler. Kat disposait de peu de preuves formelles, mais pour une fois, tout lui semblait coller. Cela suffirait-il à expliquer les drames de ces dernières semaines, et à en éviter d'autres ? Inutile en tout cas de prendre de nouveaux risques aujourd'hui.

Le lendemain, malgré la présence du chef de la police et de deux de ses hommes pour surveiller la procession, Kat eut du mal à calmer son anxiété. Mais cette fois, les funérailles se passèrent sans incident. Quand ils revinrent du cimetière, elle ne put s'empêcher de craindre que les recettes du repas aient été modifiées subrepticement ; le fait qu'elle ait une entière confiance dans les cuisinières amish, et que quatre jeunes de la communauté aient gardé la ferme des Yoder pendant la cérémonie, n'y changeait rien. Elle avait demandé à plusieurs de ses « sœurs » si Marnie Girkins avait apporté des victuailles en passant présenter ses condoléances, mais toutes lui avaient répondu par la négative.

Kat avait raconté à Luke et Dan ce qu'elle avait trouvé dans l'étrange jardin de Marnie Girkins, et Dan était reparti à Colombus avec un petit panier de champignons et un Tupperware de soupe. Il avait promis de remettre ces éléments à Mike Morelli ou Jim Lowe dès que possible.

Kat avait passé un moment à chercher où elle pouvait cacher le spécimen de chaque champignon qu'elle comptait garder avec elle. Elle opta pour une boîte remplie de paille humide qu'elle glissa sous le lit de sa chambre, à côté du costume de diable.

Assise sur son lit, Kat continuait à confronter ses hypothèses. Et si elle se trompait sur Marnie ? Mary Yoder lui avait dit que Louise Winslow s'habillait parfois « en ange », et cette dernière lui avait confirmé que personne ne la reconnaissait les rares fois où elle sortait à cause de ses « déguisements ». Cette femme était-elle en réalité moins fâchée qu'on ne le croyait avec son mari ?

Jouaient-ils tous deux à brouiller les pistes ? Ou cherchait-elle à le mettre en cause pour justifier un divorce avantageux ?

— Je ne suis pas en train de passer mes derniers jours ici, murmura-t-elle pour essayer de s'en convaincre en sortant de la *daadihaus*.

Elle ne pouvait pas tenter grand-chose de plus avant d'avoir eu des nouvelles de Morelli ou de Jim Lowe. Peut-être feraitelle mieux de se construire quelques derniers bons souvenirs avec ces gens qu'elle admirait et qu'elle devrait bientôt quitter, quoi qu'elle en dise.

Comme le déjeuner des funérailles avait eu lieu en fin de matinée, elle savait que Luke et les enfants auraient faim assez tôt. Dans la cuisine, Ida lisait une histoire à Sarah tandis qu'à l'atelier, Eli aidait son père à préparer la réparation du moulin de Reuben, programmée pour le lendemain matin. La journée serait longue, car les ouvriers agricoles arrivaient en fin de matinée pour moissonner d'abord les champs de Luke, puis ceux de Moïse. Dans les jours suivants, Luke aiderait les autres, et elle risquait fort de ne pas le voir beaucoup.

Même si Kat n'était toujours pas certaine de pouvoir faire autre chose que de réchauffer des nouilles, elle mit la main à la pâte. Vers 5 heures, elle sonna la cloche extérieure qui appelait tout le monde pour le dîner. Elle avait mis les couverts pour cinq. Elle avait préparé des feuilletés de saucisses grillées et des crêpes aux groseilles qu'elle avait gardés au chaud sur les deux niveaux du four, pendant qu'elle mélangeait de la mâche, des pommes, du céleri et des noix dans un grand saladier. Elle posa également sur la table cinq grands verres de milk-shakes battus par ses soins.

Quand Luke découvrit le banquet ainsi dressé, il en resta sans voix.

— Oui, dit-elle en masquant tant bien que mal une pointe de fierté, c'est moi qui ai fait tout ça, et ma foi ça a l'air comestible.

— Ça me paraît bien mieux que ça, dit Luke en se pressant pour aller se laver les mains.

— Ouah ! cria Eli alors qu'Ida et Sarah accouraient de la cuisine. Ça sent bon ici ! Je veux dire... *daad* se débrouille plutôt bien, mais d'habitude c'est toujours la cuisine de *grossmutter* Ida qui sent le meilleur.

— Dans ce cas, asseyez-vous ! lança Kat.

Tout le monde obtempéra. Elle fut surprise — gênée, même — qu'on lui laisse cette fois la place en face de Luke, à l'autre bout de la table ; une chaise d'habitude occupée par Ida. Après une prière silencieuse, pendant laquelle Kat implora le Seigneur d'épargner la vie de ses hôtes et de lui donner une famille à elle, ils mangèrent, comme à l'accoutumée, en se passant les plats.

— *Sehr gut*, Katie, commenta Ida. Les copeaux d'orange dans la pâte à crêpes, voilà une excellente idée.

— Et cette salade s'appelle comment ? demanda Eli en dévorant une pleine fourchette de pommes et de céleri.

— La salade Waldorf. C'est un hôtel de New York, je crois, dit Kat.

— Waldorf ? s'esclaffa Eli. Ça sonne *deutsche* ça, non ?

Kat ne répondit pas. Son regard venait de croiser celui de Luke, à l'autre bout de la table. Il y avait dans ses yeux de la chaleur, et peut-être même une lueur de cette fierté que les

Amish s'interdisaient. Oui, il la dévorait des yeux comme si c'était elle, finalement, le mets de choix.

Il sourit, d'un petit sourire d'abord, puis ses dents se découvrirent et sa fossette se creusa au coin de sa joue. Kat en eut le vertige. Pendant quelques délicieuses secondes, elle ne vit plus que le sourire de Luke Brand.

— Ça tombe bien, j'étais affamé, dit-il dans sa direction avec un rapide clin d'œil. Tout cela est magnifique, Kat. *Wunderbar* !

Kat, de son côté, n'avala pas grand-chose : elle sentait un trouble délicieux dans tout son corps et qui lui montait à la tête. Lorsque les enfants coururent faire leurs devoirs et qu'Ida regagna la *daadihaus*, épuisée par sa journée, Kat se leva pour débarrasser la table.

— Non, dit Luke. Restez assise, juste une minute.

Kat se rassit et posa sagement ses mains sur ses cuisses. Défroissant sa jupe, elle sentit son téléphone. *Tout cela est impossible, c'est irréel*, essaya-t-elle de se persuader. Elle était « anglaise » et lui amish. La vraie vie était en dehors de la communauté… menaçante comme jamais.

— Kat — ma Katie — les jours qui viennent ne vont pas me laisser beaucoup de répit. Mais je voulais vous dire à quel point j'étais ravi de vous avoir ici. Et pas seulement parce que vous enquêtez sur nos agresseurs.

— Ça a été un moment magique pour moi aussi. Une révélation…

— Et qui vous a révélé quoi ?

— Combien j'avais besoin d'une famille à moi.

— Vous avez enfin envie de trouver un homme pour partager ce rêve ?

— Luke, je…

Elle se mordit la lèvre et n'ajouta rien de plus.

— Je me force à rester assis pour ne pas faire quelque chose d'insensé, dit-il à sa place. Comme vous porter jusqu'à ma chambre, jusqu'à mon lit, pour ne plus jamais vous laisser repartir.

Les yeux de Kat s'embuèrent. Elle avait l'impression d'être à sa merci… même si rien de ce qu'il venait d'évoquer ne lui faisait vraiment peur. Au contraire.

— Katherine Lindley, vous pouvez décider, dit-il en la regardant plus intensément encore, en posant une main à plat sur la table comme s'il pouvait l'atteindre. Vous pouvez, mais pas moi. Je ne peux pas abandonner les Amish, ni mes enfants, même si je meurs d'envie de vivre avec vous. Mais si vous arriviez, vous, à faire une croix sur « l'autre monde », nous pourrions envisager beaucoup de choses…

La porte de la cuisine s'ouvrit et Eli passa la tête.

— M. Coblentz est dehors, *daad*. Il voudrait te voir pour demain.

— Dis-lui que j'arrive, mon fils.

Quand Eli claqua la porte, Kat bondit vers la fenêtre au-dessus de l'évier pour scruter la cour. Eli avait rejoint le vieil homme et discutait avec lui. Elle vit un sourire éclairer le visage de Reuben.

— Vous ne lui faites toujours pas confiance, dit Luke dans son dos.

Il la rejoignit et posa la tête sur son épaule pour regarder lui aussi au-dehors.

— Même s'il donne des gages de bonne volonté, comme lorsqu'il a rendu cet objet qui appartenait à votre père, j'ai encore du mal à me fier à lui, en effet. Et je sais que je vais me faire un sang d'encre demain matin quand vous redresserez son moulin, avant d'y grimper pour le remettre en marche.

— En d'autres termes, je peux réussir à soustraire la policière à sa ville, mais il me reste encore du travail pour la changer en Amish, dit-il en la tirant trois pas en arrière pour l'écarter de la fenêtre, avant de l'enlacer. J'espère que vous me laisserez, à moi aussi, un peu plus de temps pour réussir ma difficile mission. N'ayez pas peur, Kat — Katie n'aurait pas peur. Car « Dieu ne nous a pas dotés du sentiment de crainte, mais du pouvoir et de l'Amour ».

Luke avait parlé d'une voix calme, mais son baiser vint trahir toute la force de sa passion. Ses lèvres étaient brûlantes, et il oublia la hanche meurtrie de Kat quand il colla sa main contre ses reins pour l'attirer à lui. Mais la blessure de la jeune femme ne l'avait jamais aussi peu fait souffrir.

Subitement, il la lâcha, la repoussant presque, puis sortit de la cuisine à grands pas.

Bouleversée, Kat débarrassa la table. Chaque fois qu'elle déposait de la vaisselle dans l'évier, elle regardait par la fenêtre les deux hommes et le jeune garçon qui discutaient dans la cour. Luke avait sûrement raison sur Reuben. Le vieil homme voulait sans doute redevenir amish, et retrouver une famille dont il avait été séparé trop longtemps. « Pour Reuben, c'est facile, se lamenta-t-elle. Tant mieux pour lui ! Mais dans mon cas, c'est parfaitement impossible. »

Elle manqua de laisser tomber la dernière pile d'assiettes quand son portable vibra contre sa cuisse.

— Kat Lindley à l'appareil.

— Officier Lindley, Jim Lowe, de la police scientifique.

— Merci de me rappeler. Vous remercierez aussi Mike Morelli de ma part.

— Il me doit déjà plusieurs caisses de champagne pour les services que je lui ai rendus, mais je n'en ai pas encore avalé une seule bulle, ironisa Lowe. En tout cas, sa dernière requête était assez amusante. Je n'avais encore jamais entendu parler de quelqu'un qui élevait chez lui, intentionnellement ou par accident, des *Chlorophyllum molybdites*. Même si je me garderais d'être formel, cela semble bien correspondre à l'une des descriptions que vous lui avez faites.

— Est-ce que cette variété de champignon est dangereuse ?

— C'est le moins que l'on puisse dire. On le surnomme aussi parasol à spores vertes, ou baiser de la mort… et le plus drôle, c'est que c'est un champignon assez courant, qui prolifère dans de nombreux champs de notre charmant pays à la fin de l'été.

— Que se passe-t-il quand on l'ingère ?

— Ça dépend de la dose, de la taille et de l'âge de la personne. Et de son état de santé. Les symptômes se déclarent en moyenne dans les deux heures suivant l'ingestion. Ils combinent nausée, vomissements et une grande fatigue. Cela peut durer assez longtemps, puis s'évanouir en moins d'une heure. Parfois, le mal est confondu avec la grippe, ou avec des problèmes gastriques.

— Comme des ulcères, des flux d'acidité ?

— Oui, absolument. L'intoxication est très difficile à diagnostiquer. Une consommation régulière, même à petite dose, causerait des dommages irréversibles au foie et aux reins, et potentiellement la mort. Ces petits parasols sont en fait un des poisons les plus violents que la nature ait créés. Vous en auriez des échantillons, que je puisse vérifier ?

— Oui, j'ai fait passer un de ces champignons et de quelques autres à un ami, Dan Brand, qui doit vous les faire parvenir au plus vite. Il y a aussi un Tupperware de soupe que je soupçonne de contenir ce genre de poison. Et j'en garde un ou deux spécimens ici.

— Ne portez pas vos doigts à votre bouche si vous en avez touché. Je vous conseille de vous laver les mains au plus vite. Ces petites choses sont parfois très jolies, mais même leurs spores sont extrêmement dangereuses.

En tout cas, ces « petites choses » venaient peut-être de trahir une femme à qui on aurait donné le bon Dieu sans confession.

22.

— Brooke, dit Dan en se levant de sa chaise, je vais apporter ces échantillons au spécialiste dont m'a parlé Kat. Je reviens très vite.

— Tu sais où c'est ? demanda-t-elle en gardant les yeux rivés à sa fille. Sur King Avenue, dans le même bâtiment que le bureau du coroner.

— Oui. C'est ce que tu m'as dit.

Brooke leva les yeux vers son mari. L'inquiétude était peinte sur le visage de Dan.

— Oh, je radote… Je suis désolée, j'ai l'esprit ailleurs, en ce moment.

— Tu ne tiendras pas longtemps comme ça, à la veiller jour et nuit, déclara Dan d'une voix douce. Il faut que tu fasses une pause à un moment. Mon ange, *toi aussi* tu commences à avoir l'air comateuse.

— Je sais… excuse-moi, dit-elle en se laissant aller contre le dossier de sa chaise, les bras croisés devant sa poitrine. Je m'obstine à croire que je suis capable de l'aider à se réveiller, comme ça, en le voulant très fort. Pour que nous rentrions tous ensemble à la maison, et que ce cauchemar se termine…

Dan s'agenouilla devant elle et la prit dans ses bras.

— Je sais, je sais, chérie, mais…

— Je sais, je sais, répéta Melly très distinctement.

Encore à moitié enlacés, ils tournèrent leurs regards vers leur fille. Brooke s'attendait que cette petite phrase soit suivie de quelques minutes pendant lesquelles Melanie fixerait le plafond sans battre des cils, avant de repartir dans un profond sommeil. Mais cette fois-ci, son attitude était différente. Brooke retint son souffle.

— Je sais qui je suis, murmura Melly. Est-ce que j'ai été malade ?

Brooke n'appela pas l'infirmière. Elle essaya de ne pas laisser son espoir s'emballer, mais Melly avait l'air d'avoir les idées claires, pour la première fois depuis « l'accident ». Elle regardait maintenant ses parents.

Brooke et Dan se levèrent, main dans la main, et s'approchèrent lentement du lit de Melanie.

— Oui, tu as été malade pendant deux bonnes semaines, lui dit Dan en caressant sa joue. Tu t'es cogné la tête. Mais… tu te souviens de qui tu es ?

— Je suis Melanie, papa, répondit-elle d'une petite voix enrouée. Et Jen, elle est où ?

En tenant son poignet, Brooke sentait son pouls régulier. Quand elle entendit la sonnerie, elle pensa que c'était dans sa tête, ou dans son cœur.

— Brooke, ton téléphone…, dit Dan.

— Laisse-le sonner.

Dan s'écarta pour aller chercher l'appareil dans le sac à main de sa femme, et répondit.

— Kat ? Salut. Quoi ? J'allais justement l'apporter, mais Melly vient de nous rejoindre. Oui, elle est parfaitement consciente.

Annoncez la nouvelle à tout le monde ! Le docteur ne l'a pas encore vue, mais…

— Qui est Kat ? demanda Melly.

La question ramena Brooke aux autres tristes événements passés. Sa fille lui était revenue, mais son beau-père et le révérend Yoder étaient morts, peut-être assassinés.

— Laisse-moi lui parler une seconde, dit-elle à son mari sans lâcher la main de sa fille. Allô, Kat ? Ecoutez, j'ai très peu de temps pour vous parler. Je voulais juste vous dire que j'ai bien trouvé une entrée, une seule, sur Marnie. Je n'obtenais rien avec son nom de famille, Girkins, mais je me suis souvenue qu'elle m'avait dit un jour que son nom de jeune fille était Byler. Margaret Byler, B-Y-L-E-R. J'ai retrouvé un article dans un journal local de Lancaster, en Pennsylvanie, qui mentionnait un livre récent sur les abus d'enfants dans les églises catholiques. J'en étais là quand Dan est arrivé. Et maintenant Melly est de retour, Kat… Annoncez à tout le monde que Melly est de nouveau avec nous !

Quand Kat apprit la nouvelle à Luke et aux enfants, toute la maisonnée s'anima de cris de joie, d'embrassades et de prières de remerciement à haute — très haute — voix. Eli courut jusqu'à la *daadihaus* pour avertir sa grand-mère. Luke hissa Sarah sur ses épaules et sortit pour avertir Moïse, Susan et leurs enfants.

— Attendez ! s'exclama Kat en rattrapant Luke par le bras. Juste une seconde ! Il faut à tout prix que je file chez Dan et Brooke pour consulter mon ordinateur portable. Brooke a trouvé une piste que je veux absolument vérifier. Dix minutes pour y aller, dix minutes là-bas et dix pour revenir… je serai là dans une demi-heure, avant la tombée de la nuit.

— Je préférerais vous y accompagner.

— Tout se passera bien, Luke. Allez plutôt porter la bonne nouvelle à votre famille. Si les batteries de mon ordinateur tombent en rade, je le brancherai sur le générateur de l'atelier, ça marche ?

— Aucun problème. Mais, Kat, cria-t-il alors qu'elle s'élançait vers l'étable, rejoignez-moi plutôt chez Moïse. Après tout ce qui s'est passé, ne ratons pas une occasion de nous réjouir ensemble.

Se réjouir ensemble, pensa Kat… Luke voulait qu'elle partage chaque moment de bonheur familial avec lui. Hélas ! ses heures ici étaient comptées.

Luke envoya Eli l'aider à atteler Dilly. Elle n'avait plus besoin de cette aide, mais elle l'accepta bien volontiers.

— Je vais te déposer devant le portail de Moïse, dit-elle en lançant un baiser à Dilly. Et après, tu cours jusqu'à la ferme sans t'arrêter, tu m'entends ?

— D'accord, répondit le garçon en faisant la moue. Mais je ne suis plus un bébé, maintenant, vous savez ? Je peux même surveiller mon père, et vous aussi.

— Je sais, Eli. Et nous apprécions tous les deux.

Avant qu'il ne saute du chariot, elle ébouriffa sa tignasse, et il la serra très fort.

Chez Brooke et Dan, Kat ouvrit son ordinateur portable. En attendant qu'il s'allume, elle regarda à travers la fenêtre du bureau. Devant son auberge, Marnie portait un carton qui semblait bien lourd et le plaçait dans le coffre de sa voiture. Elle avait empaqueté toutes les affaires de son bureau à la Dutch Table, et faisait la même chose dans sa maison… alors que sa future demeure à Amish Acres n'en était qu'aux fondations ? Marnie avait-elle compris que Kat la suspectait ? Dans ce cas, elle pouvait soit faire disparaître des pièces à conviction, soit se préparer à fuir.

Toutes lumières éteintes, Kat se mit à taper sur son ordinateur le vrai nom de cette femme — Margaret BYLER. Elle n'avait pas compris grand-chose aux allusions de Brooke sur les abus d'enfants dans les églises catholiques.

Elle ne trouva rien de probant.

Marnie, de son côté, déposait un nouveau carton dans sa voiture.

Kat essaya avec les mots clés Margaret-Byler-enfants-église. Toujours rien.

Elle tenta ensuite Amish-Magaret-Byler-Lancaster-Pennsylvanie.

— Et voilà !

Un site de vente par Internet proposait un livre intitulé *Dons de Dieu : l'amour des Amish pour leurs enfants*, par Charles Jensen. Il y avait aussi la jaquette d'un ouvrage tout récent sur les enfants abusés par des prêtres catholiques.

Elle chercha ensuite dans les archives d'un journal de Lancaster cité pendant la recherche, *L'Intelligent de Pennsylvanie*. Elle fut rassurée de voir que les archives remontaient assez loin dans le temps.

Les recherches s'éternisaient. Beaucoup de pistes s'avéraient en fait des culs-de-sac, comme souvent sur Internet. Kat observait toujours Marnie du coin de l'œil, et brûlait d'envie de descendre pour lui demander où elle allait, chargée comme elle l'était.

— Enfin ! s'exclama-t-elle en voyant apparaître sur l'écran la une d'un journal daté du 30 juin 1958.

Le titre : « Un révérend amish incarcéré pour violence ». Elle fit défiler le papier, tout en lançant de nombreux regards vers le parking de l'Auberge de la vallée.

Le révérend John Byler, 30 ans, comparaissait hier devant le tribunal de Lancaster pour abus physiques et psychologiques sur sa femme, Naomi, âgée de 29 ans, et leur fille Margaret (Marnie), 8 ans. Alors que les Amish préfèrent habituellement laver leur linge sale en famille, ils ont cette fois accepté le procès. Certains membres ont même témoigné, en gardant l'anonymat, pour certifier que la femme et son enfant leur apparaissaient régulièrement couvertes d'ecchymoses, et que la fille avait même subi des fractures.

C'est le restaurateur (non amish) Milt Miller, propriétaire de l'établissement « l'Oiseau-dans-la-main », qui a le premier alerté les autorités.

— Le plus triste, raconte-t-il, c'est que la petite (Marnie) m'a avoué qu'elle avait même été enfermée dans un placard pour la punir de je ne sais quoi, et elle est restée là dans le noir, sans manger…

La cour de Lancaster a précisé que cette punition, avec enfermement et privation de nourriture, avait été appliquée à l'enfant non pas une mais plusieurs fois, et qu'elle avait parfois duré plusieurs jours. Les coups étaient également réguliers et très violents.

Selon le Pr Charles Jensen, auteur du livre Dons de Dieu : l'amour des Amish pour leurs enfants, *il est très inhabituel, chez les Amish, de maltraiter sa progéniture. Les enfants sont généralement très choyés dans cette communauté.*

En plus d'une lourde peine de prison, le révérend Byler risque le bannissement de son église et de son groupe. Quand nous l'avons interrogé à la veille du procès, John Byler nous a répondu que « toutes ces affirmations (étaient) des mensonges inspirés par Satan. Certains membres du peuple vertueux m'en veulent parce que j'aime prendre des photos, et ils ont cherché une histoire lamentable pour m'écarter et me punir. »

Naomi Byler, pourtant victime, a également été inculpée pour mise en danger d'un enfant et non-dénonciation d'abus sur enfant. La communauté s'occupe de l'enfant en question en attendant l'issue du procès.

Kat resta comme pétrifiée par ce qu'elle venait d'apprendre. Elle connecta son ordinateur sur l'imprimante de Dan et lança l'impression de l'article. Marnie Byler-Girkins venait de ressortir de sa maison, un petit carton sous le bras, son sac à main en bandoulière. Elle claqua le coffre si fort que Kat l'entendit de l'autre côté de la rue, derrière sa vitre.

Kat avait maintenant un motif pour justifier la possible culpabilité de Marnie : elle pouvait très bien en vouloir aux Amish, et notamment aux révérends. Son enfance traumatisante avait pu la rendre assez perverse pour imaginer elle-même, devenue adulte, des punitions particulièrement vicieuses. Alors que l'imprimante recrachait lentement l'article, Kat observa Marnie qui contournait sa voiture. Il ne lui restait plus que deux ou trois jours pour résoudre cette affaire, et la coupable principale était peut-être sur le point de s'envoler. Brooke l'avait-elle, par amitié, avertie des soupçons de l'ex-agent Kat Lindley ?

Soudain inquiète, elle jaillit dans la cour, releva sa jupe pour courir plus vite et traversa la route comme une flèche, en dépit de sa blessure. Quand Marnie ouvrit la portière et qu'une petite lampe s'alluma à l'intérieur, Kat se demanda s'il s'agissait de la voiture qui s'était garée non loin de sa « future maison » à Amish Acres. Mais elle était certaine que c'était un homme qui lui avait tiré dessus cette nuit-là.

Marnie déposa son sac sur le siège passager et s'installa

derrière le volant. Terrifiée à l'idée qu'elle disparaisse, Kat rouvrit brutalement la portière qui venait à peine de se fermer. Marnie sursauta comme si elle avait vu le diable.

— Oh, Katie ! Vous avez failli me faire avoir un infarctus ! Qu'est-ce qui se passe encore ? Ne me dites pas que quelque chose de terrible est arrivé ?

— Si, si… malheureusement. Vous avez une minute avant de partir ?

Marnie retira la clé de contact d'où pendait un énorme porte-clés et sortit de la voiture. Elle ne se doutait manifestement pas qu'elle était l'un des principaux suspects ; elle ne se montrerait pas, sinon, aussi coopérative.

— Quel est le problème, cette fois ? demanda-t-elle, sourcils froncés.

— Le problème, ânonna Kat, à bout de souffle, c'est que la personne qui fait du mal aux Amish est quelqu'un qui a toute leur confiance.

Le visage de Marnie vira au gris pendant quelques secondes. Puis elle plissa les yeux. Elle semblait tout à coup plus vieille de dix ans.

— Est-ce que qu-quelqu'un a… été arrêté ? bégaya-t-elle.

— Ça ne devrait pas tarder.

— Qui que ce soit, j'espère qu'il paiera le prix fort pour ce qu'il a fait… non seulement pour le tort causé à ces pauvres enfants, mais aussi pour toutes ces vitrines brisées, y compris la mienne.

— C'était une manœuvre très maligne, celle-là, n'est-ce pas ? Il fallait un esprit assez pervers pour l'imaginer…

— Mais de quoi parlez-vous ?

— De la façon dont vous vous êtes arrangée pour que votre

vitrine tombe en miettes en même temps que celles des échoppes amish. Je crois qu'il serait temps d'abattre cartes sur table, Margaret Byler Girkins.

Les traits de la restauratrice se crispèrent un peu plus, révélant des rides bien moins sympathiques.

— J'ai compris presque tout de suite que vous n'étiez pas amish, déclara Marnie d'une voix blanche. Et je me doutais que les Amish — à commencer par les Brand — étaient encore moins dupes que moi.

— Je ne crois pas que ce soit de moi qu'il faille parler. Ni des rotors sur les vitres, ni même des enfants effrayés. Je préférerais que nous causions champignons vénéneux… Et je serais partante pour que nous remontions jusqu'à votre père.

Malgré l'obscurité naissante, Kat pouvait voir le sang refluer du visage de Marnie. Elle ressemblait maintenant à une de ces photos en noir et blanc qu'elle avait prises pour nourrir un peu plus sa fascination morbide pour les Amish. Kat était presque sûre qu'elle allait s'effondrer et avouer ses crimes. Cette situation ressemblait à tant d'autres qu'elle avait connues à Colombus…

— Vous êtes complètement folle, aboya Marnie, et je ne veux pas écouter une seconde de plus vos élucubrations. Vous êtes qui, au juste ? Agent secret ? Flic ? Si vous êtes flic, je doute fort de la légalité de votre démarche.

— Ne doutez pas trop. Et je ne suis pas flic, mais je vous laisse porter votre accusation au poste de police, bluffa Kat, même si elle ne savait toujours pas dans quelle mesure elle pouvait accorder sa confiance à Ray Martin. Pour ma part, je pourrais parler de tout ça à des policiers ou à des détectives de Colombus pour savoir ce qu'ils me conseillent.

— Je vois, vous êtes un flic de Colombus ! Je savais que vous n'étiez pas nette. Votre allemand est pitoyable, et Luke Brand n'est pas du genre à épouser quelqu'un qu'il connaît à peine.

— Je vous ai demandé de ne pas ramener la discussion sur moi. Parlons plutôt de votre haine des Amish après ce que votre père et, dans une moindre mesure, votre mère, vous ont fait. Vous étiez fascinée par les Amish, vous aviez envie d'être encore des leurs, mais d'un autre côté vous les haïssiez.

— Vous ne savez pas quel effet ça fait d'être battue et abandonnée ! Vous…

— Haïr les révérends, faire souffrir des enfants amish qui sont aimés comme vous ne l'avez jamais été, c'était donc ça votre vengeance…

— Savez-vous qu'il s'en est sorti avec presque rien ? s'écria Marnie, les bras croisés devant la poitrine pour moins trembler de rage. Parce qu'il était amish et révérend, il s'en est sorti, et ma mère aussi ! Figurez-vous que la famille amish à qui on m'avait confiée a été obligée de me rendre à mes parents ! Ils ont quitté l'église, mais rien n'a changé. Dès que j'ai pu, je me suis enfuie, et j'ai trouvé un mari en travaillant dans un restaurant. S'il ne m'avait pas laissé un peu d'argent quand il est mort, je n'aurais sans doute pas pu lancer mon affaire ici. Mais ensuite, je me suis faite toute seule, à la force du poignet.

— Très bien. Alors allons confronter cette version avec la réalité dans le bureau de Ray Martin.

Avec la clé dépassant de son poing, Marnie envoya sans crier gare un coup de poing qui fendit l'air, car Kat avait eu le temps de l'esquiver. Les yeux exorbités, Marnie se rua vers sa voiture, mais Kat la rattrapa et la plaqua contre la portière arrière d'un violent coup d'épaule. Marnie poussa un gémissement et se débattit, jusqu'à ce que Kat parvienne à l'immobiliser en lui tordant un bras dans le dos. Kat n'était peut-être plus capable d'utiliser une arme, mais elle n'avait pas oublié ses leçons de corps à corps.

Marnie tomba à genoux sur le gravier, et Kat se baissa derrière elle pour ne pas lâcher prise.

— J'étais sincèrement désolée, Marnie, d'apprendre ce que vos parents vous avaient fait. Mais cela n'excuse en rien votre attitude. Voyez-vous, je sais ce que c'est que d'être trahie par ses parents, se sentir abandonnée… mais avoir une enfance malheureuse ne devrait pas aboutir à de tels actes.

— Quels actes, au juste ? Vous… n'avez aucune preuve…

— Vous voulez parier que je peux prouver que certains des ingrédients de la fameuse soupe dont vous régaliez le révérend étaient en fait des poisons violents ? Je suis certaine qu'on trouvera dans la recette les « baisers de la mort » que vous faites amoureusement pousser dans votre jardin.

— D'ac… d'accord, je l'ai fait, bredouilla-t-elle. Mais il était… vieux… et malade.

— Et c'était une raison pour l'empoisonner, pour le tuer à petit feu ? Maintenant, qui vous a aidée à commettre les autres crimes ? Tyler, Clay, Gil ? Dites-moi !

— Je vous préviens, je veux un avocat !

Kat savait qu'il fallait qu'elle arrête pour l'instant — elle n'avait pas le choix. Cependant l'image de Melanie, dans le coma pendant deux semaines, l'œil d'Eli, l'odeur de la chair brûlée de Paul et le costume de diable sur le corps de Jacob Brand firent redoubler sa volonté d'en savoir plus. Elle serra plus étroitement le bras de Marnie.

— D'accord, d'accord ! gémit celle-ci. J'ai loué les services de deux gars de Cleveland pour qu'on ait plus de mal à les retrouver. Je… Vous allez me casser le bras…

— Les Amish vous faisaient confiance, ils vous estimaient et vous avez tout gâché. Vous avez fait bien pire que simplement les trahir : non seulement vous avez empoisonné le révérend Brand, mais je réussirai à prouver que vos hommes de main ont également assassiné Paul Yoder. Sans oublier qu'ils ont grièvement blessé Eli et Melanie.

Kat relâcha un peu son emprise pour reprendre son souffle. Son cœur battait si fort que tout son corps tremblait. Marnie avait commencé à fondre en larmes, mais Kat la releva sans ménagement.

Elle n'avait pas franchement respecté les règles pour cette arrestation. Surtout, elle n'avait pas ressenti cette jubilation comme chaque fois qu'elle arrêtait un caïd dans les rues de Colombus, même le plus petit du quartier. Alors qu'elle regardait Marnie, effondrée contre la portière de sa voiture, le visage inondé de larmes, elle se surprit à la prendre en pitié. Oui, elle était décidément en train de devenir amish, et cette idée la tétanisait.

Quand Marnie demanda à être jugée dans une autre juridiction que celle de Maplecreek et à ne pas être remise entre les mains de Ray Martin, Kat réalisa deux choses : la première était que la pire punition, pour Marnie Girkins, serait d'affronter ses victimes à l'audience ; la seconde, qu'elle devait des excuses au policier pour ne pas lui avoir fait confiance.

Elle composait le numéro de Ray Martin quand Luke déboula dans la cour de Dan et Brooke comme s'il répétait une course de chars.

— Luke, je suis ici ! cria Kat. Devant l'auberge !

Il bondit hors de son buggy et traversa la route en battant sans doute le record du cent mètres.

— Même avec tout le monde autour de moi pour fêter la rémission de Melly, je n'ai pas pu m'empêcher de m'inquiéter pour vous.

Il s'arrêta net quand il arriva à hauteur de la voiture et aperçut Marnie, les poignets attachés dans le dos avec ce qui semblait être un ruban de jupon…

— Marnie ? s'exclama-t-il. C'était Marnie ?

Kat acquiesça alors que Ray Martin répondait à l'appel.

— Allô, c'est Katie Kurtz, dit-elle en levant l'index pour faire patienter Luke. Mais je crois que je peux aujourd'hui m'appeler de nouveau Kat Lindley.

— Vous partez, ou bien vous avez quelque chose pour moi ?

— J'ai quelqu'un, corrigea-t-elle. Elle est passée aux aveux. Il n'y a plus qu'à venir la cueillir.

— Où êtes-vous ? Vous allez bien ?

— Je suis dans la cour de l'auberge de Marnie Girkins. Luke est là aussi.

— Vous voulez dire que c'était elle ? Bon sang, vous avez intérêt à avoir de sacrées preuves !

— C'était Marnie ? répéta Luke, incrédule, alors que celle-ci baissait la tête, peut-être pour se cacher de lui.

— Oui, répondit Kat à Ray Martin. Marnie Byler Girkins a avoué avoir empoisonné le révérend Brand et employé deux hommes de main venus d'une autre ville pour le reste. Mais vous allez devoir venir la chercher. Melanie Brand est sortie du coma aujourd'hui, et j'ai bien envie de rejoindre les autres pour célébrer la nouvelle.

Kat sourit à Luke. Bouleversé, il s'approcha d'elle pour lui voler sa main libre.

— Nous fêterons les vivants, mais nous aurons aussi une pensée pour nos morts.

Ils restèrent ainsi de longues minutes, à se regarder pendant que la coupable hoquetait bruyamment, jusqu'à ce que la voiture de Ray Martin emmène Marnie Girkins. Le gyrophare faisait tourner des hélices de lumière. L'affaire était close.

23.

— Ça va être une chouette journée, *daad* ! lança Eli à son père alors qu'Ida et Kat dressaient la table pour un petit déjeuner pantagruélique. Comme on est en vacances, je vais pouvoir t'aider avec le moulin de M. Coblentz, et après je donnerai de l'eau aux chevaux, quand tout le monde coupera le maïs.

Luke gratifia son fils d'un large sourire et topa dans sa main. Ils étaient tous surexcités, non seulement parce qu'ils allaient du même coup restaurer le moulin de Reuben Coblentz et son appartenance aux Amish, mais aussi parce que les nuages noirs de cette menace perpétuelle n'obscurcissaient plus leur ciel. Ray Martin avait appelé Kat à l'aube sur son portable pour lui apprendre que Marnie avait lâché les noms et adresses de ses deux acolytes de Cleveland.

— A-t-elle reconnu quoi que ce soit sur l'électrocution de Paul Yoder ? avait demandé Kat.

— Selon sa première version, elle a juste « signalé » à ses mercenaires qu'il serait bon que Paul Yoder ne soit pas sur leur chemin, et ils auraient agi de leur propre chef, en interprétant ses propos…

— Qui sont ces hommes ? Est-ce qu'ils restaient dans le coin ou venaient spécialement pour chaque nouvelle attaque ?

— Manifestement, ils venaient juste pour les « grandes

occasions ». D'après Marnie, ils gèrent une concession de motos dans la banlieue de Cleveland.

— Ça colle sur ce point. Et sur le reste ?

— Quel reste ? Kat, vous avez fait du très bon travail, et je voulais m'excuser pour m'être braqué contre votre « style ». Je savais que Luke n'aurait pas supporté qu'il vous arrive quelque chose, et je le rejoignais là-dessus ; mais je comprends aujourd'hui que la fin justifiait les moyens. Ecoutez, je suis en route pour Cleveland, pour aider mes collègues à mettre la main sur les complices de Marnie. Je dois raccrocher, mais je vous rappelle dès que je rentre. Vous restez pour les récoltes, n'est-ce pas ?

— *Ja, ja.*

— Vous avez toujours ressemblé à une Amish. Au fait, si vous voulez toujours de ce boulot de gestionnaire, je vous le garde au chaud.

— Merci, mais jusqu'à aujourd'hui, j'avais un pied dans le monde moderne et un autre posé en terrain amish. Je n'arriverai pas à faire ce grand écart durablement.

— Ah… je trouve que vous vous débrouillez plutôt bien. Bon, profitez de vos derniers jours. Vous avez une paie qui ne devrait pas tarder à tomber.

— Katie, fit la voix d'Eli alors qu'elle se remémorait cette conversation. Comment ça se fait que vous n'avez pas l'air heureuse ? Vous pourriez venir avec *grossmuter* Ida, Sarah et moi pour regarder *daad* redresser le moulin. Juste après, ce sera la récolte. Et ça fait beaucoup de bruit avec la moissonneuse !

— Pourquoi ça fait du bruit, avec les chevaux qui la tirent ? Elle n'avance pas toute seule, quand même ?

— *Daad*, dit le garçon en roulant des yeux, tu peux lui expliquer comment ça marche ?

Kat était ravie que son œil aille mieux : sa vision restait encore un peu troublée, mais il n'aurait pas su rouler des yeux sans crier de douleur quelques jours plus tôt. « De la pommade et un peu de temps feront des miracles », avait prophétisé le médecin. Kat aurait bien aimé avoir un remède magique, un baume au cœur qui la console, elle aussi, quand elle devrait partir.

— Et pourquoi tu ne lui racontes pas, toi, comment se passent les récoltes ?

— Alors vous voyez, commença Eli en se redressant sur sa chaise, les chevaux sont à l'avant, loin devant la moissonneuse qu'ils tirent, parce que la machine fait tourner des lames grandes… grandes comment, papa ?

— Environ un mètre cinquante.

— C'est ça, et très tranchantes des deux côtés. Et elles tournent très vite en s'écartant, comme ça, et ça peut faucher quatre rangées de maïs en même temps. C'est ça, *daad* ?

— Exact.

— Alors les bottes elles tombent et elles sont ramassées par un gros truc avec des grandes dents qui les mord et les jette dans le wagon. C'est tout ça qui fait beaucoup de bruit, du style Bump-Grroong Bump-Grroong ; à cause du gros moteur à essence qui fait fonctionner les lames et la grosse bouche.

— Je vois, dit Kat. Et après, la machine sépare les épis du reste ?

— Non, dit Eli comme s'il parlait à une extraterrestre. Ça c'est pour les engins modernes comme celui de M. Winslow, qui est un vrai monstre. Nous, on a un homme sur la machine, à l'arrière, qui trie les épis du reste. Et les ouvriers agricoles se relaient souvent à ce poste, pas vrai, papa ?

— Oui, parce que c'est une tâche très éprouvante. Il reçoit régulièrement des centaines de kilos de plantes et doit couper sans faiblir des centaines d'épis, qu'il jette immédiatement derrière la moissonneuse. D'autres ouvriers suivent à pied, ramassent les épis et leur enlèvent leur tégument pour que les grains puissent sécher et être arrachés plus facilement ensuite.

— *Ja !* s'exclama Eli avec un large sourire comme s'il venait d'expliquer tout ça lui-même. On termine le travail pendant les soirées d'hiver, et là on passe beaucoup de temps en famille.

— Je vois, répéta Kat.

Et elle voyait, effectivement, à quoi tout cela devait ressembler. Les veillées à la lanterne, tous autour de la grande table à côté du feu, à éplucher les épis de maïs. Les vallons recouverts d'un manteau de neige, avec les cheminées des fermes pour fumerolles, qu'ils regardaient depuis les fenêtres de la cuisine en festoyant, ou depuis les chambres là-haut…

— Katie, vous étiez toujours triste, intervint Sarah. Il fallait pas. Tout le monde est content aujourd'hui. Le méchant est parti, et c'était Mme Marnie la méchante. Mais papa, qu'est-ce qu'ils vont devenir, son restaurant et sa maison, si elle devrait partir maintenant ?

— Je ne sais pas, Sarah, dit Luke en reculant sa chaise de la table. Il nous suffit de savoir que grâce à Katie — et grâce à Dieu — nous n'avons plus à avoir peur.

— Amen, dit Ida en se penchant vers une tartine couverte de confiture de sureau. Et personne n'a plus à craindre que ce soit l'un d'entre nous qui ait fait tout ça. J'ai perdu mon mari trop tôt, mais nous avons retrouvé Reuben Coblentz. D'ailleurs, les enfants, votre papa a quelque chose à vous dire sur Reuben. N'est-ce pas, mon fils ?

— Je pensais le faire plus tard, dit Luke en se rasseyant, mais tu as raison.

— Je vous laisse…, dit Kat.

— *Nein*, Katie, lança Ida d'une voix forte. C'est en grande partie grâce à vous que Reuben est revenu parmi les siens.

— Eli, Sarah, vous êtes assez grands maintenant pour comprendre que parfois les frères et les sœurs ne s'entendent plus…

— On ne s'a pas disputé, Eli et moi ! dit Sarah.

— Chuuut ! Ecoute, *meine liebe*, gronda Ida.

Luke soupira et ses épaules s'affaissèrent un peu. Kat savait qu'il y avait un peu de remords dans ce qu'il allait avouer.

— M. Coblentz — Reuben — n'est pas seulement un voisin pour nous. Il est de notre famille. Il y a bien des années, Reuben ne voulait plus respecter les règles amish, alors il s'est isolé de la communauté pendant un bon moment, et nous ne voulions plus trop le voir. Mais maintenant Reuben veut revenir, et nous sommes vraiment heureux de l'accueillir parmi nous.

Ida gardait sa tartine dans une main sans plus y toucher ; Kat jouait nerveusement avec sa tasse à café.

— Eh bien, en fait, dit Luke en s'éclaircissant la gorge, Reuben est le papa de votre mère — et donc votre grand-père, comme l'était *grossvater* Jacob.

— Je savais que c'était quelque chose comme ça ! dit Eli avec un large sourire. J'avais deviné qu'il m'aimait bien !

Tous les regards se tournèrent vers Sarah pour voir sa réaction.

— Alors si c'est notre grand-père, lui aussi, nous dois faire attention qu'il n'est pas tué et volé comme *grossvater* Jacob, dit la fillette. Eli et moi, on ne voulait plus être volés.

Vers 9 heures du matin, alors que la moisson avait déjà commencé dans d'autres champs, Luke et trois hommes de son atelier réussirent à remettre sur pied le vieux moulin de Reuben. Il n'était plus de toute fraîcheur, mais c'était bon de le revoir debout — comme son propriétaire, d'ailleurs.

— Assurez-vous que les pieds sont bien fichés dans les anciens trous avant de couler le béton, dit Luke à ses ouvriers. Moi, je vais monter faire quelques dernières vérifications sur la tour.

Quand il eut grimpé tout en haut aidé de son harnais, il regarda en bas et fit signe à Kat qui observait l'opération en retenant son souffle, assise au milieu de sa petite famille. Il savait qu'il était insensé d'essayer de la convaincre de rester, après seulement deux semaines passées ici, pourtant il avait désespérément envie d'y arriver. Tout en inspectant le vieux moulin, il pensait à tous les arguments qu'il pouvait citer pour lui faire accepter la vie amish. Car quelle que soit sa popularité dans la communauté — un concept bien peu amish, d'ailleurs — il n'échapperait pas au *meidung* s'il épousait une « Anglaise ».

Certes, Brooke aurait besoin d'aide à Colombus. Les médecins l'avaient avertie : même si Melly rentrait chez elle, elle ne retrouverait ses facultés motrices que très lentement. Et comme Kat avait subi elle-même une longue rééducation, elle pouvait leur être précieuse…

Il était déçu que Kat ait refusé ce travail de bureau que Ray Martin lui avait de nouveau proposé le matin même. Si elle tenait toujours à ouvrir un magasin d'antiquités, il savait que les Amish l'aideraient ; beaucoup lui donneraient même des pièces intéressantes pour lui permettre de lancer son affaire. Mais il ne voulait pas la forcer.

Il avait néanmoins remarqué que Kat continuait à porter ses vêtements amish, alors qu'elle n'y était plus obligée. Il était touché qu'elle rechigne à abandonner ce qu'elle considérait au départ comme un « accoutrement ». En haut de sa petite tour de Babel, un tournevis à la main, il essaya de s'imaginer Kat en uniforme dans une rue de Colombus, avec une matraque à la ceinture, un badge, et une casquette sur ses cheveux blonds. Il était bien heureux d'être hors de portée des regards, car une larme coulait sur sa joue.

Comme lorsqu'ils avaient observé Luke suspendu au moulin de Paul Yoder, Kat, Ida et les enfants étaient assis à même le sol, sur une couverture. Reuben semblait revivre, ivre de joie pour une fois ; il apportait des boissons — non alcoolisées, bien sûr — et des gâteaux plus qu'il n'en fallait. Les enfants de Moïse étaient là aussi. Et Lee surgit d'un champ après avoir apporté un plein panier de tartes pour le déjeuner des premiers moissonneurs.

— Je me sens comme si on m'avait ôté deux poids des épaules, dit-elle à Kat. Melly est sur le chemin de la guérison, et nous sommes débarrassés de cette pauvre Marnie. Je n'aurais jamais pu imaginer…

— Pourquoi tu disais « pauvre Marnie » ? s'étonna Sarah. Elle a plein des sous !

— Nous sommes juste désolés pour elle, lui expliqua Lee. Pas seulement parce qu'elle va aller en prison, mais parce qu'elle est malade.

— Malade dans sa tête et dans son cœur, précisa Eli avec une maturité décidément déconcertante.

Kat comprit à quel point le jeune garçon était marqué par la mort de sa mère, et combien il pouvait craindre que son père ne parte à son tour. Elle espérait qu'il arriverait à triompher de ses peurs. Marnie, elle, avait été traumatisée par son enfance malheureuse. Et Kat devait admettre que c'était aussi son cas, d'une certaine manière. Cependant elle savait maintenant que ce n'était pas sa faute si son frère était mort. Même chose pour le pauvre John Seyjack.

— J'espère que nous resterons amies, même si nous sommes séparées, dit Kat en s'apercevant que Lee l'observait.

— Sommes-nous obligées d'être séparées ? Vous savez bien que je ne vais jamais à Colombus, si c'est là que vous pensez vous installer.

— *Ja*, c'est là. Je ne peux pas rester ici si je ne peux pas *vraiment* rester ici.

Intriguée, Lee aurait voulu renchérir, mais Kat se leva en massant ses jambes. Elle regarda Luke qui resserrait toujours des boulons de la taille des sabots de ses chevaux. C'était tellement agréable de ne pas craindre pour sa sécurité, pour une fois... mais elle ne parvenait pas à rester assise là, à attendre qu'il redescende, qu'il l'emmène dans un champ moissonné pour qu'ils se roulent tous deux dans un bonheur fictif.

— Devinez ce que je vois, lança Luke d'une voix de stentor du haut de son moulin. Les ouvriers ramènent déjà la moissonneuse !

Bump-Groong... Eli lui avait bien décrit le bruit de la machine. Kat avait rejoint ses sœurs dans la cuisine de Luke.

Assourdies par le vacarme, les femmes qui préparaient le repas tirèrent à trois sur la cloche pour signaler que le déjeuner était prêt. Le hennissement des puissants percherons qui tiraient la machine, les cris des hommes et ceux, plus aigus, des adolescents qui portaient des barriques d'eau, tout cela formait un chaos sympathique que Kat n'était pas près d'oublier.

Le paysage changeait tellement une fois les collines rasées de leur chevelure dorée ; toutes les fermes cachées montraient maintenant leurs pierres et leur bois. Kat réussissait à apercevoir par la fenêtre du salon le toit de la petite école. Paradoxalement, elle regrettait presque ces remparts de maïs qui oscillaient dans le vent.

— C'était vraiment adorable de votre part de nous donner un coup de main de plus cette semaine, lui confia Levi Em.

Les Amish refusaient par principe les « merci » convenus, mais Kat savait que tous ceux qu'elle entendait, même sous-entendus, venaient du fond du cœur.

— *Ja, gut, sehr gut,* ajouta une autre sœur. Vous allez vraiment nous manquer.

Kat renifla et ouvrit le four pour en sortir un grand plat de macaronis gratinés. Elle le posa à côté de l'évier en ôtant ses gants de cuisine, prit un couteau pour couper du céleri et regarda par la fenêtre. Le petit Eli jaillit d'un champ que l'on commençait à couper ; il courait vers la ferme.

Le visage du jeune garçon lui fit craindre le pire. Elle se rua vers la porte, le couteau toujours à la main, le cœur battant à tout rompre.

*
* *

— Je n'ai plus envie d'attendre, je veux rentrer à la maison, gémit Melly sur son lit d'hôpital. Ils ont dit qu'ils me laisseraient partir bientôt !

— Peut-être même demain, dit Brooke en prenant sa voix la plus douce. Tout dépend des derniers tests.

Brooke avait l'impression que c'était elle qui sortait du coma. Sa fille lui parlait avec une vivacité étonnante ; même pâle et amaigrie, elle paraissait presque en meilleure forme que sa mère.

— Le docteur m'a dit que je parlais quand j'étais dans le coma, ajouta Melly avec des yeux interrogateurs.

Brooke et Dan échangèrent un regard inquiet. Ils étaient convenus de ne pas lui parler de cela tout de suite pour ne pas l'effrayer.

— Oui, tu as parlé plusieurs fois, admit finalement Dan.

— Pour dire quoi ? Des choses incohérentes ?

— Une fois, bredouilla Brooke en serrant la main de sa fille, tu as juste dit : « Ils arrivent », comme si tu te repassais le film de l'accident. Et ensuite, tu as dit : « Je sais qui c'est. » Nous, on a cru que tu nous reconnaissais enfin.

— Oui, je me souviens..., murmura l'enfant en fixant longuement le plafond, à tel point que Brooke frémit à l'idée qu'elle replonge dans son grand sommeil. J'ai fait des rêves, je crois — des cauchemars —, à propos de l'attaque. Je ne me souviens plus du moment où je suis tombée, mais je vois bien la course avec Eli dans le ravin. Et je... je crois savoir, malgré son déguisement, qui était notre agresseur. Je le connaissais.

— Oublie tout ça, lui dit son père. Tu ne peux pas le connaître. C'était un homme embauché dans une autre ville, à Cleveland. Et il a été arrêté aujourd'hui.

— Non ! Je…

Elle reprit la main que sa mère serrait et croisa les bras, comme si elle voulait en fait s'étreindre elle-même.

— Papa, maman, je suis sûre de l'avoir reconnu. Quoi que les autres disent, j'en suis certaine. Et c'est quelqu'un de Maplecreek.

— Je n'arrive pas à trouver papa ! hurla Eli.

— Il avait dit qu'il prendrait la place de celui qui trie les épis derrière la moissonneuse, rétorqua Kat.

— Oui, mais il n'est pas là où on devait le retrouver !

— Eli, tu as porté de l'eau aux ouvriers, pas vrai ? Alors tu dois savoir qu'il est difficile de voir quelqu'un dans un champ de maïs à cette saison. Ne t'inquiète pas. Dès que le champ sera fauché, tu vas le retrouver, et il prendra son tour sur la moissonneuse comme prévu.

— Non ! cria l'enfant. Il n'est plus à l'endroit où il nous avait donné rendez-vous ! Il ne fait jamais ça !

Quand Eli se retourna pour courir vers l'angle du champ, Kat faillit lui emboîter le pas et courir au secours de Luke, où qu'il soit. Mais le danger semblait écarté, désormais. D'un autre côté, il pouvait toujours surgir là où on ne l'attendait pas : en cherchant son père, qui n'était sans doute pas loin, Eli pouvait se faire faucher par ces immenses pales de métal tranchantes qu'il lui avait décrites.

Le bruit de la moissonneuse se fit plus proche, puis plus lointain. Kat regarda dans la direction vers laquelle Eli avait couru. Du côté de ce qu'Ida appelait la borne quarante, des ouvriers agricoles attendaient leur tour, et des jeunes portaient de grosses outres d'eau pour désaltérer les hommes et les chevaux.

Mais elle ne vit ni Eli ni Luke. L'enfant s'était-il enfoncé dans le champ de maïs, après lui avoir signalé que la machine fauchait quatre rangées d'un coup ? S'il était blessé, avec tout ce bruit, personne ne l'entendrait…

Kat jaillit de la ferme et s'élança vers le champ, se demandant quelle direction choisir. La moissonneuse s'était tue. De ce côté aussi, elle ne voyait rien que de très normal : des ouvriers vidant de grandes bouteilles d'eau, affalés sur une rangée déjà moissonnée, des adolescents donnant à boire aux percherons.

Kat se dit alors qu'elle savait où Luke pouvait se trouver. Avant de prendre son tour sur la moissonneuse, il était sans doute allé dire au revoir à son green de golf, et faucher les alentours pour ne pas révéler son secret. Cela ne lui disait pas pour autant où avait filé Eli.

Kat s'enfonça dans le champ en direction du minuscule terrain de golf. La progression était loin d'être aussi facile que le soir où elle était partie de la *daadihaus*. Elle se battait aujourd'hui contre une véritable jungle. Les frondaisons étaient bien plus solides dans ce sens. Elle enfonçait à coups d'épaule un mur de tiges serrées, enchevêtrées, avec son couteau pour seule machette.

— Eli ? Luke ?

Le green n'était plus très loin. Si elle entendait le moteur de la moissonneuse redémarrer, elle aurait toujours le temps de s'écarter.

— Eli ! Luke ! E-e-e-l-i-i !

Elle parvint enfin à la petite clairière où Luke s'adonnait à sa passion secrète. Un endroit où elle avait vécu un instant hors du temps, le soir de l'enterrement du révérend Brand.

Luke était bien là, mais il n'avait ni club ni faux à la main. Il était face contre terre, la tête ensanglantée. Deux hommes vêtus de jeans sombres et de blousons de cuir, avec des passe-montagnes noirs et des lunettes de ski, étaient penchés sur son corps inerte.

Comme dans un film, les deux fantômes se retournèrent avec des gestes lents. L'image lui rappela les cours de tir de son instructeur à Colombus. Car les deux silhouettes noires pointaient maintenant vers elle des pistolets semi-automatiques qu'elles tenaient à deux mains…

24.

Alors qu'elle était en joue, ce n'était pas sa vie qui repassait sur un écran dans l'esprit de Kat. Elle revoyait Seyjack père qui lui tirait dessus, et un autre homme, qui lui voulait la tuer avec des clous.

Poussée par l'angoisse, elle avait atterri en plein milieu de la petite clairière ; impossible de retourner dans le champ pour se protéger. D'instinct, elle se jeta à terre. Aucun des cagoulés ne tira, mais ils accoururent pour la plaquer au sol un peu plus, avec leurs pieds, avec leurs mains.

Les deux mercenaires de Marnie ! Cette femme avait dû trouver un moyen pour les prévenir de son arrestation.

— Qu'est-ce que vous lui avez fait ? hurla Kat alors que le moteur de la moissonneuse s'était remis en marche.

Même à terre, elle était comme prise de vertige. Luke était-il gravement blessé ? Etait-il mort ? Si seulement ils n'avaient pas bénéficié de l'effet de surprise, elle aurait sans doute pu les neutraliser tous les deux.

— Marnie vous a lâchés, gronda-t-elle le plus fort possible, le nez dans le gazon. La police arrive pour vous arrêter.

Une des silhouettes se mit à rire. Kat connaissait ce rire, elle en était sûre. La dernière chose que lui avait dite Ray Martin était que sa paie allait bientôt tomber. Il ne pensait pas à ça, quand même ?

— Vous vous êtes mêlée de nos affaires avec beaucoup d'opiniâtreté, dites-moi, ironisa l'homme le plus trapu. Et voilà maintenant que vous nous aidez ! Nous pensions nous débarrasser de vous un peu plus tard, mais aujourd'hui me convient très bien. Effectivement, Marnie a eu droit à deux coups de fil : elle en a passé un à son avocat, et un à moi.

— Deux amants dans un pré, comme c'est mignon, railla l'autre d'une voix plus jeune. Dites-moi, madame, c'est votre petit Amish ?

Il partit d'un rire qui lui rappela immédiatement celui d'AJ. Même voix entre le grave et l'aigu, même humour à la fois lamentable et scandaleux. Lui faisait-elle savoir qu'elle l'avait reconnu ? En tout cas, l'autre voix n'était pas celle de Ray Martin. S'agissait-il de Tyler ? De Clay ?

— Luke n'est pas le révérend, et il ne le sera pas ! cria-t-elle d'une voix étouffée. Il n'est pas marié. Vous vous trompez de cible, cette fois. Personne ne sait encore qui vous êtes, alors fichez le camp et laissez-nous tranquilles !

Ils arrachèrent son bonnet et la tirèrent par les cheveux jusqu'à Luke.

— Ça ne me paraît pas très amish, tout ça, grogna AJ en tirant si fort sur sa chevelure que tout son crâne s'enflamma.

Ils retournèrent Luke d'un coup de pied et la projetèrent contre lui. Du sang chaud coulait de son nez. Les coups avaient été portés quelques minutes auparavant, pas plus. Avait-il le nez cassé ? Etait-il déjà mort, ou seulement inconscient ?

C'est uniquement quand ils décidèrent de l'attacher à lui

avec des draps qu'elle s'aperçut que Luke était déjà ligoté. Ils n'auraient pas ligoté un mort…

Collée à lui, elle pouvait enfin l'entendre respirer. Oui, il était vivant !

— J'adorerais vous foutre une balle dans le crâne, fliquette, dit le plus vieux en pressant le canon froid d'un revolver sur sa nuque.

Le corps de Kat se glaça de la tête aux pieds. Elle ne sentait plus que ce petit cercle de métal froid contre son cou. Elle chercha une image réconfortante pour finir en beauté, et vit apparaître le sourire de Luke.

— Mais même si vous allez mal finir, ajouta l'homme, je ne vais pas risquer de laisser une balle dans votre chair infecte. Je n'ai pas envie qu'on m'arrête un jour pour mon acte héroïque.

Le canon du revolver s'écarta. C'était Clay… Kat en était convaincue. Elle avait même tout à coup l'impression de sentir une forte odeur de cigarette. Les deux hommes partirent, les laissant là, ligotés l'un à l'autre… Kat pensa aussi vite qu'elle le pouvait. Les chevaux ne tarderaient pas à les piétiner, les lames de la moissonneuse les couperaient en morceaux. Elle avait bien un couteau quelque part pour trancher ces liens… mais où ?

— Luke ! hurla-t-elle. Luke, réveillez-vous, par pitié !

Elle se secoua violemment pour essayer de le faire réagir. Peine perdue. C'est à ce moment qu'Eli apparut.

— Eli ! cria-t-elle. Dieu du Ciel, merci ! Détache-nous !

Le garçon se rua vers eux et tomba à genoux. Il commença à triturer les nœuds fébrilement.

— J'ai été pou-poursuivi par un de ces d-diables…, bafouilla-t-il alors que ses mains tremblaient en tirant sur les draps. Le méchant avait… avait des grosses lunettes noires, comme ceux qui nous ont tiré dessus avec des billes de peinture. Est-ce que… papa va bien ?

— Oui, Eli. Ils l'ont juste frappé à la tête.

— Pas comme Melly ? Non ! C'est ma faute, mais…

— Ce n'est pas ta faute. Ça n'a jamais été ta faute, souviens-toi de ça. Maintenant, s'il te plaît, détache-nous.

Eli n'y arrivait pas. Il s'écorchait les doigts sur les nœuds, il tirait sur les draps pour les déchirer, mais ça ne marchait pas !

Kat se dit alors qu'il fallait qu'elle le sauve, en trouvant un moyen de le faire partir. Le moteur, le bruit des lames de la moissonneuse approchaient. Pourtant elle savait qu'à moins de trouver une ruse, jamais l'enfant ne laisserait son père, ligoté et sanglant.

— Ecoute, Eli, je vais nous faire rouler, ton père et moi, jusqu'en bas de la colline. Toi, il faut que tu coures. File à un endroit où le maïs est déjà coupé, et attends-nous. D'accord ?

Mais l'enfant refusa de bouger. Elle apercevait maintenant les oreilles des percherons et le toit de la moissonneuse qui avançaient vers eux. Au prochain tour, la « grande bouche » proposerait des bras et des jambes en plus des épis à l'ouvrier chargé du tri…

— Eli, j'ai dû laisser tomber un couteau pas loin d'ici. Est-ce que tu le vois ?

— Non, mais je… je cherche. Il faut que je dise aux autres d'arrêter la machine ! Je… je reviens.

— Agite les bras à la fin d'une rangée, sinon ils ne te verront jamais ! hurla Kat.

Mais quand Eli commença à tourner comme une girouette entre les plants de maïs, elle se dit qu'elle ne le verrait plus jamais. Même en courant vite, il n'arriverait pas à temps. Eli et cette adorable tête de mule de Sarah seraient confiés à leur grand-mère Ida, et probablement à leurs oncle et tante Moïse et Susan. A cet instant précis, elle rêvait plus que jamais d'être leur mère à tous les deux. Et de ne pas disparaître.

Elle s'étrangla, et pas seulement du drap autour de son cou, quand elle vit resurgir dans la clairière un Eli paniqué, poursuivi par les deux hommes en noir.

— Je t'avais dit qu'il venait par ici, beugla Clay.

Même attachée, elle avait envie de lui dire qu'elle l'avait reconnu. Elle vit AJ attraper Eli et le jeter sur son épaule comme un sac... un sac qui bougeait beaucoup. Le rustaud s'enfonça dans le champ, derrière celui qu'elle pensait être son père.

Comme un animal, Kat commença à mâchonner le seul lien qu'elle pouvait atteindre : un bout de drap tendu entre sa nuque et les épaules de Luke. Il n'était pas mort, mais il pesait comme un poids mort.

Eli ! Elle devait à tout prix se libérer pour sauver l'enfant, et son père.

Clay venait d'admettre que Marnie l'avait appelé depuis sa prison. Peut-être était-il là pour se venger de celle qui avait permis l'arrestation de sa maîtresse. Ou peut-être cette attaque contre Luke, Eli et elle-même était-elle planifiée de longue date.

Marnie, en voulant couvrir son amant Clay Bigler et son fils, avait pu inventer de toutes pièces cette histoire de « mercenaires » venus de Cleveland.

Kat était furieuse que les ennemis des Amish soient sur le point de l'emporter. Ils s'étaient arrangés pour que la communauté se sente responsable de la mort de ses deux leaders. Et elle savait combien le fardeau de la culpabilité était lourd.

Elle se redressa si violemment que les liens entaillèrent sa chair. Les draps étaient serrés si fort qu'elle ne sentait plus ses mains. Etait-ce ainsi qu'ils avaient attaché Paul à son moulin ? Clay avait accès à des générateurs portatifs, et elle l'avait vu sortir de chez Marnie avec le regard satisfait d'un amant secret. Mais elle avait négligé cette piste. Elle aurait dû se douter que lui aussi était derrière tout ça, qu'il n'était pas réellement en froid avec son fils.

Quand elle sentit que la moissonneuse arrivait, elle se pressa un peu plus contre Luke. Elle l'aimait. Ce sentiment s'était déclaré si vite…

Elle avait très mal à la hanche. En la soulevant un peu, elle s'aperçut que le couteau était en dessous. Elle se tortilla pour le prendre dans sa bouche, puis écarta les dents pour le laisser tomber contre sa main droite. Et elle tailla, tailla, avec l'énergie du désespoir. Les draps finirent par céder.

Elle se mit à genoux et coupa les autres liens, ceux de Luke. Elle le prit par les aisselles et le traîna à grand-peine trois mètres plus loin, dans la partie du champ qui venait d'être moissonnée. Une poignée de secondes plus tard, les percherons foulaient le green, suivis des lames gigantesques de la moissonneuse…

Moïse, qui ramassait les épis derrière la machine, accourut avec un des cousins Miller. Kat voulait s'occuper de l'homme qu'elle aimait, mais il fallait d'abord qu'elle retrouve Eli.

— Il est vivant mais blessé ! cria-t-elle en s'éloignant. Le chef de la police n'est pas en ville, mais appelez son bureau avec le téléphone de l'atelier. Deux hommes ont emmené Eli, il faut que je les trouve !

— Deux hommes ? dit le jeune Miller. Je n'ai pas vu Eli, cependant j'ai vu deux hommes en noir du côté de chez Coblentz. Reuben est ici, avec nous.

Kat se mit à courir, jupe relevée, le couteau à la main. Paradoxalement, les champs fraîchement coupés la ralentissaient, ses pieds glissant sur le bas des tiges qui hérissaient la colline quelques heures plus tôt. Clay et AJ avaient dû se garer près de la ferme de Reuben. Ils connaissaient le chemin, puisque l'un d'eux était sans doute le motard qui avait jeté des fusées dans le feu. Peut-être avaient-ils même caché la moto dans le silo de Reuben pour le mettre en cause.

Kat se jeta dans les dernières rangées de maïs encore debout, en bordure de la ferme de Coblentz. Le moulin que Luke avait redressé le matin même semblait plus grand à chaque foulée. Si elle en avait eu le temps, elle l'aurait escaladé pour voir où se trouvaient les deux hommes. Que voulaient-ils faire de l'enfant ? Kat n'avait pas pu sauver Jay et John, mais elle préférait mourir plutôt que leur laisser faire du mal à Eli.

Quand elle arriva près de la route, elle entendit des voix masculines. Elle ralentit un peu et tenta de réguler sa respiration. Si elle se retrouvait face à eux, son couteau de cuisine serait une arme bien dérisoire.

— C'est pas évident qu'ils nous rendent Marnie contre ce môme. Mais si ça ne marche pas, ça ôtera l'envie aux Amish de faire des vagues après la mort de Luke Brand et de sa fliquette. Marnie ne nous a pas vendus, c'est décidément une femme bien.

— Tout ce que je sais, c'est qu'elle t'aime comme une folle, papa.

— Tais-toi, et balance le gosse sur la banquette arrière. Je le surveillerai pendant que tu conduis. Il va falloir être prudents, parce que je n'ai aucune envie de quitter ma vie ici.

Kat vit AJ obéir à son père et jeter l'enfant, bâillonné et

résigné, à l'arrière de la cabine d'un camion noir. Clay ôta ses lunettes de ski et sa cagoule en commentant ses méfaits avec une fierté évidente.

— En tout cas, on a remis la racaille amish à sa place. Ils ne vont plus causer du tort à nos bons travailleurs avec leurs offres à deux dollars. Ils seront obligés de partir… et s'ils tardent un peu, nous leur rendrons quelques dernières visites. Ils ont voulu casser notre groupe, mais c'est nous qui avons cassé le leur !

Ils montèrent dans le camion et claquèrent les portières. Cette fois, Kat ne pouvait pas les laisser filer. Elle se faufila hors du champ et s'approcha du camion par l'arrière. S'ils regardaient dans leur rétroviseur avant de démarrer, elle était morte…

Elle posa un pied sur le pare-chocs et grimpa dans la benne du camion au moment où AJ mettait le contact. Elle s'accroupit derrière la vitre arrière de la cabine et s'agrippa aux rebords de la benne quand AJ démarra pour accélérer très vite. Le camion cahota sur le chemin avant de rejoindre la grand-route. A chaque tournant, Kat avait envie de vomir.

Quoi qu'il lui en coûte, elle ne les laisserait pas toucher un cheveu du petit Eli. Les violences contre les Amish devaient cesser, maintenant !

Alors elle se cramponna, espérant qu'ils traverseraient une ville ou une autre : elle pourrait alors sauter du camion et demander de l'aide. Elle fouilla ses jupons à la recherche du téléphone pour appeler la police, si les Amish ne l'avaient déjà fait. L'officier de garde pourrait au moins envoyer des secours pour s'occuper de Luke. Etait-il dans le coma, alors que sa nièce venait juste d'en sortir ?

Mais son téléphone avait disparu. Il était sans doute passé sous les sabots des chevaux, ou ne tarderait pas, dans les dernières rangées qu'elle avait franchies en courant. Elle n'avait qu'un couteau, contre deux pistolets au moins pour les Bigler père et fils.

— J'y crois pas ! vociféra le conducteur en freinant violemment avant de baisser sa vitre. Eh, coco, barre-toi du chemin !

Cet arrêt brutal avait plaqué Kat contre la paroi métallique. Elle tendit le cou et regarda à travers la fenêtre arrière de la cabine. Des Amish barraient la route avec leurs chariots, pendant que leurs femmes et leurs enfants se tenaient par la main le long du chemin qui menait à la ferme des Brand.

— Fais demi-tour, hurla le père. Si tu en renverses un, tant pis pour lui !

Toujours agrippée au rebord, Kat s'agenouilla et remua les bras pour que les Amish puissent la voir.

— Ils ont kidnappé Eli ! cria-t-elle. Allez chercher de l'aide, vite !

AJ tourna à droite, puis à gauche, envoyant Kat s'écraser cette fois contre les parois latérales. Il grilla un stop et s'engagea à toute allure sur un autre chemin. Le couteau valdingua à l'autre bout de la benne. Quand Clay sortit le bras par la fenêtre, son revolver au poing, Kat crut d'abord que c'était pour la viser elle. Mais elle aperçut Reuben, posté en plein milieu de la route. Il les défiait, stoïque, comme seul un Amish pouvait le faire.

— Ils sont armés ! hurla-t-elle. Reuben, écartez-vous !

Ses instincts de flic revinrent au galop. Elle se jeta en avant, le corps à moitié hors de la benne, et attrapa le bras de Clay. Le coup fut dévié, et la balle se ficha quelque part dans le bitume. Elle lui tordit le poignet, puis leva son bras pour l'abattre violemment contre la portière. Clay Bigler lâcha enfin le revolver, qui tomba dans les fourrés du bas-côté.

AJ fit crisser les pneus du camion et parvint à contourner Reuben, qui n'avait pas bougé. Kat était pliée en deux, la moitié du corps par-dessus bord ; ballottée comme un pantin, elle faillit lâcher prise quand il accéléra de nouveau.

Clay se mit à jurer. Kat comprit bientôt qu'ils fonçaient sur la moissonneuse amish venue à leur rencontre. Cette fois-ci, vu la largeur de la route, AJ ne parviendrait pas à maîtriser le véhicule. Le camion tangua et vint finir sa course dans les labours en bordure du chemin.

— Prends le môme ! hurla Clay avant de tirer lui-même Eli de la banquette arrière.

Les deux hommes sautèrent du camion avec l'enfant. Ils devaient penser qu'ils s'étaient débarrassés de Kat en zigzaguant, car ils se mirent à courir vers le champ de Moïse, de l'autre côté de la route.

Kat était en fait déjà à leurs trousses. AJ courait plus vite que son père, qui portait le garçon sur l'épaule. Elle rattrapa Clay sans problème et se jeta sur lui par-derrière en enfonçant ses doigts sur les paupières du ravisseur. Clay hurla et lâcha Eli, qui tomba comme une masse sur l'asphalte.

Kat plia le bras de Clay dans son dos et tenta de le faire agenouiller pour le plaquer au sol. Hélas ! de sa main disponible, il sortit un deuxième revolver de sa ceinture — un 45 mm ! Il réussit à se retourner, cependant Kat envoya voltiger l'arme d'un grand coup de pied avant que Clay ait eu le temps de la mettre en joue. Ils se jetèrent sur le revolver mais Kat fut la plus rapide. C'était elle, maintenant, qui pointait l'arme vers Clay. Sa main tremblait un peu. Elle n'était plus censée se servir d'une arme, et peut-être n'avait-elle même plus la force de tirer. Mais Clay, lui, ne le savait pas.

— Evidemment, Marnie vous a dit que j'étais en fait un flic déguisé, lui dit-elle en le regardant droit dans les yeux. En fait, je suis un ex-flic qui va arrêter un fasciste déguisé en homme du monde, doublé d'un syndicaliste corrompu… et qui ne sait même pas se servir d'un pistolet à clous correctement. En revanche, nous prouverons bientôt que vous savez très bien manier les générateurs électriques, même sous la pluie. Mais kidnapper un enfant devant toute sa famille n'est pas un exploit très glorieux, monsieur Bigler. Si ce n'étaient pas les Amish que vous aviez pris pour cible, ils vous auraient lynchés, AJ et vous, sans attendre la police.

Les Amish, justement, venaient de la rejoindre. Ils regardèrent Kat, terrorisés, quand ils aperçurent le pistolet dans sa main. Son bras trembla un peu plus encore, mais elle devait décidément faire croire à Clay qu'elle n'hésiterait pas à tirer.

Il était livide. Kat se demanda s'il n'allait pas fondre en larmes à son tour. Au lieu de quoi Clay se mit à scruter anxieusement les alentours, peut-être parce qu'il cherchait son fils.

— Dites-moi — dites-nous, à tous — quelle part vous avez jouée dans tout ça, ordonna Kat.

Venus de tous côtés, les Amish formaient maintenant un cercle autour d'eux. Une sorte de périmètre de sécurité à leur manière. Avec des barrages de fortune et l'aide d'une antique moissonneuse, cette communauté pacifique avait contribué à arrêter cet homme autant qu'elle l'avait fait.

— Ma… Marnie voulait que nous nous débarrassions de Yoder, bégaya Clay. J'ai emprunté un générateur électrique sur un de mes chantiers, et… Mais quand je vous ai suivie dans le champ près de chez Coblentz, c'était juste pour vous faire peur ; je ne vous voulais aucun mal. Le coup du silo, je n'y suis pour rien, c'est la faute de Tyler.

— Parlez-moi un peu plus de Paul Yoder, lui demanda-t-elle en masquant sa colère à grand-peine. Un homme dont les ouvriers ont travaillé côte à côte avec les vôtres pour bâtir Amish Acres, et notamment la future maison de Marnie. Vous l'avez tué, n'est-ce pas ?

— Oui, murmura-t-il en baissant la tête. Oui.

— Cette fois la messe est dite, déclara-t-elle avec un rire nerveux. Je vais vous laisser raconter tout ça à la police et au juge.

Une sirène se faisait entendre. Kat se retourna alors vers ses compagnons amish, qui avaient dû avertir la police.

— Est-ce qu'AJ a réussi à s'enfuir ? leur demanda-t-elle.

— Non, répondit Reuben, qui n'arrivait pas à reprendre son souffle. Il est tombé dans l'étang qui borde le champ de Moïse. Des hommes de chez nous l'ont attrapé. Ils attendent eux aussi que la police arrive.

— Et Luke ? dit-elle en baissant enfin son arme.

— Il a un beau mal de crâne, répondit Ida en posant une main tremblante sur son épaule. Une grosse bosse, mais il a la tête dure, *ja*. Il était surtout inquiet pour Eli et pour vous : il a fallu deux hommes pour le retenir de partir à votre recherche.

Soulagée, Kat se dirigea vers Moïse Susan et deux autres femmes qui prodiguaient leurs soins au petit Eli. Il avait en haut du front un œuf de pigeon qui virait déjà au violet, mais il ne lui avait jamais semblé aussi beau.

Kat se mit à genoux et le prit dans ses bras. Quand elle voulut se relever, il la serrait encore si fort qu'elle se redressa avec lui pendu à son cou. La petite foule venait de se fendre pour laisser passer la voiture de police qui arrivait toutes sirènes hurlantes. Ray Martin bondit de son siège et fonça vers eux.

— Je vois que, grâce à vous et à vos amis, nous tenons cette fois tous les coupables, dit-il.

— Ils sont là, prêts à être mis derrière les barreaux.

— Alors que je roulais vers Cleveland, mes confrères de là-bas m'ont appelé pour me dire que Marnie m'avait donné de fausses adresses. Je suis revenu aussi vite que possible. J'aurais dû vous faire confiance, je suis désolé.

— C'est du passé, dit-elle en passant un bras derrière les jambes d'Eli pour le porter de façon plus confortable. Allez, Eli, c'est l'heure de retrouver ton *daad*.

Le garçon enroula les bras autour de son cou et les jambes autour de sa taille, comme s'il était encore un bébé. Elle se retourna et fendit le groupe d'Amish, toujours plus nombreux. Sans mot dire, plusieurs d'entre eux lui donnèrent au passage une tape amicale dans le dos.

— Je suis tellement content que vous ayez réussi à sauver papa ! sanglota l'enfant. Si vous restiez, Katie, je n'aurais plus à le surveiller tout le temps, parce que nous serions deux.

Elle jeta un œil en arrière et vit Moïse et Levi en train de parler à Ray Martin. Quand elle s'approcha de la ferme, elle aperçut Luke qui venait à leur rencontre en tenant une serviette blanche contre son front.

Cette fois, le cauchemar était vraiment fini, et avec lui la peur, la souffrance, la cruauté… Mais sa vie avec Luke Brand s'achevait également.

Pourtant, ils restèrent longtemps au milieu du chemin, serrés comme deux parents toujours amoureux, avec un enfant entre eux, coincé dans le bonheur.

Épilogue

Samedi 26 octobre 2002

Le restaurant Schmidt se trouvait dans un charmant bourg proche de Colombus appelé le « village allemand ». La nourriture y était délicieuse, mais leurs sandwichs *bratwurst*, leurs salades de pommes de terre chaudes et même leur chocolat allemand lui rappelaient tellement son ancienne vie amish qu'elle en aurait pleuré.

A chaque bouchée, elle pensait à ces fermes, à ces paysages, et à celui qu'elle avait laissé derrière elle. Depuis un mois qu'elle était revenue en ville, et deux semaines qu'elle travaillait comme gestionnaire pour la police de Colombus, son amour pour Luke et sa famille ne s'était pas émoussé le moins du monde. C'était même plutôt l'inverse.

— Vérifiez que cette rondelle de citron au bord de votre verre n'est pas un chapeau de parasol à spores vertes, plaisanta Jim Lowe, l'homme de la police scientifique, alors qu'ils trinquaient. Au fait, ils m'ont contacté pour témoigner au cours du procès. Ils l'ont déplacé au tribunal de Cleveland, car les journalistes promettent d'être très nombreux.

— Je sais. Je vais devoir témoigner, moi aussi.

— J'ai l'impression que l'affaire est réglée pour cette dame, le syndicaliste et son fils.

— Si seulement des peines exemplaires pouvaient dissuader les autres de s'en prendre aux Amish, ou à n'importe quelle autre minorité, d'ailleurs... En tout cas, pour plusieurs bonnes raisons, je suis soulagée que le procès n'ait pas lieu en pays amish.

Kat participa sans trop y croire aux conversations de la grande tablée. Presque tous les convives étaient des policiers qu'elle avait connus lorsqu'elle travaillait encore sur le terrain. Plusieurs lui avaient dit que ce dîner était doublement en son honneur, car elle avait en fait disparu pour eux juste après « l'incident » avec le père Seyjack. Etrange, pensa-t-elle, qu'elle se sente aujourd'hui si étrangère à cet univers qu'elle avait pourtant côtoyé pendant tant d'années. Elle espérait retrouver très vite le plaisir de se trouver ici, avec eux.

Il y avait autour de la table une bonne vingtaine de policiers, la plupart en uniforme, quelques-uns en civil. Le restaurant était pour ainsi dire leur quartier général de midi à 2 heures du matin. Parfois une voiture de police s'arrêtait, et des hommes en service venaient à leur tour congratuler Kat. Ils restaient un peu, mais n'avaient droit qu'à des boissons sans alcool — en théorie...

En tant qu'héroïne du jour, Kat avait eu droit à un gin tonic, cependant son palais n'était plus habitué à ce genre de goût : elle y trempait à peine les lèvres. Même si elle ne travaillait pas aujourd'hui, elle avait enfilé son uniforme pour sortir. Une chemise bleue avec un petit badge sur la poche, et un pantalon noir. Elle avait toutes les peines du monde à choisir dans sa penderie des vêtements « civils », à accorder les formes et les couleurs.

— Yo, Lindley ! lança Mike Morelli en lui passant un bras

autour des épaules avec une telle fougue qu'il faillit renverser son verre.

Ancien alcoolique, Morelli ne buvait plus que des sodas mais se les faisait servir dans des chopes, « en souvenir du bon vieux temps ». Il était rayonnant, tellement heureux de la retrouver.

— Je voudrais te présenter mon neveu. Le fils de mon frère. Tu vois le garçon, là-bas ? dit-il en pointant du doigt vers le bout de la table.

Le jeune homme en question était un très beau brun à la peau tannée.

— Il est élégant, intelligent, médecin et célibataire. C'est le seul « étalon italien » de la famille encore disponible — puisque Peg m'a mis le grappin dessus. Je lui ressemblais d'ailleurs beaucoup il y a... quelques années.

— Mike... j'ai besoin d'aide pour me réacclimater, mais pas de ce genre d'aide, dit-elle en lui envoyant un coup de coude amical dans les côtes.

— Tu es différente depuis que tu es revenue, Kat. Et pas seulement parce que tu es devenue la star du poste de police. Tu es moins concentrée, moins enthousiaste aussi. Je ne dis pas qu'avant je t'aurais proposé une place de clown dans un cirque, mais...

— Mike, ne te trompe pas : j'aimais beaucoup mon ancien boulot, mais je suis contente d'avoir celui-là aujourd'hui.

— Ouais, marmonna Mike entre deux gorgées de soda. Mais tu ne câlines pas ton boulot le soir dans ton lit. Réfléchis à ça, Kat.

Quand elle se leva plus tard pour aller rejoindre des amis en bout de table, « l'étalon italien » la gratifia d'un sourire à déshabiller une nonne. Mais le seul sourire qu'elle voulait voir était celui de Luke.

Colombus — tout le reste du monde, en fait — avait changé à ses yeux. Les concerts de Klaxon la faisaient sursauter, la foule l'oppressait, les buildings l'écrasaient sous leur poids.

En réalité, même les cris des ratons laveurs lui manquaient ! Le pas chaloupé de Dilly aussi. Mais plus que tout, elle regrettait Sarah, Eli, et la prestance extraordinaire de leur père.

Elle s'excusa, laissa son verre sur la table et se dirigea vers les toilettes. Elle s'essuya les yeux avec un mouchoir en papier et se regarda dans le miroir, jusqu'à ce que des collègues entrent en racontant les derniers ragots sur un de leurs chefs. Après avoir échangé quelques mots avec eux, elle retourna dans la salle du restaurant. L'ambiance était tout à coup très calme autour de la table. Kat se demanda s'ils lui avaient préparé une surprise, voire une blague.

Quand elle vit l'homme au chapeau de paille dans l'embrasure de la porte, elle crut d'abord à un déguisement, une plaisanterie d'un goût douteux. Mais quand l'homme ôta son chapeau, elle faillit tomber à la renverse. C'était bien Luke !

Elle resta un instant comme pétrifiée, puis réussit à décoller ses pieds du sol pour courir vers lui. Quelqu'un l'avait sans doute convié, peut-être pour raconter à tout le monde l'histoire dont elle cachait les détails, ou pour la remercier publiquement. Mais il n'aurait pas été très amish d'accepter ce genre d'invitation.

Le pouls de Kat s'accéléra. Tout le monde avait les yeux braqués sur eux. La seule présence de Luke semblait happer tout l'air de la grande salle.

Quand elle s'approcha, il lui décocha ce sourire auquel elle pensait une minute plus tôt. Il la regarda de la tête aux pieds. Un regard qui lui fit l'effet d'une caresse.

— Bonjour, Luke ! C'est Dan et Brooke qui vous ont conduit jusqu'ici ?

Ils se tenaient les mains sans même s'en apercevoir.

— Non, Reuben cherche une place pour garer son vieux fourgon.

— C'est gentil de votre part de passer me voir. Qui vous a indiqué le chemin ?

— Je suis passé au poste central, et ils m'ont dit que je vous trouverais ici.

— Alors personne ne vous a invité ?

— Non. Mais je peux sortir si c'est une soirée privée.

— Ce n'est pas ce que je voulais dire… Vous êtes venu de votre propre chef ?

— J'avais besoin de vous voir. Je pensais qu'il fallait vous laisser du temps, mais ça fait un mois maintenant. Quand vous êtes partie, j'avais pris un coup sur le crâne, et vous n'aviez pas l'air d'avoir les idées plus claires que moi. Je voulais entendre de votre bouche que vous ne voulez pas venir vous installer avec nous, à Maplecreek… et que vous ne souhaitez pas que je vous fasse la cour.

— Me faire la cour ? Mais, Luke, vous ne pouvez pas m'épouser puisque je ne suis pas amish.

— Kat, je ne suis pas le seul à avoir envie que vous deveniez une des nôtres. Ma grange et une partie de celle de Reuben sont remplies d'objets amish et de meubles anciens que les gens ont spontanément donnés pour vous permettre de créer votre boutique d'antiquités. Eli et Sarah aussi veulent que vous reveniez. Mais plus que tout, j'ai, *moi*, besoin de vous. Je vous aime.

Il avait prononcé ces derniers mots si calmement qu'elle avait presque dû les lire sur ses lèvres. Elle le fixait sans rien dire, les yeux embués de larmes. L'arête de son nez cassé n'était plus tout à fait aussi droite qu'avant. Quant à ses yeux, ils étaient toujours ces deux bassins bleus dans les profondeurs desquels elle pouvait plonger à l'infini.

Kat fut surprise par les mots qu'elle prononça alors.

— Je sais que vous ne pouvez pas aller au cinéma, Luke, mais j'ai vu un jour un film qui s'appelait *Officier et gentleman*. A la fin, le héros revient chercher la femme qu'il aime alors qu'elle est entourée de tous ses collègues. Il la soulève dans ses bras, la porte hors de la pièce, et elle est si heureuse qu'elle quitte son ancienne vie ; parce que en fait elle l'aimait, elle aussi, depuis le début.

— Et que se passe-t-il ensuite ?

— Ça se termine enfin sur les mines réjouies de ses collègues…

Luke abandonna l'anglais pour l'allemand, mais elle crut comprendre qu'il disait :

— Mon cœur, ça fait si longtemps que j'attends d'ouvrir grand mes bras pour ne les refermer que sur toi.

Quand Luke la souleva, tout le monde applaudit et les bravos fusèrent de toute la salle. Morelli s'égosillait encore plus que les autres. Kat prit le grand chapeau de paille coincé entre eux et le posa sur sa tête.

— Je savais que la maison te manquait, dit-il. Je l'ai su plus encore quand on m'a dit que je te trouverais au « village allemand ». Quand je vais raconter ça à la famille !

La maison… La famille.

Kat pleurait, mais cette fois de joie, quand il poussa la porte d'un coup d'épaule pour l'emmener, direction Maplecreek.

Remerciements

Je voudrais remercier les experts qui m'ont conseillée pour écrire ce livre. Leur aide m'a été extrêmement utile ; toute erreur ou mauvaise interprétation est à imputer à l'auteur, et non à ses généreux informateurs :

— Un merci tout particulier à l'ancien lieutenant de police de Colombus (Ohio) Susan Lowe.

— Au Dr William Barker, pour la description des blessures de Kat.

— A Garret Burkham, chirurgien, pour son expertise sur les travaux de rééducation.

— A Joe Armstrong pour ses informations sur le département de l'enfance et de la jeunesse.

— A George W. Hime, chef du laboratoire de toxicologie de Miami (Floride).

— Au reporter du Colombus Dispatch Holly Zachariah, pour ses articles sur les difficultés rencontrées par les Amish dans le monde du travail.

Je dois également beaucoup à la communauté amish du comté de Holmes, dans l'Ohio, pour m'avoir inspiré les environs de Maplecreek, avec ses charmants paysages de fermes flanquées de silos, de granges et de *daadihaus*.

Merci également pour leur soutien à Miranda Stecyk, Amy Moore-Benson, Meg Ruley, Annelise Robey et l'agence Rotrosen. Et à mon premier lecteur, mon compagnon du pays amish et mari, Don Harper.

Karen Harper, Colombus, Ohio.

DANS LA MÊME COLLECTION

Par ordre alphabétique d'auteur

OLGA BICOS	*Nuit d'orage*
OLGA BICOS	*La mort dans le miroir*
LAURIE BRETON	*Ne vois-tu pas la mort venir ?*
BARBARA BRETTON	*Le lien brisé*
JAN COFFEY	*La dernière victime*
JASMINE CRESSWELL	*La Manipulatrice*
JASMINE CRESSWELL	*Le secret brisé*
JASMINE CRESSWELL	*La mort pour héritage*
JASMINE CRESSWELL	*Soupçons mortels*
JASMINE CRESSWELL	*Je saurai te retrouver*
MARGOT DALTON	*Amnésie*
MARGOT DALTON	*Kidnapping*
MARGOT DALTON	*Le sceau du mal*
MARGOT DALTON	*Crimes inavoués*
WINSLOW ELIOT	*L'innocence du mal*
LYNN ERICKSON	*Le Prédateur*
SUSANNE FORSTER	*Le cercle secret*
TESS GERRITSEN	*Présumée coupable*
TESS GERRITSEN	*Crimes masqués*
HEATHER GRAHAM	*L'invitation*
HEATHER GRAHAM	*L'ennemi sans visage*
HEATHER GRAHAM	*Le complot*
HEATHER GRAHAM	*Soupçons*
HEATHER GRAHAM	*La griffe de l'assassin*
HEATHER GRAHAM	*Prémonition*
HEATHER GRAHAM	*L'ombre de la mort*
HEATHER GRAHAM	*Danse avec la mort*
GINNA GRAY	*Le voile du secret*
GINNA GRAY	*La cavale*
GINNA GRAY	*Les bois meurtriers*
KAREN HARPER	*Testament mortel*
KAREN HARPER	*Le saut du diable*
KAREN HARPER	*L'œuvre du mal*
KAREN HARPER	*Les portes du mal*
KAREN HARPER	*Une femme dans la nuit*
KATHRYN HARVEY	*La clé du passé*
BONNIE HEARN HILL	*La disparue de Sacramento*
BONNIE HEARN HILL	*Mortelle perfection*
CHRISTIANE HEGGAN	*Miami Confidential*
CHRISTIANE HEGGAN	*L'Alibi*
CHRISTIANE HEGGAN	*Intime conviction*
CHRISTIANE HEGGAN	*Labyrinthe meurtrier*
CHRISTIANE HEGGAN	*Par une nuit d'hiver*

.../...

DANS LA MÊME COLLECTION
Par ordre alphabétique d'auteur

CHRISTIANE HEGGAN	*Troublantes révélations*
CHRISTIANE HEGGAN	*Intention de tuer*
CHRISTIANE HEGGAN	*Meurtre à New York*
METSY HINGLE	*Le masque de la mort*
METSY HINGLE	*La fille de l'assassin*
GWEN HUNTER	*Faux diagnostic*
GWEN HUNTER	*Virus*
GWEN HUNTER	*Les mains du diable*
GWEN HUNTER	*Le triangle du mal*
GWEN HUNTER	*La piste du mal*
LISA JACKSON	*Noire était la nuit*
CHRIS JORDAN	*L'étau*
PENNY JORDAN	*De mémoire de femme*
PENNY JORDAN	*La femme bafouée*
R.J. KAISER	*Qui a tué Jane Doe ?*
ALEX KAVA	*Sang Froid*
ALEX KAVA	*Le collectionneur*
ALEX KAVA	*Les âmes piégées*
ALEX KAVA	*Obsession meurtrière*
ALEX KAVA	*Le Pacte*
RACHEL LEE	*Neige de sang*
RACHEL LEE	*Le lien du mal*
RACHEL LEE	*Secret meurtrier*
DINAH McCALL	*Le silence des anges*
HELEN R. MYERS	*Mortelle impasse*
HELEN R. MYERS	*Les ombres du doute*
HELEN R. MYERS	*Mort suspecte*
HELEN R. MYERS	*Suspicion*
HELEN R. MYERS	*La marque du diable*
CARLA NEGGERS	*L'énigme de Cold Spring*
CARLA NEGGERS	*Piège invisible*
CARLA NEGGERS	*La dernière preuve*
BRENDA NOVAK	*L'étrangleur de Sandpoint*
BRENDA NOVAK	*Noir secret*
MEG O'BRIEN	*Le piège*
MEG O'BRIEN	*En lettres de sang*
MEG O'BRIEN	*Pluie de sang*
MEG O'BRIEN	*La déchirure*
MEG O'BRIEN	*Spirale meurtrière*
SHIRLEY PALMER	*Zone d'ombre*
SHIRLEY PALMER	*Le bûcher des innocents*

.../...

DANS LA MÊME COLLECTION
Par ordre alphabétique d'auteur

EMILIE RICHARDS	*Le refuge irlandais*
EMILIE RICHARDS	*Mémoires de Louisiane*
EMILIE RICHARDS	*Le testament des Gerritsen*
EMILIE RICHARDS	*L'héritage des Robeson*
EMILIE RICHARDS	*L'écho de la rivière*
EMILIE RICHARDS	*Promesse d'Irlande*
EMILIE RICHARDS	*Du côté de Georgetown*
NORA ROBERTS	*Possession*
NORA ROBERTS	*Le cercle brisé*
NORA ROBERTS	*Et vos péchés seront pardonnés*
NORA ROBERTS	*Tabous*
NORA ROBERTS	*Coupable innocence*
NORA ROBERTS	*Maléfice*
NORA ROBERTS	*Enquêtes à Denver*
NORA ROBERTS	*Crimes à Denver*
NORA ROBERTS	*L'ultime refuge*
NORA ROBERTS	*Une femme dans la tourmente*
FRANCIS ROE	*L'engrenage*
FRANCIS ROE	*Soins intensifs*
M. J. ROSE	*Rédemption*
M. J. ROSE	*Le cercle écarlate*
M. J. ROSE	*La cinquième victime*
JOANN ROSS	*La femme de l'ombre*
SHARON SALA	*Sang de glace*
SHARON SALA	*Le soupir des roses*
SHARON SALA	*Meurtre en eaux troubles*
SHARON SALA	*L'œil du témoin*
MAGGIE SHAYNE	*Noir paradis*
MAGGIE SHAYNE	*Un parfait coupable*
TAYLOR SMITH	*Le carnet noir*
TAYLOR SMITH	*La mémoire assassinée*
TAYLOR SMITH	*Morts en série*
ERICA SPINDLER	*Rapt*
ERICA SPINDLER	*Black Rose*
ERICA SPINDLER	*Le venin*
ERICA SPINDLER	*La griffe du mal*
ERICA SPINDLER	*Trahison*
ERICA SPINDLER	*Cauchemar*
ERICA SPINDLER	*Pulsion meurtrière*
ERICA SPINDLER	*Le silence du mal*
ERICA SPINDLER	*Jeux macabres*
ERICA SPINDLER	*Le tueur d'anges*

... / ...

Composé et édité par les
éditions Harlequin
Achevé d'imprimer en avril 2008

par

LIBERDÚPLEX

Dépôt légal : mai 2008
N° d'éditeur : 13518

Imprimé en Espagne